AnA
Axt & ARKO

intro

조대한

누군가의 첫

첫 문장은 늘 어렵다. 정지된 몸의 관성을 이겨내야 하는 첫 발걸음처럼 그것은 생경하고 어색한 발화의 침묵을 깨트리며 시작되어야 하는 까닭이다. 그럼에도 훌륭한 첫 문장은 읽는 이들의 관심을 단숨에 끌어당길 뿐만 아니라 글 전체를 아우르고 있기까지 한다. 우리에게는 인상적인 첫 문장들로 기억되는 작품들이 더러 있다. 가령 '어느 날 아침 그레고르 잠자가 불안한 꿈에서 깨어났을 때, 그는 자신이 침대 속에서 한 마리의 커다란 갑충으로 변해 있는 것을 발견했다'로 시작되는《변신》의 첫 문장은, 그레고르의 변신이 어느 날 아침 깨지 않은 악몽처럼 주어진 갑작스런 시대의 형벌 같은 것이었음을 잘 드러낸다. 이상을 문단의 총아로 주목받게 만들었던 소설《날개》의 첫 문장, '박제가 되어버린 천재를 아시오?'는 한 번만 더 날아보고 싶다고 되뇌던 소설의 마지막 문장과 상응하며 끝내 진실된 근대로 날아오르지 못하고 추락했던 그의 비극적인 삶 전반을 예언하는 문장이 되기도 했다. 이런 문장들이 오래도록 우리의 기억에 남아 있는 것은 유려하게 시작된 첫 발걸음 자체의 힘 덕분이겠지만, 이후 두텁게 덧붙은 작가의 자취들이 그들의 첫 모습에 사후적인 아우라를 부여했기 때문이기도 할 것이다.

그리고 나는 오늘 이곳에 모인 작가들의 첫 순간들을 기억한다. 그들이 세상에 처음으로 꺼내놓은 작품들, 첫 모임 당시 오갔던 단출한 자기소개와 수줍은 눈빛들, 청중 앞에서 처음으로 문장을 낭독할 때 느껴졌던 목소리의 떨림들을 생생히 기억한다. 누군가는 연신 식은땀을 흘렸고, 누군가는 부러 단출하게 말을 남겼고, 누군가는 잔뜩 준비해온 말들을 씩씩하게 옮겼다. 아마도 그 자리에서 이들을 처음 접한 사람이라면 한 시절에만 특권적으로 지닐 수 있는 어떤 설렘과 풋풋함을 은연중에 느꼈을지도 모르겠다.

하지만 그들조차도 이곳에 실린 작품을 읽고 나면 생각이 조금쯤 달라질 것이다. '한국예술창작아카데미'라는 이름 아래 모이기는 했으나 이들은 무언가를 배우고 경험해야 할 초심자이기에 앞서, 이미 자신의 문장에 책임을 지는 작가들이다. 일전에 대학생을 대상으로 한 어느 공모전의 심사평에서 '예술에서는 학생, 나이, 데뷔년도 등의 조건이 불필요하다'는 뉘앙스의 언급을 읽은 적이 있는데, 나 역시 그 의견에 상당 부분 동의한다. 신진, 젊은, 중견, 원로 등의 차등적 수식어를 붙여 체급이 다른 경쟁의 무대를 만들어놓기는 하지만, 실상 그들은 모두 동등하게 첨단의 사유와 문장을 겨루는 프로들이다. 그렇기에 '멘토'가 되어 이곳에 실린 작가들에게 덕담과 축하를 건네는 일은 사실 나에게는 꽤나 주제넘은 일이다.

그렇다고 해서 이 자리가 무용하느냐면 또 그것은 결코 아니다. 오히려 이런 기회 덕분에 잘 알고 있다고 여겼던 작가들의 새로운 면모를 마주할 수 있었고, 무엇보다 무정한 전염병 탓에 타의적으로 제한당했던 동료 작가들과의 오프라인 모임을 팬데믹 이후 처음으로 재개할 수 있어 기뻤다. 글쓰기는 외로된 고투의 연속이지만 우리의 삶까지 외로울 수는 없는 것이기에, 이들이 각자의 고민과 문장을 나누며 서로의 힘과 계기가 되어주는 모습을 보며 나 역시도 애씀 없는 충만함을 느끼곤 했다. 이런 기회가 없었다면 한 편의 작품만 읽었을 때는 미처 체감하지 못했던 색깔들, '8 prism'이라는 낭독회 제목처럼 나란히 배열됨으로써 새로이 부각되는 그들의 다채로움을 새로이 자각하기 쉽지 않았을 것이다. 이 기회를 빌려 ARKO(한국문화예술위원회)와 《Axt》의 지원에 감사 인사를 전한다.

그 세부를 자세히 기록하지는 못하겠지만 앤솔러지의 메인이 되는 작가들의 신작 시와 소설에 대해 짧게나마 언급을 남기지 않을 수 없다. 권혜영의 소설 〈띠부띠부 랜덤 슬라이드〉는 표제에서 드러나듯 '야도란'을 '세레비'로 바꾸거나 '물통'을 '아이패드'로 뽑아내는 기이한 미끄럼틀을 서사의 축으로 삼고 있는 작품이다. 환상적이면서도 집요한 구체성을 띠고 있는 소재들과 재치 있는 입담들이 혼재되어 읽는 이의 재미를 한껏 부풀리는 이 소설은 우연과 무작위의 속성을 지닌 '띠부띠부 랜덤 슬라이드'를 단순히 흥미로운 장르적 소재에 머무르게 하는 것이 아니라, 이 시대 청년들의 비루한 행운 같은 삶과 나란히 겹쳐놓는 데 완벽히 성공한다. 성해나의 소설 〈우호적 감정〉은 한 스타트업 회사에서 벌어지는 인물들 사이의 갈등과 마음의 관계도를 그리고 있는 작품이다. 표면상 수행되는 수평적 문화와 암암리에 내재된 수직적 위계 사이에서, 직장 동료보다는 가깝고 친한 친구보다는 한참이나 모자란 자리 어딘가에서, "친분이 있으면 십, 인사만 하는 사이면 오" 사이의 애매한 관계에서 발생하는 복잡다단한 인물들의 마음과 감정의 결을 차분하게 그리고 따스하게 풀어낸다.

송재영의 〈붉은 공〉은 승부조작에 연루되어 퇴출당한 중년의 한 메이저리거를 일제강점기 광주고등보통학교 야구단의 경기장으로 옮겨놓는 파격을 저지른다. '빙의', '환생' 등의 웹소설적 클리셰와 역사소설의 시차적 문제의식이 교차하는 이 소설은 특유의 속도감과 장편소설과도 같은 흡입력으로 읽는 이를 빠져들게 만든다. 이선진의 〈생사람들〉은 제목과는 설핏 다르게 기회만 닿으면 늘 죽고자 시도하는 인물을 화자로 내세우고 있는 작품이다. 그럼에도 소설을 읽는 내내 절망과 미움에 손쉽게 매몰되지 않는 까닭은 '가기구게고 하히후헤호'같이 슬픔을 지연시키는 주인공의 중얼거림과, 삶의 페이소스를 품고 있으면서도 결국 미소를 머금게 하는 작가 고유의 유머러스한 문장들 때문인 것 같다.

장진영의 〈허수 입력〉은 비밀번호가 없이 반쯤 공개된 방에서 유년 시절을 보낸 한 여성의 이야기이다. 그 공공연한 방의 불안감은 그녀가 지켜야 했던 작은 비밀의 죄의식과 얽혀 소설의 저류를 흐르다가 후반부에 이르러 다소 충격적인 사건이 되어 불쑥 회귀한다. 확실하게 말할 수 있는 건 소설의 잔여로 남는 어떤 불편함과 찜찜함이 인간의 복잡한 마음을 향해 던지는 작가의 둔중한 질문과 맞닿아 있다는 점일 것이다. 정대건의 〈퍼머넌트 그린 라이트〉는 제목처럼 푸르게 빛났던 과거의 한 시절을 담아내고 있는 작품이다. 과거의 그 시공간은 레트로적인 배경에 그치는 것이 아니라, '나'가 깊이 동경했던 '슈슈'와 어우러지며 작품의 주요한 정서를 환기시킨다. "회복될 거야. 돌아올 거야"라는 '나'의 중얼거림처럼 지나온 그 시절로 돌아가 잃어버린 것들을 복기함으로써 우리는 이 세계를 버텨내고 있는 것은 아닐까.

앞선 소설 파트와 달리 이곳에 실린 시인의 숫자는 단 두 명뿐이지만 오히려 두 작가의 색채는 더욱 선연하다. 박진경의 시를 읽은 뒤 느껴지는 첫 인상은 '에너지'일 것이다. 그것은 관습적인 것들을 파괴하면서 생겨나는 부정태의 에너지이기도 하지만, 아이러니하게도 그 시체의 숫구멍에서 새로운 무언가를 만들어내는 생성의 에너지이기도 하다. 시편들 속에 틈입한 사회적 담론들은 작가 고유의 리듬, 형식과 어우러지면서 독특한 파토스를 형성하고 있다. 한편 희미한 유령의 집, 정숙한 도서관, 연극이 끝난 무대의 뒤편 등을 자신의 주된 시적 공간으로 삼고 있는 조온윤의 시는 표면에 드러난 에너지의 절댓값이 상대적으로 높진 않아 보인다. 하지만 타인의 불안과 절망을 문진처럼 지그시 눌러주고자 하는 시어들, "적막한 세간을 살피게 하는 행간"들의 고요한 여백들은 시인의 작품 속에 숨어 있는 다정한 마음들과 어우러져 읽는 이의 마음을 따스하게 울린다.

시와 소설을 모두 읽는 평론가라는 명목과 편의에 기대어 임시 대표로 이 글을 쓰고 있지만, 정작 멘토링 멤버들에게 실질적으로 커다란 도움이 되었던 것은 긴 시간을 함께한 이영주 시인과 조해진 소설가의 애정 어린 조언이었을 것이다. 나는 약간의 응원과 격려만을 보탰던 것 같다. 구상부터 완성까지 설계도처럼 이어지는 그 과정의 치밀함에, 아이디어 수준의 문장이 '띠부띠부 슬라이드'를 통과한 것처럼 전혀 다른 한 편의 작품으로 화하는 경이감에 한 명의 독자로서 매혹될 수밖에 없었다. 빛나는 누군가의 처음을 함께 호흡할 수 있어서, 그리고 완성된 첫 결과물을 소개할 수 있어 기쁘다. 이 작품들이 최고의 시와 소설이라는 허황된 축사를 늘어놓을 수는 없다. 하지만 이를 읽는 당신이 지금 한국문학의 가장 열띤 장면을 만나고 있는 것이라고 자신할 수 있다.

Profile

조대한은 문학평론가이다. 2018년 현대문학 신인추천에 당선되어 비평 활동을 시작했다.

contents

Don't Look Back In Anger

권혜영

나는 조금 느린 사람이다. 단편소설 한 편 맘에 들게 완성하려면 거의 6개월이 걸린다. 단편소설 한 편의 원고료는 적게 받으면 70만 원, 많이 받으면 150만 원이다. 세금 안 뗀 가격이다. 원고료는 완성된 원고 매수 기준이다. 그전까지 자료를 조사하고 사유하기까지 걸리는 시간과 A4 한 장의 글을 길어내기 위해 쳐내고 삭제한 3~4장 분량의 글 같은 건 노동으로 환산되지 않는다. 이것도 소설 지면 어딘가에 발표할 때에나 가능한 이야기다. 발표하지 않고 바로 소설집을 묶는 경우도 있다. 7~8편 정도가 묶이는 소설집의

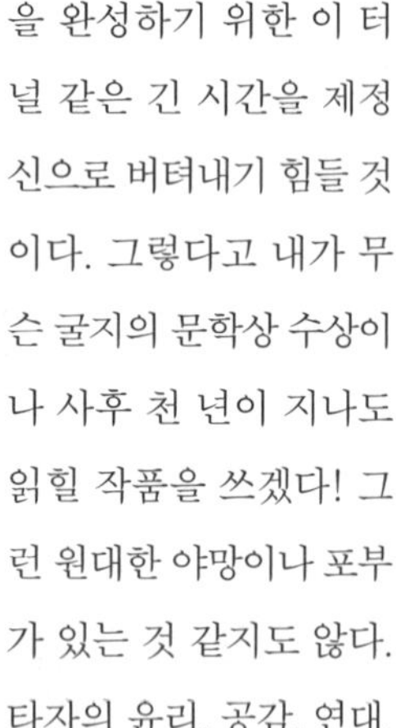
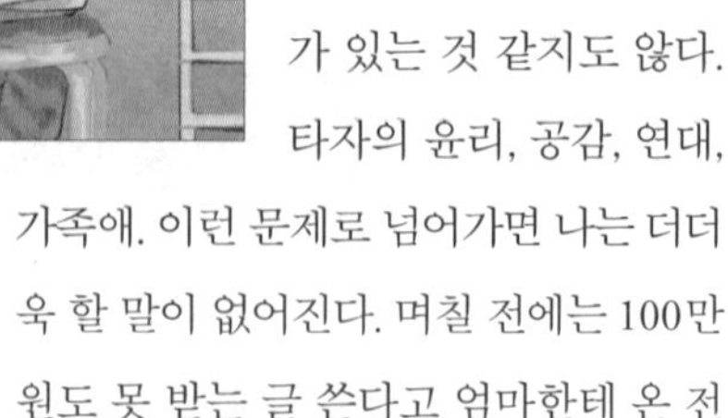

선인세 계약금은 100만 원이다. 가성비가 심하게 떨어진다. 그런데 나는 왜 글을 쓰는가. 확실히 돈 벌고 싶어서는 아닌 것 같다. 그게 목적이었다면 글 한 편을 완성하기 위한 이 터널 같은 긴 시간을 제정신으로 버텨내기 힘들 것이다. 그렇다고 내가 무슨 굴지의 문학상 수상이나 사후 천 년이 지나도 읽힐 작품을 쓰겠다! 그런 원대한 야망이나 포부가 있는 것 같지도 않다. 타자의 윤리, 공감, 연대, 가족애. 이런 문제로 넘어가면 나는 더더욱 할 말이 없어진다. 며칠 전에는 100만 원도 못 받는 글 쓴다고 엄마한테 온 전

룩 백 후지모토 타츠키 | 학산문화사 | 2022

화를 세 번이나 씹었고, 네 번째로 걸려 왔을 때는 바빠 죽겠는데 왜 자꾸 전화하느냐고 화를 냈고, 전화한 이유를 듣고 나니 더 화가 치밀어서 한껏 예민함을 뽐냈다.

사실 요즘 나는 글 쓰는 게 너무 지긋지긋했다. 이런 삿된 마음으로 글을 붙잡고 있으니 될 일도 안 된다. 하루 종일 앉아 있어도 두 문단을 채 못 써서 머리 아플 때가 여러 날이었다. 10페이지까지 다 쓴 소설을 갈아엎고 처음부터 다시 쓴 적도 있다. 세 달 생각해도, 여섯 달 꾸역꾸역 써도 지지부진. 그렇게 망설이고 꾸물거리다 막판에는 결국 밤을 꼴딱 샌다. 노력 없이 결과를 이루고 싶었건만. 하도 앉아 있었더니 다리는 붓고 어깨는 결린다. 쏟아지는 잠을 쫓기 위해 포도당 캔디를 물고 에너지 드링크를 원샷한다. 지겨워, 힘들어, 살려줘, 란 말을 입에 달고 산다. 이렇게까지 쓸 필요가 있을까?

《룩 백》의 주인공 후지노는 만화를 그린다. 5분 만에 뚝딱 그렸는데 가족과 선생님과 교실의 아이들에게 잘 그린다고 칭찬을 받는다. 학년 신문에 4컷 만화까지 연재한다. 나 좀 재능 있는지도. 그런 우쭐한 생각이 들지만 얼마 가지 못한다. 같이 실린 동급생 쿄모토의 만화를 보고 벌벌한 충격을 받는다. 후지노는 쿄모토처럼 만화를 좀 더 잘 그리고 싶다. 그 마음을 가진 순간부터 후지노의 진짜 만화 그리기는 시작된다. 데생의 기초를 연구하고, 인체의 구조를 익히고, 원근법을 의식한다. 어쨌든 많이. 무조건 많이 그리는 연습을 한다.

수업 중에도 그린다. 쉬는 시간에도 그린다. 방과 후에도 그린다. 후지노가 구부정한 자세로 책상 앞에 앉아 만화 그리는 뒷모습을 작가가 11컷 분할 연속으로 독자에게 보여준다. 연속된 11컷의 그림을 통해 후지노가 만화를 그리며 보냈을 긴 터널의 시간을, 만화에 대해 느끼는 감정의 부침을, 잇따른 실패를 짐작하게 한다.

2년이 흘렀다. 그 시간 동안 내내 만화만 그리자 후지노의 만화 실력을 칭찬하던 가족과 친구들도 이제는 돌아선다. 너는 도대체 왜 골방에 틀어박혀 그림만 그리느냐고. 시험공부도 하고 친구도 만나면서 현실 좀 직시해야 할 것 아니냐고. 후지노는 주변 사람들의 몰이해 섞인 꾸지람보다 2년이 지나도 좀처럼 나아지지 않는 자신의 그림 실력 때문에 더 속상하다. 후지노가 세 계단 올라가면 쿄모토는 일곱 계단 앞질러 간다. 격차는 줄어들지 않는다.

6학년 졸업식이 있던 날 후지노는 쿄모토를 처음 만난다. 쿄모토는 은둔형외톨이었다. 졸업식에도 어김없이 방에서 나오지 못했다. 그런 쿄모토에게 졸업 증서를 가져다주라는 선생님의 전언이 있었다. 그날 후지노는 본다. 쿄모토의 방문 앞에 수북이 쌓인 그림 연습장들을 말이다. 졸업 증서를 방 앞에 두고 집을 나온다. 그런데 얼마 지나지 않아 쿄모토가 달려나와 후지노를 붙잡는다. 꼬질꼬질한 하오리 차림에 덥수룩한 머리카락 사이로 땀을 뚝뚝 흘리면서. 후지노가 생각하는 그림 천재 쿄모토가 고백한다. "팬이에요, 사인해주세요, 후지노 선생님은 만화의 천재세요."

그렇게 후지노는 자신의 첫 독자이자 만화 동료를 만나게 된다. 자신이 진심으로 좋아하는 만화라는 장르에 대해 함께 이야기 나눌 수 있는 친구를 사귄다. 이제 후지노는 주변의 쌀쌀맞은 시선을 참거나 고독한 시간들을 견디며 만화를 그리지 않아도 된다. 쿄모토와 함께 즐겁게 만화를 그린다.

후지노가 책상 앞에 앉아 만화 그리는 뒷모습이 또 나온다. 그에 더하여 같은 방한 프레임 속에서 쿄모토도 함께 앉아 그림을 그린다. 폭우가 내리는 장마철에도, 칼바람 부는 겨울날에도. 연속된 8컷의 프레임 안에 후지노와 쿄모토는 늘 함께이다. 두 사람은 각자의 장점을 발견해준다. 후지노는 스토리에 능했고 쿄모토는 배경 작화가 뛰어났다. 둘의 장점을 살려 협업한 만화가 공모전에 당선된다.

쿄모토는 후지노로 인해 골방에서 나왔다. 더 넓은 세상을 겪으며 자신이 진짜 하고 싶은 것을 발견한다. 그것은 미대에 진학하여 본격적으로 그림 공부를 하는 일이었다. 후지노의 심한 반대가 있었다. 그냥 나랑 계속 만화 그리면 안 되냐고 따져 묻는다. 그러나 쿄모토는 만화 말고 그림을 좀 더 잘 그리고 싶다.

쿄모토와 결별한 후지노는 다시 혼자서 만화를 그린다. 넓은 작업실 책상에 앉아 태블릿으로 만화를 그리는 후지노의 뒷모습. 연재 중인 장편 만화는 11권까지 발매를 했고 애니메이션 제작이 결정됐다. 성공한 만화가의 삶.

미대에 진학한 쿄모토도 최선을 다하며 일상을 살아간다. 그러던 어느 날, 자신의 그림을 표절했다고 앙심을 품은 누군가에게 묻지마 살해를 당한다. 쿄모토의 죽음은 2019년 일본에서 일어난 교토 애니메이션 방화 사건을 떠오르게 한다. 그림을 사랑하던 36명의 젊은이들이 저마다의 꿈과 목표를 그리며 일하다가 허망하게 세상을 떠난 그 사건.

후지노는 후회한다. 쿄모토가 후지노의 만화를 좋아하지 않았더라면. 함께 만화를 그리지 않았더라면. 쿄모토는 계속 방 안에서만 머물렀겠지. 그랬다면 쿄모토에게 이런 일은 벌어지지 않았을 텐데. 잘못이라고 생각한다. 만화 같은 건 1도 도움 되지 않는다고. 후지노는 상상한다. 쿄모토와 만나지 않게 되는 다른 차원의 세계를. 두 사람에게서 만화가 지워진 다른 우주를. 만화 같은 것 안 그리면 어때.

죽은 사람의 방을 둘러본다. 책장 한 편에 꽂힌 후지노가 그린 만화책들. 애독자 엽서. 그리고 6학년 졸업식 날 후지노가 쿄모토의 잠옷에 해줬던 사인. 언젠가 후지노는 쿄모토에게 이런 말을 한 적 있다. 실은 콘티 짜는 게 좋지 만화 그리는 건 전혀 좋아하지 않는다고. 남이 1년 동안 그린 만화 30분 만에 휘뚜루마뚜루 읽는 게 훨씬 행복하다고. 쿄모토가 의아해하며 묻는다. "그럼 후지노 넌 왜 만화를 그려?"

후지노는 지난 순간들을 뒤돌아본다. 괴롭게 완성한 만화. 쿄모토에게 처음으로 보여준다. 쿄모토가 후지노의 만화를 보고 뒤집어지게 웃는다. 쿄모토가 후지노의 만화를 보고 감동받아서 운다. 내가 만든 이야기를 보는 쿄모토의 진지한 표정과 몸짓. 그것이 후지노가 만화를 그리는 유일한 의미였다.

후지노는 눈물을 닦고 일어선다. 분노와 슬픔과 자책 없이 씩씩하게 걸어나간다. 책상 앞에 돌아와 앉는다. 만화를 그리는 후지노의 등은 그 어느 때보다도 단단해 보인다.

후지노의 그 단단한 등에 시선을 오래 두며 나도 용기를 얻는다. 다 울었니? 이제 할 일을 하자. ■

review

타격감으로 효능감을 얻는 당신들께

novel
poem
essay
→ **etc**

박진경

최근 유치원 교사가 모두가 보는 앞에서 배변 실수한 원아를 혼내는 장면을 촬영하여 자신의 SNS에 게재한 사건이 있었다. 해당 동영상에서 교사는 원아에게 "대답 안 하지? 너 똥 묻은 팬티, 네 얼굴에 똥 묻힌다" 말하며, 배변이 묻은 속옷을 아이의 얼굴에 들이댄다. 아이가 얼굴을 피하며 울음을 터뜨리자 "냄새 맡아. 네 똥 냄새가 얼마나 고약한지. 나는 맨손으로 네 똥 만지고 (속옷을) 빠는데, 자기는 얼굴에 묻히는 것도 싫어하면서"◆라고 말한다. 위 동영상의 제목은? **〈똥싸개 참교육〉**이다. 해당 교사가 위 행위를 "참교육"이라 명명한 점에서 나는 새삼스레 참교육의 의미가 궁금해졌다. 참교육은 본래 '교육'에 접두어 '참-'을 붙여 "참되고 올바른 교육"을 뜻하나 인터넷 커뮤니티에서는 **'참교육하다/당하다'**라는 동사로 사용되면서 '하는 주체/당하는 객체'를 상정한 가운데 참교육 당하는 객체를 계몽, 각성시키는 일련의 행위(사이다를 외칠 만한 통쾌함을 위해 폭력이 동반되어도 무방하며, **참교육을 위한 것이므로 용인되는 가해**를 포함함)로 의미가 변질되어 사용되고 있었다. 교사의 행위는 과연 참교육일까? 원아에게 개별적으로 지적하여 충분히 행동 수정을 요구할

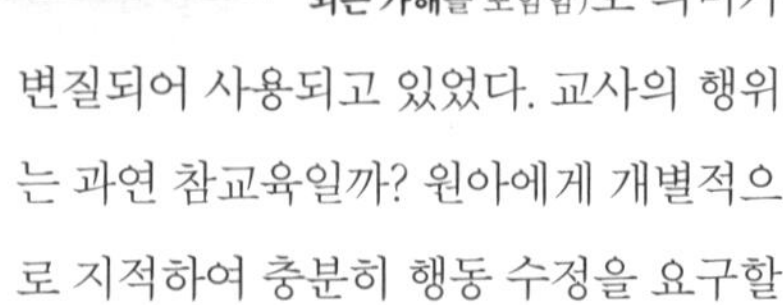

수 있었음에도 (문유석 판사는 이를 과잉 금지의 원칙 중 **'침해의 최소성'**이라 말한다. "정당한 목적, 적정한 방법이라 하더라도 가능한 여러 가지 방법 중에 개인의 자유와 권리 침해가 최소화되는 선택지를 택해야 한다는 것이다."(170쪽)) 교사는 최소한이 아닌 최대한을 선택했다. 자신이 교사의 권한으로 할 수 있는(권한을 넘어섰더라도 권한이라 주장할 수 있는 선에서) **'최대한'으로 타격감을 주기 위해** 원생들 앞에 세워두고 모욕을 주는 방법을 택했다. 이는 잘못을 지적하여 행동 수정을 하려는 것이 아니라, **잘못을 지적한다는 정당성(잘못했으니까 벌을 받아야 마땅하다는 논리)을 내세운 학대**일 뿐이다. **〈"넌 진짜 안되겠다" 정의의 사도 자청한 '참교육 유튜버' 실체〉**◆◆와 같이 참교육은 하는 주체/당하는 객체 사이에서만 이뤄지지 않는다. 이를 관람하는 관중을 전제로 하며, 참교육당하는 대상의 **굴욕을 전시함**으로 관람자에게 **효능감을 선사**하기도 한다.

만일, 해당 교사가 위 동영상을 게시하지 않았다면 어떻게 되었을까? 집으로 돌아간 아이가 엄마에게 말한들 CCTV를 확보할 수 있었을까? 잘못해놓고, 하소연한다며 묵살당하지 않았을까? 그렇다면, 차라리 해당 교사가 참교육을 기념(단순한 기록의 의미를 넘어섰으므로)하기 위해 촬영하고 게재한 동영상이 결과적으로 학대의 증거로 작용했음을 다행으로 여겨야 할까? 교사는 잘못을 지적함을 넘어서서 원아에게 **똑같이** 냄새를 맡게 하거나 배변 묻은 속옷을 들이대고, 배변을 얼굴에 묻히려는 행위까지 하였다. 이는 **역지사지**를 타인을 이해하기 위한 관점으로서가 아닌, **"너도 당해봐"**를 지탱해주는 근거로 악용하며 "**(내게 피해를 줬으니까) 난 그래도 돼**"라며 학대의 온당함을 주장하고, 참교육을 행한 자신을 자랑스럽게 여겼기에 촬영부터 게시까지 이뤄진 것으로 생각된다. 자라나는 아이에게 참교육을 빙자한 학대가 평생 남는 트라우마가 된다면, 교사는 무어라 말할까? **"그건 모르겠고**(알아도 달라질 건 없고) **잘못했으니까, 감당해야지."** 가해의 근거와 정당성을 상대방에게서 찾고, **할 수 있는 최선을 다해 힘을 합쳐 상대를 곤경에 빠뜨리는 선제공격**이 유행하는 요즘, 판단의 주체는 법원이 아니다. 각 개인이 심판관이 된다.

성폭력 범죄자 조재범의 입장에서 심석희 선수는 소송을 제기하여 자신에게 피해를 준 상대이므로 가해의 정당성이 확보되는가? 사적 가해가 아니라 공적 제보라고 항변하더라도, 의혹 제기와 사적 정보를 함께 유출하여 이슈화함으로써

◆ 〈"똥싸개 참교육"… 아이 얼굴에 변 묻은 속옷 들이댄 유치원 선생님〉, 조선일보, 2022. 9. 15.
◆◆ 〈궁금한 이야기 Y〉, 463회, 2019. 08. 30. 방송.

사적 가해의 발판을 만들었다면 정당성이 확보되는가? 스포츠인권연구소는 심석희에 대한 2차 가해 중단을 촉구하는 성명서에서 "피해자의 광범위한 사적 정보를 적나라하게 언론매체에 제공함으로써 자신에게 유리한 여론을 선동하고", **"위법한 유출을 통한 이슈 전환"**으로 "피고인 조재범에 대한 동정론이 일고 **성폭행 가해 사실마저 부정하려는 양태**로 번지고" 있음에 대하여 "피해자 흠집 내기를 통한 의도적 보복이자 명백한 2차 가해"로 규정하고, "가해자의 불법 유출에 동조하거나 보복성 2차 가해에 편승하지 말라"고 요구했다. 문유석 판사 또한 '방법의 적정성'의 예시로, "가족 개인정보를 유출하고, 그들에게 위해를 가할 것처럼 협박하고, 언론에 불명예스러운 사실을 유출하여 고의적으로 망신주기를 한다면? 어떤 숭고한 척하는 목적을 내세운다 하더라도 정의가 아니다. 범죄일 뿐"(169쪽)이라 했다.

그러나 문제는 범죄임을 몰라서가 아니라 〈**"때려드립니다" … '삼촌 서비스' 성행**〉◆처럼 범죄를 수반하더라도 "참교육은 진리"라는 미명하에 '법'이 아닌 '돈'으로 해결하는 것이 빠르고 확실한 방법으로 통용되고, **원 없이 한을 풀어도 한 없이 공정해 보이는 효과**가 있다는 것 아닐까? 바로 그것이 가해의 연대를 작동시키는 힘이다.

이번 앤솔러지에 수록한 시 10편 중, 마지막 시편인 〈효수〉에서도 가해의 연대가 등장한다. 패소한 피고가 법원의 판단을 인정하지 않는다면 그에게 승소한 원고는 **'정당한 되갚음'의 원인 제공자**가 된다. **"피해 준 만큼, 네가 똑같이 당하는 거야."** 이로써 사적 복수가 조리돌림을 통해 공적 복수로 작동하며 형성되는 **가해의 연대**는 사회 곳곳 온라인/오프라인을 막론하고 포진되어 있다. 타격감으로 효능감을 얻으며 연대자로 기능하는 당신들께 문유석 판사는 말한다. "자신이 옳다고 생각하는 결론을 위해 절차를 무시하는 것은 반칙이다. 반칙에는 대가가 따른다. 정의를 위해서라면 수단과 방법을 가리지 않겠다는 열정은 '내로남불'이라는 비난과 함께 부메랑처럼 그 대가가 자신에게 되돌아온다"고(87쪽).

◆ 〈MBC 뉴스투데이〉, 2021. 03. 03.

review

우리의 안온한 첫 세계

novel
poem
essay
→ etc

성해나

내가 유년을 보낸 첫 번째 집은, 방 두 개에 거실이 딸린 작은 아파트였다. 베란다 창에 서면 논과 밭이 내다보였고, 때가 되면 멀리서 기차 소리가 들렸다. 이십 년도 넘게 지났지만, 그 집에서의 생활은 내 몸에 생생히 스며들어 있다. 외벽을 새로 칠할 때마다 풍기던 페인트 냄새, 잊어버리지 않도록 늘 목에 걸고 다니던 아파트 열쇠와 803호에 살던 언니가 흥얼대던 제이팝.

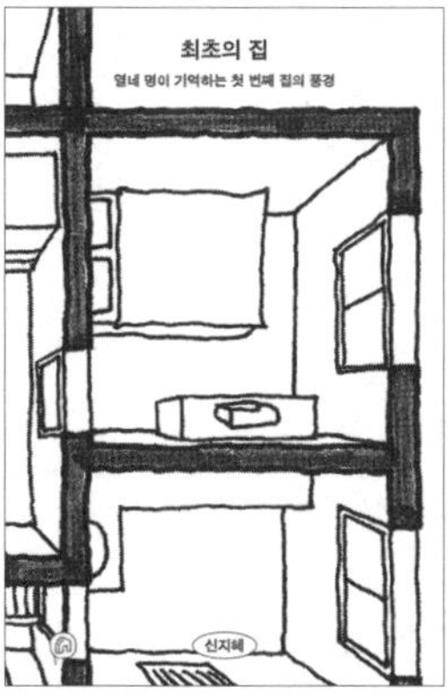

단지에 야시장이 열리면 친구들과 천 원을 내고 트램펄린과 조악한 바이킹—요즘도 그런 것이 있을까—을 탔고, 부모님이 늦게 오시는 날에는 이웃집에 가 저녁을 먹었다.

주말마다 아빠와 단지 내 비디오 대여점에 갔던 것도 선연하다. 온 가족이 거실에 모여 〈드라이빙 미스 데이지〉나 〈러브레터〉 같은 외화를 보았던 것도, 여름방학이면 그 자리에 모기장을 치고 얇은 차렵이불을 덮은 채 잠들던 것도.

소실된 줄만 알았는데, 그 기억들이 죄다 내 안에 남아 있었다는 것을《최초의 집》을 읽으며 느꼈다.

이 책은 다양한 집에 살았던 열네 사람의 인터뷰를 담은 건축 기록물이다. 열네 명의 인터뷰이 중에는 농촌주택에 살았던 이도, 상가나 단독주택에 거주했던 이도,

최초의 집:
열네 명이 기억하는
첫 번째 집의 풍경

신지혜 | 유어마인드 | 2018

아파트에 기거했던 이도 있다. 나는 아파트 키드인지라, 아파트에서 태어나 줄곧 그곳에 살아온 인터뷰이들의 구술이 반가우면서도 이채로웠다.

우리 세대가 나고 자란 8~90년대는 전국적으로 아파트 붐이 일던 시기였다. '25평형, 32평형, 42평형, 49평형으로 고정'(224쪽)된 아파트들이 우후죽순 들어섰고, 그중에서도 일자형과 기역자형의 판상형 아파트가 주를 이루었다.

비슷한 시대에, 엇비슷한 공간에 살았던 아파트 키드들이지만, 그들의 유년기는 저마다 판이하다. 계획도시의 아파트에 살았던 라야(1989년생, 비디오그래퍼)씨의 경우, 녹지로 둘러싸인 단지 안에서 놀이거리를 찾았다면, 복도형 아파트에 살았던 정재민(1985년생, 그래픽 디자이너)씨의 놀이공간은 단지가 아닌 복도였다.

"초등학교에 들어가기 전까지 재민 씨는 같은 복도를 쓰는 이웃 아이들과 어울렸다. 집집마다 또래 친구가 있어 아이들이 서로 집으로 몰려다니며 놀았다. 아무 집이나 들어가 놀다가 다음 집으로 넘어갔다. 놀러오는 아이들을 반기는 분위기 덕에 놀이터가 복도에서 집 안까지 쉽게 넓어졌다."

(232쪽)

공간을 사용하는 방식도 각 가정마다 다르다. 재민 씨의 거실이 식사 공간으로 쓰였다면, 라야 씨의 거실은 가족의 취향을 흡수하는 공간으로 활용된다. 언니와 세기말적 감성의 영화를 보거나 아버지가 해외에서 사 온 유리 공예품이 전시되는 공간으로.

획일화된 평면 구성 속에서 그들은 각자 다른 형태로 집을 꾸리고, 살아간다.

"차고 계단에 시멘트로 만든 독특한 난간이 있었다. 세 변 길이가 모두 다른 삼각형이 바닥에서 솟아오른 것 같은 형태였다. 난간의 경사 꼭대기에다 구슬을 놓고 굴리며 놀았다. (……) 막힌 곳이 없어 집 둘레를 빙빙 돌 수 있었다. 양옆에 높은 벽이 있는 좁은 길을 뛰어다닐 때면 모험 영화 주인공이 되어 미지의 공간을 탐험하는 기분이 들었다."

(81쪽)

주택에서 유년기를 보낸 이들의 삶은 또 다르다. 이수찬(1977년생, 스윙댄서)씨의 첫 번째 집은 마당이 딸린 이층집으로 부모님과 이모, 삼촌 둘에, 형 둘까지 총 일곱 식구가 일·이 층을 번갈아 썼다. 아파트 단지나 복도를 놀이공간으로 삼았던 아파트 키드와는 달리 그의 놀이터는 차고였다.
농촌주택에서 산 이명현(1982년생, 디자인 회사 직원)씨는 여름마다 마당의 수돗가에서 동생과 물놀이를 하던 경험을 회상하고, 백일홍과 모과나무가 잔뜩 심긴 넓은 부지를 지닌 도시형 단독주택에 살던 한승희(1982년생, 바리스타)씨는 겨울마다 경사지에서 썰매를 타고, 눈사람을 만들던 기억을 떠올린다.
현재 이들이 살았던 집은 행정구역이 사라져 허물어지거나, 재건축되어 유년기의 형태를 찾아볼 수 없다.
집은 사라졌지만, 기억은 스러지지 않는다. 집에 대한 기억은 계절과 그곳의 사람들, 풍경까지 따라 불러온다. 태워먹은 흔적이 남은 노란 장판, 통화하는 사람들로 붐비던 아파트 앞 공중전화 부스, '떡볶이집 딸', '표구사집 딸'로 불리던 친구들……. 저마다의 첫 번째 집은 취식과 취침만을 해결하는 단순 공간이 아닌, 거주자와 그들의 시간에 맞추어 나란히 변모하는 첫 세계며, 시간이 머무는 공간이다.

오늘은 외부인의 놀이터 이용을 금하려 주민에게만 '놀이터 출입증'을 발급했다는 한 아파트에 관한 기사를 읽었다. 이런 기사를 접할 때마다 집이 본래 가지고 있던 개념이 퇴색되어 감을 느낀다. 이제는 정말 사는生 곳이 아닌 사는買 곳이 되어버렸다는 생각.
그런 시대에 신지혜의 책은 귀하다.
그는 매매가와 아파트 브랜드를 묻는 대신, 집에서 가장 애호하는 공간은 어디인지, 얼마나 많은 시간을 보내는지, 그곳에서 타인과 어떤 관계를 맺었는지 질문한다.
모든 집은 '저마다의 세계'며, '마음을 놓을 수 있는 곳'이라는 그의 말처럼, 우리의 공간도 단면이나 평면 내지는 부의 척도로 가늠되기보다는 온전한 애정을 품을 수 있는 세계로 남을 수 있기를.

review

그 선택이 전부가 아니다

novel
poem
essay
→ **etc**

송재영

나는 광주에 산다

전라도 광주가 아니라 광주광역시, 그 광주다. 광주에 살면서 가장 많이 받은 질문은 "광주에 오신 지는 얼마나 되셨어요?"였다. 말투 때문이었을 것이다. 광주에 살면 사투리보다 표준어를 구사하는 사람을 더 자주 만날 수 있다. 그런데 어느 지역이건 토박이만 구별할 수 있는 표준어와 서울 말투라는 것이 있다. 서울에서 광주로 이주한 초창기에 나는 서울 말투를 지닌 사람이었던 모양이다. 그런데 요즘은 서울이나 타지로 출장을 가게 되면 이런 질문을 가장 많이 받는다. "광주가 고향 아니셨어요?" 그럴 때마다 나는 이렇게 대답하곤 한다. "네, 광주가 고향 맞습니다. 태어난 곳은 아니지만, 저를 거둬주고 키워준 곳이거든요." 물론, 말투도 이제 광주 사람이 다 되었다.

스무 살의 광주, 첫 만남

'광주' 하면 가장 먼저 떠오르는 단어가 있을 것이다. 그러나 나는 무지하게도 스무 살이 되도록 그 단어에 대해 잘 몰랐다. 학생회 언니들을 따라 광주로 직행하는 버스를 타기 전까지는. 당시 학생회만 해도 주말마다 거리 시위 또는 집회 스케줄이 잡혀 있었고, 중요한 개인용무가 아니라면 당연히 참석해야 하는 분위기였다. 나는 세상이 궁금했다. 게다가 국문과에 멋진 선배 언니들은 학생회 소속이었다. 심지어 회장도 있었다. 나는 그 언니들을 따라 몇 번 시위에 참여했다. 종로 바닥에 앉아 민중가요를 따라 불렀다. 시위대가 전경들과 몸싸움을 하는 장면을 눈앞에서 보았고, 누군가는 얻어맞고, 피를 흘리고 쓰러졌다. 밀레니엄이 지난 시기임에도 현실은 그랬다. 그리고 눈을 떠보니 오월 어느 날, 나는 광주로 향하는 버스에 타고 있었다.

전국에서 몰려든 대학생들이 깃발을 들고, 북을 두드리고, 확성기로 구호를 외쳤다. 금남로 6차선 도로를 모두 점거하고 길게 늘어선 시위행렬. 그런데 이상했다. 경찰들이 왜 우리를 보호해주지? 시민들이 길을 터주며 박수를 쳐줬고, 무장하지 않은 경찰들이 시위대가 안전하게 지나갈 수 있도록 차량을 통제하고 있었다. 그날 기억에 남는 것은 앞줄에서부터 전달되어온 계란이었다. 이 계란을 도청을 향해 던지라고 했다. "아니, 정말 던져도 되는 거예요?" 하고 묻는 내 손에는 이미 계란 두 개가 쥐여져 있었다. 나는 도청을 향해 힘껏 계란을 던졌다. 그 계란이 도청 벽까지 무사히 도달했는지는 지금도 알 수 없다.

그날 저녁, 나는 전남대학교의 어느 강의실에 모여든 학생회 사람들과 술을 마셨다. 선배들이 내어준 스티로폼 위에서 옷을 껴입고 잠이 들었다. 다음날 아침, 강의실 밖으로 나와보니, 어느 때보다 맑고 화창한 봄날 아침 풍경이 펼쳐져 있었다. '용지'라고 부르는 넓은 저수지에서 반짝반짝 빛나는 물줄기가 솟아나오고 있었다. 눈부시게 밝은 오월의 아침이었다.

운명처럼 광주

그로부터 10년 후, 나는 광주로 이주하게 되었다. 말하자면 사연이 길지만, 간단히 요약하면 서울 생활을 정리하고 '살러' 왔다. 직장이 있는 것도 아니었고, 연고가 있는 것도 아니었다. 집 앞 슈퍼부터 대형마트까지 모든 길을 새로 익혀야 했다.

글을 쓰기 시작하고부터 5·18민주화운동에 관한 작업 의뢰가 들어오기 시작했다. 이상한 일이었다. 나는 광주에서 나고 자란 사람도 아닌데, 광주의 오월에 관해 많은 배경지식을 가진 것도 아닌데. 한 영상업체 대표님께서 사비를 털어주시며 '민주광장'에 관한 기억을 수집해달라고 하셨다. 나는 80년 5월의 기억을 간직한 사람들을 찾아가 인터뷰를 했고, 6·10민주항쟁에 참여했던 당시 이야기를 받아 적었다. 그리고 2017년 3월 10일, 오전 11시에 헌법재판소가 발표한 박근혜 대통령 탄핵 장면을 광장에서 직접 경험한 친구의 사진과 증언을 기록했다. 2020년, 광주시립미술관에서는 5·18민주화운동 40주년 특별전에 상영할 인터뷰 아카이브를 부탁해왔다. 학계와 유가족, 시민들의 인터뷰를 하면서 광주가 나를 광주 사람으로 만들어갔다. 그 해, 8개월간 입주하게 된 작업실은 80년 5월 헬기사격 발포흔적을 그대로 간직한 전일빌딩이었다. 매일 오후 5시 18분에는 시계탑에서 울리는 임을 위한 행진곡을 들었다. 야간작업을 하면서 머리를 식힐 때는 민주광장의 분수대를 바라보며 커피를 홀짝였다. 의도하지 않은 인생의 일들이 계속해서 내 주위를 맴돌고 있었다. 서울에서 광주로 이주한 사람 중에 이런 일들을 마주하는 사람이 될 확률은 그리 크지 않을 터였다.

20년 전 기억을 소환한 KBC 특집 다큐멘터리 〈민주경찰 안병하〉(2018)와 《안병하 평전》

광주의 오월은 특별하다. 많은 행사들이 5·18민주화운동을 기념하기 위해 열리고, 다양한 전시와 공연이 펼쳐진다. 거리의 전야제도 볼만하다. 광주에서 10년을 살다 보니 오월의 행사들이 일상처럼 느껴지기 시작했다. 그러다가 최근 KBC에서 제작한 〈민주경찰 안병하〉라는 다큐멘터리를 보게 되었다. 평소 잘 알고 지내는 PD님의 작품이었는데, 얘기만 듣다가 직접 다큐멘터리를 보게 된 것이다. 그리고 얼마 후, 《안병하 평전》을 선물로 건네주셨다. 작가 이름이 눈에 띄었다. 《죽음을 넘어 시대의 어둠을 넘어》를 쓰신 이재의 작가였다. 이전에 직접 만나 인터뷰를 한 적이 있었다. 차분한 성격에 사명감을 가지고 글을 써오신 분으로 알고 있었다.

작업에 관한 고민으로 다큐멘터리를 보고 책을 읽다보니 20년 전의 기억이 떠올랐다. 내게는 생경했던 그날의 기억이. 경찰이 시위대가 안전하게 길을 지나갈 수 있도록 길을 터주었던 모습, 어떤 무장도 하지 않고 오히려 평화로운 시위가 이루어지도록 도와주었던 장면이었다. 헌법 제21조 1항에 따르면, 모든 국민은 집회의 자유를 가진다. 법률로써 제한할 수 있는 것은 국가안전보장, 질서유지, 공공복리를 위하여 필요한 경우에 한한다. 그러나 대학 시절만 해도 내 눈으로 직접 본 전경들은 공포의 대상이었다. 집회신고를 받고 현장에서 미리 대기를 하고 있다가 시위대를 해산시키는 임무를 가지고 있었다. 강제 해산 과정에서 무력충돌이 일어나는 일도 비일비재했다.

악의 평범성이 넘쳐나던 시대

1980년 안병하 전남경찰국장은 5월 26일 직무유기혐의로 동빙고 분실에 위치한 합동수사본부로 연행되었다. 남파간첩 이창용이 5·18 선동 간첩으로 둔갑되어 대대적으로 뉴스에 발표 된 지 이틀 만이었다. 당시 육사 8기 동료인 이희성 계엄사령관은 경찰이 무장하고 도청을 접수해야 한다고 압박했지만 안병하 국장은 경찰이 시민을 향해 무기를 사용할 수 없다고 이를 거부했다. 남파간첩 홍종수를 검거 하루 만에 광주선동 간첩 이창용으로 조작한 염보현 경찰국장은 고속승진을 했고, 이후 서울시장을 지냈다. 이희성은 5·18 이후 육군참모총장을 역임했다. 전두환의 명령에 따른 자들은 5·18 이후 다들 한 자리를 차지하게 된 것이다. 그러나 안병하 국장은 광주시민을 향해 총을 들지 않았다는 이유로 치안감 승진을 목전에 두고 직위해제 되었다. 그는 끔찍한 고문을 당하고 6월 13일에야 집으로 돌아왔다. 신군부를 주도한 육사 후배들에게 치욕을 당하고 오랜 기간 트라우마를 안고 살아야 했다. 그는 그날의 진실을 담은 비망록을 조용히 적어 내려가다가 5·18 청문회를 한 달 앞두고 세상을 떠났다. 안병하 국장은 그로부터 26년 후인 2006년에 순직경찰로 인정되었다. 그리고 2017년 11월, 문재인 정권에 이르러서야 해직 37년 만에 치안감으로 추서되며 완전한 명예회복이 이루어졌다.

과거는 절대 과거에 머무르지 않는다

작가는 관객과 독자의 또 다른 눈이다. 그래서 내면에 침잠하지 않고 끊임없이 세상에 필요한 이야기를 찾고 들려줄 수 있어야 한다고 믿는다. 안병하 치안감의 삶은 그런 의미에서 내게 어떤 질문을 던져왔다. 그의 삶이 왜 감동적인지, 그의 죽음이 왜 아프게 다가오는지, 감시와 가난 속에서 살아온 유가족들은 어떻게 끝까지 그를 존경할 수 있는지 궁금했다. 이런 질문이 떠오른 이유는 그의 삶과 가치관이 현재에도 여전히 힘을 지녔기 때문일 것이다.

누구나 인생의 기로에서 선택을 해야 하고, 그 선택을 밀고 나갈 용기가 필요한 시점이 온다. 평범한 인생을 살기 위해 단 하나의 선택지밖에 없다는 생각이 들 때, 그의 삶을 떠올려볼 수 있을 것 같았다. 자세히 보면 또 다른 선택지가 있다고, 마음에 꼭 드는 그 선택을 후회 없이 해보라는 말을 건네는 것 같았다. 적당한 타협이 아닌, 떳떳한 선택이란 무엇인지 알고 싶은 사람에게 5·18 시절 그의 행적을 다룬 책과 다큐멘터리를 권하고 싶다.

review

책의 걸음걸이

novel
poem
→ **essay**
etc

이선진

나는 X다리다. 미지수 x 아니고 다리가 엑스(X) 자로 휘어서 그렇다. 뼈가 틀어졌거나 어릴 때부터 무릎 꿇는 자세를 많이 하면 그렇게 된다던데, 나는 둘 다 해당한다. 그래서 스키니진보다는 통이 크고 펑퍼짐한 와이드 팬츠를 선호하게 되었다. 선호한다,가 아니라 선호하게 되었다,라고 쓰는 건 취향이나 호오 같은 것들이 생존을 위해 어쩔 수 없이 생겨났기 때문이다.

그래서인지 언젠가부터 나는 길을 걸을 때마다 사람들의 걸음걸이를 유심히 들여다보곤 한다. 걷는 방식은 걷는 이의 몸과 마음의 역사를 얼마간 드러내기 때문이다. 왼발이 완만한 호를 그리듯 뻗어나가는 데 반해 오른발은 직선으로 거침없이 나아가는 사람. 금방이라도 고꾸라질 듯 무게중심이 앞으로 쏠린 사람. 한쪽 발을 질질 끄는 사람. 그리고 나도 모르게 알아보게 되는 사람. 저 사람은 나와 동족(同足)이군. 다리가 X자로 휜데다가 엉덩이를 뒤뚱거리며 걷는 게 학창 시절에 놀림깨나 받았겠군. 그래도 용케 여기까지 걸어왔군. 순간 나는 저 사람이 두렵고 싫다. 저 사람의 뒷모습에는 거울이 달려 있어서 내 모습을 비춘다. 나는 동족상잔이 왜 벌어지는지 알 것도 같다. 자기혐오가 나를 향해 걸어오

자전소설 쓰는 법 알렉산더 지 | 서민아 옮김 | 필로소픽 | 2019

고, 마주침이 머지않았다.

왜 이런 얘기를 이렇게 길게 늘어놓느냐면, 사람뿐만 아니라 책에도 걸음걸이가 있기 때문이다. 나는 페이지를 넘길 때마다 작가의 걸음이 너무 삐뚤지는 않은지, 세계와 자신 간의 균형을 잘 잡는지, 핵심으로 진입하기를 망설이며 끊임없이 주변부를 서성이다 그만 자빠져버리지는 않는지 유심히 뒤따르며 살핀다. 위의 경우에 하나라도 해당할 경우 그대로 독서를 멈추기도 한다. 그러나 책의 걸음걸이가 내 그것과 너무 흡사해서도 곤란하다. 삶이라는 잉크로 쓰인, 까맣고 날카로운 문장에 발을 포갤 때마다 나는 속수무책으로 넘어지고, 책을 덮고 싶다는 충동에 시달린다. 알렉산더 지의《자전소설 쓰는 법》을 만났을 때도 나는 그 동행의 과정이 고통스러우면서도 벅차 자주 숨을 골라야 했다. 그의 글은 내가 그토록 외면하고 싶었던 나를 정면으로 바라보게 했으니까.

알렉산더 지는 한국인 아버지와 미국인 어머니 사이에서 태어난 아시아계 미국인이자 동성애자로, 이 책은 소위 더블 마이너리티인 그가 자기 자신을 둘러싼 세계를 응시하는 시선으로 이루어져 있다. '자전소설 쓰는 법'이라는 제목은 언뜻 작법서의 뉘앙스를 풍기지만, 오히려 그는 자신의 삶이라는 텍스트가 모두 타자와의 관계 속에서 타전(他傳)되었다는 듯 살아오면서 만난 수많은 이들에 관한 일화를 끌어온다. 처음으로 성적인 끌림을 느꼈던 친구에 대한 기억, 예술학 석사 과정을 통해 내면의 문제와 역동을 글로 써내려간 경험, 성소수자 인권 운동 단체인 액트업 퀴어 네이션에 몸 바치며 느낀 감정, 지씨 가문 41대 종손으로서 서울에 살며 자신의 계급 정체성을 인식하게 된 유년의 풍경. 무엇보다 그가 자기 자신이 되기 위하여 겪어야만 했던 무수한 혐오와 차별, 성적 학대.

이렇게나 (자기 자신에게) 솔직하다고? 이렇게나 (자기 자신에게) 뜨겁다고? 책에도 체온이랄 게 있다면 이 책은 열이 펄펄 끓는다. 스스로를 너무나 많이 내걸고 있다는 점에서 끓는점에 임박한다. 그리고 이러한 열에너지는 그의 '용기들'에서 기인한다. 눈에 띄지 않을 만큼 잘게 바스라져 삶 여기저기에 흩어져 있던 조각들을 한데 그러모았다는 점에서 그의 용기는 단수가 아닌 복수다. 그는 자신을 향한 외부의 시선에 주눅들거나 움츠러드는 대신, 기꺼이 "자신을 구경거리로 만들려는 경향"을 발휘한다. 이는 스스로를 응시의 대상으로 삼는 행위라는 점에서 특별하다.

"내 공책들 대부분에는 빤히 응시하는 눈이 그려져 있다. 어느 때 나는 그 눈을 그리면서 나 자신을 응시했다. 어느 땐 그림을 완성하면서 내가 나를 들여다보는 기분이 들었다. 지금도 나는 이 눈을 그린다. 이 눈은 그 지켜보는 시선이 자신을 숨겨준다고, 그리고 동시에 힘을 준다고 믿는 한 소년을 위한 완벽한 부적이었다."

(15쪽)

처음 나는 '지켜보는 시선'에 노출될 때, 그것이 자신을 숨겨준다고 이야기하는 그의 마음이 아이러니하다고 생각했다. 정체성만으로 표적이 될 수 있는 상황에 타인의 시선은 대개 불안과 공포를 동반하는 법이니까. 그러나 이 대목은 그가 다른 누구도 아닌 자기 자신으로부터 결코 숨지 않았음을, 스스로를 포기하거나 방기하지 않았음을 방증한다. 그는 혐오로 점철된 세계 속 자신의 좌표를 정확히 짚어냈고, '응시하는 눈'이라는 거울을 통해 "나 자신과의 관계를 바꿔보려" 애썼고, "고통은 우리에게 이야기를 준다"는 말마따나 고통과의 지난한 대결을 거치며 자신의 글쓰기와 성장을 도모했다. 자기 자신을 무릅써야지만 자기 자신이 될 수 있다는 뼈아픈 진실을 평생 몸과 마음에 새겼기에 그는 비로소 "자신 안에서 그 어느 때보다 편안함을 느"낀다. 이처럼 스스로를 지켜보고 지켜냈다는 점에서, 스스로에게 새로운 빛을 부여했다는 점에서 '자기 숨김'이라는 그의 삶의 정치는 '자기 발명(發明)'의 동의어다.

책 표지에는 새빨간 바탕 위로 각기 다른 표정을 한 열두 개의 초상이 배치돼 있다. 솔직히 처음에는 너무 촌스럽다고 생각했는데, 한 사람의 수많은 '나들'을 일별하며 왜 꼭 이것이어야만 했는지 납득이 되어버렸다. 내게는 이러한 마주침이, 교환이 필요했음을 알게 되었다. 알게 됨은 언제나 앓게 됨을 동반하는 법이라 나는 집 근처 카페에서 책 표지를 들여다보다가 조금 울었다.

청년 시절 지는 자기 돌봄의 테크닉 중 하나로서 드랙(여장)을 즐겼고, 한 친구는 클럽에서 여장을 한 지에게 "아가씨, 너무 아름다우세요. 믿을 수가 없어요"라는 농담을 던진다. 그때 지는 더도 말고 덜도 말고 이렇게 말한다. "믿어." 별것 아닌 대화지만 나는 이 대목에서 마음이 완전히 무너져내리고 말았다. 어쩌면 그에게 필요했던 건, 그가 자기 자신에게 그토록 들려주고 싶었던 건 이 한마디가 아니었을까. 믿음에 대해 이야기하기보다 믿는 것을 택하는 단순한 맹목을 통해 비로소 그는 스스로의 삶에 대한 믿음을 가질 수 있지 않았을까.

오늘 이 글을 쓰러 나온 카페에서는 노트북 충전기를 꽂는 데 꽤나 애를 먹었다. 플러그와 콘센트가, 볼록함과 움푹함이, 요와 철이 존재하는데도 어쩐지 두 사물은 잘 맞물리지 않았고, 그럴 때면 세상이 내 편이 아니라는 생각에 서글퍼진다. 이 4인용 테이블에서 내가 자리를 뜨면 누가 여기에 앉아 어떤 말을 하고 어떤 책을 읽고 어떤 마음을 간직할까. 가끔 이런 쓸데없는 공상에 마음을 쓰기도 한다. 돌이켜보면 어린 시절 나는 장래희망란 앞에서 무력해지는 아이였다. 갱지 속 빈칸에 빠져 허우적거리는 아이였다. 너무 오래도록 '나 지망생'이었던 나는 주섬주섬 짐을 챙긴 뒤 문을 나선다. 손님이 한 명도 남아 있지 않은 카페 구석 자리에서 나를 응시하는 누군가를 상상한다. 그는 쌍꺼풀이 없고 눈매가 나무늘보처럼 축 처진 게 꼭 나를 닮았다.

살면서 한 번도 정면으로 마주한 적 없다는 점에서 내 걸음걸이는 내 것이 아니었다. 하지만 이 책을 만남으로써 그것은 비로소 내 것이 되었다. 곧 10월인데도 날이 무더워 나는 무릎 위까지 오는 반바지를 입었고, 딱 반만 드러낸 다리를 연필처럼 교차하며 집까지 걸을 것이다. 무인 아이스크림 가게나 냉면집 통유리에 비친 내 모습을 슬쩍 훔쳐보기도 할 것이다. 차도 사람도 차를 탄 사람도 없는 거리에서 무단횡단을 하고 싶어질 테지만 아마 그러지는 않을 것이다. 신호등이 초록빛으로 바뀌면 기다렸다는 듯 "가!" 하고 스스로에게 외칠 것이다. 그렇게 용케 내가 되어볼 것이다.

아직, 이미, 코다

장진영

쇼팽의 발라드 4번에서 첫 음은 시작되는 게 아니라 발굴되는 것 같다. 피아니스트 임동혁에 의하면, 발라드 4번의 첫 음을 내는 방법은 공중에 계속 떠다니고 있는 음들 중 하나를 붙잡아 건반에 앉히는 것이다. F단조인 이 곡은 딸림음조인 C장조로 짐짓 시작되는데, 조성진은 이러한 제시부에서 별들을 보는 듯한 천상의 노래가 느껴진다고 말한다. 한편 안종도는 무시무시한 꿈에서 깨어난 직후, 신성하고 평화로운 삶을 맞이하는 장면으로 제시부를 해석한다. 물론 곡이 시작될 때 끔찍한 악몽은 음소거되어 있다. 후반부의 몰아붙이는 코다가 실은 악몽의 내용이고 첫 음은 코다의 예감일 따름이다. 코다를 감당할 용기가 있다면, 이제 첫 음을 뜰채로 건져내기만 하면 된다.

어느 아침, 한 노인이 아직 잠들어 있는 아내를 낙관적인 기분에 휩싸여 바라본다. 이러한 낙관에는 근거가 없다. 기억력에 결함이 많기 때문이다. 기억은 안개에 싸인 듯 뿌옇기만 하다. 희박한 기억은 비단 이 노인만의 문제가 아니며, 마을 사람들 모두가 쉽게 휘발되는 기억과 함께 살아가고 있다. 노인은 잠에서 깨어난 아내에게 옆 마을의 아들을 만나러, 혹은 찾으러 가자고 제안한다. 노부부는 오래전 아들과 헤어졌으나 왜 헤

파묻힌 거인 가즈오 이시구로 | 홍한결 옮김 | 민음사 | 2022

어졌는지는 분명치 않다. 기억나지 않는다. 불가청영역에 떠다니던 음들 중 하나가 노인에게 포착되어 가청영역으로 끌어내려졌을 따름이다. 음들은 허공에 예비되어 있었으며 다만 포착된다. 그리하여 노부부는 채비를 마친 뒤 여행길에 오른다. 여정 중에 용맹한 전사와 상서로운 소년, 그리고 아서왕의 기사와 마주치고 얼마간 동행하기도 한다.

노부부는 망각이 암용으로부터 비롯되었음을 알게 된다. 암컷 용이 내뿜는 숨이 사람들의 기억력을 마비시키고 그들을 망각 속에 빠뜨린 것이다. 암용의 숨결은 잔혹한 전쟁에 대한 기억은 물론 개인적인 치부 또한 안개 속에 감춘다. 암용이 가져다준 망각은 안락하다. 기억되지 않는 일은 존재하지 않는 일과 다르지 않기 때문이다. 암용을 죽일 것인가 살릴 것인가? 현실을 직시할 것인가 외면할 것인가? 이를 두고 전사와 아서왕의 기사는 대립한다. 결국 결투를 통해 이긴 자의 뜻에 따르기로 한다. 인물 및 설정에서부터 전개에 이르기까지 판타지의 문법을 존중해오던 가즈오 이시구로는 막상 코다가 되어야 할 이 결투 장면을 도리어 장르적이지 않게 풀어낸다. 두 사람의 결투 장면은 정적이며 학구적이다. 고상하고 우아하다. 그 옆에서 암용은 자신의 운명을 모른 채 고요히 잠들어 있을 뿐이다.

금슬 좋은 노부부는 안개가 걷힌 후 하나의 기억과 마주한다. 사소하지만 참혹한 기억이 일깨워진다. 노부부는 암용을 죽이는 데 동의했으므로 이 순간 역시 동의해야 마땅하다. 쉽지 않은 일이다. 내면의 풍경이 빠르게 바뀐다. 이 부분이 코다, 즉 소설의 종결구다. 기억하지 않은 일은 일어나지 않은 일, 따라서 새로이 기억한 일은 새로이 일어난 일이 된다. 발라드 4번의 코다가 이미 지나간 악몽인 동시에 예감인 이유다. 소설에서 여정은 필연적이다. 모든 음악이 모두 시작되기 마련인 것처럼. 수많은 아침 중 왜 하필 그 아침이었을까? 수많은 아침을 흘려보냈기에 그 아침이 있었던 것이다. 코다를 경과한 후, 곡이 끝난 자리에서 제시부의 주제가 반복된다. 노인은 잠든 아내를 바라보았던 그 평화로운 아침을 떠올린다. 첫 음이 건반에 내려앉았던 순간을. 미래를 기억했던 순간을.

나의 초록 불빛을 찾아서

정대건

80년대생 중에 무라카미 하루키의《상실의 시대》(노르웨이의 숲)를 읽고《위대한 개츠비》를 읽게 된 사람이 꽤 많을 것이다. 《위대한 개츠비》를 세 번 읽은 사람과는 친구가 될 수 있다니. 이토록 그 책을 읽고 싶어지게 만드는 추천사가 있을까. 나 역시 그 문장을 읽고 이 책을 펼쳐 들었다. 유명한 구절이 매우 많지만 내게 큰 인상을 남긴 것은 '지금보다 쉽게 상처받던 젊은 시절, 아버지가 내게 해주신 충고를 나는 지금까지도 마음 깊이 되새기고 있다. "혹여 남을 비난하고 싶어지면, 이 세상 사람 전부가 너처럼 혜택을 누리지 못한다는 걸 기억"'하라는 도입부의 문장이다.

이십대 초반, 나의 결핍(아버지의 부재)에 관해 큰 의미를 부여하던 시절이었기 때문일까. 이 소설의 도입부는 단순히 소설 속 문장이 아니라 아직 세상에 나서지 않은 내게 중요한 삶의 지침처럼 다가왔다. '나는 이런 말을 해줄 아버지가 없어. 그러니 이런 문장은, 이 책의 모든 문장은 새겨들어야 해.' 그렇게 도입부에 매료되어 흠뻑 빠져 읽은 이 소설은 내게 잘 쓰인 소설의 원형처럼 자리 잡았다.

《위대한 개츠비》의 줄거리는 치정과 복수가 결합된 통속극에 가깝다. 그러나 화자를 일인칭 관찰자인 닉 캐러웨이로 설정함으로써 독자들은 닉의 눈으로 개츠비에 대한 정보를 알아가게 되고, 이 인물에 대해 미스터리가 생기며 흥미로워진다. 어떤 것을 쓰느냐보다 어떻게 쓰느냐가 중요하다는 사실을 훌륭하게 가르쳐준 교본이다. 당시 소설이라는 형식을 잘 몰랐음에도 9장으로 이루어진 이 소설을 읽으면서 정교한 형식미를 느낄 수 있었다.

스무 살의 강렬한 첫 독서 이후 나는 오랜 시간 개츠비를 낭만의 화신처럼 여겼다. 그러나 연애 경험이 늘고 사랑에 관해 이런저런 주관이 생긴 삼십대 중반이 되어서 다시 읽어본 개츠비는 느낌이 많이 달랐다. 개츠비는 자신의 사랑을 완성하기 위해, 데이지로 표상되는 초록 불빛을 향해 생을 살았다. 개츠비의 데이지를 향한 사랑은 과연 위대한가?

나는 개츠비의 '사랑'이 위대하다고 생각하지는 않는다. 저마다 사랑에 대한 정의가 다르겠지만 개츠비의 사랑은 서로를 위하는 성숙한 모습이 아니고 오로지 자신이 그리는 이상을 위한 맹목처럼 보인다. "그(데이지의 남편인 톰)를 사랑한 적 없었다고 말해"라고 데이지에게 강요하는 개츠비의 행동은 자기중심적이고 유치하다.

화자인 닉이 개츠비를 훌륭하다고 말하는 점도 개츠비의 사랑이 아니라 그가 품은 순수한 면모일 것이다. 다른 것이 섞여 있지 않은 순수함. 누군가에게는 어리석게 보일 수 있지만 그것을 맹목적으로 추구할 수 있는 힘. 닉의 눈으로 관찰한 데이지는 속물에 가깝고, 그런 사랑을 받을 만한 존재가 아닌 듯 보인다. 그러나 개츠비가 추구한 초록 불빛이 어리석은 것일지언정 그가 범상치 않은 이상주의자라는 사실은 분명하다. 개츠비는 무언가를 동경하고 꿈꾸는 데 엄청난 재능을 지닌 사람이고, 그런 그의 삶에 데이지가 나타난 것이다. 개츠비의 삶에 데이지가 나타나지 않았다면 개츠비는 어떤 형태로든 다른 불빛을 이상향으로 삼고 인생을 살았을 것이다.

화자인 닉은 서른 살이고 개츠비는 삼십대 초반이다. 이 책을 처음 읽었던 스무 살 때만 해도 나이에 대한 문장들이 큰 의미로 여겨졌었다. '서른 살—고독의 십 년을 기약하는 나이, 독신자의 수가 점점 줄어드는 나이, 야심이라는 서류 가방도 점점 얄팍해지는 나이, 머리카락도 점점 줄어드는 나이가 아닌가.' 닉이 서른을 마치 쇠락해가는 나이처럼 묘사하고 있다는 데 웃음이 난다. 지금 한국 사회의 서른은 얼마나 젊게 느껴지는가. 개츠비는 영원히 삼십대 초반으로 남을 것이다.

내게 큰 의미를 지니는 소설이어서일까.
나의 첫 장편소설인《GV 빌런 고태경》의 독자 리뷰를 읽던 중《위대한 개츠비》와 닮은 점이 있다는 반응에 깜짝 놀랐다. 그 리뷰에 따르면,《위대한 개츠비》처럼 일인칭 관찰자 시점이고 주인공이 오랜 기간 꿈을 품어온 순애보적 면모를 지녔다는 것이다.《GV 빌런 고태경》을 집필할 때 나는 전혀《위대한 개츠비》를 의식하지 않았다. 아마도 그것은 내게 소설의 원형 같은 형태이기에 감출 수 없는 취향처럼 묻어나온 것 같다.
곧 출간될 나의 두 번째 장편소설《급류》(가제)에도 따지고 보면 닮은 점이 꽤 있는 것 같다. 다음 소설은 또 어떤 작품을 쓰게 될지 모르겠지만 어쩌면 세 번째 장편소설에도《위대한 개츠비》의 영향이 묻어 있을지도 모르겠다.
매년 이 책을 다시 음미하면서 내가 추구하는 초록 불빛, 나를 살게 하는 초록 불빛은 무엇인지 생각해보고 싶다. 다양한 인생의 시기에 다른 번역본으로 다시 읽어보아도 곱씹을 거리가 있으리라 생각한다.

숨은 유령을 위한 인덱스

조온윤

잠시 유령으로 지냈던 적이 있다. 고등학생 시절에, 어느 순간부터 친구들이 내게 말을 걸지 않았다. 심한 장난을 거는 친구에게 화를 낸 직후 보복으로 시작된 유령 만들기 놀이였다. 평소 소심하고 유약한 이미지였던 내게서 뜻밖의 굴욕을 당했다는 생각에 주동자 친구와 패거리는 유령 만들기를 쉬이 거둬들이지 않았다. 무슨 말을 건네도 대답을 돌려주지 않고, 내가 앞에 있어도 눈을 마주치지 않는 식으로. 그 애의 복수심이 꽤 오랫동안 가라앉지 않으면서 정말로 내 몸의 어느 구석은 조금씩 지워져가는 듯했다.

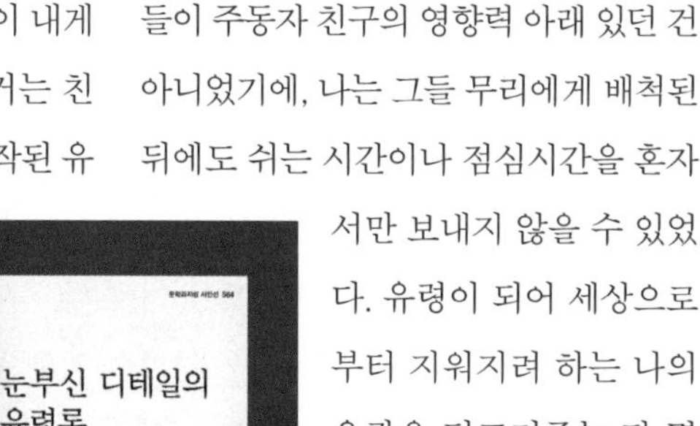

다행이었다고 해야 할까? 모든 반 친구들이 주동자 친구의 영향력 아래 있던 건 아니었기에, 나는 그들 무리에게 배척된 뒤에도 쉬는 시간이나 점심시간을 혼자서만 보내지 않을 수 있었다. 유령이 되어 세상으로부터 지워지려 하는 나의 윤곽을 덧그려주는 단 몇 개의 손들이었지. 그때 내 시야를 뿌옇게 가리었던 고독한 감정을 헤집고 건너오는 목소리들이 있었던 덕분에 나는 다시 초점을 되찾고 유령에서 뚜렷한 몸을 지닌 인간으로 돌아올 수 있었다. 물론 그것이 내가 유령으로 지냈던 마지막 시간은 아니다. 기억 속 교실에서, 조

눈부신 디테일의 유령론 안미린 | 문학과지성사 | 2022

용한 사무실에서, 귀갓길의 버스정류장에서, 불현듯 소외의 감정에 휩싸일 때마다 내 몸은 다시 희미해지기를 반복한다. 유령의 시간이 내게 준 선물일지도 모르겠다. 언제부터인가 나는 어느 자리에서든 야단스러운 몸짓으로 목소리를 높이는 사람보다는 내내 거기 있었는지 모를 만큼 조용히 앉아 있는 사람에게 마음이 치우친다. 나와 같은, 나와 같던, 나와 같을 유령들에게 나도 손을 건네고 싶어진다.

그들을 마주할 때면 함께 마음이 쓸쓸해지면서 또 애틋해지는 이유는 무엇일까, 존재감이 없어서 오히려 눈에 띄는 그 뒤집힌 존재감은 무엇일까 오래 궁금했다. 다른 이들이 느끼지 못하는 존재감 없음의 존재감을 내가 종종 알아차리듯이, 어쩌면 이 세계의 깊숙한 곳에는 내가 감지하지 못하는 층위의 유령들이 더 있는 걸지도 몰랐다. 늘어가는 의문에 해답이 필요한 때에 내게 와주었던 책은 제목부터 의미심장하게도《눈부신 디테일의 유령론》이었다.

안미린 시인의 두 번째 시집인《눈부신 디테일의 유령론》은 유령들로 가득한 동시에 유령들로 비어 있는 책이다. 쉽게 읽어낼 수 없는 유령의 감각들이 행간과 자간 곳곳에 숨어 있기 때문이다. 시집에서 유령들은 가시적인 세계에 불쑥 나타나 얼룩과 기척을 남기고 금세 사라지는 듯했다. 가령 언젠가 내가 세상으로부터 소외되어 깊은 고립감에 빠져 있었을 때, 마치 등 뒤에서 내 눈을 슬며시 가리는 듯했던 유령의 손 촉감은 이런 문장으로 발견할 수 있었다.

얼린 티스푼을 두 눈에 올리면 그 차갑고 환한 기분이 유령의 시야였지
—〈유령 기계 1〉에서

시집을 몇 쪽만 넘겼는데도 이 책의 저자가 필시 유령을, 유령과 같은 존재들을 사랑해 마지않는 사람이란 걸 알 수 있었다. 시인은 이 세계에 다양한 형태로 존재하는 유령들을 포착하고 있었다. 때로는 연작의 연속적인 애착들로, 때로는 언어화할 수 없는 도형들로. 특히 책에서 언급된 유령을 찾아볼 수 있는 색인이 실려 있다는 게 퍽 아름답고 매력적이었는데, 단순히 책 속에서만이 아니라 이 세계 곳곳에 숨은 유령을 찾으려면 반드시 있어야 하는 부록이었다.

유령들은 무해하고 연약하다. 양떼지기의 지킴이 필요한 아기 양처럼(115쪽), "세계에 위험이 되지 않게 걸어 나오"는 "하얀 연골의 크리처"처럼(83쪽), 혹은 "세계의 가장 여린 부위"를 지닌 것처럼(117쪽). 유령으로 가득해서 텅 빈 세계, "유령계"는 우리 눈에 쉬이 띄지 않는다. 그들의 세계가 은폐되어 있는 건 이곳 비유령계에 사는 우리 인간들의 거침없음이 그들을 지상과는 "다른 레이어"로 겁주어 쫓아냈기 때문일 것이다. 한편 유령은 심지어는 사물 속에서도 그 흔적이 발견되기도 한다.

유령이 하얗게 뭉쳐진 돌을 주웠지.
안개가 자욱한 수석 정원에서.

작은 돌을 주웠던 것뿐인데,
주변이 조금 밝아지는 기분이 들었다.
텅 빈 주머니에 흰 돌을 넣고 걸었다.
—〈유령계 2〉에서

이 시집의 뒤편에, 그리고 우리에게 숨은 유령을 위한 인덱스가 필요한 이유는 바로 그 때문이다. 어떤 유령은 너무 연약한 탓에 더 깊숙한 레이어로 가 형체를 숨기고 있고, 어떤 유령은 정원의 흰 돌과 같은 사물에 뭉쳐진 모양으로 깃들어 있다. 그래서 "하얀 흔적과 하얀 얼룩 사이"를, "회백색과 백회색의 사이"(76쪽)를 감지할 줄 아는 침예함이 있어야만 발견할 수 있다. 그만큼이나 예민한 감각을 지니는 것은 너무 어려운 일이기에 우리는 유령론의 시인과 같은 이들에게, 그들이 제공해주는 색인에 의지해야만 한다. 여섯 쪽에 걸쳐 있는 색인 〈유령류〉를 보면 알 수 있듯이, 《눈부신 디테일의 유령론》은 아마도 이 세상을 떠돌고 있는 시집 중에서 유령이란 단어가 가장 많이 등장하는 시집이 아닐까 싶다. 오로지 뚜렷한 사물과 세계만을 보길 원하는 이들에게는 유령에 대한 집착처럼 보이겠으나, 내게 그것은 애착이었고 다른 말로는 전념이었다. 어떤 대상에 전념할 때에야 비로소 볼 수 있는 형틀이 있다면, 시인은 그 대상의 윤곽을 섬세한 굵기와 필압으로 그려내고 있었다.

사람들은 흔히 유령의 존재가 우리와 다르고 낯설기에 해를 가할지 모른다고 여기지만 그건 유령에 대한 명백하고 무례한 오해다. 시집에서 말하고 있듯이, 그들은 우리에게 어떤 위협도 주지 않기 위해 스스로를 감추고 있을 뿐이다. 마찬가지로, 이 시집은 독자를 유령의 세계로 초대하면서도 끝내 그 레이어 속에 홀로 가두거나 남겨두지 않는다. 고독한 유령의 손길이 차가운 티스푼을 얹듯 당신의 눈을 가리더라도, 그건 유령이 당신으로 하여금 수변 현실을 보지 못하게 하려는 게 아니다. 단지 고독한 기분을 견디는 당신의 도처에 또 다른 유령이 있음을, 아주 가득히 숨어 있음을 알려주려는 신호일 뿐이다.

이렇게 말하면 이상하게 들리겠지만, 나는 종종 유령으로 지내곤 했던 그 시간들이 싫지만은 않다. 이상하게도 나는 너무너무 외롭고 우울할 때면 묘하게 애틋하고 따뜻한 마음이 동시에 샘솟기도 하는데, 그건 실재와는 다른 층위의 유령이 그때마다 나에게 '전미래(前未來)'(66쪽)의 시제로 말을 걸어왔기 때문일지도 모르겠다. 만일 언젠가의 나처럼 희미한 유령으로 지내는 이에게 나 또한 슬며시 말을 걸 수 있다면, 나는 그에게 이렇게 전미래를 귀띔해줄 수 있겠다. "이 시집을 다 읽을 때쯤이면, 당신은 고독한 유령의 시간을 끝마쳤을 거야"라고.

잊혀진 공간과 표류하는 사람들의 서사

송재영

내 삶을 몇 가지 단어로 표현한다면 '부표' '부유(浮遊, floating)' '표류'라고 할 수 있다. 대학 시절 나를 치유해주었던 것은 배낭을 메고 오지를 찾아 정처 없이 떠나는 여행이었다. 5개월간 미국 인턴십 프로그램에 참여했을 때는 멕시코에서 건너온 이주 노동자들과 친하게 지냈다. 북아일랜드에서 1년간 자원 활동을 했을 때 맡은 일은 학습장애를 가진 성인들과 커뮤니티 생활하는 것이었다. 광주에 이주하고 나서는 잊힌 장소나 흔적으로 남은 공간에 관한 글을 쓰고, 사람들의 기억을 수집하는 메모리키퍼로 활동했다. 이상하게도 그런 장소와 사람들이 끌렸다. 광주로 이주해 작가가 된 이후, 내 운명은 어쩌면 그들의 존재를 배워가는 일인지도 모른다는 생각이 들었다.

필명, 타라재이

내 이름은 송재영이다. 초등학교 6학년 때 개명을 하여 현재의 이름이 되었는데, 행정상 절차가 필요할 때만 주로 사용한다. 그 외에는 대부분 타라재이라는 이름을 사용하고 있다. 누군가는 타라재이를 줄여 '타라'라고 부르고, 또 누군가는 뒤에 선생님의 줄임말인 '샘'을 붙여 '타라샘'이라고 부른다. 타라재이를 타라제이로 혼동하는 사람들도 있다. 어쨌거나 포털사이트에 검색하면 나오는 단 하나의 이름, 타라재이를 나는 꽤 좋아한다. 특이해서라기보다는, 이 이름으로 불린 후 내 삶이 많이 달라졌기 때문이다. 물론, 고개가 끄덕여지는 방향으로. 이 이름을 가진 지 7년이 되었는데도 가끔 '타라재이'의 뜻에 대해 묻는 사람이 있다. 그러면 나는 좀 긴 이야기를 시작한다.

타라, 티벳의 바리데기

타라재이의 '타라'는 티벳 설화에 등장하는 고통의 강을 함께 건너주는 사람이라는 뜻이다. 티벳에서 전하는 이야기에 따르면 수억겁 전, 아다부처님〔鼓音如來〕 시절에 타라보살은 이세다와〔慧月:혜월〕라는 공주로 태어났다. 그녀는 열 살부터

고행과 명상을 끊이지 않고 계속하여 79세에 마침내 깨달음을 얻어 보살의 경지에 이르렀다. 그러자 비구들이 찾아와 예를 올리며 이렇게 말했다고 한다.

"공주시여, 깨끗한 복을 짓고 한량없는 공덕을 쌓아 마침내 깨달음을 얻었으니 속히 남자의 몸을 받아 부디 중생을 위해 법을 베푸소서."

그러나 공주는 이를 거절했다. "남자 모습의 부처와 보살은 헤아릴 수 없이 많으나 여자 모습의 불보살은 거의 볼 수 없으니 나는 여자의 모습으로 모든 중생을 도우리"하고 서원했다. 다시 여러 번의 안거에 들고 삼매를 이루어 공주는 고통의 강을 건너주는 어머니라는 '타라'로 불리게 되었다.

타라는 실제로 어머니가 되기로 했다. 부처님이 주신 환약을 먹고 축복을 받아 99세라는 고령에도 불구하고 '오유'라고 하는 훌륭한 용모의 보살을 아들로 낳았다. 그런데 어느 날 어린 아들이 그만 사라져버렸다. 일천불의 부처와 보살들이 아들을 감추어버린 것이다. 아들을 잃은 타라는 수행으로 쌓은 모든 마음의 힘이 사라지며 가슴이 미어져서 젖이 마르고 달빛 같던 얼굴이 시커멓게 어두워지고 다리가 후들거려 주저앉았다.

그녀는 아들을 찾아서 천상에서 지옥까지 육도를 샅샅이 뒤지고 헤매기 시작했다. 그 과정에서 타라는 육도 중생들의 고통을 낱낱이 보게 되었다. 우여곡절 끝에 일천불 나라의 부처와 보살들이 황금탑 안에 아들을 감추어놓았다는 사실을 알게 되었다. 마침내 상봉한 모자는 서럽게 울며 눈물을 흘렸고, 그 눈물이 바다를 이루었다. 그 눈물은 약이 되어 그 눈물을 마신 모든 중생들이 장애와 병을 벗어났다고 한다.

아들을 다시 품에 안은 타라는 애절한 마음으로 고통스러운 중생들을 돕기로 서원했다. 부처와 보살들은 몹시 기뻐하며 타라 모자를 좌대 위에 앉히고 세 바퀴를 돌고 절을 했다. 그러고는 예의를 갖춰 이렇게 말했다. "타라 어머니시여, 우리가 아들을 숨긴 것은 중생들이 겪고 있는 고통의 실상을 어머니가 보게 하기 위함이었습니다." 타라는 이후 해마다 지옥에 가서 모든 중생들을 제도하여 극락세계에 보내고, 사람들의 소원을 성취 시켜주는 본존으로 모든 수행자를 수호하는 여자 호법신이 되었다고 한다.

작가의 부캐, 타라재이

내가 이 이름을 갖게 된 것은 우연이자 행운이었다. 2015년에 '미디어엑스'라는 아티스트 그룹과 함께 작업을 하면서였다. 평소 작명 센스가 뛰어난 펑크파마 님의 작품이다. '타라'의 뜻에 관해 질문을 받으면 멋진 불교설화로 이름을 설명하기도 하지만, 실제 이름의 탄생 배경을 덧붙이기도 한다.

그 탄생 배경은 조금 엉뚱하고도 재미있다.

붓과 먹으로 추상화 작업을 하는 펑크파마 작가는 그날도 어김없이 작업에 몰두하고 있었다. 차를 한잔 마실 요량으로 주전자에 물을 채우고 가스레인지에 올려둔 채였다. 한참 작업 삼매경에 빠져 있는데, 갑자기 가스레인지에 올려둔 찻물이 떠올랐다고 했다. 서둘러 부엌에 달려가자, 주전자의 물은 온데간데없이 사라져 있었다. 그때 그의 머릿속에 스친 단어가 '타라'였고, 내가 외국에서 쓰던 이름인 '재이'를 합쳐 타라재이라는 이름을 만든 것이었다. 그는 나중에 이 이름에 대한 설명을 카르마와 다르마의 어느 중간쯤이라고 했다. 아무도 불러주지 않던 이름을 그는 참으로 열심히 불러주었다. 당시 열정만 가득하던 내 눈을 보고, 작가가 될 거라는 확신을 가졌다는 말과 함께.

타라재이라는 이름은 점차 내 삶의 많은 부분을 차지하기 시작했다. 이름이 생기니 그에 걸맞는 정체성이 만들어졌다. 내가 누구인지, 어떤 능력을 갖고 있는지, 어떤 삶을 살고 싶은지, 세상을 위해 무엇을 하고 싶은지 등에 대한 목표와 기준이 생겼다. 한마디로, 타라재이라는 이름이 또 다른 나를 세상에 불러낸 것이다.

부캐의 전성시대, 앞으로 우리는 본캐를 초월한 부캐로 살아갈 것이다

누구나 부캐 하나쯤은 가지고 있다. 온라인 카페에서 사용하는 닉네임도 부캐의 일종이다. 닉네임이 무슨 부캐냐고 할지 모르겠지만, 부캐란 어떤 목적과 지향을 가지고 본 캐릭터에서 파생된 또 다른 자아다. 짧은 닉네임 하나를 짓더라도 그 안에 자신의 또 다른 정체성을 투영하기 때문이다. 내 경우에는 작업을 위한 정체성을 확립하는 과정에서 필요했지만, 부캐의 활용도는 거기에서 그치지 않는다.

앞으로 세상은 더 많은 부캐가 지배할 것이고, 우리는 모두 자신이 원하는 부캐로 살아가게 될 것이다. 거기에는 두 가지 이유가 있다. 하나는 사회적인 요구 때문이다. 과학기술이 발전하고, 웹3.0시대가 도래하면서 정보는 탈중앙화되어 가고, 웹은 개인의 취향에 맞춰 데이터 중심의 알고리즘을 제공하고 있다. 앞으로 메타버스가 본격 도입되면서 AR과 VR기기를 통한 소비문화가 활성화될 것이다. 물건을 사기 위해서 신용카드를 내밀기보다 전자지갑을 내미는 빈도가 늘어날 것이다. 한마디로 우리는 한 번도 경험하지 못한 시대에 살아가게 되는 것이다.

곧 우리는 모두 이전 세대의 지식으로 해결할 수 없는 문제에 부딪힌다는 뜻이다. 그렇다면 문제해결을 할 수 있는 핵심적 집단지성이 필요하다. 나는 그 힘이 부캐에서 나올 수 있다고 믿는다. 왜냐하면 부캐에는 계급장이 없기 때문이다. 그 사람이 어느 지역 출신인지, 학력이 어떻고, 외모가 어떤지 하나도 중요하지 않다. 그저, 그 사람이 가진 정체성과 해결능력이 중요할 뿐이다. 탁월한 능력을 갖춘 부캐는 새로운 전문인으로 등장할 것이다. 곧 알고리즘을 타고 포털사이트 검색 상위를 차지하게 될 것이고, 메타버스에서 자신의 지식과 능력을 판매하고 NFT 거래를 활발하게 하는 매개자가 될 것이다.

부캐는 성장 버튼이다

메타버스, 웹 3.0시대, NFT 같은 단어가 먼 미래처럼 느껴진다면, 부캐의 또 다른 효과에 대해 말하고 싶다. 부캐는 미래의 일만 해결하지 않는다. 해결되지 않은 과거의 기억으로부터 해방시키고, 코앞에 닥친 현실적 문제를 개선하도록 돕는다. 부캐는 본캐의 성장 버튼이기 때문이다.

우리는 모두 어떤 프레임 속에서 살아간다. 내가 '송재영'이라는 이름으로 살아갈 때 나는 주변 사람들의 평가를 통해 나를 바라보곤 했다. 부모님의 시선, 선생님이 무심코 던진 칭찬, 친구나 동료들 사이에서의 평판, 대학교 졸업장이나 활동 경력이 내 본질적 모습인 줄 알고 살았다. 엉뚱한 상상을 좋아하는 나를 가족들은 이해하지 못했고, 학창 시절 선생님들은 내가 주의산만하다고 하셨다. 정규직을 때려치우고 갑자기 북아일랜드로 자원 활동을 떠나는 나를 친구나 동료들은 이해하지 못했다.

그러나 2015년부터 타라재이로 살아가면서 나만의 진짜 능력을 발견하게 되었다. 그건 누구도 빼앗아갈 수 없는 고유한 능력이라는 것을 알게 되었다. 나는 그걸 화수분 능력이라고 부르기 시작했다. '화수분'이란 안에 온갖 물건을 넣어두면 그 안에서 새끼를 쳐서 끝없이 같은 물건이 나온다는 전설적인 보물단지다. 누군가 부여하는 특정 모습이나 능력이 아닌, 스스로 가치를 찾고 동기를 불어넣는 화수분 능력. 부캐의 핵심가치는 바로 여기에서 나온다.

타라재이의 화수분 능력 세 가지

가장 좋은 화수분 능력은 선천적으로 가진 능력이다. 그래서 자신이 태어날 때부터 갖고 있는 능력을 서치하는 것이 무척 중요하다. 여기에는 유전적으로 갖고 있는 장점이 포함된다. 하지만 나는 자존감이 굉장히 낮은 사람이었기 때문에 선천적으로 가진 능력을 처음부터 찾지 못했다. 대신 투자비가 전혀 들지 않고 누구도 빼앗아갈 수 없는 나만이

가진 능력을 찾기로 했다. 여기서 중요한 건, 이 능력을 꺼내고 유지하는 데 돈이 전혀 들어가면 안 된다는 점이다. 만약 투자비가 들어간다면, 그것이 핑계가 되어서 화수분 능력을 제대로 꺼내 쓸 수 없게 된다.

그리하여 내가 찾은 화수분 능력 세 가지는 "첫째, 잘 웃는다. 둘째, 잘 듣는다. 셋째, 글쓰기에 열망을 가지고 있다"는 것이었다. 이건 누구도 빼앗아갈 수 없는 내 능력이었다. 잘 웃는 것은 낯선 사람을 환대하는 능력이었다. 잘 듣는 것은 상대방의 기억을 생생한 간접 체험으로 만들 줄 아는 능력이었다. 나는 글을 잘 쓰고 싶었기 때문에 결과물을 글의 형태로 만들어낸다면 어떤 작업이든 지속하는 데 동기가 될 것 같았다. 잘 생각해보니, 이 세 가지 능력은 엄청난 가능성을 지니고 있는 능력이었다. 중요한 건, 이 능력을 어디에 쓰느냐였다. 이 능력을 자신의 이익을 위해 쓴다면, 큰 가치를 기대하기 어렵다는 걸 알고 있었다. 가치를 키우기 위해서는 이 능력을 세상을 위해 써야 한다는 생각이 들었다. 이유는 간단했다. 내가 세상을 도우면, 세상이 나를 도와주기 때문이다.

유랑기억보관소, 당신의 기억을 보관해드립니다

나는 2015년부터 '유랑기억보관소 프로젝트'를 시작했다.

유랑기억보관소는 '행복한 기억을 찾아가고 잊고 싶은 기억을 놓고 가는 곳'이라는 캐치프레이즈로 우연히 만난 사람들의 기억을 한 문장으로 대필해주는 퍼포먼스 작업이다. 현재는 100년 된 타자기로 버스킹을 하듯 사람들을 만나고 그들의 이야기를 타이핑하여 건네는 작업을 하고 있다. 하지만 초창기 이 프로젝트를 시작할 당시만 해도 나는 정말로 가난했다. 이렇다 할 작품을 발표한 작가도 아니었고, 그저 열정 하나로 웹매거진을 만드는 프리랜서 에디터였다. 그러나 나는 반드시 소설을 쓰고 싶었고, 그 소설의 주인공은 내가 아닌 세상 사람들이 되어야 한다고 믿고 있었다. 그래서 대인시장에서 열리는 예술야시장 행사에 매달 한두 번씩 참여하여 타자기를 두드렸다.

그때 화수분 능력은 내가 가진 유일한 자본이었다. 나는 작업을 해나가면서 더 잘 웃고, 더 잘 듣고, 사람들의 이야기를 한 줄로 다시 쓰는 노하우를 갖게 되었다. 이 프로젝트는 이후 축제나 행사에 초대되어 사람들과 소통하고 기록 문장을 선물하는 퍼포먼스 '타자기 버스킹'으로 확장되었다. 광주문화재단에서 진행하는 메세나 프로젝트를 통해 기업의 후원을 받았고 시민들을 위해 게릴라 형태의 타자기 버스킹을 진행했다.

욕구에서 시작해 세상을 돕는 부캐가 되기까지

부캐의 가치를 높이는 방법의 핵심은 '세상을 돕는 일'을 하는 것이다. 진심으로 세상을 돕다 보면 처음에 보이지 않는 가치가 형성되고, 그다음에 보이는 가치로 변해간다. 그러나 처음부터 세상을 돕기는 쉽지 않을 것이다. 슈퍼맨도 처음부터 세상을 구하기 위해 망토를 두르지는 않았을 터이다. 가장 먼저 해야 할 일은 자신의 욕구를 살펴보는 일이다. 나에게 필요한 것이 무엇이고, 내가 어떤 사람이 되고 싶은지, 어떤 능력을 개발하고 싶은지 등의 질문을 솔직하게 해보는 것이다.

예를 들면, 돈을 무척 많이 벌고 싶다고 가정한다면, 그 사람의 욕구는 단순히 부자가 되는 게 아닐 수 있다. '부자'라는 단어에 대한 자기만의 해석을 들여다봐야 한다. 돈이 많아도 비참한 인생을 사는 사람들이 많기 때문이다. '부자'는 주변사람들과의 윤택한 관계를 뜻할 수도 있고, 가족과의 행복을 상징할 수도 있다. 건강, 또는 자유로운 시간을 표현한 단어일 수도 있다. 나에게는 '작가'가 되고 싶다는 동기가 있었다. 힘겨웠던 십대에서 삼십대 시절을 보냈기 때문에 아픈 기억에서도 벗어나고 싶었다. 사람들은 누구나 아픈 기억을 떠나보내고, 행복한 기억을 찾는 작가가 되고 싶을 거라는 아이디어가 떠올랐고 거기에 착안해 '유랑기억보관소' 프로젝트를 시작한 것이다.

자신의 성장 버튼을 찾고 싶은 사람이 있다면 먼저 자신이 가진 화수분 능력을 찾아보라고 하고 싶다. 다른 사람과 구별되는 나만의 특징은 무엇인지, 일상을 관찰하고, 어떤 결핍을 채우고 싶은지 찾아보길 권한다. 자기 자신의 결핍을 채우기 위해 정보를 찾고 그 정보를 기록하다 보면, 많은 사람들이 그 성장과정을 응원하며 공유하는 시간이 찾아올 것이다. 그러다 보면 내적 가치가 커지고, 세상이 당신의 가치에 기꺼이 돈을 지불할 날이 온다. 그러나 그렇게 벌어들인 돈보다 훨씬 더 큰 기쁨을 만끽하게 되리라는 것을 확신한다.

타라재이. 어디선가 이 부캐명을 듣는다면, #메모리키퍼 #유랑기억보관소 #타자기버스킹을 함께 기억해주면 좋겠다. 나는 기꺼이 당신의 기억을 보관해줄 것이다. 이 이름이 자신의 운명대로 살아갈 수 있도록 마음껏 이 이름을 불러주길. 그리고 당신의 화수분 능력이 세상에 해결되지 못한 문제들을 따뜻한 시선으로 해결할 수 있기를 바라본다.

나의 와중

이선지

"요즘 뭐 하고 살아?"

누군가 이런 메시지를 보낸다면 선택지는 크게 셋으로 나뉜다.

1. 사실상 아무것도 안 하고 있는 것에 가깝지만 아무것도 안 하는 것 또한 무언가 하는 거라는 자기 위안으로 대충 근황을 얼버무리는 것.

2. '안읽씹'의 고수답게 카톡 1 표시를 언제까지고 내버려두는 것.

3. "나는 나하고 살아!" 자신만만하게 (속으로) 대답하는 것.

최근 루스 이리가레와 마이클 마더의 《식물의 사유》를 읽으며 가장 인상 깊었던 건 일본어로는 '나무는 나무한다'

혹은 '구름은 구름한다'라는 문장이 성립한다는 거였다. 그 사실을 알고 나서부터 나는 '○○이 ○○한다'라는 문장에 온갖 사물들의 이름을 앉혀보는 버릇이 생겼다. 가지치기당하는 감나무를 보다가 감나무가 감나무한다. 떨어진 단추를 달기 위해 바늘 끝에 실을 꿰다 실이 실한다. 책상 앞에 앉아 스톱워치를 켜놓고 숨을 참다가 숨결이 숨결한다. 그리고…… 내가 나한다. 이상하지, 분명 나와는 무관한 사물들인데도 나무와 실과 숨결을 보고 만지고 느끼며 나는 내가 서서히 내가 되어간다고 느낀다. 나무와 실과 숨결은 내가 아니지만 나무와 실과 숨결에 관해 이야기할 때 그것들은 마치 나 같다. 나는 아니지만 나 같은 것. 그러니까 나와 무관한 사물들에 대한 이야기로 이 글을 시작해보려 한다.

나무의 와중

얼마 전부터 나는 합정과 망원 사이에 있는 한 출판사에서 근무하기 시작했다. 한 권의 책을 만들기 위해서는 수많은 사람들의 애정과 인내가 필요하고, 내가 아무리 책을 사랑하는 사람이라 할지라도 9시부터 6시까지 모니터만 뚫어져라 쳐다보다 보면 글 이외에 다른 걸 눈에 담고 싶다는 생각이 간절해진다. 예컨대 나무 같은 것. 사무실 창밖으로 보이는 건 옆 건물의 회색 몸체뿐이기에 나는 종종 밖으로 나가 초록을 만끽한다. 그러다 며칠 전에는 회사 옆 주택가에서 가지치기당하는 감나무를 발견했다. 담장 밖으로 삐져나온 가지 끝에 설익은 감이 그렁그렁 열려 있었는데, 가위질과 함께 감이 통통한 눈물처럼 땅바닥에 툭, 떨어졌다.

방금 나는 주렁주렁을 그렁그렁으로 바꿔 썼다. 감이 그렁그렁 열렸네. 포도가 그렁그렁 열렸네. 배가 그렁그렁 열렸네. 내가 살던 집 마당에는 배나무 한 그루가 있었고, 반려견 백구와 반려묘 깡이가 죽었을 때 우리 가족은 그 나무 밑에 슬픔을 묻었다. 사인은 심장사상충과 척추암이었고, 우리는 병이 제 몸집을 불려나가는 걸 가만히 지켜볼 수밖에 없다는 점에서 미안과 자책 사이를 끊임없이 왕복하곤 했다.

그리고 춥다는 말로는 부족할 만큼 춥고 쌀쌀했던 어느 겨울 새벽, 나는 삽으로 나무 밑 언 땅을 파냈다. 그 안에 한지로 만들어져 흙에 잘 분해된다는 유골함을 묻고, 위치를 가늠하기 위해 도도록하게 다진 둔덕 위에 이름 모를 주황색 꽃 한 송이를 심었다. 그 뒤로 나무는 슬픔과 접목됐고, 상실과 반려했고, 배는 그렁그렁 열리기 시작했다. 잎겨드랑이에 다섯 장 꽃잎이 맺히고, 노랗고 동그란 열매가 글썽이고, 계절이 지남에 따라 스스로의 무게를 감당하지 못하게 되면서 묵직하게 고여 있던 열매를 뚝, 뚝, 바닥으로 떨궜다. 그렇게 주렁주렁은 그렁그렁의 동의어가 되었다. 사계절 내내 슬픔이 제철이었다. 우듬지부터

이선진

뿌리까지, 나무가 바람을 견디며 내는 침묵은 꼭 누군가의 울음소리 같다.

실의 와중

6년 전 나는 산티아고 순례길을 걷는 중이었다. 당시 나는 가능한 나로부터 멀리 떨어지고 싶었고, '걷기'라는 행위가 그것을 가능케 할 것이라 믿었다. 살면서 처음 혼자 떠난 여행이라는 점에서, 더구나 그 장소가 외국이라는 점에서 얼마간 두려움에 휩싸이기도 했다. 그러나 나라는 존재 자체가 내겐 언제나 가장 먼 외국이었기에 용기를 내지 못할 이유도 없었다. 나는 마음속에 불안과 기대를 반씩 품은 채 종로 아웃도어 매장을 쏘다녔고, 기능성 등산화와 36리터들이 새빨간 오스프리 배낭과 물집을 방지해준다는 두 겹짜리 발가락 양말까지 구매했다. 하지만 물집이 생겨 걷지 못하는 불상사를 대비해 반짇고리까지 챙겨간 게 무색하게 900킬로미터를 걷는 동안 내 두 발은 무사하고 또 무사했다.

순례길을 걸으며 만난 사람 중에는 Y가 있었는데, 그는 유독 걷는 행위를 힘겨워했다. 하루는 고속도로 갓길에 주저앉아 함께 숨을 고르다 Y가 간절히 기자가 되고 싶어 한다는 사실을 알게 되었다. 그러나 함께 길을 걷는 동안 나는 한 번도 Y에게 언젠가 꼭 기자가 될 수 있을 거라는 말을 내뱉지 않았다. 대신 이따가 보자는 말은 자주 했다. Y는 걷는 속도가 매우 느려서 항상 뒤처지곤 했고, 앞서간 내가 순례자를 위한 숙소인 알베르게에 짐을 풀고 샤워를 하고 산책을 나올 무렵이면 저 멀리 석양을 등진 채 휘청휘청 걸어오곤 했다.

그러던 어느 저녁엔 Y의 엄지발가락에 엄청나게 커다란 물집이 잡혔다는 사실을 알게 되었고, 나를 비롯한 사람들은 Y를 동그랗게 둘러싼 채 이 문제를 어떻게 해결해야 할지 기나긴 토론을 벌였다. 누군가 "혹시 바늘과 실을 갖고 있어요?"라는 말을 꺼낸 건 Y의 얼굴에 서서히 낭패감이 번져갈 즈음이었다. 바늘과 실이라니. 그는 바늘에 실을 꿰고, 그것을 상처 부위에 관통한 다음 하룻밤만 두면 아무런 통증 없이 물집이 사라질 거라며 말을 이어갔다. 그리고 마침 내 배낭에는 바늘과 실이 있었다.

살면서 좋은 소설이란 무엇일까, 쉽사리 답을 내릴 수 없는 질문이 생겨날 때마다 나는 그 순간을 떠올리곤 했다. 그러니까 환부를 단숨에 터뜨려버리는 게 아니라, 한 사람의 아픔을 일사천리로 소거해버리는 게 아니라, 투명한 상처의 안쪽에 그 일부로서 천천히 스미는 것. 젖어드는 한 가닥의 실처럼 가만가만 곁을 지키는 것. 서로의 이물스러움을 인정하며 덩달아 함께 축축해지는 것. 그렇게 상처가 덧나지 않게끔 하는 것. 그것이야말로 내가 내 소설 속 인물들과 함께 겪고 싶고, 또

겪어야만 하는 과정이기 때문이었다.

그런데 나는 정말 그런 소설을 쓸 수 있을까? 900킬로미터를 완주한 뒤 이탈리아를 여행하다 나는 그만 지갑을 잃어버렸는데, 얼마 전 이탈리아 대사관에서 분실된 지갑을 찾았다는 연락을 받았다. 그리고 몇 년 만에 돌려받은 검은색 폴 스미스 반지갑 안에는 모든 것들이 제자리에 놓여 있었다. 고등학생 때 만든 신분증과 도서관 다독상 상품으로 받은 문화상품권, 잉크가 죄다 지워져 어떤 영화였는지조차 알아볼 수 없는 씨네큐브 티켓, 그리고 별. 순례길을 걷는 와중 한 수녀님은 배낭을 메고 길을 떠나려는 내게 종이별 하나를 쥐여주면서 나만의 별을 찾아 떠나라고 했고, 나는 그것을 별자리 삼아 포기하지 않고 걸음을 내디딜 수 있었다.

문득 언젠가 읽은 천문학 책에서 별을 관측하는 행위를 '별을 잡다'라고 이야기한 게 떠오른다. 아득하게 먼 대상과 닿고 싶은 마음이 그런 표현을 만들어냈을 것이다. 때로 내 삶과 내 글쓰기는 너무나 멀고 아득해 외국처럼 느껴지지만, 앞으로도 나는 별을 잡듯 나와 내 삶과 나의 글쓰기를 잘 붙잡고 싶다. 나와 내 글쓰기 사이에 이어진 가느다란 실 한 가닥을 오래도록 간직하며.

숨결의 와중

이선진

내겐 숨을 참는 버릇이 있다. 인파로 가득한 길을 걸을 때, 공중화장실을 이용할 때, 이렇게 책상 앞에 뭘 쓰기 위해 앉아 있을 때. 숨을 참으면 (당연히) 숨이 쉬어지지 않고 조금 전 나는 1분 18초까지 숨을 참았다. 장하다. 물론 이만큼 숨을 참으면 이마에 동그랗게 열이 오르고 겨드랑이에 땀이 차고 약간의 어지럼증이 일고 대체 나는 왜 이런 미련한 짓을……? 하는 생각이 들기도 한다. 나를 둘러싼 현실이 숨 막혀서? 그건 아닌 것 같다. 비록 청탁도 써둔 글도 글재주도 없다는 점에서 내 삶이 그렇게 쾌청하지는 않긴 해도 나는 내 안의 우울과 슬픔과 퀴퀴함을 곧잘 털어내곤 하니까. 죽고 싶어서? 사람은 스스로 숨을 참아 자살할 수 없다니까, 무의식적으로 삶에 대한 욕구가 죽음에 대한 욕구를 넘어선다니까 그것도 아닌 것 같다.

그래서 다시 한번 숨을 참아본다.

……이런, 이번에는 진짜 더 잘해내고 싶었는데 59초에 그친다. 그래도 59초면 내게서 아주 멀리 달아날 수 있는 시간이지. 이를테면 그사이 나는 나라는 존재가 잠시 숨을 담아놓는 그릇에 불과한 것 같다는 생각도 했고, 책상 위, 등딱지에 초록색 큐빅이 박힌 거북이 모형을 보며 존 버거의 《결혼식 가는 길》에서 한 인물이 거북이 모양 반지를 어느 방향으로 낄지 고민하는 장면을 떠올리기도 했다. 머리가

손목을 향하면 거북이는 집으로 돌아오는 것이고, 반대의 경우 거북이가 세상을 마주하기 위해 긴 여정을 떠난다는 점에서 내 들숨과 날숨은 거북이와 유사하다. 평생토록 내 안팎을 헤엄치며 내게 완전히 속하지도, 나를 완전히 떠나버리지도 않는 나의 사랑, 나의 숨, 나의 거북.

푸우……, 숨을 참을 때면 검고 깊은 바닷속을 헤엄치는 기분이 들고, 참았던 숨을 몰아쉴 때 나는 59초 동안 내게 머물던 고통만큼이나 나를 깊이 심호흡한다. 한 사람의 입에서 한 사람의 입으로 뜨거운 숨이 전달되듯, 내 삶에 가쁜 숨을 불어넣는다. 소설을 쓸 때도 마찬가지다. 나는 나의 문장과, 나의 인물과, 나의 소설에 숨을 불어넣고, 때로 그 반대이기도 하다. 소설 속에서 나는 인영이 되고 이지가 되고 한아가 됨으로써 심연 속 나를 길어올린다. 한영애의 〈가을 시선〉에는 이런 노랫말이 나온다. "깊어지라고, 더 깊어지라고. 평화롭게 반짝이면서 안으로 뜨네." 어쩌면 소설을 쓴다는 건 안으로 뜨는 모순적인 행위에 다름 아닌 것 같다. 나 역시 살고 싶어서 숨을 참았고, 헤엄치고 싶어서 가라앉았고, 마주하고 싶어서 외면해온 누군가를 알고 있기 때문이다.

그런데 나는 대체 뭘 말하기 위해 이 글을 쓴 걸까? 오르한 파묵은 독자라면 응당 소설을 읽을 때마다 그 안의 '감춰진 중심부'를 찾아 나선다는 말을 했고, 비록 이 글이 소설은 아닐지라도 분명 중심부라 불릴 만한 게 있긴 있을 것이고,

나는 내가 그것을 교묘하게 잘 숨겨서 그 누구도 나의 마음을 짐작할 수 없기를 바란다. 나는 수영복은 있지만 수영은 잘 못하는 사람이고, 내가 세상을 마주하기 위해 저 멀리까지 헤엄칠 수 있을지 궁금해 미치겠는 사람이고, 망망대해에 빠져 죽는 것보다 내게 빠져 죽는 걸 더 무서워하는 사람이니까. 그런 사람이니까, 나는.

이선진

나의 와중

어릴 때부터 나는 오리너구리나 개구리참외, 돼지감자 같은 단어들에 의문을 품는 아이였다. A면 A고 B면 B지 A와 B가 한 몸인 척 어깨동무를 하고 있는 게 기이하다고 생각했다. 나는 일기예보에 우산 그림이 뜰 때면 비가 오는 곳과 오지 않는 곳의 '경계'에 걸터앉아 몸의 반쪽만 젖고 싶어 하는 아이였고, 오로지 '사이'라는 단어 때문에 가을방학의 〈샛노랑과 새빨강 사이〉를 즐겨 듣는 아이였다. 살면서 나는 이도 저도 아닌 것들에 과하게 마음을 썼고, 그건 내가 이도 저도 아닌 어떤 경계에 옴짝달싹 못한 채 끼어 있었기 때문이었다. 그런 나의 마음 상태를 어떻게든 언어화하고 싶었기에 문예창작과에 입학했지만, 그럼에도 스스로를 향한 의심과 불안과 슬픔은 좀처럼 사그라들지 않았다. 롤랑 바르트가 《애도 일기》에서

"나는 슬픔 속에 있는 게 아니다./ 나는 슬퍼하는 것이다"라고 썼다면 나는 슬픔 속에 있는 것도, 슬퍼하는 것으로도 부족해서 슬픔 그 자체가 되고 싶었다. 몸으로 슬픔을 느끼는 것이 아니라 슬픔이라는 몸이 되고 싶다는 생각. 그건 동시에 슬픔에서 벗어나고 싶다는 안간힘이기도 했겠지만.

그러다 언젠가 학교 앞 칼국숫집에 갔을 때의 일이다. 막 사리를 해치우고 자작하게 졸아든 육수에 밥을 볶으려던 참에 옆 테이블에서 육수용 건어물을 다듬던 직원 아주머니들이 다투기 시작했다. 길에서든 대중교통 안에서든 나는 때와 장소를 가리지 않고 남의 이야기에 귀를 기울이곤 했는데, 그 몹쓸 버릇은 식당에서 또한 마찬가지였다. 새빨간 앞치마를 두른 채 동그랗게 둘러앉은 아주머니들은 명태와 생태와 동태와 황태의 정의를 두고 한참을 옥신각신했다. 명태는 가공법이나 색, 잡는 방법, 잡은 지역, 잡은 시기에 따라 명칭이 달라지기 때문에 그런 혼란이 빚어진 것 같았다. 아주머니들은 한 치의 양보도 없이 팽팽하게 맞섰고, 어느새 볶음밥은 탄내를 풍기며 눌어붙어갔다. 그리고 좀처럼 누구였는지 기억나지 않는 동행에게 "들었어? 완전 별거 아닌 걸로 다툰다" 하고 말했는데, 말로는 별게 아니라고 했지만 사실 그 대화가 내게 커다란 흔적을 남긴 건 분명했다.

그 별거란 지금과 다른 무언가가 될 수 있는 가능성 같은 것, 얼마나 오래 해풍을 쐬고 얼마나 오래 건조되고 얼마나 오래

조리되느냐에 따라 다른 무언가로 불릴 수 있는, 내가 나를 거쳐 완전히 다른 내가 될 수 있는 가능성 같은 것이었다. 만약이라는 단어와 언제나 쌍으로 움직이는 그 단어는 당시 내게 있어 커다란 화두로 다가왔던 것 같다. 언젠가부터 나는 스스로에게 수도 없이 '나는 어쩌다 내가 되어버린 걸까?' 질문을 던지곤 했으니까. 어쩌다 질문을 던져놓고 어떠한 답도 내리지 못한, 도무지 어쩔 수 없는 순간들이 있었으니까.

살면서 나는 진심으로 내가 되고 싶었고, 그러면서 나 같은 건 그만두고 싶었고, 그런 자기 부정의 시간들이 쌓이고 쌓여 나라는 사람을 이루었다는 게 면목 없었다. 그럴 때면 나라는 사람의 못생긴 마음과 면목 없음을 소분한 다음 아무도 찾을 수 없는 장소에 숨겨두고 싶었다. 나는 보물찾기에는 재능이 없지만 보물을 숨겨놓고 절대 다시 찾지 않는 데에는 자신 있으니까.

이제 와 조금 뜬금없지만 내 이름은 선진이다. 먼저 선 자에 참 진 자를 써서 선진. 아니, 실은 참 진이 아니라 진압할 진이다. 그러니까 내 이름에는 누구보다 빠르게 남들과는 다르게 진압하라는 아주 무시무시한 뜻이 담겨 있다. 그런데 대체 누구를 왜……? 가끔 이름 뜻풀이가 뭐냐고 물어보는 사람들에게 "먼저 진실되라는 뜻이에요"라고 거짓말을 할 때마다 나는 사람이 자기 이름 따라간다는 건 완전히 틀렸다는 생각이 들곤 한다. 나는 완전히 진압당하는 삶을 살아왔기 때문이다. 나를 괴롭히던 작고 못된 아이들로부터, 내 안의 해묵은 우울로부터, 그리고 나 자신으로부터…….

그래서인지 몇 년 전부터 나는 습관처럼 이름을 바꾸고 싶다는 말을 하고 다녔고, 생각해둔 이름을 말하고 나면 사람들은 하나같이 웃거나 웃을 가치도 없다는 듯 정색했다. 이선진이. 진이,라고 불릴 수도, 선진이,라고 불릴 수도 있을 것 같아 좋았을뿐더러 왜일까 네 글자로 된 이름이 너무 탐났기에 나는 정말 진지하게 개명을 염두에 두고 있었으나 사람들의 생각은 나와 정반대였다. 별로야. 구려. 진심이야? 같은 반응이 주를 이뤘고 나는 예상치 못한 대답에 상처를 받았음에도 나중에 가서는 약간의 기억회로 조작을 통해 그들의 말을 이렇게 번역하곤 했다. 지금 이대로도 괜찮다고. 다른 누군가가 되지 않아도 된다고. 지금 이대로 충분하므로 지금이 아닌 다른 가능성일랑 애초에 필요치 않다고. 그 말 덕분인지, 아니면 그 말 탓인지 나는 여전히 나로서 나하며 살아가고 있다. 가끔 끝도 없이 아득한 복도를 걷고 있는 기분이 들기도 하지만 그럼에도 걸음을 멈추지 않으면서. 나는 나의 와중에 있으므로.

작업 아이템 탐방기
- 이 글에서 소개하는 어느 업체와도 이해관계가 없음을 먼저 밝혀둔다

정대건

나는 그닥 소비 지향적인 사람이 아니다. 누가 뭔가를 골라서 사다 준다면 모를까. 누군가 나를 백화점에 데려가 사줄 테니 골라보라고 해도 쇼핑이라는 것 자체를 스트레스로 느끼는 사람이었다.

내가 물욕이 적은 게 어릴 적에 '무소유', '모든 것은 공(空)이다'와 같은 것을 가르치던 불교 사상에 영향을 받은 것인지 이제는 가물가물하다. 고기도 먹어본 사람이 맛을 안다고 쇼핑의 맛을 모르던 것일 수도 있다.

예전에는 SNS에서 작가들이 마감에 대해 징징거리며 쇼핑을 했다는 이야기를 올리면 그게 전부 자랑처럼 느껴졌다. 그때 내게는 청탁받은 마감이라는 게 없기도 했고 대체 마감과 쇼핑의 상관관계가 무엇인지 이해하지 못했기 때문이었다.

마감을 해보니 나에게 적절한 보상이 필요하다는 것을 깨달았다. 마감이 닥치면 어찌 되었든 쉬는 것도 노는 것도 약속도 미루고 집중해야 하는 시간이 필요해진다. 이때 마감이 끝나면 맛있는 것을 먹으러 가든, 쇼핑을 하든 나름의 당근이 필요하다는 것을 깨달았다. 그래서 내가 찾은 돌파구가 작업 아이템 쇼핑이다. 나를 위한 보상이 글쓰기를 위한 아이템 소비라면 선순환이 아닌가.

파트타이머 프리랜서로 오래 생활하면서 '키보드질'과 '의자질'을 시작했다. 모든 종류의 취미와 마찬가지로 어느 분야에 입문하여 맛보고 즐기고 급을 높여가며 세계를 넓혀가는 것. 이렇게 취미라고 하기도 애매한 취미를 갖게 된 지금은 예능 프로를 보든 영화를 보든 사무실이나 작업실 장면이 나오면 의자와 키보드부터 보인다. 인스타그램에 정말 예쁘게 인테리어된 방의 사진들을 보더라도 의자를 보면 아이고, 허리 분쇄기, 소리가 절로 나오고, 책상 위에 노트북을 두고 시선을 아래로 향한 채 작업하는 모습을 보면, 아이고, 거북목 제조기, 소리가 나온다.

의자

운동에 취미를 가지고 단련된 몸이었다면 의자를

기웃거리지 않았을 수도 있겠지만, 어느 날 허리가 끊어질 듯 아파왔기에 급한 대로 의자의 도움을 받기로 했다. 아이템빨을 받기 위해 현질을 한 것이다.

의자에 대해 유현준 교수가 한 말을 빌리자면 '의자는 연인을 제외하고는 가장 많은 신체 접촉이 있는 대상'이다. 비단 작가뿐이 아니라 컴퓨터와 노트북 앞에 앉아 생활하는 대부분의 현대인들도 마찬가지일 것이다. 9 to 6를 한다면 하루에 9시간 가까이 앉아 있는 것이고 집에 돌아와서도 그 이상 앉아 있을 것이다. 누워 자는 시간이 7~8시간이라고 따졌을 때 과연 맞는 말이다. 게다가 건강과 관련되는 것, 글쓰기와 관련되는 것인데 돈을 아낄 필요가 있을까 싶었다.

수천만 원 값이 나가는 디자이너들의 인테리어 의자들도 있지만, 사무용 의자의 하이엔드 급은 150~200만 원대로 형성되어 있다.(100~150만 원대였던 게 코로나 시기에 50만 원 정도 인상되었다.) 비싸다면 입이 벌어지게 비싼 가격이고 달리 생각하면 맥북이나 아이폰 한 대 값이기도 하다. 정말로 비싼 의자가 그 정도 돈값을 하느냐 묻는다면 그것은 주관적인 만족이다. 이런 의자들이 앉자마자 드라마틱하게 눈이 커지는 체감은 되지 않는다. 문제는 하이엔드 의자에 익숙해졌을 경우 역체감이 심하다. 다시 평범한 의자를 앉으면 불편함을 잘 느끼게 된다.

이 역체감 때문에 나는 유난을 떠는 사람이 되었다. 원주에 있는 작가 레지던시인 토지문화관에 두 달간 머문 적이 있다. 내 가장 큰 걱정은 근처에 편의점도 없는 불편과 고립감이 아니었다. 레지던시에는 다소 투박한 의자가 비치되어 있는데 그것이 가장 큰 문제였다. 키보드의 경우에는 들고 다닐 수 있지만 의자는 들고 다니기도 어렵다. 다른 작가님들은 아무도 그 정도 유난은 떨지 않는데 나는 일주일을 앉아 있다가 도저히 못 버티고 집 의자를 차에 싣고 원주까지 가져갔다. 그만큼 내 몸이 망가진 상태일 수도 있겠다.(다행히 디스크 증세는 아니다.)

허먼밀러의 에어론, 스틸케이스의 립체어, 휴먼스케일의 프리덤 체어가 소위 의자 삼대장이라고 하는데 이것은 그저 마케팅에 의한 라벨링이라고 생각된다. 디자인은 취향의 영역이고 글로 설명해봐야 알 수 없고 직접 앉아봐야 한다. 강남 쪽에 이런 의자의 수입사들이 있고 여유롭게 체험해볼 수 있는 쇼룸을 보유하고 있다.

허먼밀러의 에어론은 '네이버 의자'라고 알려지며 유명해졌다. 좌판까지 짱짱한 메시인 것이 특징이고 정자세를 강요해 일을 더 많이 하게 만들어 '노예 의자'라고도 알려져 있다. 스틸케이스의 립체어는 비싼 가격에 어울리지 않는 투박한 디자인에 비해 포근하고 가장 호불호가 적게 갈리는 편한 의자다. 휴먼스케일 프리덤 체어는 SF 영화에 나올 만한 비주얼에 대통령이나 CEO들이 많이 앉는 의자인데 덩치 좋은 유도부 형님이 딱 버티고 서서 지지해주는 단단한 느낌이다.

당연한 말이지만 하이엔드 의자라고 해봐야 건강 악화를 그나마 더디게 해준다 뿐이지 치료하거나 나아지게 하는 것은 결코 아니다. 인간의 신체는 의자에 덜 앉을수록 건강에 좋다고 한다.

나는 휴먼스케일의 프리덤 체어를 반의반도 안 되는 가격에 당근 해서 사용하고 있다. 치명적인 단점이라면 편하고 널찍한 헤드레스트에 머리를 기대고 의자에 앉아 조는 일이 많다는 것이다.(방금 딱 이 문장을 쓰고 나도 모르게 한 시간 가까이 의자에서 졸았다. 원래 나는 글을 쓸 때 기면증이라도 있는 것처럼 많이 졸곤 한다.)

키보드

팟캐스트 같은 곳에서 작가들이 사용하는 키보드 얘기를 할 때면 나는 귀를 쫑긋 세운다. 다른 작가들은 무슨 키보드를 쓰는지 늘 궁금하다. 입력만 잘되면 됐지 키보드에 뭐 하러 돈을 쓰나 싶은 사람이 있을 수도 있다. 그러나 키보드 애호가들은 키보드가 건전하고 좋은 취미라고 한다. 피규어나 시계 같은 취미의 세계보다는 훨씬 저렴하고 실용적이라는 것이다.

나는 이전까지만 해도 애플의 매직 키보드(팬터그래프)를 아무 불편 없이 사용하고 있었다. 블루투스 연결이 가능하고 휴대성도 좋고 알루미늄 하우징의 애플 감성도 있다. 그러나 타이핑량이 많아지면서 손가락 끝이 피로해짐을 느꼈고, 키가 쑥쑥 깊게 눌리는 기계식 키보드의 재미를 느끼고 나서는 매직 키보드의 맨바닥을 치는 듯한 느낌으로는 돌아갈 수 없게 되어버렸다. 결국 여러 스위치를 사용해보고 내가 정착한 키보드는 '초콜릿 부러뜨리는 키감'으로 묘사되는 무접점 키보드 해피해킹이다.(무접점 키보드는 엄밀히 따지자면 기계식은 아니지만, 그렇게 세밀한 분류는 넘어가도록 하자.)

처음으로 장편소설을 쓰기로 마음먹은 뒤, 기계식 키보드를 알아봤다. 고수는 장비를 가리지 않는다지만 나는 고수가 아니니까. 그러나 입문자에게 기계식 키보드의 구매 선택지는 너무나 많았고, 알아볼 것이 많은 만큼 글쓰기로부터의 도피에 충실할 수 있었다. 기계식 키보드? 그거 엄청 시끄러운 거 아니야? 라고 반응한다면, PC방에서 흔히 접할 수 있는 청축 키보드를 떠올린 것이다. 명확한 구분감을 주고 '짤칵'하는 경쾌한 클릭음이 특징인 청축 스위치는 게이밍 키보드의 대표격이다. 이외에도 적축, 갈축, 흑축 등 다양한 스위치들이 존재하고 사무실에서 사용하기에 충분한 저소음 스위치들도 존재한다. 짤칵짤칵, 도각도각, 서걱서걱, 다양한 타이핑 소리와 키압을 포함한 키감은 정답이 없는 취향의 영역이므로, '끝판왕'과 같은 수식어가 붙는 키보드는 없다. 요즘은 유튜브에 키보드 타건 소리 리뷰도 많지만 자신의 취향에 어떤 것이 맞는지는 직접 만져봐야지만 알 수 있다. 용산 전자상가에 가서 직접 타이핑해볼 것을 추천한다. 재미 삼아 기계식 키보드 소리나 타자기의 소리를 나게 할 수 있는 'qwertick'(윈도우용) 'tickeys'(맥용) 같은 소프트웨어도 설치해볼 만하다.

키감은 취향의 영역이니 추천이고 뭐고 하나 마나 한 소리인가 하면 그렇지는 않다. 타이핑량이 많은 환경에서 손가락에 쌓이는 피로감만을 따진다면 키압이 낮은 '리얼포스 30g' 모델을 추천할 수 있다. 손가락을 올려놓고 멍 때리기만 해도 키보드가 눌린다는 저압 키보드이다. 대신 키압이 낮은 만큼 기대했던 초콜릿을 부러뜨리는 구분감은 심심할 수 있다.(리얼포스의 가격이 부담스럽다면, 콕스, 한성의 무접점 35g 제품들을 추천한다.)

키보드를 애정하게 되면 더 나아가 키보드를 꾸며주는 '키캡 놀이'라는 것이 가능하다. 알록달록한 색의 키캡부터 정교한 피규어 부럽지 않은 아티잔 키캡, 초심자가 보기에는 이걸 어떻게 쓰라는 건지 싶은 무각인 키캡까지 다양하다. 키캡 놀이에 빠지면 키보드보다 더 많은 돈을 쓰게 된다.

기계식 키보드를 쓴다고 글이 더 잘 써질까? 그럴 리는 없겠지만 글은 엉덩이로 쓰는 것이라는 말에는 도움이 되었다. 주객이 전도된 것 같지만, 타이핑을 즐기게 되어서 키보드를 두드리기 위해 글을 쓰기도 한다.

얼마 전 '스마트폰 전면 카메라와 인공지능(AI)을 활용해 키보드가 보이지 않더라도 손가락 움직임을 인식해 타이핑이 가능한 가상 키보드가 개발되었다'는 기사를 읽었다. 기술이 더 발전해 손가락을 움직이지 않아도 문자를 입력할 수 있는 시대가 오면 키보드는 사라지게 될까? 그러나 물리 키보드를 선호하여 블랙베리를 고집하는 소수의 사람이 아직도 있듯이, 키보드는 타자기처럼 구시대의 유물로라도 살아남을 것이다.

그 외 추천 아이템들 - 키보드 트레이, 독서대, 모니터 암

최근 쾌적한 오피스 환경을 자랑하는 공유 오피스 홍보 사진이 SNS에 많이 뜨는데, 대부분은 산뜻한 미소를 띤 모델들이 거치대도 없이 노트북을 책상에 놓고 고개를 숙인 채 일하고 있다. 그런 사진을 보면 목부터 아프다. 제발 이 글을 읽는 그 누구도 고개 숙이고 시선을 아래로 하고 작업하지 않기를 바란다. 인체공학 의자와 키보드 트레이, 모니터 암, 노트북 스탠드. 모든 현대인들에게 전도하고 싶은 아이템들이다. 의자와 키보드에 비해 비용도 들지 않는다.

—노트북 거치대. 넥스탠드. 1만 원대. 저렴하면서 가볍고 휴대성도 좋은 가성비 제품이다. 대신 이 제품을 사용하게 되면 별도의 휴대용 키보드와 마우스가 필요하게 된다.

—모니터 암. 2만 원대. 모니터 암을 산 사람 중에 괜히

샀다고 돈 아깝다고 하는 사람은 찾아볼 수가 없다. 책상 공간도 훨씬 넓어지고 모니터 높이를 손 쉽게 조절할 수 있다.

—펠리칸 스탠드 독서대. 6만 원대. 독서 애호가들이라면 높이조절 독서대나 2단 독서대를 알아봤을 것이다.(그러나 이 제품은 가격이 올라도 너무 올랐다.) 이 제품이 아니더라도 꼭 눈높이를 올릴 수 있는 독서대를 구매하자.

—키보드 트레이. 4만 원대. 클램프 방식으로 책상에 나사를 박지 않아도 되는 모델이 있다.

이중에서 가장 추천하는 것은 키보드 트레이다. 높이 조절 가능한 전동 책상이 없는 모든 사무실에 복지 차원에서 설치해야 한다고 생각한다. 국내 책상 높이는 대부분 73센티미터로, 이는 한국 평균 키보다 큰 내게도 키보드를 타이핑하기에는 너무 높다. 이 표준 높이는 타이핑이 아니라 공부 용도로 나온 것이기 때문이다. 다들 익숙해져서 그렇지 팔을 책상 높이로 들고 타이핑하는 자세가 어깨통증을 유발한다. 의자에 앉은 채 어깨를 내려뜨리고 무릎 위에서 키보드를 치는 시늉을 해보면 어깨가 얼마나 편한지 바로 알 수 있을 것이다.

독서대, 키보드 트레이, 모니터 암, 노트북 거치대, 블루투스 키보드와 마우스. 이만하면 글 쓰는 사람의 아이템은 대략 갖춘 것 같다. 없는 것이라고 한다면 전동 책상 정도일 것이다. 다음 책을 출간하고 나면 세 번째 장편소설 작업을 위해 나에게 주는 보상으로 기쁜 마음으로 남겨둔다.

도서관을 위한 도서관

조우리

어렸을 땐 그곳과 친해지고 싶은 마음이 없었어. 여느 아이처럼 나도 줄글보단 만화로 된 이야기가 좋았거든. 거긴 대부분 활자 가득한 책들만 취급하더군. 이상하지. 그때는 만화로 된 책을 읽으면 한심하게 보고, 줄글이 빽빽한 책을 읽으면 칭찬받았어. 그래서 그곳으로 갔던 것 같아. 활자야말로 어른들의 세계에서 통용되는 매체였고, 도서관은 그들로부터 사랑받을 수 있는 장소였으니까.

내가 다녔던 도서관은 계단을 꽤 올라야 하는 언덕 지대에 있었어. 높은 곳에 있던 때문일까? 항상 사람들이 별로 없었지. 평일 오후에 그곳에 오는 이들은 두꺼운 안경을 쓰고 문제 풀이에 골몰하는 대학생들이나 어려운 책을 읽으며 시간을 죽이는 노인들뿐이었어. 내 또래 아이들은 대부분 흙먼지를 뒤집어쓰며 놀기 바빴고, 부모들은 모두 늦은 저녁이 되어서야 일터에서 돌아오곤 했으니 책을 읽을 여유 따위 없었던 걸지도.

아무튼, 나는 드물게 그곳에 가는 몇 안 되는 아이였어. 계단을 겨우 다 오르면 붉은색 벽돌로 된 도서관 건물이 나타났지. 다시 또 한 층을 올라 자료실에 들어가면 마침내 온갖 미지의 세계들이 윗입술 아랫입술처럼 표지를 앙다문 채 꽂혀 있는 모습을 볼 수 있었어. 이야기의 힌트를 알려주는 책등이 세로로 선 채 나열된 서가들, 그 사이로 난 좁은 통로를 지나는 순간에는 늘 묘한 긴장감이 밀려왔어. 일정한 간격을 두고 서 있는 서가와 거기에 꽂힌 장서의 수와 장서 한 권이 품고 있는 활자의 개수를 헤아릴 때면 그 무수한 정보량에 짓눌릴 것 같았거든.

실은 그림이 아닌 문장들로 이루어진 책 속에 더 많은 이야기가 담겨 있음을 깨달은 건 그쯤이었어. 어린 독자를 위해 순화되고 생략되던 책과는 너무 달랐지. 한 가지 예로, 나는 더 어렸을 적에《안네의 일기》를 만화책으로 처음 접했었는데, 안네와 비슷한 나이가 되어 읽은 그녀의 일기에는 만화로는 묘사해주지 않던 내용이 많았어. 어린이라는 한 겹의 보호막 아래 편집되던 이야기를 가감 없이 보여주고 있었거든. 그런 책을 만날 때면 괜히 애 취급을 받으며 속은 듯한 기분이 들어서 독서에 더 열을 올렸던 것 같아.

마음 같아서는 도서관에 밤새 갇힌 채 모든 책을 섭렵하고 싶었지만, 그럴 수는 없었어. 책이 많은 곳에는 반드시 책을 지키는 사서들이 있었거든. 그들은 언제나 데스크에 조용히 앉아 무언가를 읽고 있었어. 책을 찾아달라거나 빌려달라는 용무가 아니고서는 말을 걸지 않았고, 그쪽에서 말을 걸어오는 일도 결코 없었지. 가끔 지나치게 산만하게 구는 학생들이 있거나 누군가 실내에서 전화 통화를 하는 소리가 들릴 때면 발소리도 없이 슬슬 다가와 짧게 주의를 주고 가는 게 전부였어.

내가 보기에 그들은 책을 지키는 일뿐 아니라 침묵을 지키는 사람들 같기도 했어. 은연중에 그들을 동경했던 때문일까? 자라면서 점점 그들처럼 과묵한 어른이 되어갔어. 그리고 정말 다 큰 어른이 되어서는 그들이 하던 일을 내가 하고 있더군. 세상의 소음으로부터 책과 침묵을 지키는 일을 말이야. 언젠가 나는 문학을 배우겠다며 가난한 대학생 시절을 보내기도 했는데, 대학 생활 내내 매주 주말을 빠짐없이 도서관에서 보내고는 했어. 다만 온전히 책을 읽으러 다닌 건 아니었고, 밥벌이를 찾던 중에 공교롭게 도서관에서 일할 기회가 생겼던 덕분이었지.

처음에 내게 주어졌던 일들은 그리 어렵지 않았어. 자료실 데스크에서 이용자를 응대하며 책을 대출해주거나 돌려받고, 이따금 수거함에 가득 쌓인 책들을 서가에 정리하는 정도였거든. 그밖에 도서관 곳곳에 필요한 크고 작은 잡일을 맡기도 했지만 대체로 책을 들고 내 쪽으로 다가오는 이용자를 만나는 게 주된 업무였어. 어른이 되어 풀린 한 가지 오해가 있다면, 도서관에서는 생각보다 많은 사람을 만난다는 거였어. 내 기억 속에 남아 있던 과묵하고 무심한 사서들의 모습과는 같지 않았어.

거기서 꼬박 3년을 일했더니 웬만한 도서관의 소관은 꿰뚫을 수 있었어. 하루에 수백 권씩 서가에 책을 배열하다 보니 십진분류와 도서기호의 구조도 자연스레 외게 되었지. 도서관이 마치 사람들이 원하는 단 한 권의 책을 작은 섬처럼 감추고 있는 망망대해라면, 분류기호는 그곳으로 가기 위한 좌표였어. 좌표를 읽게 되니 표류 중인 사람들을 도와줄 수 있더군. 관내에서 분실된 책을 찾아 본래 자리에 되돌려주기도, 도서관 미아가 된 이용자들을 그들이 찾고 있던 책의 주소지로 데려다주기도 하면서.

오전 9시부터 오후 5시까지, 창문 밖으로 아침볕이 무르익다가 사양이 될 때까지, 빈 공간에 가장 먼저 들어왔다 가장 나중으로 나가며 문을 잠글 때까지, 그렇게 한나절을 도서관에 머무르고 있으면 마음이 안락하고 평온했어. 단순히 오랜 기간 일한 덕에 그런 일상에 익숙해졌기 때문만은 아니었지. 도서관은 자칫 압도될 만큼 많은 양의 장서가 보관된 곳이지만, 자세히 들여다보면 아주 단순한 구조로 이루어진 곳이기도 했거든. 주제와 시대에 따라, 저자명과 표제명에 따라 모든 게 질서 있게 짜여 있으니까.

사람들에게는 혼란 속에서도 늘 질서를 바로잡으려는 본능이 있는 걸까? 한번은 이렇게 무수한 책이 일목요연하게 집적된 공간을 떠올리고 만든 건 누구일까, 세상에 처음으로 지어진 도서관은 어디일까 궁금했어. 그때 내가 집으로 빌려온 책은 십수 년 전 문헌정보학 연구자들이 공동 집필한《도서관을 위한 도서관》이라는 책이었어. 누구나 자신의 방 책장 구석에 오래된 일기장이나 사진첩 하나쯤 보관하고 있듯이, 도서관도 자기 자신의 생애사를 기록한 책을 몇 품고 있었지.

그 책에 따르면, 도서관의 역사는 기원전으로 거슬러 올라가. 세간에 알려진 최초의 도서관은 중앙아시아를 중심으로 흥하고 멸했던 아시리아의 마지막 왕 아슈르바니팔의 도서관. 전쟁광이자 잔인한 왕이었지만 끝없는 전란의 시대에 몇 안 되는 교양인이자 지식인이었고, 자신이 아는 바를 축적하려는 수집가의 면모도 지니고 있었지. 한때 그가 차지했던 이집트 땅에는 얼마 후 고대를 통틀어 가장 큰 규모와 장서량을 자랑했던 알렉산드리아 도서관이 세워지기도 했어. 또 다른 정복자들에 의해 그 거대한 도서관이 불에 타 사라져버린 건 유명한 일화일 테지.

우리나라에도 도서관을 사랑한 왕들이 있었어. 세종은 집현전의 학자들에게 사가독서로 서책 읽기를 장려했고, 몇 세기 뒤 정조는 규장각을 짓고 흩어진 양서를 모아 왕실의 도서관으로 삼았어. 1901년 대한제국에는 우리나라 최초의 공공도서관인 독서구락부가 세워졌고, 해방 후에는 사서 박봉석을 중심으로 국립도서관이 설립됐지. 그런가 하면 대지 위의 축조물이 아니라 종이 위에 활자로 지어진 도서관도 있었어. 1941년 지구 반대편에서 보르헤스는 짧은 소설 속에 무한하게 반복되는 장서로 가득한 도서관을 지었어. 그 유명한 바벨의 도서관을 말이야.

내가 아는 도서관의 역사가 거기까지 가닿았을 때, 나는 한 가지를 깨달았어. 도서관이 하나의 생물 종처럼 세계에 뿌리내린 이래 그 크기와 영향력을 점점 넓혀왔다는 것을. 아주 조용하고 꾸준하게, 우리의 인식과 사유의 수준을 조금씩 바꾸어놓는 은밀한 기관으로서 작동하면서. 인도의 수학자이자 문헌정보학자였던 랑가나단이 주창한 도서관학의 법칙도 일찍이 그 점을 말하고 있었지. 첫째, 도서관의 장서는 이용하기 위한 것. 둘째, 모든 사람을 위한 것…… 그리고 마지막으로, 도서관이란 계속해서 자라나는 유기체라고.

이제 세상에 실재하는 장소를 넘어 조그만 기계 속에 그 무수한 장서와 서재가 담기기도 해. 사람들은 도서관에 가지 않고도 수중에서 원하는 책을 읽고, 책을 이루는 글자는 바이트로 환산되어 전자기기의 기억장치에 쌓이게 되었어. 그건 도서관이 물리적 공간으로서 성장할 수 있는 임계점을 넘어섰다는 뜻일 테지. 도서관이 변화하면 도서관에 관한 책도 거듭 개정판을 찍어낼 테지만, 그게 과연 전지와 활자판에 잉크를 묻히고 낱장을 제본하는 방식으로 반복될 것이냐는 알 수가 없어.

어떤 이들은 이런 변모가 도서관의 종말을 예고한다고 주장하고 있어. 다가올 미래에는 공간의 가치가 무용해질 것이고 책을 읽으러 도서관에 가는 사람은 없어질 거라고. 폐간 신문과 잡지가 늘어가고 어느 가게든 데스크에서 손님을 맞는 종업원이 사라지고 있는 것처럼, 수십 년 안에 잇달아 인쇄공이, 편집자가, 사서가, 시인이 사라질 것이라고 입을 모아 말하고 있어. 그렇게 된다면 그들은 아마 활자를 묵독하던 습성 그대로, 아무런 반항도 주장도 없이 침묵을 지키며 역사 속으로 퇴장하겠지.

그런데 이상하지. 나는 하나같이 사라질 것들만을 좇고 있어. 도서관이라는 공간을 사랑하고, 그곳에서 책을 지키는 사서들을 선망하며, 매일 묵독으로 시와 소설을 읽고 있지. 높은 계단을 올라가면 눈앞에 나타나던 언덕 위의 붉은 도서관, 그곳에서 조개껍데기처럼 모아온 활자들을 조립해서 책을 쓰는 사람이 되어 있어. 그것도 전지와 활자판에 잉크를 묻히고 낱장을 제본하는 방식으로. 사라지는 것들을 저버리지 못하고. 마치 꺼져가는 등불에 손바닥을 갖다 대며 마지막으로 온기를 쬐겠다는 듯이.

그건 아무래도 내가 도서관을 닮은 사람이기 때문이겠지. 여느 장소와 다르게 그곳은 나에게 말하기를 강요하지 않기 때문이겠지. 나는 말보다 침묵을 지키며 살아가길 원하는 사람이고, 도서관은 침묵이 곧 미덕이 되는 곳이니까.

알다시피 세상에는 너무 많은 소음이 떠돌아다니고, 바깥의 풍경은 좀체 멈춰 있질 못하고 시간의 빠른 박자에 허둥지둥 움질거리고 있어. 한시도 입을 다물기를 허락하지 않는 요설가들과 어디로 눈을 돌리든 머리를 들이미는 광고판들, 쿵쾅거리는 노랫소리가 여러 줄기로 얽혀 있는 거리를 바라볼 때면 처음으로 글자를 발명한 이는 아무래도 소리를 가두려 했던 게 아니었을지 싶어. 이런 세상에서 조용하고 정적인 사람으로 산다는 건 자칫 세상과 불화하는 사람이라고 오해를 부를 수도 있겠지만…… 동시에 나는 침묵 속에서 고르고 골라낸 말이야말로 그 누구도 다치게 하지 않도록, 진실로 타자와 친화하는 소통의 언어라는 걸 알아.

이따금 나는 전생에 그 무엇도 아닌 도서관이 아니었을까 하는 상상을 해. 처음에는 아슈르바니팔 왕에 의해 세계 각지의 점토판을 전리품으로 쌓아두는 도서관이었다가 왕조의 몰락과 함께 허물어졌을 거야. 그다음은 뜨겁고 메마른 땅에 거대한 알렉산드리아 도서관으로, 그다음은 로마 제국에서 수도원들의 도서관으로, 해방된 경성의 국립도서관으로 해체와 신축을 거듭하다 지금, 머릿속 기억장치에 발췌된 책을 저장하고 걸어다니는 도서관—인간에 이르게 된 거겠지.

이다음 미래에는 또 어떤 도서관이 되어 있을까? 염세적인 학자들의 주장이 맞다면, 나는 머지않아 종말을 맞고 더 이상 그 어느 곳에도 존재하지 않게 될 거야. 누구도 침묵을 보호해주지 않고 침묵하는 자들을 포용해주지 않는 세상이 되어서, 도서관형 인간은 모조리 허물어지고 폐허가 되고 말 테지. 그리고 누군가의 오래된 서고, 또는 사라진 것들의 전시회에 《도서관을 위한 도서관》이라는 이름의 낡고 바랜 책으로나마 자취가 남아 있겠지.

그런데 정말 이상하지. 그런 미래를 떠올려도 서글프지가 않아. 나는 알아. 이렇게 시끄러운 세상을 살아가는 가운데 고고한 방식으로 한 권의 책을 남길 수 있다는 게, 한 권의 책으로 남을 수 있다는 게 얼마나 다행한 일인지. 어쩌면 지금 내가 책을 짓는 사람이 되어 있는 것도 그 모든 도서관의 역사가 가리키는 단 하나의 미래였던 걸지도 몰라. 사라진 것들을 이야기로 품고 있는 글자들, 글자를 품고 있는 책, 책을 품고 있는 도서관. 그 몇 겹의 호위 속으로 들어갈 때면 나와 같이 내면에 또다시 한 겹의 보호막—도서관을 품은 사람들이 있다는 사실을 느낄 수 있어.

그러므로 언젠가 도서관이 사라지고 이 침묵의 공간이 한 권의 역사서만으로 남게 된다 해도 슬퍼할 것 하나 없겠지. 도서관이 존재했음을 증언하는 그 책은 누군가 손가락으로 책등을 눌러 꺼낼 때까지 그 자리에 침묵을 지키며 꽂혀 있을 거야. 그리고 책을 펼쳐 든 이에게 오랫동안 간직해오던 이야기를 세상에서 가장 고요한 방식으로 속삭여줄 거야. 옛날 옛날에는 침묵으로 말을 대신하는 사람들이 있었다고. 그들이 사랑한 곳을 도서관이라 불렀다고. ■

나의 베스파

성해나

호세 형은 그룹홈을 나가면 제일 먼저 무엇을 하고 싶으냐 물었다.

"글쎄요, 형은요?"

하고 역으로 묻자 형은 눈을 굴리며 생각에 잠기더니 하루에 하나씩 시시한 일을 하고 싶다고 했다. 혼자 메밀소바 먹기, 비 오는 날 외출하기, 미루지 않고 설거지하기, 은둔하던 지난 십 년간 연락을 끊었던 친구들과 만나기.

형은 보름 뒤 그룹홈에서 퇴소한다. 언제까지고 이곳에 머무를 수는 없으니까.

이곳에 들어오고 난 뒤, 우리는 다시 시작한 일이 많다. 햇볕을 쬐며 산책하기, 누군가와 한 식탁에 마주앉아 밥 먹기, 날마다 청소를 하고 이불을 개고 몸을 깨끗이 씻기.

아직 어려운 일도 많다. 매일 정해진 시간에—주로 이른 아침—깨어나는 것, 매주 일요일마다 분리수거 하는 것—지난 몇 년 동안은 방에 온갖 쓰레기를 쌓아둔 채 지냈으니까—사람과 눈을 마주 보며 대화를 나누는 것.

호세 형이 퇴소를 하기 전, 특별한 이벤트를 해주고 싶었다. 형은 내게 각별한 사람이었으니까. 적응을 못하고 겉도는 내게 먼저 말을 붙여주고, 그룹홈의 규칙을 일러주고. 반년간 한방을 쓰면서도 불평 하나 안 하던 사람. 눈을 마주치며 말할 수 있는 사람도 지금 내겐 형이 유일했다.

어떤 이벤트를 준비할지 고심하던 차에 문득 우리가 함께 보았던 영화의 한 장면이 떠올랐다. 형은 낡은 스쿠터를 몰고 안데스 산맥을 가로지르는 주인공에게 눈을 떼지 못했다.

"저렇게 멀리까지 가보고 싶어. 자력으로."

나는 스쳐가는 말을 기억할 만큼 섬세한 사람은 아니었지만, 형의 그 말만큼은 온전히 기억했다.

스쿠터를 타고 더 먼 곳까지 가보기.

형이 하고 싶다던 시시한 일에 이것도 추가할 수 있지 않을까. 결코 시시한 일은 아니겠지만.

*

새로 출시된 스쿠터들은 값이 꽤 나갔다. 3백에서 천만 원대까지. 수중에 있는 돈이라곤 60만 원이 고작이었다. 아르바이트를 하기에는 시간이 모자랐고, 선뜻 할 만한 용기도 나지 않았다. 바깥 산책을 시작한 지도 두 달이 채 안 되었으니까. 일면식도 없는 사람들과 조우하고, 인사를 나누고, 무언가를 파는 건 지금의 내겐 무리였다.

중고 사이트를 뒤져 염가의 스쿠터를 찾아보기로 했다. 배달용 스쿠터는 패스, 과한 튜닝을 한 스쿠터도 패스. 이정도면 적당하다 싶은 건 기겁할 정도로 비쌌고, 이 정도면 저렴하지 싶은 건 외관이 영 별로였다. 실망과 좌절을 느끼며 스크롤을 쭉 내리다 그것을 발견했다.

81년식 베스파.

영화에 나온 스쿠터와도 비슷했다. 주인공은 스쿠터를 타고 남미를 횡단하고, 사막을 건넜다. 스쿠터를 타고 발길이 닿지 않은 먼 곳으로 향하는 호세 형과 나를 상상해보았다. 나도 할 수 있을까. 근처 편의점도 수십 번은 고민하고 가는데. 나는 몰라도 호세 형이라면 가능할거란 생각이 들었다. 형은 나보다 굳센 사람이었으니까.

판매자가 제시한 가격은 딱 60만 원이었다. 연식이며 적산거리가 높긴 했지만, 크게 상관없었다. 잘 모르기도 했고. 중요한 건 판매지역이었는데, 시 외곽이긴 했지만 그룹홈과 멀지 않은 곳에 있었다. 버스를 타면 30분 정도 걸리려나. 마지막으로 대중교통을 이용한 게 언제였는지 기억도 나지 않았지만, 일단 가보기로 했다. 호세 형의 퇴소까지 남은 시간이 얼마 없었다.

판매자에게 문자를 남겼지만, 하루가 지나도 답이 오지 않아 결국 전화를 걸었다. 예상 질문과 답안을 메모장에 꼼꼼히 정리해두고, 심호흡을 한 뒤 그에게 전화를 했다. 한참이 지나서야 상대방의 목소리가 들려왔다.

"여보세요!"

전화 너머에서 들리는 목소리를 듣고 잠시 주춤했다. 젊은 사람일 줄 알았는데, 판매자는 의외로 목소리가 거친 할아버지였다. 당혹스러움을 뒤로한 채 준비한 멘트들을 천천히 읽어나갔다. 중고 사이트에서 스쿠터를 파시는 걸 보고 연락드렸습니다. 제가 매입하고 싶은데요. 답 대신 한동안 침묵이 흘렀다. 잘못 걸었나, 전화를 끊을까 망설일 때 할아버지가 대뜸 물어왔다.

"얼마에 올렸어요?"

"예?"

"우리 애가 얼마에 올렸느냐고."

"……60만 원이요."

"이런, 썩을 놈."

예상한 답변과 어긋나는 대화 패턴에 등줄기에 땀이 흘렀다. 이게 아닌데. 할아버지가 말했다.

"자식이 순 지 멋대로……. 내가 그렇게 신신당부했는데."

할아버지는 무어라 중얼거리더니 육십에 줄 테니 자기가 있는 곳으로 오라며 주소를 불렀다. 허겁지겁 주소를 받아 적고, 얼떨떨한 상태로 전화를 끊었다. 식은땀이 계속해 흘렀다. 무슨 일이 벌어진 거지. 친절이나 사려와는 거리가 먼 판매자였다. 다른 스쿠터를 매입해야 하나, 고민하며 중고 사이트를 살펴보았지만, 적당한 가격의 스쿠터는 찾아볼 수 없었다.

옥천군 옥천읍 매화리 142-20

별수 없이 할아버지가 불러준 주소를 되새기며 울며 겨자 먹기로 그곳으로 향하기로 마음먹었다.

*

옥천은 생각보다 멀었다. 야구 모자를 푹 눌러 쓴 채 기차를 타고, 마을버스를 한 차례 갈아탔다. 이렇게 멀리까지 나온 게 얼마 만인지 가늠도 안 되었다. 날이 흐려 다행이었다. 호세 형은 장마 때마다 우울해진다고 했지만, 나는 오히려 우기가 좋았다. 모든 것이 빗방울 속에서 뭉개지고 불투명해지는 시기가.

빛 속에는 모든 것이 선명해 보이고, 그 선명함은 나를 옥죄니까. 내 슬픔도 불안도 그늘도 그 속에서는 여과 없이 드러나니까. 그것을 걸러줄 무언가가 늘 필요했다. 일테면 우산이나 챙이 긴 모자.

모자의 챙을 누른 채 사람들의 눈을 피하며 빠르게 걸었다. 인파로 붐비는 역사나 사람들이 한데 모인 정류장에서는 심장이 요동쳤지만, 조금 지나니 잠잠해지기는 했다. 1년 전까지만 해도 방 안을 벗어나는 건 시도도, 아니 생각조차 못했다. 그때가 가장 심각했던 때가 아니었을까. 인스턴트나 배달음식으로 끼니를 때우며 온라인 게임을 하고 때가 되면 잠들고, 암막커튼이 쳐진 어두운 방 안에 나를 고립하고…… 그때보다 나아지기는 했어도, 나는 아직 사람이 무서웠다. 더 명확히 말하면 살아 있는 것들이 무서웠다. 평범하고 무덤덤하게 살아가는 것들이.

할아버지와 약속한 시간보다 조금 이르게 옥천에 도착했다. 슈퍼마켓 평상에서 등이 굽은 노인 몇이 장기를 두고 있었다. 나와 거래를 하기로 한 할아버지가 섞여 있지 않을까 싶어 힐끗거려보았지만, 그들은 눈도 마주치지 않은 채 졸이네, 병이네, 장기 두는 데에만 열중했다. 할아버지를 기다리는 동안 이따금 차 몇 대가 지나갔고, 풀밭을 가르며 찬바람이 불었다. 가까운 곳에 절이 있는지 바람이 불 때마다 풍경 소리가 작게 들리기도 했다. 10분만 더 기다리자, 그게 마지노선이다. 핸드폰을 보며 초조하게 할아버지를 기다렸다.

얼마 지나지 않아 터덜터덜하는 배기음이 들려왔다. 멀찍이서 반모 헬멧을 쓴 할아버지가 스쿠터를 끌고 서서히 다가오고 있었다. 할아버지는 스쿠터에서 내리자마자 내 쪽은 쳐다보지도 않고 장기 두는 노인들에게 불쑥 소리쳤다.

밥은 자시고들 하는겨?

먹었지.

정말 먹은겨?

암, 우리가 거짓말할까.

밥 좀 잘 챙겨 먹어. 할머니 걱정하더라!

저러다 싸우는 게 아닐까 싶을 만큼 데시벨이 높은 대화였다. 안부인지 참견인지 모를 대화를 한참 나누다 할아버지는 내 쪽으로 고개를 돌렸다.

자네야?

예?

자네가 이거 사러 왔어?

아, 예…….

할아버지는 살펴보라며 스쿠터를 내주었다. 이게 베스파구나. 연식은 오래되었지만, 관리를 잘해서인지 전조등과 후미등도 멀쩡하고 긁힌 흔적도 거의 없었다. 물론 하자가 있긴 했다. 왼쪽 사이드미러가 고정되지 않는 모양인지 청 테이프로 둘둘 감겨 있었고, 시트도 구석구석이 닳아 반질반질했다. 그걸 빌미로 3만 원 정도 네고를 해볼까, 생각해보았지만 할아버지의 인상으로 봐선 씨알도 먹히지 않을 것 같았다. 그런 협상을 유연히 할 수 있을지 확신이 들지도 않았고. 스쿠터를 이리저리 둘러보는데 할아버지가 물었다.

육십이라고 했지?

예.

할아버지는 허공에 헛발질을 하며 이게 그런 헐값에 팔릴 물건이 아니라고 했다. 컴퓨터를 다루지 못하는 자신을 대신해 아들이 중고 사이트에 스쿠터를 내놓았는데, 소통의 오류인지 값을 헐하게 매겼다며 노여워했다.

백은 받아야 한다고 그렇게 언질을 줬는데 이 자식이 말야, 애비 말은 귓등으로도 안 듣고 말야.

백이라니. 값을 더 높게 쳐달라는 건가. 심장이 다시 요동쳤다. 서둘러 거래를 하고 떠날 생각이었는데 일이 복잡하게 흘러가고 있었다. 할아버지는 나를 위아래로 슥 훑더니 불퉁스럽게 물었다.

어디서 왔이?

예?

무슨 영문인지 몰라 되묻는데, 할아버지가 답답하다는 듯 버럭 소리를 질렀다.

아까부터 왜 자꾸 되묻고 그려, 어디서 왔냐니까!

……대전에서요.

대전 어디?

어디서 왔다고 해야 할까. 탈 은둔자들이 모여 사는 그룹홈이라고 말하면 행여 이상한 눈초리로 보지 않을까. 어떤 말을 보태야 할지 망설일 때, 할아버지가 말했다.

대전이라고? 멀리서 왔으니까 내 특별히 인심 써서 육십만 받을게.

손에 땀이 찼다. 등줄기도 조금씩 젖어들고 있었다. 한시라도 빨리 대금을 치르고 떠날 요량으로 할아버지에게 계좌번호를 물었다. 그가 나를 빤히 쳐다보았다.

뱅킹으로 하게? 나 그거 못하는데.

할아버지는 인터넷 뱅킹을 사용하지 않는다고 했다. 산 넘어 산이었다. 그는 잠시 고민하더니 근처에 우체국이 있으니 같이 다녀오자고 했다.

같이요?

그럼 나 혼자 가?

할아버지는 베스파에 오른 뒤, 안장을 툭툭 치며 뒤에 타라고 했다. 망설이다 엉거주춤 안장에 올랐다. 할아버지가 베스파의 엑셀을 당기자 그 반동으로 몸이 뒤로 쏠렸다. 크기가 작아 속도도 느릴 줄 알았는데, 베스파는 생각보다 빨랐고 기운차게 전진했다. 할아버지가 소리쳤다.

꽉 잡어! 안 그럼 떨어져!

머뭇머뭇하다 할아버지의 허리에 조심스레 팔을 둘렀다. 공기가 찼지만 바람을 맞으며 달리다 보니 이내 적응되었다. 산과 들을 지나고, 사람 없는 작은 사찰을 지나고, 간판이 햇볕에 하얗게 바랜 열쇠 가게와 건강원, 철물점을 지나고. 타이어 아래서 자갈이 달각거렸고, 날벌레가 달려들어 할아버지는 몇 차례 그것을 뱉어냈다. 그렇게 10분. 정신없이 달리다 보니 우체국에 도착해 있었다.

계좌에서 돈을 인출하고 할아버지에게 그것을 건넸다. 60만 원이었다. 행여 말을 바꿀까 노심초사했지만, 할아버지는 천천히 지폐를 세어보더니 맞네, 맞아. 하며 그것을 무심히 점퍼 주머니에 욱여넣었다. 다사다난했던 거래가 이렇게 끝나는구나, 생각한 것도 잠시. 할아버지가 슬그머니 말을 덧붙였다.

나는 태워다 주고 가야지.

예?

그럼 걸어가?

할아버지는 자연스럽게 안장 뒤쪽에 걸터앉았다. 문제는 내가 스쿠터 운전에 미숙하다는 데에 있었다. 당혹함을 감춘 채 스쿠터에 올라 무작정 시동을 걸었다. 이렇게 하는 건가, 엉성한 폼으로 핸들을 당기자 바퀴 헛도는 소리가 들렸고, 몸이 양옆으로 크게 들썩였다. 할아버지는 다급히 내려 스쿠터의 상태를 확인했다. 사이드 스탠드가 내려진 상태에서 다짜고짜 핸들부터 당기면 어떻게 하냐며 그는 발끈했다.

면허는 있는겨?

예.

아버지의 권유로 고교를 졸업하자마자 면허를 따긴 했지만, 그것도 10년 전 일이었다. 자동차를 끌어본 경험은 있었지만 —도로주행용 차가 전부였지만— 스쿠터를 다뤄본 적은 없었다.

이거 큰일 날 사람이네. 대전까진 어떻게 가려고?

기가 죽어 아무 말도 할 수 없었다. 나의 무모함과 경솔함이 그제야 절감되었다. 왜 대책도 없이 이런 일을 벌인 걸까. 호세 형을 태우고 스쿠터 일주를 하려던 계획들이 모두 헛되이 여겨졌다. 집 밖에도 벌벌 떨며 나가면서, 무턱대고 큰일부터 벌이다니. 심란한 얼굴로 앉아 있는 내게 할아버지는 일단 내려보라 일렀다. 그는 내 등을 툭툭 치더니 호탕하게 말했다.

풀은 또 왜 죽었어? 까짓 거 배우면 되지. 안 그려?

우리는 왔던 길을 되돌아가기로 했다. 슈퍼 앞에 할아버지를 내려주고 한적한 곳에서 스쿠터 조작법을 익히기로 하며.

강습료로 5만 원은 받아야겠는디.

당황하는 나를 보며 할아버지는 덧붙였다.

농이여, 공짜로 가르쳐줄 테니까 표정 풀어.

나 하는 거 보고 잘 따라하라며 할아버지는 부드럽게 핸들과 브레이크를 조작했다. 왔던 길을 거슬러 갈 때는 전보다 천천히 이동했다. 할아버지는 운전을 하며 이게 브레이크, 이게 스로틀, 이건 방향지시등. 하나하나 일러주었다.

자전거는 타봤지?

……아뇨.

자전거도 안 타봤어? 어릴 때 아버지가 안 가르쳐줬어?

아버지는 자전거 타는 방법을 살갑게 알려주거나 아들과 함께 블록놀이를 하는 사람이 아니었다. 오히려 그런 것을 무용하다고 여기던 사람이었다. 하루하루 철저히, 빈틈없이 살아가는 것을 목표로 두던 사람. 남들보다 한발 앞서기를 바라던 사람. 아버지의 바람과 달리 나는 모든 면에서 뒤처졌다. 걸음마도, 글도 늦게 뗐고, 다른 이들보다 한발 앞서기는커녕 늘 두 발, 세 발, 네 발…… 동떨어졌다.

할아버지가 내 쪽을 힐끗 돌아보며 목소리를 높였다.

걱정 마! 조금만 배우면 금방 혀.

할아버지의 걸걸한 목소리가 바람에 흩어졌다.

슈퍼 앞에서 장기를 두던 노인들은 그새 자리를 떠나고 없었다. 할아버지는 슈퍼 앞에서 스쿠터를 멈추었다.

밥은 먹고 온겨?

나는 고개를 가로저었다. 그럴 줄 알았다며 할아버지는 슈퍼 안으로 들어갔다. 한참이 지나 돌아온 그는 빵과 우유를 내게 무심히 건넸다.

먼 길 떠나기 전에는 든든하게 먹어둬야 혀. 돈은 안 받을 테니까 걱정 말고.

그와 평상에 앉아 빵을 먹고, 우유를 마셨다. 바람이 불 때마다 단풍잎이 바스락거렸고 뱅글뱅글 춤추다 땅 위로 하나둘 떨어졌다. 신발에 내려앉은 낙엽을 툭 차며 할아버지는 물었다.

모자는 왜 눌러쓰고 있어? 갑갑하지 않어?

괜찮아요.

날은 흐렸지만, 공기가 맑아 산이며 들이 고스란히 내다보였다. 할아버지는 내 쪽을 자꾸 힐끔댔다. 그와 눈을 마주치지 않으려 모자를 더 푹 눌러썼다.

자네는 올해 나이가 몇이여?

서른이요.

서른이면 한창이네.

묻지도 않았는데, 할아버지는 스쿠터와 얽힌 사연을 구구절절 늘어놓았다. 젊은 시절 마신산업이라는 오토바이 생산 공장에서 잠깐 일했는데 회사가 금세 파산했고, 퇴직금 대신 받은 게 저 81년식 베스파라고.

그때 내 나이가 서른이었나 그랬을겨. 우리 마누라가 돈 대신 웬 애물단지를 들고 왔다고 어찌나 성을 내던지. 그래도 저거 타고 마누라랑 단풍 구경도 가고, 애들 학교도 데려다주고, 밤마실도 실컷 다녔어. 호시절이었네, 그때가.

자그마치 40년을 함께 한 애물愛物이라고 했다. 어설프고 아둔했지만, 그 자체로 빛나던 시절을 함께 보낸 애물. 시시때때로 말썽을 부리고 길가에 설 때도 있지만, 그래도 튼튼한 놈이라고. 앞으로 10년, 20년은 거뜬할 거라고.

근데 왜 파시는 거예요?

내 물음에 할아버지는 무심한 얼굴로 답을 했다.

도에서 면허 반납하라고 전화가 왔더라고. 그럴 때도 됐지, 보내줄 때 됐어. 이제 눈도 침침하고 순발력도 떨어지고…….

할아버지는 거기까지 이야기하고 바지를 툭툭 털더니 자리에서 일어섰다.

얼추 다 먹었지? 그럼 슬슬 가보자고.

우리는 근처 초등학교로 향했다. 할아버지는 텅 빈 운동장에 스쿠터를 세운 뒤, 조작법을 일일이 설명했다. 오른손이 앞 브레이크, 왼손이 뒤 브레이크. 멈추고 싶을 때는 비슷한 강도로 양손에 힘을 줘서 브레이크를 잡고, 코너를 돌 때는 그 방향으로 몸을 기울이고……. 할아버지의 설명에 따라 사이드 스탠드를 올린 뒤, 발판에 발을 얹었다. 균형을 잡는 것부터가 고역이었다. 무게 중심이 자꾸 한쪽으로 쏠려 출발조차 어려웠다. 할아버지는 내가 우왕좌왕하는 것을 보며 발을 떼봐라, 그렇게 하지 말고 핸들을 꽉 잡고! 소리 높여 코치하다 도저히 안 되겠는지 내 쪽으로 천천히 다가왔다. 그것 하나 제대로 못하느냐고 호령을 들을 것 같아 움츠러들었다. 할아버지는 꾸짖거나 욕을 뇌까리는 대신 내 모자를 벗겼다.

자꾸 땅만 보면 안 돼. 그러믄 한 발짝도 못 움직여. 앞을 봐야지. 그려, 안 그려?

그는 거친 손으로 내 머리칼을 정돈해주었다. 그와 눈이 마주쳤다.

이러니까 훨 낫네.

할아버지는 무뚝뚝하게 머리를 매만져주더니 다시 안장에 앉아보라 했다. 처음부터 다시 해보기로 했다. 우선 양발을 땅에서 떼는 것부터.

그것만 해도 반은 먹고 들어가는겨.

발을 떼는 건 생각보다 쉽지 않았다. 할아버지는 스쿠터를 뒤에서 잡아주거나, 도와줄 생각도 않은 채 기울어지고 넘어지는 나를 그저 지켜보았다. 몇 차례 시도 끝에 겨우 발을 뗐지만, 금방이라도 넘어질까 두려워 조금 가다 발을 디디고, 다시 조금 가다 멈춰 섰다. 할아버지는 말했다.

넘어질 것 같잖어? 그럴 때는 넘어지겠다 싶은 쪽으로 핸들을 꺾어봐.

그럼 쓰러지지 않을까요?

자네가 지레 겁부터 먹어서 그렇지. 쓰러지면 다시 서면 돼. 괜찮으니께 한번 해봐.

쓰러져도 괜찮다. 쓰러져도 괜찮아. 주문을 외듯 그 말을 되새기며 오른발을 떼고, 왼발을 뗐다. 스쿠터의 무게가 조금씩 익숙해졌고, 긴장 때문에 수축되어 있던 어깨며 팔이 서서히 가벼워졌다. 나도 모르는 사이 발을 떼고 조금씩 전진하고 있었다. 휘청거리긴 했지만, 그래도 조금씩.

할아버지, 이렇게 하는 거 맞아요? 예? 맞아요?

할아버지가 서 있는 쪽으로 고개를 돌리자 그는 손을 내젓더니 그대로 달리라고 했다. 뒤를 돌아보지 말고, 그대로. 앞만 보면서.

뒤돌아보지 않은 채 스로틀을 조금씩 당겼다. 쓰러질 것 같을 때마다 그 방향으로 핸들을 꺾으며 농구 골대를 지나고, 조회대를 넘어서 정문을 향해 천천히 직진했다. 어느새 먹구름은 걷히고 빛이 환히 쏟아져 내리고 있었다. 청 테이프를 둘둘 감아놓은 왼쪽 사이드미러에 할아버지의 모습이 비쳤다. 그가 내 쪽을 향해 달려오며 손을 흔들었다. 그의 손에 내 모자가 쥐어져 있었다.

서둘지 말고 차근차근히 가! 차근차근히!

멀리서 할아버지의 목소리가 들려왔다. 할아버지의 말대로 앞을 보며 스로틀을 힘껏 당겼다.

멀리까지 가보고 싶어. 자력으로.

호세 형이 했던 말을 되뇌었다. 베스파가 기운차게 나아가고 있었다. ■

사연 없는 사람

장진영

송기찬은 칭찬을 잘했다. 빈번하게 했다는 뜻이 아니라 정말로 '잘했다'. 공부를 잘하거나 달리기를 잘하는 것과 비슷하게 칭찬은 그의 능력이었다. 아부하거나 상대방으로부터 호감을 얻으려는 목적이 아니었으므로 비굴해 보이지도 않았다. 순수한 의도에서 비롯된 칭찬을 들으면 누구나 기분이 좋아졌다. 구체적이라는 점에서 그의 칭찬 기술은 탁월했다. "오늘 좋아 보이네요"라고 뭉뚱그리는 게 아니라 "귀걸이가 예쁘네요"라고 콕 집는 식이었다. 송기찬은 그토록 작은 부분을 알아봐주었고, 귀걸이 그 자체라기보다는 귀걸이를 고른 안목을 추켜세웠으며, 당신에게 관심이 있다는 사실을 그리 길지 않은 말로 산뜻하게 전달하는 재주가 있었다.

"부츠 예쁘네요." 그날도 송기찬은 칭찬을 잘했다. 삼복더위에 발목까지 올라오는 가죽 부츠가 시선을 끌었다.

부츠의 주인 예상희는 허를 찔린 사람처럼 놀라서 담배를 떨어뜨렸다. 정확히 말하면, 핀셋으로 잡고 있던 담배를 떨어뜨렸다. 점심시간이 끝나가는 12시 50분경, 회사 옥상의 흡연구역에서였다. 핀셋에서 낙하한 담배꽁초가 '예쁜' 앵클부츠 위로 떨어졌다. 파스스. 예상희는 펄쩍 뛰더니 허공에 발길질을 하며 불똥을 털었다. 담뱃재에 산소가 주입되며 죽어가던 불똥이 되살아났다. 덩달아 놀란 송기찬이 맨손으로 화재를 수습했다. 왕자님처럼 한쪽 무릎을 세우고 꿇어앉았다는 뜻이다. 예상희의 얼굴이 새빨개졌다. 인조가죽에 지울 수 없는 흔적이 남았다.

오후 4시, 박 부장의 사무실에서 나온 송기찬이 내 어깨를 짚었다. 알 수 없는 미소를 띤 채 사무실 쪽으로 고갯짓을 했다. 사무실 창에 나무 블라인드가 내려져 있었다. 좋은 징조는 아니었다. 강 과장, 도 대리, 예상희, 송기찬이 릴레이 하듯 불려갔다 나온 참이었다. 내 차례까지 온 모양이었다. 사내 메신저가 이상하게 잠잠했다. 묘한 분위기가 떠돌았다. 나는 슬리퍼를 벗은 뒤 굽 낮은 단화로 갈아신었다. 방금 송기찬이 그렇게 한 걸 봤기 때문이었다. 예상희는 원래도 슬리퍼를 신지 않았다. 나는 냉방병 예방 및 미팅용으로 의자에 걸어 비치해둔 리넨 재킷을 걸치고 매무새를 가다듬은 뒤 사무실 문을 노크했다.

박 부장은 검은색 장우산으로 스윙 연습을 하고 있었다. 잔디밭 대신 고층 빌딩과 잿빛 하늘이 배경이었다. 골프가 아니라 빗자루질 시늉처럼 보였다. 그는 얼마간 연습을 하더니 이제야 알았다는 듯 문간에 선 나를 힐끔 보았다. 헛기침을 두어 번 했고 소파를 가리키며 앉으라고 권했다.

"일은 할 만한가?" 박 부장이 괜스레 우산을 펼치며 물었다. 우산은 완벽히 건조했고 BMW 엠블럼이 그려져 있었다. 내가 알기로 박 부장은 소나타를 탔다. 기러기 아빠라 늘 돈이 부족했다. 아내와 두 아들을 호주인지 캐나다인지로 보냈다고 들었다. 우산은 자동차 판매점에서 시승을 하고 얻어 온 모양이었다.

"네, 뭐." 내가 떨떠름하게 대답했다.

"송기찬 씨한테……" 박 부장이 우산을 접으며 창을 곁눈질했다. 나무 블라인드가 내려져 있었다. "칭찬 들어본 적 있나?"

"네?" 예상 밖의 질문이었다. "네."

"어떤?"

나는 무의식적으로, 혹은 확인하듯 귓불을 쥐었다. 링 귀걸이가 만져졌다. 몇 주 전에 산 것이었다. 지름이 콩알만 했고 특별한 장식은 없었다. 흔하디흔한 금색 링 귀걸이였다. 딱 한 사람이 알아보았다. 그 후로 계속 착용했다. "귀걸이가 예쁘다는 칭찬을 들은 적이 있어요."

"귀걸이. 귀걸이라……." 박 부장이 내 말을 곱씹었다. "그래서?"

"네?"

"기분이 어땠나?" 약간 외설스러운 어조였다.

"뭐," 나는 의아해져 어깨를 으쓱했다. "귀걸이를 칭찬받은 기분이었어요."

"귀걸이를 칭찬받은 기분. 귀걸이를 칭찬받은 기분이라……." 박 부장이 자못 심각하게 고개를 끄덕였다. "귀걸이는 귀에 걸려 있는 것 아닌가?"

"아무래도요."

"그건 필시……" 박 부장이 망측스럽다는 듯 목소리를 낮추었다. "귀를 보았다는 뜻 아닌가?"

그날 저녁 퇴근하고 송기찬과 함께 회사에서 한 정거장 떨어진 곳의 치킨집에 갔다. 예상희는 쌩하니 집에 갔다. 같이 가겠느냐고 딱히 물어본 것도 아니었다. 오늘 일 때문이 아니라 얼마 전부터 예상희가 먼저 거리를 두었다. 우리 세 사람은 전환형 인턴으로 만났다. 인턴 기간이 끝나면 한 명, 많으면 두 명까지 채용이었다. 경쟁자지만 사이좋게 지내자고 도원결의를 한 터였다. 국물닭발집에서 복숭아맛 쿨피스를 건배하면서. 송기찬의 주도하에 이루어진 일이었다. 예상희와 나는 처음에는 건성이었는데 점점 송기찬처럼 열심하게 되었다. 블루투스 키보드나 블루투스 마우스 등 회사에서 사주지 않는 문구류를 공동 구매한다든지 경조사를 챙기며 기프티콘을 주고받는다든지 하는 식이었다. 어느 날부턴가 예상희가 우리를 피하기 시작했다. 이유는 알 수 없었다. 인턴 만료 시점이 다가와서인지도 몰랐다.

500cc 생맥주가 두 잔 나왔다. 송기찬이 와이셔츠 소매를 걷어붙이더니 맥주를 세 모금 만에 원샷 했다. 목울대가 꿀렁거렸다. 윗입술에 하얀 수염처럼 거품이 묻었다. 맥주 광고 같았다. 송기찬은 맥주도 잘 마셨다. 보고 있자니 목이 말라서 나도 힘차게 마셨다. 참을 수 없이 목이 따가워서 잔을 내려놨는데 수심이

1센티미터 정도 줄어 있었다.

송기찬이 호출 벨을 누르고 생맥주를 한 잔 더 주문했다. 왼손으로 빈 잔을 들고 오른손으로 검지를 펼쳐 멀리 있는 종업원을 향해 수신호를 보냈다. 종업원을 두 번 걸음하지 않게 하려는 배려였다. 내가 알기로 아르바이트 경험이 많은 사람이 그런 식으로 주문했다. 새 맥주가 나오자 송기찬이 테이블에 양팔을 괴고 내 쪽으로 밀착해왔다. "박 부장이 뭐래요?"

나는 흠칫 뒤로 물러나 귀걸이를 만지작거렸다. 귀걸이를 만지려고 했는데 귀가 만져졌다. "기찬 님이 제 귀를 보지 않았느냐고요."

"허!" 송기찬이 맥주잔을 단번에 반쯤 비운 뒤 꽝 내려놨다. "박 부장한테는 넥타이핀이 예쁘다고 했어요. 그럼 내가 박 부장 가슴을 본 겁니까?"

호주인지 캐나다인지에 있는 박 부장의 첫째 아들인지 둘째 아들인지가 추수감사절인지 크리스마스인지에 선물로 보낸 넥타이핀이었다. 나도 기억했다. 쐐기모양으로 조각된 체인 달린 은색 넥타이핀이었다. 송기찬이 넥타이핀을 칭찬하자 박 부장이 아들 자랑을 늘어놓았다. 예상희는 좀 안절부절못했고 얼굴이 시뻘게져서는 거의 억지로 웃으며 대단하다고 물개박수를 쳤다. 그때부터였을까?

"점심시간 지나고 도 대리가 복도로 부르더라고요." 송기찬이 말했다. "상희 님이 불미스러운 일을 겪었다고 면담 신청을 했더랍니다. 부츠 예쁘다고 한 게 사실이냐고 묻더라고요. 제가 무슨 투시 능력이 있는 것도 아니고. 부츠가 예쁘다고 했지 발이 예쁘다고 했느냐고요."

"발을 좋아하시나요?" 나는 갑자기 궁금해져 물었다.

송기찬은 내 말을 무시했다. "아무튼 도 대리가 강 과장한테 보고를 올렸고 강 과장이 박 부장한테 보고를 올린 거예요. 그 다음에는 알다시피……."

"박 부장이 강 과장, 도 대리, 상희 님, 기찬 님, 저 순으로 불렀죠."

송기찬은 그 취조 순서가 함의하는 바를 파악하기 위해 애썼다. 예상희를 자기보다 먼저 부른 이유, 나를 자기보다 늦게 부른 이유. 내 생각으로는 무작위일 가능성이 컸지만 송기찬은 동의하지 않았다. 그는 여러 가지 가설을 제시했는데 채용에 유력한 순이라는 가설이 유력시되었다. 그 가설이 맞는다면 나는 탈락이었다.

"상희 님과는 얘기해봤나요?"

"뭐 하러요. 도 대리한테만 아니라고 말했죠. 상희 님이 도 대리한테 말했지 나한테 말한 게 아니니까요."

"그도 그렇네요."

치킨이 나왔다. 쌀가루를 입혀 글루텐의 죄책감을 느끼지 않아도 되었다. 나는 닭다리를 한입 베어 물고 도로 뱉었다. 뜨겁기도 했거니와 피 맛이 났다. 덜 익은 모양이었다. 아닌 게 아니라 속살이 빨갰다. 송기찬이 주방으로 달려가더니 가위를 가져왔다. 치킨 조각을 하나하나 잘라 내부를 확인했다.

"다행히 다른 부위는 괜찮아요. 다리가 원래 늦게 익거든요." 송기찬이 호출벨 쪽으로 손을 뻗으며 말했다. "나리만 더 익혀달라고 할까요?"

"괜찮아요."

나는 맥주잔 표면에 맺힌 물기를 닦았다. 잔을 살짝 틀어 부츠 신은 닭다리 그림을 그렸다.

폭우 예보가 있는 날 오후에 박 부장과 외근을 하고 왔다. 손을 씻으러 화장실에 다녀오는데 도 대리와 맞닥뜨렸다. 그가 아 참, 하더니 나를 불러 세웠다. "아까 왜 안 왔어요?"

"어디요?" 바지춤에 물기를 닦으며 내가 되물었다.

"오늘 티타임 날이잖아요. 오전에 예상희 씨한테 인턴들 데리고 1층 카페로 오라고 했더니 나머지는 바쁘다고 혼자 왔던데?"

"아." 나는 상황 파악을 위해 좋지도 않은 머리를 굴렸다. "2분기 실적발표 자료 초안 만들어야 해서요. 죄송합니다."

"상희 씨는 자료 안 만들어요?"

"아, 아뇨. 어제 상희 씨가 다이어그램 끝내서 저희한테 넘겼거든요. 지금은 송기찬 씨랑 저랑 후반 작업하고 있어요."

나도 모르게 거짓말이 나왔다. 도식화를 비롯한 사전 작업은 송기찬이 했고 그걸 바탕으로 슬라이드는 내가 만들고 있었다. 실적발표 업무 지시는 강 과장이 내린 것이었다. 그러니까, 자기 일을 인턴들에게 떠넘긴 것이었다. 보상 없는 노가다였다.

업무 분담을 위해 인턴들끼리 모인 회의실에서 예상희는 제안서 때문에 시간이 없다고 딱 잘라 선을 그었다. 제안서는 우리도 써야 했음에도. 제안서는 주마다 하나씩 내야 했고 고과에 반영되었다. 송기찬과 내가 하나 또는 무리해서 두 개씩 내는 동안 예상희는 스무 개씩 냈다. 시간이 없을 만했다.

자리로 돌아갔더니 송기찬으로부터 메신저가 와 있었다. '상희 님한테 티타임 얘기 못 들었죠?'

지방선거 날이 떠올랐다. 임시공휴일이었지만 회사에서 오전 출근을 시켰다. 박 부장이 미안하다며 신세계백화점에서 사비로 초밥을 사 왔다. 다들 사전투표를 했기 때문에 먹고 마시고 느긋하게 퇴근해도 상관없었다. 그런데 도원결의 단체 메신저에서 누군가가 투쟁해야 한다는 의견을 냈다. 아마 송기찬이었을 것이다. 예상희와 나는 분위기에 휩쓸려 동조했던 것 같다. 똑같이 마이너스를 받으면 결과적으로 채용에는 영향이 없을 테니까. 우리 세 인턴은 약속이 있다며 하나둘 자리를 떴다. 지하철역에서 접선한 뒤 한강 이남의 근사한 식당에서 점심을 먹고 헤어졌다. 며칠 뒤 도 대리가 우리를 하나씩 불러 추궁했다. 박 부장이 화가 많이 났다고 했다. 종로에서 최대한 멀어졌는데 그들은 어떻게 알았을까? 우리 안에 배신자가 있었다. 송기찬은 투쟁의 주동자였고 나는 발설하지 않았으니 남은 건 한 사람, 예상희였다.

나는 송기찬에게 답장을 썼다. '미안해요. 전한다는 걸 깜빡했네요. 외근 가야 해서 정신없었나 봐요.'

외근으로 중단되었던 실적발표 자료 초안 작업에 들어갔다. 송기찬한테서 받은 내용을 예쁘게 배치만 하면 되었다. 시간이 잘 갔다. 멍하게 손을 놀리고 있는데 플래시가 터졌다. 누가 사진을 찍나 싶어 고개를 들었더니 창밖으로 번개가 치고 있었다. 앞 건물이 보이지 않을 정도로 비가 쏟아졌다. 금요일이었고 6시를 넘긴 시각이었지만 아무도 퇴근하지 않았다. 비가 그치기를 기다리며 야근 수당을 챙기려는 것 같았다. 집에 어떻게 가느냐고 투덜거리는 소리가 여기저기서 들렸다. 누군가는 일기예보를 확인했고 누군가는 전화를 걸어 약속을 취소했다. 사이렌이 울려 다들 창으로 몰려가 도로를 내려다봤다. 소방차가 물길을 헤치며 지나가고 있었다. 또 다른 소방차가 빨간 경광등을 번쩍거리며 뒤따랐다.

"비가 오는데……" 내가 혼잣말처럼 중얼거렸다. "왜 소방차가 출동할까요?"

"물 끄러 가나보죠." 옆에서 송기찬이 대답했다.

재치 있는 답변이라 여겼는지 다들 웃었다. 한 사람만 빼고. 강 과장과 도 대리와 송기찬이 각자의 자리로 돌아갔다. 그림자가 지는 느낌이 들었다. 목덜미에 소름이 돋았다. 예상희가 나에게만 들리는 목소리로 재빠르게 속삭였다. "재밌어요?"

우천 때문에 배달이 줄줄이 취소되었다. 다들 멀지 않은 곳에서 저녁을 먹고 돌아왔다. 빗소리가 총소리 같다느니 호들갑을 떨었다. 머리는 젖어서 초라했고 와이셔츠 안에 받쳐 입은 메리야스가 드러났다. 맨발에 신은 슬리퍼가 찰박거리며 물 자국을 냈다. 뒤늦게 저녁을 먹으러 사무실에서 나온 박 부장이 미끄러져 넘어질 뻔했다. 나는 밀대를 가지러 여자화장실에 갔다. 예상희가 세면대에 한쪽 발을 올린 채 발을 씻고 있었다. 바닥을 디딘 다른 발에는 앵클부츠를 신고 있었다. 나는 청소함에서 밀대를 챙겨 나가다가 무심결에 거울에 비친 예상희의 한쪽 발을 봤다. 복사뼈 언저리에 조악한 문신이 새겨져 있었다. 가시관을 쓴 하트. 나는 시선을 돌렸다. 예상희는 개의치 않았다. 나를 경쟁자로 생각하지 않는 것 같았다. 경쟁자로도.

며칠 뒤, 전 사원이 모인 컨퍼런스룸에서 실적 발표가 진행되었다. 거대한 스크린에 보노보노를 배경으로 한 발표 자료가 떴다. 설마 하긴 했는데 초안을 확인도 안 하고 그대로 띄운 것이었다. 박 부장이 기함을 하며 강 과장을 노려봤고 강 과장이 내게 어떻게 된 거냐는 눈빛을 보냈다. 나는 천장으로 눈을 돌렸다. 강 과장은 박 부장에게 말도 안 되는 변명을 늘어놓았다. 인턴들에게 시켰다고는 자백하지 않았다. 소란스러운 와중에 핸드폰이 울렸다. 송기찬이 취업 축하한다고 커피 교환권을 보냈다. 나는 피식 웃었다.

발표가 길어졌다. 혈당이 떨어지는지 식은땀이 나고 오한이 들었다. 나는 1층 편의점에서 아이스크림을 산 뒤 옥상으로 올라갔다. 벤치에 앉아 앞니로 조금씩 깨물어 먹었다. 익숙한 여자의 뒷모습을 바라보면서. 오늘은 발목까지 올라오는 척테일러를 신고 있었다. 담배는 핀셋이 아니라 검지와 중지 사이에 끼워져 있었다. 예상희가 담배를 꼼꼼하게 비벼 끄더니 벤치로 다가와 내 옆에 앉았다.

"놓고 간 물건이 있어서요. 다들 컨퍼런스룸에 모일 것 같아서 살짝 들렀다 가려고 했는데," 예상희가 어깨를 으쓱했다. "들켜버렸네요."

"아, 블루투스 키보드랑 블루투스 마우스요. 제가 챙겨놨어요." 갑자기 어떤 생각이 나를 웃음 짓게 했지만 예상희가 불쾌해할까 봐 참았다. 우리 회사는 소형 가전을 주로 팔았는데 스팀다리미가 인기 상품이었다. 시장을 선점한 덕분에 그 품목만큼은 삼성이나 LG보다 앞섰다. 지금은 무선 스팀다리미를 개발하는 데 사활을 걸고 있었다. 선, 선, 선과의 전쟁이었다. 세상에는 선이 너무 많았고 소비자들은 선을 증오했다. "무선 스팀다리미에 그렇게 집착하고 선이란 선은 다 박멸할 것처럼 굴면서 무선 키보드랑 마우스는 안 사주는 게 조금……."

"재밌죠." 예상희가 내가 참은 표현을 대신 해주었다.

실외기가 웅웅거리며 돌아갔다. 뜨거운 바람이 나왔다. 발치를 바라보며 나는 무의식적으로 귀걸이를 만졌다. "그땐 죄송했어요."

"뭐가요?"

"소방차요."

예상희가 아, 하더니 바람 빠지는 소리를 내며 웃었다. "나한테 미안해할 건 없죠. 그냥 이런저런 일로 예민했던 것 같아요. 내가 더 미안해요. 특별한 사연이 있었던 건 아니었어요."

"특별한 사연……."

"인턴 면접 볼 때 대표님이 강조하더라고요. 자기는 사연 없는 사람이 좋다고요."

"그래요?" 처음 듣는 얘기였다.

"사연 없는 사람이 세상에 어딨겠어요. 너네들 사정이야 어쨌건 여기는 그냥 일하는 데라는 얘기였겠죠. 그런데 저한테는 무슨 협박처럼 느껴지더라고요. 괜히 혼자 뜨끔해서는 기찬 님한테 불똥 튀게 만들고." 예상희가 한쪽 발을 까딱거렸다. "결국 사이좋게 떨어졌네요."

아이스크림이 녹아 바닥에 떨어졌다. 사람들이 하나둘 옥상으로 올라왔다. 실적발표가 끝난 듯했다. 나는 사무실에서 쇼핑백을 가져와 예상희에게 건넸다. 우리는 어색하게 헤어졌다. 연락하자고 했지만 그러지 않으리라는 걸 서로가 알았다.

"참, 귀걸이 잘 어울려요." 예상희가 갑자기 생각났다는 듯 돌아서서 말했다. "마치……."

나는 습관적으로 귀를 만졌다. 나도 이게 잘 어울린다는 걸 알았다. 마치 달고 태어난 것 같았다.

좋은 팬은 찾기 힘들다
—3층 시야 제한석에 앉아 바라본 나의 케이팝 월드

monotype

권혜영

가수 A는 콘서트에서 어느 팬의 편지를 낭독했다. A는 이 구절을 구성하는 모든 단어가 자신의 마음속에 들어왔다고 담담하게 고백했다.

"내가 하는 공연은 오늘 막이 올랐고 언제나 그랬듯 훅 지나서 끝나버릴 거야. 연극 역시 시간의 것이니까. 순간이 지나가면 사라지는 신기루 같은 그런 것이라 그 떠나갈 연극의 순간을 위해서 허무하고 따뜻한 진땀을 빼며 해가는 것이니까."

보이그룹의 멤버 B는 어느 날 브이앱 라이브◆ 도중 채팅창을 읽더니 이런 말을 했다.

"저도 브이앱 라이브 끄고 나면 공허해요."

팬은 아이돌에게 마음을 전한다. 사랑한다고. 응원한다고. 나는 당신 덕분에 구원받았다고. 아이돌도 팬에게 마음을 전한다. 나 역시 그렇다고. 아이돌이 사랑 노래를 불러준다. 아이돌이 팬에게 일상을 나눈다. 오늘은 고등어구이를 먹었고 며칠 전 본가에 가서 반려견 목욕을 시켜줬다고. 이제 막 사랑에 빠진 연인처럼 사랑의 밀어를 교환한다.

라이브 방송 속에서, 콘서트 공간 속에서 우리는 같은 시간을 공유한다. 서로의 눈빛과 언동을 확인하며 연결되어 있다는 기분을 느낀다. 그런 추억들이 켜켜이 쌓이면 서로가 서로에게 특별한 사람이 된 것 같다. 그러나 브이앱 라이브가 끝나면. 공연이 끝나면. 아이돌도 허전하고 팬도 쓸쓸하다. 광활한 우주에 나 혼자 남겨진 것 같다. 온 마음 다해 사랑한다는 그 사람에게 가까이 다가갈 수 없다. 만져볼 수 없다. 수고했다고

◆ 네이버에서 운영하던 스타와 팬의 소통 어플로 2022년 연말에 서비스가 종료된다.

안아줄 수조차 없다. 방금 전 우리가 나눴던 사랑의 밀어가, 공유된 기억들이 휘발되고 튕겨져 나간다. 울적하고 공허한 마음이 든다.

공허한 마음의 실체를 좇다가 우리 사이에 가로놓인 장벽 하나를 발견한다. 자본이라는 장벽. 가수와 팬 사이에 자본이 끼어든다. 가수를 사랑하기 위해 팬은 돈을 지불한다. 팬에게 사랑받는 대가로 가수는 돈을 받는다. 두 존재는 기업을 매개하지 않고서 만나지 못한다. 사랑이 성립되지 않는다. 기업이 이윤을 추구할 때 아이돌은 기업의 상품으로, 팬은 소비자로 치환된다. 상품은 기업을 거쳐서 팔린다. 소비자는 기업이 유통하는 상품을 산다. 팬은 사랑한다는 이유로 자꾸만 돈을 빼앗기는 기분이 든다. 증식하는 앨범과 때마다 쏟아지는 굿즈와 각종 유료 서비스에게. 아이돌은 사랑한다는 이유로 자신의 상품 가치를 끊임없이 증명해야 한다. 빼어난 외모와 출중한 실력과 천사 같은 성품을.

자본은 정체를 드러내지 않는다. 최대한 없는 척하며 우리를 속인다. 우리는 정체 모를 공허함을 느끼지만 일단은 눈 감고 현실 도피한다. 철저하게 사랑이라 믿는다. 속는 척하며 즐겁게 지낼 수도 있지만 언젠가 누구 하나는 반드시 상대방의 뒤통수를 가격한다. 신기한 지점 한 가지. 여기서 팬과 아이돌의 뒤통수를 가격하는 주체는 기업과 자본가도 아니고 미디어는 더더욱 아니다. 바로 팬과 아이돌 당사자들이다.

우리는 그동안 공허함을 극복하지 못한 아이돌이 자본에 잡아먹힌 장면을 수없이 목격했다. 부동산 투기. 조세 포탈. 도박. 음주운전. 퇴폐업소. 마약. 성범죄. 왕따. 자해. 사회면 기사에 실릴 만한 굵직한 사건 사고 외에도 그들에게 여러 위기는 시시때때로 닥쳐온다. 회사에서 연애 금지를 시켰더니 그걸 악용해 비밀 연애랍시고 양다리를 걸친다거나. 젠더 및 인권 감수성이 떨어지는 실언을 한다거나. 물질만능주의에 빠져 팬들을 한낱 ATM 취급한다거나. 이 모든 상황을 지긋지긋해하는 얼굴을 감추지 못한다거나.

그런데 팬은 어떻지? 팬도 이 관계 속에서 공허함을 극복하지 못하면 흑화하기 마련인데. 제대로 조명된 적 있나? 기사화된 적은? 그 점이 궁금해진 나는 아이돌 팬덤 문화를 주제로 한 이런저런 자료들을 살펴 읽었다. 팬덤을 정의 내리는 방식은 대동소이했다. 누군가를 대가 없이 좋아하는 순수한 마음은 값지다는 것이다. 지난 세대까지만 해도 아이돌을 밤새 기다리거나 그들을 보고 벅차오른 나머지 울부짖고 실신하는 팬들을 사회 문제시했던 걸 나는 기억한다. 그런 장면들이 9시 뉴스에도 떡하니 나오고. 심지어 팬픽 이반은 "십대 동성애의 두 얼굴"이란 제목으로 2002년 〈그것이 알고 싶다〉에 방영되기도 했다. 대가 없이 좋아하는 순수한 마음이라. 지금껏 이들을 일컬어 '빠순이'로 깎아내린 것에 대한 안티테제 현상인가?

어딘가에 순도 100퍼센트의 팬심도 존재하겠지만 일단 나는 아니고, 내가 지켜봤던 여러 인간 군상들도 그런 사랑과는 거리가 멀어서 동의하기 어려웠다. 자료를 덮고 덕질용 비공개 계정에 접속한다. 그곳에 적은 혼잣말들을 순화해서 옮겨 적는다.

청량 내놔. 이번 컨셉 개 구림.
우리 애 노래 분량 실화?
무대 안무 봐야 알겠지만 수납될 각인데 이거.
안무도 별로 의상도 별로. 총체적 난국이다.
말을 왜 저렇게 해? 조심 좀 하지.
저 새끼들은 입덕 장벽이다.
너넨 돈 내고 활동해.
무슨 회사가 이런 짓을 하지?
추석인데 뭐 하냐. 셀카 올려 이 친구야.

순한 맛 위주로 선별한 글이지만 주지하다시피 나는 최애와 최애가 속한 기업에게 많은 걸 요구하며 바라고 있다. 대가 없이 좋아하는 거라면 무조건 전폭적으로 지지하는 게 맞는데. 그 사람이 난해한 옷을 입고 제아무리 구린 콘셉트의 노래를 불러도 평생 충성해야 하는데. 마음에 들지 않으면 사사건건 꼬투리 잡는다. 1도 값져 보이지 않는 하찮은 사랑이다.
나는 이런 발언들을 오로지 나만 볼 수 있는 계정에 썼다 지우고 썼다 지우길 반복하지만 어떤 종류의 사람들은 남들이 보는 곳에 서슴없이 올리기도 한다. 더 과격한 언어들을 남발하며. 어쩌면 아이돌 당사자도 볼 수 있는 곳에.
그런 생각들을 하며 자물쇠 표시된 비공개 계정을 닫는다. 어플 화면도 검은색으로 설정해놔서 한껏 음침해 보인다. 다시 돌아와 팬덤을 분석하는 자료 읽기에 몰두한다. 이런 논조의 글도 많이 발견했다. 팬은 아티스트의 콘텐츠를 소비하는 것에만 만족하지 않는다. 주체적으로 콘텐츠를 생산하며 상호 교환하는데 이것은 자본의 논리로 설명할 수 없다. 어떤 팬들은 끝내 덕업일치를 이루기도 한다. 맞는 말이긴 하지만 아쉬웠다.

주체적으로 생산하는 팬들이라 함은 홈마, 움짤 만드는 사람, 멤버들 캐릭터와 세계관 해석에 도가 튼 사람, 그림 잘 그리는 사람, 착용한 옷과 소품 정보 알려주는 사람, 2차 창작하는 사람 정도가 있을 것 같은데 이들의 공통점은 팔로워를 많이 거느린 인플루언서 느낌이랄까. 이들은 전체 팬층을 놓고 보자면 극히 일부다. 빙산의 일각에 불과한데 그것만을 도드라지게 강조하는 것은 성급한 일반화의 오류다. 그리고 덕업일치를 이뤄서 행복한지 어떤지는 그것을 이룬 사람의 말도 더 다양하고 심도 있게 들어봐야 알 것 같다.

올림픽 체조 경기장에는 Floor층 1열도 있고 Floor층 돌출석도 있다. 2층 사이드석도 있고 3층 시야 제한석도 있는 것이다. 내가 심정적으로 공감이 가는 팬은 1열이나 돌출석에 앉은 이들이 아니다. 2층 사이드석에 앉은 사람의 심경, 3층 시야 제한석에 앉은 이에게 보이는 콘서트장의 풍경. 그리고 체조 경기장 안까지도 차마 입장하지 못한 채 그 주변에서, 또는 모니터를 통해서만 정처 없이 배회하는 이들의 여러 얽히고설킨 복잡한 사정이 궁금하다. 일반인인 척 코스프레를 하는 팬. IP를 달리하며 라이벌 가수를 욕보이는 팬. 여러 커뮤니티를 돌며 정치질하는 팬. 내 가수를 까면서 좋아하는 팬. 각종 투표와 음반 판매 성적, 인기 줄 세우기에 열 올리는 팬. 서로 머리채 잡고 사이

버블링하는 팬. 중장년 여성과 외국인 팬을 혐오하는 젊은 여성 팬. PDF를 따는 팬. 또는 지극히 존재감이 없는 그냥 일개 팬. 나 같은 팬. 그들의 공허함을 들여다보면 내 내면의 공허함도 어쩐지 실마리가 풀릴 것 같았다. 공허함을 극복하여 자본에 잠식되고 싶지 않았다. 비공개 계정에 말은 저 따위로 써놨어도 왜인지 이번 최애만큼은 내가 먼저 뒤통수 가격하고 싶지 않았다. 고리를 끊고 싶었다.

나는 그동안 여러 명의 최애를 거치면서 아이돌에게 과몰입하지 않는 스킬이 늘어났다. 밑바탕에는 인간 불신의 정서가 지독하게 깔려 있다.

이상한 일이다. 사실 내가 좋아했던 최애들은 20년 전에 좋아했던 D를 제외하면 아직 그 누구도, 아무 짓도 저지르지 않았다. 15년 전에 좋아했던 E는 가수 겸 예능인으로, 10년 전에 좋아했던 F는 드라마와 영화의 주연 배우로, 5년 전에 좋아했던 G는 자연인 신분으로. 그렇게 각자의 분야에서 지금도 무탈하게 성실히 일하고 있다. 지금 좋아하는 H도 마찬가지다.

그런데도 저 사람들을 좋아하면서 나는 늘 빠져나갈 구멍을 만들어두었다. 인상이 달라졌다는 이유. 내가 추측한 이미지와 진짜 성격의 간극이 크다는 이유. 새로 어울리는 친구가 쎄하다는 이유. 노래를 그저 양산형으로 찍어내고 있다는 이유. 일상이 바빠졌다는 이유. 이번에 데뷔한 신인 그룹의 멤버가 더 눈에 들어온다는 이유. 무엇보다 이건 진짜 사랑이 아니라는 이유로 그동안 쌓아올린 감정을 초기화시킨다. 나만 놓으면 끝나는 관계가 맞다. 배신당하기 전에 먼저 배신하기. 그가 변하기 전에 내가 먼저 변하기.
바람피우지 말라고 응석 부리는 최애 영상을 보며 지랄하네, 일갈하는 나의 모습. 의리라곤 눈곱만치도 없는 흑화한 오타쿠의 슬픈 초상이다.

근데 한편으로는 또 이런 생각도 드는 것이다. 아이돌을 좋아하는 마음의 형태는 반드시 충성과 열정이어야만 하는지. 나는 충성과 열정을 다하지 않았기에 2n년 동안 케이팝 할 수 있었던 건데.
여러 가지 고민을 하던 차에 영화 〈성덕〉을 봤다. 영화를 만든 감독 오세연 씨는 과거에 정준영 덕후였다. 그 정준영 맞다. 내가 최애를 네다섯 번 바꿔가며 좋아할 동안 오세연 씨는 정준영이라는 가수 한 사람만을 마음 깊이 좋아했다. 아마 성범죄를 일으켰을 순간에도. 그것이 만천하에 드러나기 직전까지도.
오세연 씨가 영화 중간 중간 과거에 썼던 일기장과 팬레터를 낭독한다. 온통 정준영과 정준영을 둘러싼 음악 이야기뿐이다. 내 비공개 계정에도 온통 최애와 최애를 둘러싼 음악 이야기뿐이지만 그것과는 결과 질이 확연히 다르다. 정준영을 향한 숭고한 믿음이 있었다. 차마 버리지 못하던 굿즈 더미도 인상적이었다. 나는 그때그때 팔거나 처분하는데…….
오세연 씨 같은 순덕 사랑꾼은 최애에게 배신을 당하며 씻을 수 없는 상처를 입는다. 나 같은 은둔형 가성비 덕후는 어쩌다 운이 좋아서 별다른 상흔 없이 케이팝을 한다. 이것 참 마음이 심란해진다.

내 시간과 체력은 소중하다. 5분짜리 무대 보려고 한나절 기다리는 거 이제 더는 못한다. 앨범 한 장을 살까 말까다. 내가 사는 집은 너무 비좁아서 그런 것들을 보관할 공간적 여유가 없다. 열심히 앨범 구매하는 누군가 들으면 천인공노하겠지만 소장하고 싶은 포토카드만 따로 매입한다. 예전에 프라이빗 메시지 구독하다가 그것 조금 안 온다고 돈 아까워하는 나를 발견했다. 그런 내 모습에 현타 와서 구독을 취소했다. 최애에게 진심을 전하는 장문의 편지 같은 것도 못 쓴다. 가끔 술기운이나 빌려 응원 댓글 조금 남긴다. 예전엔 나도 이런 식으로 좋아하지 않았는데 오래 살다 보니 이렇게 됐다.
세월이 흐르면 지구도 오염되고 사람도 오염된다. 엔트로피의 법칙을 멈출 수가 없다. 에너지는 높은 곳에서 낮은 곳으로 흐른다. 활동 연차가 쌓인다. 5년, 10년, 15년. 차곡차곡. 목은 많이 쓰면 닳는다. 살가죽은 흘러내리고 뼈는 삭는다. 간 기능도 저하된다. 완전무결한 좋은 아이돌은 희귀해져만 간다. 완전무결한 좋은 팬 또한 드물어진다. 화폐 가치가 하락한다. 이곳은 자본주의가 첨예한 케이팝 월드.
기업은 태어난 지 얼마 되지 않은 이들을 중심으로 더 좋은 새로운 아이돌을 발굴한다. 세대가 바뀔수록 더 체계적인 시스템을 도입한다. 축적된 기술력을 밀어붙여서 태어난 지 얼마 되지 않은 이들을 자본에 편입

시킨다. 신체제가 자리 잡으면 구체제는 자본으로부터 약간 소외된다.
이것이 내가 생각하는 국내 케이팝 산업이 순환하는 방식이다. 회사는 신인을 키우느라 닳고 닳은 인간은 잘 관리하지 않는다. 신인들에게 파이를 나눠주기 위해 의도적으로 소홀히 하는 경향도 없지 않아 있다. 자극과 유혹이 많은 화려한 세계 속에서 나약하고 불안에 떠는 한 인간의 중심 잡기란 쉬운 일이 아닐 것이다. 사건 사고를 일으킬 확률이 매우 높아질 것이다.

이 순환 고리를 어떻게 끊어내야 할까.

가수 I는 얼마 전 유료 소통 어플을 통해 팬들에게 이런 메시지를 남겼다.
"건강 챙기고 가족들과 맛난 거 먹거나, 자취하면 한 끼라도 하루 수고한 본인을 위해 맛난 거 사 먹었으면 좋겠어요. 이제 추워지는 날을 위해 패딩 사고, 아플 땐 병원에 갔으면 좋겠어요."

나는 어쩌면 저 말이 팬들에겐 고리를 끊어낼 약간의 실마리가 될 수 있다고 생각한다. 앨범은 한 장 사도 충분하고 여유 없으면 음원으로 들어도 되니까 기업의 판매 방식에 동요하거나 휩쓸리지 않기. 티켓팅 광탈했다고 대리 구하지 않기. 프리미엄 붙은 양도표 사지 않기. 남들처럼 열과 성을 다해 돈과 시간 쓰지 않는다고 해서 소외감 느끼지 않기. 내가 돈 좀 썼다고 해서 아이돌에게 그만한 대가를 기대하지 않기. 무엇보다 내 의식주를 우선으로 하기. 사고 친 애들 맹목적으로 실드 치지 않기. 아이돌의 자아와 나의 자아를 냉철하게 분리하기. 동일시하지 않기. 짧은 만남 끝에 후폭풍처럼 밀려오는 공허함을 슬픔이나 우울로 인식하지 않고 그냥 받아들이기. 내 방식대로 좋아하기.

이런 다짐과 실천이 이어진다고 해도 한편으로는,

웃기지마 이년아. 네가 한 장 사면 나는 열 장만 사서 팬싸 갈 수 있겠네. 오히려 잘됐어. 이렇게 생각하는 팬도 분명 있을 것이고. 여러분 사랑해요. 콘서트 굿즈 진짜 예쁘죠? 저희 이번에 컴백하면 꼭 1위하고 싶어요. 구매를 에둘러 강요한 뒤에 콘서트 끝나고 퇴폐업소 놀러가는 아이돌도 분명 있을 것이다. 그것 또한 어쩔 수 없는 이 세계의 처절한 진실이라고 생각한다.

닉스고를 위하여

monotype

박진경

진격의 닉스고가 탄생했다! **닉스고(Knicks Go)**는 한국 마사회가 2017년 미국 킨랜드 경매에서 1억 원에 산 경주마로, 마사회 유전체 기반 개량·선발 기술인 **케이닉스(K-Nicks)** 프로그램을 통해 선발되어 프로젝트의 일환으로 키우고 있는 말이다. 2021년 미국 브리더스컵 클래식에서 한국 최초 우승을 거두자 마사회에서는 "닉스고를 국내 농가 씨암말과 값싸게 교배해 양질의 말을 생산하는 게 케이닉스의 최종 목표"라 밝혔다◆. 그로부터 닉스고는 혈통 스포츠라 불리는(불릴 뿐, 스포츠냐 도박이냐에 대한 의견은 분분하다) 경마에서 "황금알을 낳는 말"이 되었다. 2022년 2월, **씨암말 퍼펙트나우(Perfect Now)**가 임신에 성공했다는 소식과 함께 "올해에만 154마리의 씨암말과 교배하기로 돼 있으며, 회당 교배료는 3만 달러(약 3600만원), 올해 예상 교배 수익만 40억 원, 내년부터 세상에 나올 닉스고의 자마(子馬)들이 두각을 나타낼 경우 교배료는 천정부지로 오를 예정◆◆"이라고 한다.

유감스럽게도 내가 닉스고의 존재와 더불어 경마 산업에 대해 알게 된 것은 닉스고의 우승 소식이 아니라 KBS 드라마 〈태종 이방원〉 촬영 중 **낙마 장면을 찍기 위해 동원된 말, "까미"의 죽음** 때문이었다. 현장에 있던 누군가가 촬영한 동영상에는 제작진이 말의 발목에 밧줄을 걸고 전력 질주하게 한 뒤, 와이어를 잡아당겨 말을 강제로 넘어뜨리는 장면과 땅에 머리를 박고 고꾸라져 고통스럽게 뒷발을 버둥거리는 말에 이어

◆ 〈경주마 '닉스고' 馬生역전… 1억에 산 말이 '상금 100억' 세계 1위〉, 조선일보, 2021. 11. 19

◆◆ 〈마사회 경주마 '닉스고'... 씨수말로 성공적 데뷔〉, 한경, 2022. 03. 03

말과 함께 낙마한 출연자에게 스텝들이 달려가는 모습이 찍혔다. 동영상이 공개되자 출연자는 넘어질 것을 알고 있었겠지만 말은 사람들이 자신의 발목에 묶은 밧줄에 자신이 넘어지리란 것도 모르고 달리라고 해서 달렸을 것인데, 아무도 말에게 달려가지 않느냐는 댓글과 저 상황에서 말에게 달려가는 것도 이상한 것 아니냐는 댓글이 함께 달렸다. 애초에 저러한 상황이 허락된 것에 분노한 이들은 방송 종영을 외쳤으나 현장에 있던 누군가의 문제의식으로 드러난 동물 촬영의 실태는 위 드라마만이 아닌 그간의 촬영, 제작 시스템의 문제로 드러났다. 방송 종영은 단편적일 뿐 결코 해결책이 될 수 없음에 이내 동의하면서도 공분은 사그라지지 않았고, '방송 촬영을 위해 안전과 생존을 위협당하는 동물의 대책 마련'을 내용으로 한 청원은 20만을 넘어섰다.

그러나 이후 까미가 **퇴역한 경주마(마리아주, 5살, 서러브레드◆ 암컷)**였다는 과거와 경주 중 **폐출혈**(너무 빠른 속도로 달리다 보면 혈압, 심박수가 높아져 폐포의 모세혈관에서 출혈이 발생한다. 폐출혈이 일어난 말은 호흡을 제대로 할 수 없어 고통받을 뿐 아니라 경주 능력도 저하된다◆◆)로 머리를 드는 등 이상 증상을 보여 퇴역하였고, 대여업체에 팔려 낙마 장면에 출연하게 된 이력이 밝혀짐에 따라 드러난 경마 산업의 구조적 문제에 대해서는 무지와 무관심으로 잠잠해졌다. 나는 말 전문 수의사가 폐출혈이 경주마에게 "자주" 발생하는 질환이라고 언급한 점

◆ 경마를 위해 개량된 종으로, 전체 경주마의 70%를 차지한다.

◆◆ 〈경주 중 폐출혈, 퇴역… 쓰러진 말 '까미'의 과거가 밝혀졌다〉, 한겨레, 2022. 02. 24.

에서 얼마나 많은 말들에게서 "흔하게" 발생했고 얼마나 많은 말들이 "숱하게" 죽음을 맞이했을까를 생각했다. 너무 흔해서, 특이할 것도 없을 죽음을 생각하니 까미의 죽음은 빙산의 일각으로 내게 다른 경주·퇴역마들의 생애와 죽음을 조명하도록 했다.

기억을 더듬어 **영화 〈각설탕〉*** 의 천둥이**를 떠올렸다. 개봉한 2006년 당시 포스터에는 임수정 배우와 말이 나란히 있고, "너를 떠올리는 달콤한 기억/ 세상에 하나뿐인 내 친구 천둥이를 소개합니다/ 그와 함께 달리면 세상은 내 것이었습니다" 등의 문구가 있어 사람과 동물 간의 애틋한 우정을 그린 영화로 예상했었다. 그러나 초반부터 엇나갔다. 시은(임수정 역)은 천둥이 수술을 거부하는 것을 두고 천둥이가 경마에서 뛰다가 죽기를 희망한다며 말하지 못하는 말, 천둥의 의사를 제멋대로, 정말이지 그토록 함부로 확신한다. 동물권에 대한 인식이 없던 당시에도 "말이 코피를 흘리는데, 각설탕을 던져주고 달리게 하는 이유"를 납득할 수 없었다. 살이 패도록 채찍을 휘두르며 "철이(경쟁 상대의 말)는 꼭 이기고 싶다"라는 말로 자신의 승부욕을 천둥에게 투영하며 천둥이 이를 내면화하도록 고작 각설탕과 채찍으로 압박한다. 천둥의 행동이 다시 버려질지도 모른다는 두려움 때문인지, 채찍으로 인한 고통 때문인지, 정말로 시은의 승부욕을 내면화한 것인지, 천둥의 의지는 천둥만이 알기에 인간이 속단할 자격이 없음에도 시은은 천둥의 의지에 대해 일말의 회

*** 〈각설탕〉, 이환경 감독, 2006.

의조차 없다. 천둥의 장렬한 죽음을 자기실현의 충족으로 여기며 **잔학함**을 순직의 **숭고함**으로 미화한다. 이는 말을 착취하는 경마 산업의 구조적 문제에는 묵인하면서 착취 구조를 더욱 공고히 하는 효과를 준다. 죽을 때 죽더라도, 죽기 전까지 달리다 순직하도록 하는 "무자비"를 악어의 눈물까지 흘리면서 우정이라 추앙하는 시은의 애틋한 착취로 천둥은 죽었다. 영화 처음부터 빠끝까지 착취와 학대로 점철된, 거기에 본인의 뒤틀린 승부욕과 곧 죽어도 **경마 시스템에는 저항하지 않음으로써 인지 부조화로 완성되는 비장미**가 울렁거리기까지 했다. 2006년에 개봉한 〈각설탕〉을 다시 보면서 천둥이가 코피를 흘린 것도 폐출혈의 일종이라는 사실과 폐출혈이 까미와 같이 비출혈로 나타나기도 한다는 것을 알게 되면서 2021년 까미의 죽음 이전에 묻힌 숱한 까미들의 죽음이 첩첩이 쌓이는 듯했다. 이후 천둥은 어떻게 됐을까?

경주마들의 최후는 세 가지로 나뉜다. 1.현역 시절 화려한 성적을 거두고 은퇴 후 씨수말로 활동하며 자손을 남기거나 2.승용마로 용도 전환되어 사람을 태우고 마차를 끌거나 3.소각장으로 실려가 한 줌의 재가 되거나. "말 소각장은 경마공원 북문 입구 근처에 있으며 30평 남짓한 콘크리트 건물 안에는 커다란 소각로가 자리 잡고 있다. 기중기로 말 시신을 들어 올려 소각대 위에 올려놓고, 한 번에 한 마리씩, 말 한 마리를 태우는 데 네 시간 정도가 걸린다◆"고 한다. 소각장 담당자에 의하면 폐출혈(천둥과 까미에게도 발생했던)로 인한 **내장의 피가 엉키는 배앓이**로 고통을 호소하는 경우가 가장 많다"고 한다. 천둥이 또한 2006년 영화가 나온 이듬해 4월 초, 배앓이로 앓다가 폐사했다고 한다. 천둥이를 소각한 담당자는 "천둥이를 태우고 집으로 가니 TV에서 각설탕을 방영하고 있었는데 자꾸 눈물이 쏟아져 머리를 돌리고 말았다"며 고개를 내저었고, "천둥이가 스러진 2007년은 56두나 소각한 가장 잔인한 해였다"고 전했다. 보통 말을 소각하고 나온 재는 커다란 통에 보관하다가 90일 내 매립지로 옮기는데, 천둥은 마사회에서 도자기로 만든 유골함까지 가져와서 고이 모셔갔다면 고마워해야 할까?

경주마들의 넋(?)을 위로하고자 서울경마공원 내 **마혼비(馬魂碑)**가 있고, 매년 경마의 날을 전후하여 말 위령제가 열린다고 한다. 비명횡사한(?) 말들의 혼령(?)을 달래어 경마가 무사히 치러질 수 있도록(?) 하기 위함이라는데, 묻고 싶다. **누구를 위한 것인가!** '비명횡사'라면, 뜻밖의 사고를 당하여 제명대로 살지 못하고 죽은 것인데, 과연 '뜻밖'인가? 부상 치료와 경기력 향상을 위해 페닐부타존, 지속성 PPS 등 각종 유해 약물을 주사하면서까지 경마를 존속시키기 위해, 달리다 다리 하나 삐끗해도 안락사행임을 알면서도 감행한 결과를 "뜻밖의 죽음"이라 말할 순 없을 것이다. 한국마사회로부터 받은 자료◆를 보면 "최근 5년 간 퇴역마는 7132마리로 한해 평균 1400여 마리를 기록"했고,

◆ <[경마]죽는놈사는놈행복한놈>, 스포츠동아, 2008. 08. 07.

"2013년부터 2022년까지 경주마 695마리가 안락사 된 것으로 집계"되어 있다. 안락사 사유로는 운동기 질환이 602건으로 가장 많았다. 세부적으로는 근위종자골골절(166건), 상완골골절(111건), 제3중수골(68건), 완골골절(48건), 골반골골절(40건) 등이었다. 운동기 질환 이외에는 소화기질환(51건), 신경계질환(15건), 외상성질환(8건), 순환기질환(6건), 안과·호흡기 질환(5건) 등이 이유였다면! 이만하면 **죽음의 레이스**가 아닐까? 그럼에도 이를 존속시키고자 경마의 무사 기원을 염원하며 혼령을 달래는 건 또 뭔가! 애초에 혼령 달랠 일 만들질 말고, 혼령을 달래야만 할 만큼 죽음이 예고된 레이스에서 멈춰 서서 숙고해야 하지 않을까?

혹자의 **"경마 아니면 우리 뭐 먹고살아요?"**라는 우문에 대한 현답으로 "인간이 먹고살자고 말을, 말의 생애를, 통째로 갈아넣으셨습니다. 지금껏 그랬으니까 앞으로도 쭉 그러시겠습니까?"라고 되물을 수 있겠다. 말도, 사람도, 한국마사회도, 한국사회도 경주마처럼 앞만 보고 달려온 지금이야말로 에포케. 판단 중지하고 경제 모델과 업의 전환이 시대적으로 요청되는 때임을 직시해야 하지 않을까? 말이 질주 본능을 갖고 있기에 스스로 경마를 즐길 것이라는 **오만한 확신**을 기꺼이 보류하려는 태도만이 유의미한 논의의 가능성을 열 것이다. 나 또한 말은 (스스로) 달리기를 좋아하는 동물로 알고 있었다. 그러나 까미의 죽음 이후, 제주도 답사 중 방문한 말 생추어리(Sanctuary, 보금자리)

* 〈"은퇴 경주마의 불행한 종말은 이제 그만…"〉, 국제신문, 2022. 09. 17.

에서 뜻밖의 광경을 보았다.

말들이 고양이들처럼 땅에 누워 낮잠을 자고 있는 것 아닌가! 서로를 보살피듯 빰을 대고 냄새를 맡거나 몸을 비비기도 했고, 햇볕을 골고루 쬐려는 듯 몸을 뒤집어 반대편으로 돌아눕기도 했다. 내가 아는 말의 모습은 갈기를 휘날리며 달리거나 거대한 몸을 네 다리로 딛고 서 있는 모습 정도가 전부였기에 태어나 처음 목격한 광경이야말로 '뜻밖'이라 할 수 있겠다. 생추어리 운영자에 의하면 말에게 질주 본능이 있다는 믿음은 경마 산업을 미화시키기 위한 변명에 불과하다고 한다. 발늘의 질주 본능은 오직, 포식자에게 쫓길 때만 발휘되며 평상시에는 무리를 형성하여 풀을 뜯고 지내는 것이 본성이라고 했다. 소가 죽기 위해(도축되어 고기가 되기 위해) 태어나는 것이 아니듯, 말도 달리기 위해(경주마가 되기 위해) 태어나는 것이 아니다. 그렇게 믿고 싶은 인간의 바람뿐! 경마 자체가 말의 본성을 거슬러 채찍으로 내리치는 고통으로 말을 포식자에게 쫓길 때와 같이 질주하도록 하는 것임에 따라 경마장에서 영점 몇 초 사이로 등수를 내는 것도, 잘 뛰지 못한다고 퇴역 후 승마장에 팔리거나 도축되는 것도 말의 입장에서는 본성을 거스르는 황당무계한 일이 아닐까? **오직 경마 성적을 판단의 기준으로 삼은 건 인간일 뿐,** 말은 그 자체로 존엄한 생명이자 영리한 감각을 지닌 동물이다.

사단법인 생명환경권행동 제주비건 웹사이트에 게재된 도축 직전에 촬영된 경주마들의 사진 중 기억에 남는 3장을 골랐다. 제주축협 축산물공판장이라 적힌 입구로 들어서며 뒤돌아보는 **로드투워리어**, 가파른 비탈길을 트럭에 몸을 싣고 오면서 겁에 질려 휘둥그레진 눈으로 고개를 돌리는 **번개장군**, 경주마 원더 드리머의 망아지로 이제 겨우 1살이 된 앳된 얼굴에 상처를 입고 피를 흘리면서도 영문을 모르겠다는 표정의 **이름 없는 말**이다.

제2의, 제3의 닉스고를 위하여 얼마나 많은 말들이 생산되고, 또 얼마나 많은 말들이 도축될까? **교배부터 도축까지** 예정된 것이 경주마의 삶이라면, 경마는 **살**

생하는 도박이 아닐까? 이쯤 되면 물을 수 있겠다. 한 해 8조, 하루 매출 200억에 달하는 경마 산업의 존재 이유는? 한국마사회의 존립을 위하여? 설마.

권혜영

2020년 실천문학 신인상을 통해 작품 활동을 시작했다.

띠부띠부 랜덤 슬라이드

권혜영
小說家

최근 들어 나는 씻고 밥 먹고 청소하고 외출할 때에만 잠깐씩 직립보행을 하고 그 밖의 상황들 속에선 거의 누워서 생활한다. 누워서 핸드폰을 하고, 누워서 영상을 시청하고, 누워서 젤리도 먹고, 누워서 노트북으로 할 일을 하다가, 누워서 그냥…… 가만히 있는다. 몸은 비록 누워 있더라도 그 어느 때보다 생생하게 살아 있음을 느낀다. 퇴사한 지 두 달은 된 것 같은데 이 생활이 하나도 안 질린다. 늘 새롭고 사랑스럽다. 그 와중에 실업 급여까지 매달 180만 원씩 나와서 행복하다. 두 번 받았고 앞으로 네 번 더 받는다. 아껴 쓰자. 최대한 오래 누워 있고 싶으니까.

누워 있다가 오후 3시가 되면 샤카 주스를 사러 편의점에 간다. 매장을 한 바퀴 돌며 이달의 행사 상품을 체크한다. 2+1에는 눈길도 주지 않고 1+1 제품만 담는다. 샌드위치를 구매하면 두유를 증정. 과자를 사면 젤리를 증정. 포켓몬 빵은 1+1이 아니지만 재고가 있으면 있는 대로 산다. 오늘은 꼬부기 빵을 하나 발견했다. 빠르고 싱그럽게 나의 장바구니 속으로 안착. 샤카 주스는 배맛, 사과맛, 복숭아맛 골고루 해서 세 캔 골라 담았다. 더 사고 싶어서 손가락이 움찔거렸지만 딱 하루에 마실 만큼만 사기로 나 자신과 약속했다.

샤카 주스 마시고 호캉스 가자!

내가 경품 이벤트에 당첨되는 장면이 선명하게 그려진다. 망상이 아니라 이번엔 진짜 될 것 같다. 자진 퇴사라 전혀 기대하지 않았는데 실업 급여를 받고 있다. 하루에 10시간 숙면이라는 오랜 염원을 이뤄냈다. 인터넷 사주를 봤는데 올해부터는 운의 흐름이 대운 쪽으로 기운단다.

1등: 오션뷰 풀빌라 호텔의 조식 포함 숙박 2인권. 당첨되면 주이정과 같이 간다. 어차피 친구는 주이정밖에 없으니까 걔가 거절하면 혼자 갈 거다. 엄마한테는 물어보기도 싫다. 아빠랑 남동생이랑 다 같이 가자고 할 게 뻔하다. 방 안에 딸린 호사스러운 수영장을 혼자 독차지하자. 자쿠지 욕조에서 거품 반신욕을 하자. 30년의 인생 동안 욕조가 있는 집에서 살아본 적이 없다. 조식 먹고 낮술 마시고 밤술 마시자. 마스크팩 하면서 꿀잠 자자.

2등: 태블릿. 요즘 들어 절실해진 물건. 노트북으로 영상을 보면 눕는 자세에 한계가 생긴다. 옆으로 누워서 보는 게 그나마 편한데 그 자세로 오래 있다 보면 목뼈가 아프다. 똑바로 눕고 싶으면 노트북을 허벅지 또는 배 위에 올려놓고 봐야 한다. 그렇게 되면 궁극의 눕기 상태가 잘 실현되지 않는다. 태블릿이 있으면 거치대로 고정시킨 뒤 이상적으로 누울 수 있다. 이걸 획득하면 누워서 영상 볼 때 겪는 이런저런 고충들이 해결될 것 같다.

3등: 닌텐도 스위치. 미개봉 상태로 중고 거래 앱에 올린다. 팔아서 번 돈으로 맛있는 거 사 먹기.

4등: 샤카 주스 한 박스. 이벤트에 재응모.(여기서부턴 그닥 상상하고 싶지 않다)

5등: 문화상품권. 무대인사 있는 영화를 예매하기.(이런 곳에 가면 무언가를 당첨시켜주는 행사가 많다) 예매 실패하면 리뷰 이벤트가 걸려 있는 도서 사기.

편의점 밖에 비치된 간이의자에 앉는다. 방금 구매한 샤카주스 여덟 캔을 테이블 위에 일렬로 정렬시킨다. 핸드폰 촬영 버튼을 누른다. QR코드를 찍는다. 음료 회사 홈페이지로 이동이 되면 빈칸에 숫자와 알파벳 대소문자 조합의 코드가 자동 입력된다. 확인 버튼을 터치한다. 페이지가 바뀐다. 꽝. 옆에 놓인 캔으로 렌즈를 다시 갖다 댄다. 또 꽝.

여덟 번의 꽝이 눈앞에 나타났다가 사라진다. 그럴 수 있지. 이벤트 기간은 일주일이나 남았고 딱히 억울하지도 않다. 복권을 샀는데 꽝이 나왔다면 돈 날린 기분이 들어 씁쓸했겠지만 나는 지금 달콤하고 시원한 과일맛 음료를 마실 수 있다. 적어도 돈만큼은 날리지 않았잖아? 작은 행운을 시험해보는 것뿐이다.

포켓몬 빵도 비슷한 마음가짐으로 뜯는다. 예의상 띠부씰 포장지에 대고 노크를 한다. 똑똑똑. 세레비 거기 있지? 믿는다?(세레비는 시세가 6만 원이니까 그냥 한번 불러본다.)

종이를 뜯자 등장한 이는 야도란. 그럴 수 있지.

시세를 찾아본다. 0.4(4천 원)다. 사진을 찍은 뒤 거래 앱에 올린다. 나는 하나도 아쉽지 않다. 이건 수학이며 경제다. 1천 5백 원짜리 빵을 사 먹었는데 4천 원 주고 띠부씰을 팔면 2천 5백 원의 시세 차익을 보는 것인데 이걸 어떻게 안 사 먹어. 빵의 맛도 나쁘지 않다. 한 끼 해결하기에 양과 가격도 적당하다. 무엇보다 샤카 주스와 함께 먹으면 무적의 조합이다.

야도란 띠부씰은 글을 올리기 무섭게 사겠다는 메시지가

왔다. 집 근처 어린이 공원에서 현금 직거래를 하기로 했다.

띠부씰을 팔러 간 놀이터에는 거대한 미끄럼틀이 공원 정중앙에 우뚝 자리했다. 초등 2~3학년으로 추정되는 아이들 무리가 그 미끄럼틀 앞에 모여 있다.

희한한 놀이터다. 그네가 없고 시소가 없으며 트램펄린과 뱅뱅이가 없다. 잠시 앉아 쉴 수 있는 벤치도, 땀을 식혀줄 나무 그늘도 없다. 더러워진 손을 닦거나 목을 축일 식수대 역시 없다. 이 동네에서 6년을 살았지만 집 주변에 이런 곳이 있는지 오늘 처음 알았다.

하나만 달랑 있는 미끄럼틀은 아이들이 타는 기구라는 게 믿어지지 않을 만큼 높고 컸다. 완만하지만 오르려면 한참이 걸리는 경사면 20도의 계단. 반대편으로는 60도 곡선으로 기울어진 가파른 원형의 관 통로. 기구는 조금 특이한 구조지만 오로지 미끄럼틀 본연의 기능에만 충실하다. 주의를 분산시키는 구름다리도, 그물 로프도, 나무 절벽 군데군데 솟은 플라스틱 암벽도 없다.

계단을 오른다. 미끄럼틀을 타고 내려온다. 끝. 더없이 깔끔하고 심플한 구조다. 미끄럼틀은 그야말로 미끄럼틀 그 자체였다.

다만 아이들이 미끄럼틀을 타고 놀지 않는 모습이 기이했다. 아이들은 미끄럼틀의 계단과 원형 통로 두 방향으로 양분되어 주의를 기울인다. 구멍 끝 주위에서만 맴돌며 구경한다. 미끄럼틀 꼭대기 계단참에 삼삼오오 모여 웃다가 한숨을 내쉰다. 바닥으로 떨어지는 구멍에 바짝 붙어서서 기쁨에 겨운 함성을 지른다. 그러다가도 순식간에 조용해진다.

내가 미끄럼틀의 분위기에 압도당한 사이 개구진 목소리가 뒤에서 들려온다.

혹시 야도란 거래하러 오셨어요?

아무리 어린이여도 다짜고짜 반말을 내뱉기는 좀 쑥스럽다. 네 맞아요, 이거. 말하며 야도란을 건넨다. 어린이는 씰을 쨍한 햇빛에 비추며 확인한다. 캐릭터 반지갑에서 짤랑거리는 동전 여덟 개를 센 다음 그것을 내게 쥐여준다. 어차피 5백 원은 ATM에 입금도 안 된다. 내일 이 돈으로 샤카 주스 네 개 사야지.

야도란을 가져간 어린이는 미끄럼틀로 직행했다. 바닥에 울퉁불퉁 돌기가 솟은 철제 계단을 오른다. 한 계단 한 계단 디딜 때마다 작고 귀여운 발에서 통통통 쇳소리가 울린다. 미끄럼틀은 여전히 아이들이 타고 놀기엔 무리수 같아 보였다. 계단은 완만하나 챌면이 없어서 단과 단 사이가 휑하게 뚫려 있다. 자칫 잘못하면 작은 발이 계단 사이로 빠지거나 넘어져 큰 사고로 이어질 것 같은데 야도란 어린이는 겁도 없이 잘만 올라간다. 야도란 어린이의 앞과 뒤로 이어지는 행렬도 인상적이다. 아이들은 각자 손에 물건을 하나씩 쥐고 있다.

열을 맞춰 철제 계단을 올라가는 모습을 지켜보다가 작년 가을에 주이정과 함께 갔던 개악산이 떠올랐다. 정상 봉우리에 있는 댈댈바위를 만지며 소원을 빌면 만사형통 잘 풀린다는 전설이 전해 내려온다. 그즈음 나는 출근하는 지하철 안에서 2주에 한 번씩 과호흡이 왔다. 중간에 내려 청심환을 사 먹고 진정시키다 보면 30분씩 지각을 했다. 그런 날에는 집중도 힘들고 속도 좋지 않아 화장실을 자주 들락거린다. 구토와 설사를 번갈아 한다. 점심도 거르고 변기에 앉아 꾸벅꾸벅 존다. 아무래도 나는 한 직장에서 2년 이상 일하면 죽는 병에 걸린 것 같다. 잘 좀 버티고 싶어서 영양제를 먹고 운동을 하고 마음공부를 해도…… 2년 무렵만 되면 졸리고 힘들고 아프다.

주이정의 상황도 다르지 않았다. 작년까지 닭띠가 나가는 삼재였다. 변리사 시험을 여러 번 봤지만 잘 안 풀렸다. 3개월 사귄 인플루언서 남자친구에게 잠수 이별 당했다. 나중에야 그놈이 양다리, 아니 세 다리였음을 알게 됐는데 그것도 네이트판을 통해 누군가 폭로해서 알았다. 주이정의 구남친이 제일 추잡스럽게 망한 것 같긴 한데, 소름 돋는 건 그놈 또한 닭띠였다.

자려고 눈 감으면 자꾸만 생각나고 눈물 나고. 약 먹어도 잠이 안 와. 오늘도 두 시간 자고 공부하러 가는 중.

주이정이 그런 얘기를 전화로 두 시간 동안 떠들 때 나는 음소거 모드로 TV를 봤다. 이럴 시간에 차라리 잠을 자려고 시도해 보는 건 어떨까?라고 생각하는 내가 너무 쓰레기 같았지만. 아이고, 힘들었겠다. 무미건조한 말을 내뱉었다. 그땐 나도 힘들어서 어쩔 수 없었다. TV에서는 젊은 CEO 부부가 나와 개악산 정상에서 인터뷰를 했다. 여자가 먼저 말했고 나는 자막을 읽었다. 이 바위를 만지고 나서부터는 일주일에 60시간씩 일해도 힘들지 않았어요. 오히려 일할 수 있음에 감사했어요. 다음엔 남자 차례였다. 바위 덕분에 제가 이렇게 성품이 훌륭한 분과 결혼했잖아요. 정상에서 이이랑 책도 읽고 차도 마시고 명상도 하다가 노을 질 무렵 내려가려고요. 행복해요.

주이정과 나는 댈댈바위를 만지러 바위 봉우리로 향했다. 안개인지 구름인지 모를 뿌연 수증기들을 헤치며 지옥의 계단을 철컹철컹. 주이정과 나는 식은땀을 흘리며 걸었다. 앞서 오르던 사람들과의 거리가 점점 벌어졌다. 뒤로는 느린 속도를 답답해하는 사람들이 줄줄이 소시지였다. 오르기 시작한 계단은 무를 수도 없었다. 주저앉고 싶었다. 아니면 엉금엉금 기어서 오르고 싶었는데 뒤에 있는 사람들에게 민폐여서 그러지도 못했다. 문득 내려다본 발밑은 절벽 낭떠러지였다. 아득했다. 헛발질 한 번이라도 했다간 바로 나가떨어질 것 같았다. 손바닥이 하얗게 질릴 정도로 난간을 꽉 잡았다. 꾸역꾸역 울면서 올랐다.

정상에 도착해 바위를 만졌을 때 무슨 소원을 빌었더라? 생각이 안 나는 걸 보아하니 소원이 이뤄지지 않은 게 분명하다. 무시무시한 계단을 죽을 둥 살 둥 올랐던 기억만 뚜렷하다.

야도란 초등학생은 미끄럼틀 상층부에 도달했으나 통을 타고 내려오지 않는다. 내게서 사간 야도란만 구멍 속에 집어넣는다. 나는 띠부씰 위에 그 어떤 포장도 해준 바가 없다. 저렇게 막 굴리면 하자가 생길 텐데. 모든 물건은 하자가 있으면 똥값이 된다. 그게 세상 이치다. 쓸데없이 남 걱정을 하다가 머쓱해져서 코를 문지른다.

갈 길을 가려고 돌아서는데 밑에 있던 아이들이 소리를 지른다. 세레비 나왔어 세레비! 미쳤다. 세레비란 소리를 듣고 위에 있던 야도란 어린이는 흥분하며 계단을 내려온다. 나 역시 세레비 때문에 발꿈치가 요동친다. 아이들이 모여 있는 미끄럼틀 아래쪽으로 향한다.

흥분 뒤에 이어지는 고요한 전율이 아이들을 감싼다. 야도란 어린이는 성체를 받드는 천주교 신자처럼 세레비를 두 손 위에 올려놓고 경건하게 구경한다. 그러고는 오피피 접착식 봉투로 섬세하게 포장한다. 가방 안에서 콜렉트북을 꺼내 조심조심 끼워넣는다. 얘들아 방금 그거 뭐야? 내가 묻자 옆에서 구경하던 초등학생이 답한다. 이거 띠부띠부 미끄럼틀인데요.

다음 차례의 아이가 내려보낸 물건이 구멍에서 떨어졌다.

이번엔 아이패드였다.

함성 소리가 세레비 나왔을 때보다 세 배 커졌다.

물건을 굴렸던 아이가 돌아와서 기종을 확인한다. 심지어 프로였다.

방금까지 의기양양했던 세레비(야도란) 친구는 아이패드 친구에게 자격지심이 생겼는지 이렇게 말한다. 야 김시우 너 설마 아이폰 굴린 거야? 아이폰과 아이패드의 격차보다 야도란과 세레비의 간극이 더 크고, 이는 곧 자신이 더 운이 좋은 사람임을 어필하고 싶어 하는 것처럼 말이다. 그러나 아이패드 친구의 이어지는 대답은 기대를 저버렸다. 엥? 나 물통 굴렸는데?

그 말을 들은 순간 야도란 초등학생의 눈동자에 아주 잠깐 슬픔의 기색이 스쳤다. 아이는 쓸쓸한 얼굴을 빠르게 숨기고 과장되게 웃는다. 그리고 축하해준다. 안타까웠지만 한편으로는 이런 종류의 감정을 포착하고 재빨리 가면을 쓰는 초등학생이 신기했다.

다음 차례의 아이에게서 나타난 물건은 감자였고 아무도 관심을 주지 않았다. 아이가 굴린 물건은 술중독자 아빠의 위스키였다고 한다. 자기 물건 굴리긴 죽도록 싫었던 모양. 나는 위스키 이름을 슬쩍 묻는다. 아이는 말한다. 몰라요. 포기하지 않고 병이 어떤 모양인지 재차 묻는다. 아이는 기억을 더듬어 답한다. 초록색에 길고 가운데에 17이라고 쓰여 있었던 것 같은데.

아이들 눈에 무서워 보였을지 모르겠지만 나는 광인처럼 중얼거린다. 이거다, 이거야. 댈댈바위는 추상적이라 믿을 수 없었어. 인과관계를 파악하기 힘들었지. 바위를 만졌기 때문에 매달 180을 받게 된 건지. 180을 받을 참에 때마침 바위를 만진 건지. 잘 기억은 안 나지만 내가 빈 소원은 180과는 전혀 관련 없는 내용이었던 것 같아. 그런데 미끄럼틀은 물건이 나오잖아. 샤카 주스와 포켓몬 빵처럼 가시적이며 구체성을 띠는 세계. 내가 좋아하는 세계.

나는 놀이터 바닥에 양반다리를 하고 앉는다. 벤치가 없으니 별수 없다. 미끄럼틀 아래에서 누군가 버리고 간 연필을 줍는다. 노트를 품에 안고 올라가는 초등학생을 발견한다. 그애에게 한 장만 찢어달라고 부탁한다. 나는 타율을 기록하는 야구 분석기록관처럼 몰두해서 적는다.

잘만 분석하고 파악해서 도전하면 실패할 확률을 줄일 수 있지 않을까. 수익성이 높은 물건들 많이 나오면 예상보다 오래 누워 지낼지도 모르겠어. 가슴이 두근거린다.

종이 위에 표를 그려넣었다. 아이들이 들고 올라간 물건. 파이프를 통과한 후 변형되어 나오는 물건들을 비교하며 기록했다. 옆에는 비고란도 따로 마련했다. 아이들이 굴릴 때의 표정이나 마음가짐. 자잘한 기타 정보들을 썼다. 딱히 분석하기 위해 적는 건 아니다. 진짜 아니야.

들어간 물건	나온 물건	경제적 효과	태도	비고
야도란 띠부씰	세레비 띠부씰	+	진심	포켓몬 수집가. 노력하는 슬픈 어린이.
물통	아이패드	★잭팟★	무지성	될 놈은 된다.
위스키	감자	-	물욕 많음	아빠 발렌타인 몰래 굴려서 업보로 돌아온 듯.

마이쮸	말랑카우	=	진심	말랑카우 나왔는데 진심으로 기뻐해서 애잔함.
(중략)				
노트	긁지 않은 복권	?(미정)	썩은 표정	나한테 노트 찢어줘서 부정 탔다고 생각하나?
리코더	클라리넷	+	마비 상태	이미 백 번 넘게 굴리고 있다고 함.(아멘)

앞뒷면의 여백이 사라질 때까지 표를 채웠으나 규칙성은 발견되지 않았다. +횟수와 -횟수를 계산해서 수열 식을 만들고 함수 그래프도 그렸지만 쓸데없는 짓이었다. 단순 랜덤이었다. 돈 안 드는 가챠 내지는 물물 교환 가챠였다. 종이를 구겼다. 시간 낭비했다.

저녁밥 먹을 시간이 되자 아이들이 하나둘 자리를 뜬다. 집에서 3시에 나왔는데 벌써 6시다. 평소라면 30분 걸리는 산책인데. 오늘 너무 걸었고, 심하게 움직였고, 무리하게 머리를 썼다. 집에 가서 좀 누워 있다가 만반의 준비를 하고 다시 오자. 밤이 깊어지면 아이들도 별로 없으리라 생각한다. 그때 마음 놓고 굴려야지.

누워 지내지만 어쨌든 나도 이런저런 할 일들이 많았다. 한 달에 180만 원을 여섯 번에 걸쳐 받기 위해 서류를 떼는 과정도 든적스럽고 고단했는데 서류가 통과되고 나서는 더 번거롭고 성가신 일들투성이다. 고용노동지청에 방문해 멍 때리며 강의를 들었다. 한 달에 한 번씩 나를 뽑아줄 리 없는 기업에 이력서를 넣었다. 조금이라도 채용 가능성이 있는 회사에 지원해 덜컥 붙었다간 180만 원 지급이 중단된다. 채용 공고가 뜬 대기업 중 가장 티오가 적으며 연봉이 높은 곳을 골라 이력서를 넣는다. 4월은 삼성SDI, 5월은 GS칼텍스, 6월은

롯데칠성. 오늘도 7월의 이력서를 넣어야 한다.

설렁설렁 누워서 하면 된다. 자기소개서는 복사-붙여넣기를 하면 금방 끝나고.

주이정이 무선 선풍기랑 유산균 준다고 해서 도서관에 잠깐 들렀다. 공짜 공부, 공짜 영화, 공짜 강의, 공짜 책, 공짜 책상과 의자……. 나는 공짜 파티 도서관이 마음에 든다. 누워 있는 게 지겨워지면 도서관이나 다녀볼까 한다. 과연 그런 날이 올까 싶지만. 게시판에 걸린 7월의 공짜 행사들을 살펴본다. 무료 영화 상영은 7월 14일 3시 30분. 〈썸머 필름을 타고〉. 체크. 권혜영 작가와의 특별한 여름 만남. 7시 30분. 패스. 〈몸속의 노폐물을 배출하는 림프마사지 교실〉. 7월 5일 개강. 아뿔싸. 날짜를 놓쳤구나. 아쉬워하고 있는데 자습실 문을 열고 나온 주이정과 눈이 마주친다.

우리는 엘리베이터를 타고 옥상정원에 올라갔다. 건물의 반을 차지한 조그만 공간에는 인조잔디도 있고, 벤치도 있고, 나무와 꽃도 있다. 하늘은 구름 한 점 없이 투명하다. 주이정은 여름 오후 6시의 풍경을 담은 사진들을 한 장 한 장 찍었다. 잠깐만 쉬고 있어. 나 이것만 마저 찍을게? 내게 그렇게 말하고는 벤치에 앉아 사진을 찍는다. 형광펜으로 떡칠한 상표법 문제집과 10h 36m 13s에 정지된 스톱워치, 그리고 무선 선풍기와 유산균을 한 구도 안에 욱여넣는다.

의무적으로 올려야 하는 공부+광고 인증 사진을 다 찍고 나자 주이정은 넋이 나갔다. 내가 물었다. 사진 찍어줄까? 주이정이 포즈를 취했다. 앉아서 다리 꼬고 여섯 컷, 귀에 꽃을 꽂고 나무 앞에서 얼굴 클로즈업 여덟 컷, 청량한 하늘을 향해 두 손을 힘차게 뻗은 전신샷 열 컷.

주이정은 내가 찍어준 스물네 장의 사진 중에서 마음에 드는 A컷 사진들을 신중히 선별한다. 주이정은 공스타와 일상스타 계정을 굴리는데 둘이 합쳐 팔로워가 2만 명이라 협찬 제품이 물밀듯이 들어온다. 공부 계정으로는 공부 관련 물품과 영양제가, 일상 계정으로는 의류, 액세서리, 화장품이. 솔직히 용돈벌이 그 이상이라 별다른 직업 없이 계정만 굴리며 살아도 생활이 가능하지 않을까 싶다. 하지만 주이정은 그렇게 생각하지 않는다.

세상에 인플루언서가 얼마나 많은지 알아?

주이정이 사진첩에서 시선을 떼고 햇볕이 반짝이는 회양목 군락을 고갯짓으로 가리키며 말했다. 저기 보이는 나뭇잎들보다 많겠다. 주이정이 계속해서 말했다. 난 제대로 된 직업을 가져보고 싶어. 직장인 신용으로 은행 대출 받아서 전세자금 마련해보고 싶어. 카드빚 갚느라 마지못해 회사 다녀보고 싶어. 나한텐 은행이 신용카드도 안 만들어줘.

할 말이 없어진 나(무직, 30)는 주이정에게 꼬부기 빵과 미지근해진 샤카 주스를 내민다. 같이 먹을래? 당연하게도 주이정은 거절한다. 나도 예의상 물은 거다. 소보로 빵을 그 자리에서 세 번 씹고 삼킨다. 샤카 주스도 한 입 들이켜니 끝이다. 쓰레기통에 휙 버리는데 주이정이 물끄러미 보다가 묻는다. 너 살면서 50킬로그램 넘어본 적 없지? 나는 말했다. 잘 안 재고 살아서 모르겠는데. 주이정이 중얼거린다. 부럽다 부러워. 내가 황당해서 덧붙인다. 장난해? 너 팔뚝을 봐 지금. 50킬로그램은 네가 안 넘지. 주이정이 반박한다. 야, 우리 처음 봤을 때 나 75킬로그램이었던 거 기억 안 나? 너처럼 먹으면 나는 금방 다시 쪄.

덥다. 일어나자. 내가 말하자 주이정이 10분만 더 쉬다 가

자며 붙잡는다. 공부하기 싫어서 저러는 것 같다. 실내 휴게 공간으로 들어와 땀을 식힌다. 나는 트위터에 접속해 탐라를 내린다. 알티 추첨 이벤트 글들에 마음을 찍는다. 주이정은 인스타에 올릴 사진을 못 고른다. 내가 보기엔 그 사진이 그 사진인데. 애써 모른 척하며 할 일을 한다. 마음함에 들어가 받고 싶은 물건들을 리트윗한다. 기계식 키보드와 블루투스 헤드셋. 주이정은 넉 장의 사진들을 가려낸 뒤 일상용 인스타에 업로드한다. 나는 마음에 드는 이벤트를 추가로 발견한다. 젊은 트로트 가수에게 생방송 문자 투표를 한 다음 아이디와 함께 해시태그 및 인증사진을 올리면 추첨 1명에게 QLED TV를 준단다. 저녁 9시에 알람을 맞춰놓는다.

주이정은 다른 인플루언서들의 인스타를 염탐한다. 호텔 파인다이닝 사진, 수영복 차림으로 외국 해변에서 찍은 사진, 갤러리에서 전시 관람하는 사진. 주이정은 3분도 채 지나지 않아 도서관 옥상정원에서 찍은 사진들을 삭제한다. 주이정이 손으로 눈가를 훔치며 중얼거린다. 다시 태어나고 싶어. 그러고는 자리를 털고 일어난다. 이제 공부하러 갈게.

주이정은 자기 자신을 사랑하지 않는 걸까. 닭띠 구남친과 그런 일이 있고 난 후부터는 자존감이 바닥을 치는 것 같다. 오늘만 해도 도서관과 옥상정원을 드나드는 여자 남자들이 주이정을 한 번씩 곁눈질하면서 지나갔는데. 내가 5만 번쯤 알티해도 당첨될까 말까 할 물건들을 협찬으로 수도 없이 받으면서. 내가 주이정이라면 협찬 물품이랑 광고료 받으면서 빈둥빈둥 누워 있을 텐데. 뒤돌아서 걷는 주이정을 바라본다. 앙상한 견갑골이 티셔츠 속에서 꿈틀거린다. 나는 말했다.

댈댈바위보다 더 근사한 곳을 발견했는데 같이 가지 않

을래?

할 일을 하다가 10시에 만나기로 했다. 집에 돌아오니 벌써 7시다. 땀에 전 옷을 벗고 찬물로 샤워했다. 침대에 드러누워 이력서와 자기소개서를 썼다. 기존에 썼던 문서를 불러들여서 지원하는 회사의 문서 틀에 맞게 고쳤다. 토익 680. 컴활 있음. 면허 있음. 유학이나 해외 인턴 경력 없음. 별 볼 일 없는 이력들과 재미없고 지루했던 그간의 삶을 더하고 덜 것도 없이 적나라하게 쓰다가 헛웃음이 났다. 재미없고 지루한 자기소개를 쓰다가 혼자만 재밌어지는 이 기분을 아는가. 모르긴 몰라도 맞춤법과 띄어쓰기를 꽤 틀렸을 것 같다. 난 떨어져야 하니까 상관없다. 이번에 지원한 곳은 샤카 주스를 만든 XX음료 회사다.

오늘은 평소만큼 못 누워 있어서 조금 피곤하고 속상했지만 그래도 괜찮아. 내게는 더 멋진 기회의 미끄럼틀이 저곳에 있다. 주이정도 미끄럼틀을 보고 마음이 좋아지기를 바랄 뿐이다.

대형 폐기물용 마대 자루에 필요 없는 물건들을 담았다. 커피와 홍찻물이 착색된 더러운 텀블러. 실밥 터진 반지갑. 철 지난 달력과 다이어리. 낡고 후줄근해진 옷과 가방. 10년을 지니고 있어도 닳는 법이 없는 색조 화장품. 필기구. 전구 나간 스탠드. 이십대 때 정말 좋아했던 아이돌 웨이브스의 해마 굿즈들까지. 온 집 안을 헤집어놓으니 한 자루가 나왔다. 짐을 정리하는 도중에 알람이 울렸다. 젊은 트로트 가수에게 문자 투표를 했다. 나도 다른 관점에서 보면 제법 성실하다.

직접 들고 갈 자신이 없어서 관리실에 얘기하고 카트를 빌렸다. 짐도 짐이지만 미끄럼틀에서 부피가 큰 물건이 나올 수도 있으니 그것에도 대비해야 한다. 내 짐을 본 주이정은 당황하며 묻는다. 뭐 해? 야반도주야? 반면에 주이정의 짐은 종이 쇼핑백 하나 정도로 간소했다. 뭐 가지고 왔어? 물으며 주이정의 쇼핑백 안을 들여다봤다. 대개가 광고를 마친 협찬 제품이었다.

밤에는 사람이 없으리라고 생각한 건 오산이었다. 미끄럼틀이 있는 놀이터 쪽으로 갈수록 가로등의 불빛이 점점 환해졌다. 음식을 볶고, 굽고, 끓이는 냄새 같은 것도 났다. 아득하게 음악 소리도 들렸다. 우리와 비슷한 차림새를 한 사람들이 배낭이나 캐리어를 한가득 짊어지고 그쪽으로 가고 있었다. 슬리퍼를 질질 끌고서. 나를 따라오던 주이정이 조금씩 밝아지는 거리와 몰려드는 인파를 보며 말했다. 야시장이라도 열렸나?

미끄럼틀. 낮에는 어린이들의 파친코였다면 밤이 깊어지니 어른들의 꿈동산이다. 어딘가 황폐하고 기괴했던 파친코는 화려하고 반짝이는 꿈동산으로 변모했다. 공원 주변에 왜 미끄럼틀만 있었던 건지 이제야 납득이 된다. 아무것도 없이 휑했던 자리에 손님이 돈을 주면 주인이 미끄럼틀에 굴릴 물건을 건네는 이동식 가판 전당포가 생겼다. 아이스크림과 메밀 소바, 닭꼬치와 케밥, 칵테일과 생맥주 등을 파는 포차 트럭들도 군집을 형성했다. 돗자리를 깔고 미끄럼틀에서 굴려야 될 물건을 점지해주는 역술인도 있었는데 사기꾼 같았다.

스테인리스 재질의 미끄럼틀에는 알록달록 네온사인이 지직거리는 소리를 내며 켜졌다. Ddibu Ddibu Lucky Random Slide라는 글자가 라임색으로 반짝거렸다. 글자 주변으로는 그림이 빼곡했는데 홍학, 젠틀맨, 야자수, 맥주잔, 햄버거가 무작위로 배치되어 있었다. 미끄럼틀을 오르는 계단 손잡이에 앵두 같은 조명들이 주렁주렁 달려 있었다.

세상에 미끄럼틀 높이 좀 봐. PTSD 온다. 주이정이 걱정하며 말하길래 동의했다. 그치? 나도 저거 보고 댈댈바위 가던 길 생각했는데. 우리는 조악한 앵두 조명 때문에 난간 대신 서로의 손을 꽉 잡고 올랐다. 사람들이 밀려 있던 덕분에 오히려 안심이 되었다. 계단의 경사도 우려와는 달리 완만했다. 계단은 오르는가 싶으면 어느 구간에서 5~10분 정도 정체가 됐고, 가만히 서서 멍 좀 때려본다 싶으면 다시 빠르게 사람들이 우르르 올라갔다. 놀이 기구 기다리는 것 같았다. 미끄럼틀을 타고 내려오지만 않으면, 그리고 계단을 오르다가 무심코 아래를 내려보지만 않는다면. 개악산처럼 무섭지도 않고 기대만 잔뜩 된다. 사실 미끄럼틀이 산만큼 높지도 않고 말이다.

상층부에 도착했고 드디어 내 차례가 왔다. 자루에서 텀블러를 꺼내 굴릴 준비를 했다. 어른들의 놀이터는 아이들이 있을 때보다 체계적이었다. 놀이터 입구에서 받은 미끄럼틀 설명서를 읽었다. 미끄럼틀은 한 번 오를 때마다 한 사람당 5분의 시간이 주어진다. 제한 시간 안에 물건을 마음껏 굴릴 수 있었다.

어른들은 시간과 동작을 최소화하는 대신 미끄럼틀을 통해 최대의 효율을 얻고자 연구했다. 그 결과 상층부의 구멍 옆에는 발전기로 연결된 벨 버튼이 하나 설치됐다. 버튼을 누르면 앰프 스피커에서 띠리리띠리리 소리가 난다. 그러면 형광 조끼를 입은 안전요원이 아래쪽에서 초록색 경광봉을 흔드는 동시에 시간이 카운트된다.

나는 규칙에 따라 버튼을 눌렀다. 소리가 울리자 요원이 경광봉을 흔들었다. 텀블러를 굴렸다. 하층부의 구멍으로 떨어지는 물건은 큼지막한 전광판 화면으로 실시간 중계가 됐다. 그래서 빠른 확인이 가능했다. 더러운 텀블러는 새로 출시된 스타벅스 텀블러로 변모했다. 그래봤자 텀블러는 텀블러다. 좋다고 해야 할지 싫다고 해야 할지 판단이 안 섰다. 본전은 찾은 셈인데 이상하게 긴장되기 시작했다.

이번엔 재작년 달력을 굴렸다. 2023년도 업무 수첩이 나왔다. 5년 전에 썼던 다이어리를 굴리자 도시락 통이 나왔다. 스탠드를 굴렸다. 잠시 후 전광판 화면에 크록스 슬리퍼가 나타났다. 굴리면 굴릴수록 묘하게 기분이 가라앉았고, 한편으로는 간절해지기 시작했다. 좋지 않은 징조였다. 주이정은 눈치 없이 옆에서 추임새를 넣었다. 저거 다 사무용품 아냐?

어느덧 다섯 번째 물건이었다. 가방을 품에 끌어안고 조금 빌어본다. 소중하게 오래 가지고 다녔잖아. 나는 잘 대해줬다고 생각해. 너만큼은 실망시키지 말아주라. 지극한 손길로 가방을 쓰다듬다가 내려보냈다. 고가의 독일산 영양제 30일분이 나왔다.

물건들을 일일이 확인하고 보니 시간이 얼마 안 남았다. 나는 전광판을 외면하고 남은 물건들을 서둘러 굴렸다. 마지막 하나 남은 해마 굿즈를 굴리는 동시에 마감을 알리는 신호음이 앰프 스피커에서 울려퍼진다.

굴러떨어진 물건들에 승복하지 못한 사람들은 때때로 비디오 판독기마저 돌려보는 듯했다. 나는 변해버린 물건들을 들여다봤다. 긴장 완화 아로마 스틱. 청심환. 핸드 크림. 인덱스와 포스트잇. 마우스 패드와 방석. 물품들을 조목조목 따져본 나는 하나도 기쁘지 않았다. 불길하다 불길해. 주이정이 했던 말처럼 사무실 책상에나 두고 쓰면 제격일 그런 사물들.

돗자리 역술인 할머니가 다가와서 물건을 구경하더니 내게 말을 건다. 일복이 있네. 두 손 가득 밥그릇을 들고 있는 게 보여. 나는 쏘아붙였다. 아닌데요? 저 일복 없는데요?

어쩌다 운때가 맞아서 실업 급여를 받고 있지만 지지난 직장에서는 계약 기간을 다 채운 권고사직이었는데도 못 받았다. 내가 일을 하며 얻었던 건 불안 장애와 안정제 복용하는 일상이지. 인복이건 재복이건 무슨 복이 많았던 적은 단 한 번도 없다.

자루 속에 들어 있던 옛 물건들이 주마등처럼 스친다. 진짜 필요 없는 물건들이 맞았을까? 철 지난 달력엔 특정 날짜 위에 동그라미를 쳤을 것이다. 중요한 약속 또는 일정이 있을 때면 그 아래에 붉은 글씨로 적었다. 별표를 쳐가면서. 업무 수첩과 다이어리는 또 어떻고. 내가 지난 시간 애를 쓰고 살던 흔적들이 다 적혀 있다. 웨이브스의 해마 굿즈들도 아주 오랜 시간이 흐른 후에 꺼내보면 제법 아름다운 추억으로 남을 텐데.

안전 요원이 갑자기 호루라기를 크게 불었다. 다음으로 물건을 굴릴 사람은 주이정이었다. 무슨 문제라도 생긴 건가. 뒤를 돌아봤다. 요원이 초록색 경광봉을 내리고 붉은색 경광봉을 다급하게 휘둘렀다. 아래쪽 사람들이 웅성거렸다. 위쪽 사람들은 소리쳤다. 아아, 사람은 거기 들어가면 안 돼. 주이정은 물건이 아닌 자신을 굴려 보낸 것이다.

주이정 너 지금 무슨 짓을 한 거야. 거길 들어가면 어떡해.

사람들이 탄식했다. 아이고 일 났네. 물체가 미끄럼틀을 통과하는 시간은 가속도의 법칙으로 인해 극히 짧다. 그러나 1분이 흘러도 5분이 흘러도 미끄럼틀은 고요했다. 빠져나오는 것 하나 없었다. 큰 화면으로 보면 뭐가 보일까 싶어 나는 전광판으로 고개를 돌렸다. 화면상으로도 아무것도 보이지 않았다. 정적이 흘렀다. 이것이 눈앞에 닥친 현실임을 깨달았다.

나는 하층부에 모여 있던 사람들을 밀치고 주이정을 찾기 위해 미끄럼틀 구멍의 역방향으로 진입을 시도했다. 그러나 사람들이 필사적으로 막았다. 제발 귀한 미끄럼틀에서 위험천만한 짓 좀 하지 마세요. 요원은 그렇게 경고하며 팔을 결박했다. 일반 시민들 중에도 내 편은 한 명도 없었다. 오히려 요원을 도와서 몸을 못 움직이게 내 다리를 붙들었다.

나는 사람들에게 제압당한 상태였다. 몸은 엎드린 채 머리만 구멍 안으로 간신히 끼워넣을 수 있었다. 구멍 속을 들여다봤다. 아무것도 없었다. 끝이 가늠되지 않는 어둠이 곡선 모양으로 구불구불 위를 향해 뻗어나갔다. 물체가 이 어둠을 통과하고 나면 돌이킬 수 없이 다른 형태가 되어버리고 만다. 나는 시커먼 어둠을 향해 처음이자 마지막으로 소리쳤다. 주이정!

메아리가 되돌아왔다. 얼마 지나지 않아 구멍 안에서 다른 소리가 들렸다. 나 여깄어. 소리의 감도가 멀지 않았고 그건 주이정의 목소리가 분명했다. 어딨어 주이정. 제발 돌아와. 내가 말하자 또 소리가 들렸다. 주이정 여깄다. 나는 소리를 더듬으며 그 어느 때보다 눈과 귀를 활짝 열었다. 다시 한번 말해줘. 그러자 주이정이 평소에 즐겨 듣던 노래를 흥얼거렸다. 노래에 집중하자 내 눈이 어둠에 적응했다. 구멍 안에서 물성을 지닌 어둠이 팔랑거렸다. 나는 그 어둠을 잡았다.

주이정은 오션뷰 풀빌라 호텔의 조식 포함 숙박 2인권으로 변해버렸다.

확인차 다시 물었다.

이게 진짜 주이정이라고?

빳빳한 재질의 종이가 꿈틀거렸다. 종이에서는 실제로 주이정 목소리가 났다. 나도 대혼란이니까 그만 좀 물어봐. 주이정이 말할 때마다 종이 위의 글씨들이 미세하게 일렁였다.

그토록 샤카 주스를 사재기 할 때는 나올 기미도 없던 투숙권이 이런 식으로 나와서 기가 막혔다. 하늘의 장난 같았다.

주이정의 뒤에 서서 차례를 기다리던 사람들은 기분을 잡쳤다며 물건을 굴리지 않고 도로 내려왔다. 사람들이 우리를 향해 눈을 흘겼다. 상인들과 점술인도 한마디씩 보탰다. 김이 샜다, 공쳤다, 투덜거리며 장사를 접었다. 요원들은 미끄럼틀에 설치했던 각종 기기들을 정리했다. 화물트럭에 싣고 철수했다. 사람들이 모두 떠나고 놀이터에는 나와 주이정, 아니 나와 호텔 투숙권만 남았다.

너 목숨이 여러 개야? 뭐로 변할 줄 알고 그런 짓을.

종이 몸이 된 주이정이 말했다.

기대한 대로는 아니지만 숙박 티켓도 생각보다 나쁘지 않네.

나는 티켓, 아니 주이정을 손에 들고 미끄럼틀의 계단을 성큼성큼 올랐다. 사람이 궁지에 몰리면 경미한 공포증 같은 건 싹 다 잊어버리는지 안전이 허술한 계단 위를 두세 칸씩 뛰어다녀도 아무렇지 않았다. 주이정은 종이 안에서도 모든 걸 감각하는 모양이다. 나를 보고 물었다.

뭐 하려고?

나는 걸음을 멈추지 않고 답했다.

원래대로 돌려놓을 거야. 너 나올 때까지 밤새 굴릴 거야.

그래도 이상한 것만 계속 나오면?

평생 굴릴 수도 있어.

그러지 말고 이왕 이렇게 된 거 우리 호텔이나 놀러가자. 가고 싶었잖아.

그건 경우가 아니야.

주이정은 티켓 모서리를 날카롭게 세우며 내 손바닥을 콕콕 찌른다. 종이가 거부할 수 없는 제안을 한다.

다녀와서 굴리면 되잖아. 나도 이 기회에 오션뷰 풀빌라나 가보자.

꿈에 그리던 호텔에 왔지만 마음이 편치 않다. 이게 맞나 싶다. 프런트에서 소심한 태도로 투숙권을 보여주자 직원은 티켓을 가져가려고 했다. 나는 티켓을 두 손으로 붙잡았다. 죄송하지만 살면서 이런 행운에 당첨된 게 처음이고 신기해서 제가 가보로 좀 가지려는데요. 어떻게 안 될까요? 물었다. 안 된다고 하면 바로 도망칠 작정이다. 직원은 매니저로 보이는 사람과 한참 이야기 나누더니 친절하게 웃으며 수긍했다. 전자 기록으로 남으니까 티켓은 가지셔도 된다고. 당첨 축하드린다고.

안내받은 호수의 객실 문을 열자 침실이 아닌 응접실이 등장했다. 좋은 시간 되세요. 직원은 말하고 문을 닫았다. 나는 어색하게 인사했다. 두 공간이 분리된 객실에서 처음 묵어본다. 불을 켜려고 스위치를 누르자 커튼이 자동으로 열렸다. 하늘과의 경계가 모호한 남해의 넓고 푸른 수평선이 바깥 풍경으로 펼쳐졌다. 나는 창가에 얼어붙은 듯 서서 입을 다물지 못했다. 주이정도 보라고 통창 유리에 티켓을 밀착시켰다. 새하얀 모래 알갱이들과 시리도록 투명한 바닷물과 군데군데 솟은 기암절벽들. 부서지는 파도는 일정한 간격으로 호텔 쪽을 향해 밀려들었다. 주이정이 감탄했다. 야 여기 끝내준다.

대리석 테이블에는 스파클링 와인과 웰컴 과일 바구니가 놓여 있다. 붉은색 애플망고를 하나 들어본다. 냄새만 맡고 다시 제자리에 놓는다. 칠링된 술병을 들어본다. 볼에 대보며 냉기와 물기를 동시에 느끼다가 제자리에 둔다. 주이정이 안 먹고 뭐 하는 짓이냐고 묻는다. 나는 헤헤, 웃으며 대답한다. 우리 몫이 아닌 것 같아서. 주이정이 말한다. 우리 먹으라고 준 게 맞는 것 같은데. 나는 볼에 묻은 물을 손으로 닦아내며 말한다. 착오가 있었다고, 돌려달라고 하면 어떡해. 비싸 보이는데 무턱대고 먹었다가 환불 해달랄까봐 겁이 나.

수영복은 마련하지 않았다. 수영복처럼 보이는 옷을 입고 물놀이를 했다. 어차피 방에 딸린 수영장이라 다른 사람을 의식하지 않아도 되는 점이 좋았다. 한 시간 동안 물 위에 누워서 둥둥 떠다니다 보니 몸이 으슬으슬 추웠다. 풀에서 나와 자쿠지 욕조에 들어갔다. 뜨거운 물로 찜질했다. 수영하는 동안에도, 욕조에서 반신욕하는 동안에도 나는 주이정과 함께였다. 종이가 물에 젖으면 잘못될까 걱정이 들어 방수팩에 보관했다. 나는 욕조 내벽에 숭숭 뚫린 분사구에 몸을 착 붙였다. 상반신 전체가 지압이 되는 기분. 혼자만 황홀해져서 주이정에게 미안했다. 문득 생각나서 물었다.

댈댈바위에서 소원 빌었던 거 혹시 기억나?

주이정은 방수팩 안에서 종이를 한 번 팔랑거리며 대답했다. 응 기억나. 나는 물었다. 그때 무슨 소원 빌었어?

힘들게 올라왔는데 금방 내려가야 했잖아. 그래서 고통 없이, 슬픔 없이 내려가게 해달라고 빌었어.

진짜 그런 소원을 빌었어?

너는?

네 말을 들으면 나도 기억이 날까 해서 물어봤는데 도통 기억이 안 나네.

누워 있게 해달라고 빌지 않았을까.

그랬으려나.

체크인을 한 지 10시간이 지났는데 환불 요청은 들어오지 않았다. 나는 안도했다. 술과 과일은 우리 것이 확실해졌다. 반으로 가른 백향과 과육을 티스푼으로 떠먹었다. 과일맛 주스가 아닌 진짜 과일이었다. 주이정에게 물었다. 너도 줄까? 먹을 수 있어? 주이정은 당연히 거절했다. 여기 있으면 하나도 배고프지 않아. 식단관리 하려는 게 아니라 진짜로 그래. 와인을 땄다. 주이정은 비록 마시지 않았지만 두 잔 가득 술을 채웠다. 형식적인 건배를 했다.

술 한 병은 혼자 다 마셨다. 알딸딸한데다 처음 누려보는 분위기에 취해 평소보다 수다스러워졌다.

종이 속에 있는 건 어떤 기분이야?

주이정은 오래 침묵하다가 어렵게 입을 뗐다.

네가 부러워할 수도 있는데.

괜찮아 말해봐.

솜사탕처럼 푹신하고 따듯한 감촉이 내 온몸을 감싸. 나는 궁극적으로 누워 있는 기분이 들어. 네가 왜 맨날 누워 있고 싶다 했는지 이제야 이해가 가. 졸리다. 나는 이제 잘게.

주이정은 종이 안에서 살게 된 후로 불면증이 고쳐졌다.

며칠 후 찾아간 놀이터엔 바리케이드가 설치됐다. '위험'과

'진입 금지'라는 경고 문구가 써진 붉은 색 팻말 두 개를 미끄럼틀 계단 입구, 그리고 원형의 파이프 출구 앞에 각각 세워놓았다. 나는 바리케이드를 거뜬히 넘었다. 팻말을 가볍게 무시하며 미끄럼틀 위로 올라갔다.

꼭대기에서 한동안 시간을 보냈다. 걸터앉은 스테인리스 바닥이 뜨겁게 데워질 때까지. 두 다리는 구멍 안으로 뻗은 채였다. 결심이 섰고 주이정에게 말했다. 이제 너를 굴려볼까 해. 주이정이 종이를 들썩거리며 말했다. 간만에 누워서 푹 쉬니까 좋았다. 나는 통 속에서 발목을 까닥거리며 물었다.

누워 있는 건 생각보다 좋지?

그렇더라고.

핸드폰 케이스 뒷면에 보관해뒀던 주이정을 꺼내려는데 메시지가 떴다. 잠시만. 나는 수신함을 열었다.

[Web 발신]

[XX음료 마케팅부 경력직 서류 결과 안내]

안녕하세요 XX음료 인사과입니다.

귀하는 이번 지원해주신 본사의 하반기 경력직 채용 서류전형에 합격하셨습니다.

자세한 면접 안내 사항은 이메일을 확인해주시기 바랍니다.

감사합니다.

이상한 일이었다. 문자를 다 읽고 나자 댈댈바위를 만지며 빌었던 소원이 불현듯 떠올랐다.

지치지 좀 않게 해주세요.

나는 손에 주이정을 든 채 미끄럼틀의 어둡고 깊은 구멍 속으로 천천히 몸을 밀어넣었다.

성해나

2019년 동아일보 신춘문예에 중편소설 〈오즈〉가 당선되며 작품 활동을 시작했다. 소설집《빛을 걷으면 빛》이 있다.

우호적 감정

성해나
小說家

진은 방 탈출 게임의 룰을 잘 이해하지 못했다. 고령자인 그를 고려해 난도가 가장 낮은 테마를 골랐는데도, 소품과 장치를 조작하고 그 원리를 깨닫는 데 시간이 오래 걸렸고 뻔히 보이는 트릭마저 눈치채지 못했다. 그러면서도 열의는 앞서 말도 안 되는 의견을 내고, 끙끙대며 풀리지 않는 자물쇠 앞에 한참 붙어 있었다. 시간이 흐르는 것을 지켜보며 마케팅팀 수잔이 한숨을 쉬었다.

이런 건 왜 하는 거야. 대체.

수잔의 짜증 섞인 목소리를 진이 듣지 않길 바라며 나는 일부러 목소리를 한 톤 높였다.

얼마나 좋아요. 남들 일할 때 우린 놀잖아요.

엄밀히 말하면 놀이가 아닌 일의 연장이었지만, 진의 사기를 떨어트리지 않기 위해 일부러 넉살 좋게 말을 돌렸다.

매월 마지막 주 금요일은 사내 소통의 날이었다. 사내 갈등을 줄이고 수평적 조직문화를 도모하자는 취지에서 시행하게 된 행사로, 이 날은 퇴근을 한 시간 앞당긴 뒤 타 팀 직원들과 섞여 보드게임 카페에 가거나, VR 등의 문화체험을 했다. 이번 달 테마는 방 탈출 게임이었다. 회사 대표인 맥스가 이 제도를 도입하고 세 번 정도 해왔는데, 번번이 실패로 끝났다. 패인은 늘 진에게 있었다. 보드게임은 부루마블에서 가장 먼저 돈을 잃은 진이 부루퉁해진 채로 어색하게 끝나버렸고, VR은 멀미가 난다며 중도에 접었다.

진은 맥스가 대기업에서 스카우트해온 직원이었다. 그는 헤드헌터를 통해 채용되거나 면접을 보고 들어온 우리보다 족히 서른 살은 많아 보였다. 처음 입사하던 날, 진은 맥스에게 전에 일하던 기업에서 직함이 부장이었는데, 여기선 어떻게 불리느냐고 물었다.

저희는 직급이 따로 없어요. 직함 대신 서로를 닉네임으로 부릅니다. 저는 대표 대신 맥스라고 부르면 돼요. 편하게요.

벌써 넉 달이 지났는데도 진은 스타트업의 수평적 조직 문화에 통 적응하지 못했다. 그는 사무실에 비치된 생맥주 디스펜서와 와인 셀러를 뜨악해했고, 자율 복장을 마다하고 타이와 셔츠를 끈질기게 고집했다. 유연한 체계를 갖춘 회사에서 일한다고 해도 사람까지 따라 유연해질 수는 없는지라, 직원들은 연장자인 진을 알게 모르게 어려워했다. 일부러 진을 빼고 회사 지하에 있는 카페에 갈 때도 있었다. 우드슬랩 테이블에 둘러앉아 커피를 마시며 다들 진의 유별난 행동에 대해 한마디씩 했다. 점심은 매번 순두부 아니면 제육이더라, 회사에서 반바지를 입어도 되느냐며 은근히 질책하더라, 때때로 상황에 맞지 않는 엉뚱한 말을 해 사람을 곤혹스럽게 만들더라. 뒷담화의 끝엔 늘 이런 물음이 붙었다.

맥스는 왜 진을 스카우트한 걸까?

노하우를 흡수하기 위해 대기업에서 직원을 스카우트해오는 사례가 빈번하다지만, 그렇다기에 진은 업무역량을 판단할 결정적 한 방을 아직 보여준 적이 없었다. 근래 회사에 큰 프로젝트라 할 만한 게 없기도 했지만, 있었다 해도 진은 고전할 것이 분명하다고 모두들 예상했다. 그의 수동적 태도와 고지식한 면모를 지켜본 바 데이터가 그렇게 추려진다고.

직원들이 진을 화두로 삼을 때마다 나는 말을 아꼈다. 사람을 면밀히 판단하기에 넉 달은 짧지 않은가, 하는 생각도 들었지만 그보다는 진이 안쓰러웠다.

탈출구에 도달해보지도 못한 채 방 탈출 게임은 지지부진 끝나버렸다. 아르바이트생이 사진을 찍어준다며 폴라로이드 카메라를 들고 왔다. 수잔이 당혹스럽다는 듯 말했다.

저희 탈출 못했는데요?

필름이 한 장 남아서요. 기념 삼아 찍어드릴게요.

다들 귀찮은 내색을 숨기지 않고 한 줄로 서는 가운데, 진이 오른쪽 맨 끝에 자리를 잡았다. 아무도 진의 옆에 서지 않았다. 이럴 때 진의 옆자리는 언제나 나의 차지였다. 회의를 할 때도, 오늘 같은 날에도 당연하게. 외따로 떨어지거나 적응을 못하는 이들에게 먼저 손을 내미는 것. 그것은 나의 오랜 습관이었다.

진이라는 닉네임도 내가 지어준 것이었다. 포털 사이트까지 뒤져가며 어떤 이름을 지을지 고심하는 그에게 나는 진, 어떠냐고 조심스럽게 거들었다. 그의 본명인 상진에서 한 자를 떼어내 진Jin.

외국인들이 부르기에도 쉬울 것 같구요.

회사 특성상 해외 업무는 극히 드물었지만, 아무 말이나 주워섬겼다. 지인들은 왜 네 몫도 버거워하면서 남까지 챙기느냐 핀잔을 주었지만 그럼에도 어쩔 수 없었다. 호의적인 게 나쁜 걸까, 의문이 들기도 했고.

의기소침하게 서 있는 진의 옆으로 다가갔다. 아버지뻘의 진이 이 무리에 잘 섞이길 바라는 마음으로.

그래, 나부터 진 옆에 서야지.

그날 찍은 사진은 누구도 가져가려 하지 않아 결국 내가 챙겼다. 미소 짓는 진과 나를 제외하곤 모두가 무표정한 사진. 파티션에 붙여놓은 단체 사진을 볼 때마다 나는 남모르게 자기옹호적 태도를 취했다. 진이 이 체계에 적응한다면 다들 그를 긍정적으로 봐줄 거라는 생각, 좋은 게 좋은 거라는 태도.

다섯 번째 사내 소통의 날이 올 때까지 진과 직원들의 사이는 원만해지기는커녕 도리어 껄끄러워졌다. 관계향상을 명목으로 끈질기게 소통의 날을 고집하던 맥스도 '케이팝 원데이 클래스'를 끝으로 그것을 흐지부지 종료시켰다.

*

사내 소통의 날로부터 보름쯤 지난 6월 중순, 맥스가 사내 메신저로 나를 호출했다.

[알렉스, 괜찮으면 내 방에서 차나 한잔하죠]

긴장된 마음으로 맥스의 방에 찾아갔다.

맥스의 방은 구조가 단순했다. 볕이 잘 드는 창 아래 놓인 사무용 책상에는 맥북과 격주의 포브스지가 정갈하게 올려져 있었고, 방 한가운데에 있는 긴 테이블 위에는 다도 세트가 차려져 있었다. 심플한 사무실 안에서 유독 튀는 건 사이클 머신과 한 눈에도 부담스러워 보이는 벤치 프레스였다. 반년 전, 맥스가 실리콘밸리에 출장을 다녀온 뒤 슬그머니 들여 둔 운동기구들. 직원들은 맥스의 '실리콘밸리 병'을 못마땅해했다. 3층 건물을 오르는 데도 꼬박꼬박 엘리베이터를 이용하는 사람이 사이클 머신이라니 어이가 없다며 난색을 표했고, 일론 머스크를 따라 커피에 다이어트 코크를 섞어 마시는 맥스의 취향을 비아냥댔다. 수평적 구조를 지향하는 회사에서 대표의 방이 따로 있는 건 애초에 자가당착 아니냐는 말도 돌았고.

맥스와 티 테이블에 마주앉아 연잎차를 마셨다. 맥스가 물었다.

알렉스, 연잎차 마셔본 적 있어요?

아뇨.

연잎이 간에 좋대요. 이거 우리 직원들한테도 하나씩 돌리면 어떨까요? 다들 피곤해하던데.

피로는 간 때문이 아니라 야근 때문이라는 걸 맥스는 모르는 것 같았다. 맥스는 주 52시간제를 반대했다. '인재의 요람인 실리콘밸리에서도 출퇴근 시간은 확인하지 않는다'는 것이 맥스의 지론이었다.

아니, 왜 테헤란로에서 실리콘밸리를 찾느냐고.

직원들의 불평도 모른 채, 맥스는 연잎차를 들이켜며 다음에는 대량주문을 해야겠다고 중얼댔다. 다른 이들과 달리 나는 맥스의 지론을 어느 정도 옹호하는 편이었다. 나는 이 회사의 치열함과 자율성, 공정함이 좋았다. 맥스에게 메일을 보내 적극적으로 입사 의사를 피력한 것도, 스타트업의 시장에 뛰어들어 1년간 밤낮없이 일한 것도 다 그 때문이었다. 몰입하고 열정을 쏟으며 공정한 방식으로 입지를 쌓는 것. 아직 젊어 마음이 꽃밭이라며 면박을 주는 이들도 있었으나, 나는 이 시행착오 끝에 무언가 존재할 거라 믿었다. 기업 상장의 장밋빛 미래나, 자긍심, 성장 같은 것. 잦은 크런치 모드도 그래서 견딜 수 있었고.

차가 미지근하게 식어갈 즈음, 맥스가 입을 뗐다.

이번에 알렉스를 주축으로 TF를 꾸릴까 하는데 어때요?

TF요?

내가 지금 새 사업을 구상 중이거든요.

맥스가 최근 관심을 보이는 사업 아이템은 지역 재생이었다. 이 회사의 기조는 마을 커뮤니티 활성화에 있었다. 초창기에는 지역별, 관심사별로 모임을 할 수 있는 모바일 마을 동호회 플랫폼에 주력하다 현재는 오프라인으로 사업을 넓혀가 쇠퇴해가는 마을을 살리는 농촌 재생 뉴딜 사업에 몰두하고 있었다.

맥스는 이번에 '소서리'라는 마을을 염두에 두고 있다고 전했다. 경기도 외곽에 위치한 소서리에는 총 다섯 명의 농부들이 귀농해 살고 있었다. 대학 동기 사이인 그들은 3년 전 공동체를 이루고자 이 마을로 내려왔고, 지금은 농사를 지으며 살았다. 그들은 자신들에게는 살기 좋은 마을이지만 인구가 점점 줄어 '소멸 고위험 지역'이 된 소서리에 새로이 활력을 불어넣고, 공동체 회복을 도울 구체적인 방법을 모색하다 우리에게 마을 재생 사업을 의뢰해왔다고 했다.

들어보니 꽤 이상적인 마을이더라고요. 주민들끼리 합심해 마을 학교도 만들고, 지역 신문사도 만들고, 양조 사업도 작게 하고요.

차를 홀짝이며 맥스는 말을 이었다.

한데 그렇게 모여 마을을 알리는 게 역부족이었나봐요. 그래서 우리한테 부탁한 거죠. 투자처와 연계해 관광 사업도 모색하고, 마을 정체성을 담은 브랜드도 만들어주었으면 하더라고요.

맥스는 이전에 리브랜딩했던 '우림동 물텀벙 거리'를 예로 들었다. 폐쇄된 집창촌이 늘어서 있어 오랜 시간 울산의 골칫거리로 불리던 물텀벙 거리를 우리는 아담한 호스텔 빌리지로 재탄생시켰다. 밀매음 업소로 쓰였던 공·폐가는 게스트하우스로 개조되었고, 술

병과 담배꽁초가 널브러져 있던 골목은 카페 거리로 탈바꿈시켜 관광객을 유치했다.

마을 재생이 잘 이루어지면 소폭으로나마 인구가 유입되고 일자리도 늘어났다. 그런 결과를 마주할 때마다 나는 이 일을 하길 잘했다는 만족감으로 벅차오르곤 했다. 우리가 도모하는 것은 이전에 없던 이상理想이고, 미래라고 생각하며.

맥스는 마케팅에서 한 명, 기획에서 한 명을 추려 팀을 꾸려보자고 했다. 소서리를 지속가능한 공동체로 만들어줄 팀원을.

염두에 둔 팀원 있어요?

내 또래에, 비교적 합이 잘 맞는 멤버들을 속으로 추리는데, 맥스가 먼저 선수를 쳤다.

난 알렉스랑 수잔, 진이 이 사업을 맡으면 좋을 것 같은데. 어때요?

역시 답은 정해져 있었다. 매사 회의적이며 불평이 많은 수잔, 그리고…… 진. 싫은 내색은 못한 채 맥스를 향해 억지로 미소 지었다.

좋죠. 경험이 많은 분들이어서 든든하겠네요.

*

소서리에 처음 내려간 6월 말에는 하늘이 평소보다 유난히 높았다. 반차라도 내고 싶을 정도로 온화한 날이었다.

면허가 없는 나와 수잔을 대신해 진이 운전대를 잡고 소서리까지 내려갔다.

피곤하지 않으세요?

진은 괜찮다고 했지만, 조수석에 앉은 나로서는 가시방석이 따로 없었다. 운전할 때는 음악이 없어야 오히려 집중이 잘된다며 진은 라디오도 틀지 않았다. 잠이 오면 허벅지를 꼬집고, 시시때때로 질문을 던지며—진은 취미가 뭐예요, MBTI 검사 해보셨어요?—겨우 삼십 분을 버텼다. 그러는 동안 수잔은 뒷좌석에 앉아 챙겨온 자료며 유인물을 살피고 있었다. 멀미 안 나나? 생각하며 뒷좌석을 힐끔대었다.

수잔은 회사의 초창기 멤버였다. 그녀는 90년생인 맥스보다 여덟 살이 많았고, 나와는 띠 동갑 차이가 났다. 동기 중에는 진뿐 아니라 수잔을 어려워하는 사람도 더러 있었다. 그들은 업무상의 빈틈을 부드럽게 넘어가지 못하는 그녀의 깐깐함이며 매사 회의적인 면모를 질색하곤 했다. 타 부서다 보니 좀처럼 겹칠 일이 없어 나는 그녀에 대해 세세히 알고 있지 못했다. 본명조차 몰랐다. 그저 깐깐한 수잔, 비관론자 수잔 정도로만 그녀를 알고 있었다. 수잔도 나를 그렇게 알고 있겠지. 지나친 타협주의자 알렉스, 침체된 분위기를 견디지 못하는 알렉스 정도로.

점심도 때울 겸 마을 근처 휴게소에 차를 세웠다. 든든한 식사를 기대했지만 그 기대는 무참히 깨져버렸다. 휴게소 직원은 식당의 카드 단말기가 고장 나 현금만 가능하다고 했다. 차 안에 있던 동전까지 싹싹 긁어모아 겨우 1만 2천 원이 모였다.

이거 어째 초장부터…… 싸하네.

초치듯 푸념을 늘어놓는 수잔을 애써 무시하며 스낵코너를 가리켰다.

우리 저기서 뭐라도 사 먹어요. 따뜻한 날이라 바깥에 앉아 있어도 괜찮을 것 같아요.

각각 떡볶이, 오징어 구이, 치즈 핫바를 들고 벤치에 앉았다. 볕이 강해 잠깐 앉아 있었는데도 목덜미가 따가웠다.

사원 시절에나 하던 TF를 이렇게 또 하게 되네요, 허허.

만만한 게 아니네요, 스타트업. 혼잣말 아닌 혼잣말을 하며 진은 구운 오징어를 질겅질겅 씹었다. 우리 셋 사이에는 공통분모라 할 것이 달리 없었다. 회사 이야기를 조금 하니 정적이 돌고 드라마나 영화는 셋 다 취향이 확연히 갈려 이야깃거리가 현저히 적었다. 대화가 뚝뚝 끊겼고, 종국엔 각자 핸드폰을 들여다보거나 주위를 둘러보며 아무 말 없이 음식을 씹었다. 이 회사에 다니는 동안 이들과 가까워질 수 있을까, 그러기 전에 퇴사하겠지, 생각하며 따가운 목덜미를 연신 비볐다.

소서리는 100명 안팎의 인구가 사는 벽촌이었다. 추수를 끝낸 논에는 볏짚이 차곡차곡 포개어 쌓여 있었고, 너른 아스팔트 길 한 편에는 잘 말린 고추가 널려 있었다.

입구에 들어서자마자 권도우 씨가 우리를 반겼다.

환영합니다. 먼 길 오시느라 고생 많으셨어요.

한 명씩 권도우 씨와 악수를 하고, 명함을 건넸다. 그는 명함을 훑어보며 말했다.

두루두루. 회사 이름이 우리 동네랑 딱 어울리네요.

권도우 씨는 소서리의 이장이자 3년 전 지인들을 한데 모아 이 마을에 귀농하도록 한 주동자였다. 소서리에 내려오기 전 사회운동을 했다는 그는 호의적인 사람처럼 보였다. 어투에 친절이 묻어 있었고, 소소한 농담에도 호탕하게 웃어젖혔다.

자신이 직접 만들었다는 마을 지도를 보여주며 그는 선뜻

가이드를 해주었다. 생각보다 그럴싸한 마을이었다. 자전거 전용도로가 잘 닦여 있어 온 마을을 자전거로 돌아다닐 수 있었고, 마을 곳곳에 주민이 직접 운영하는 베이커리와 슈퍼, 지역 신문사와 양조장이 들어서 있었다.

저희는 슈퍼를 무인으로 운영해요.

무인이요?

난색을 표하는 수잔에게 권도우 씨는 한 번도 적자낸 적이 없다며 호기롭게 답했다.

우리 마을 사람들은요. 한식구예요. 식구끼리는 뭘 훔치고, 재고 따지지 않잖아요.

소서리는 지대가 낮고, 건물이 수평적 구조로 이루어져 주민의 생활을 들여다보기 용이했다. 이 집에는 누가 살고, 이 집 화단엔 튤립과 수선화가 탐스럽게 피어 봄에는 가드닝 파티를 열고, 이곳은 오래전 쌀 창고로 쓰였고…… 한 시간이 훌쩍 넘는 시간 동안 권도우 씨의 설명을 들으며 마을 이곳저곳을 돌아다녔다. 기분 좋은 흙냄새가 짙게 풍겼고, 우거진 숲이 마을을 드넓게 에워싸고 있었다. '한 아이를 기르기 위해서는 온 마을이 필요하다'는 슬로건을 걸고 주민들이 공동으로 운영하는 비인가 대안 학교에 수잔과 진은 깊은 관심을 보였고, 지자체에서 수리비를 받아 지은 깨끗한 게스트 하우스와 책방은 나의 환심을 샀다.

저긴 뭐예요?

마을을 돌던 중, 수잔이 어귀에 있는 집을 가리켰다. 깔끔하게 정비된 다른 집과 달리 그곳은 조금 튀었다. 마을을 따라 길게 이어진 자전거 도로가 그 집 앞에서 뚝 끊겨 있었고, 관리가 안 된 마당에는 붉은 흙이 드문드문 드러나 있었으며 나무계단은 반쯤 썩어가는데도, 아직 사람은 사는지 빨랫줄에 빳빳하게 마른 수건이며 티셔츠, 드로어즈가 걸려 있었다.

강규 선배라고…… 그 형네 집이에요.

권도우 씨는 그 집에 관해서는 이상할 정도로 말을 아꼈다. 한때 마을 회의소로 쓰이던 곳인데 지금은 다른 공간에서 회의를 진행한다며 그 집 앞을 빠르게 지나쳤다. 수잔은 미심쩍음을 감추지 않으며 집 곳곳을 둘러보았지만, 진은 별 관심이 없었고 나 역시도 큰 의심이 없었기에 대수롭지 않게 여기며 그곳을 지났다.

주민과 함께 한 기획 회의는 원만히 진행되었다. 소서리 사람들은 모두 단란하고 화목해 보였다. 아이를 데려온 이들도 있었고, 자신이 직접 만든 레몬티를 웰컴 드링크로 내어준 이도 있었다. 도시에서 소서리로 내려온 이들은 아침마다 공동 텃밭에 모여 당근 농사를 짓고, 농한기에는 함께 '들뢰즈-가타리 읽기'나 '요가 클래스' 같은 이런저런 소모임을 하며 서로의 공허함을 메워준다고 했다.

소서리는 과거 대규모 곡창지대로, 이촌향도가 발생한 60년대 전까지는 전국에서 가장 빠른 인구증가율을 보였던 동네이기도 했다. 쌀 반출을 용이하게 하기 위해 마을 초입을 따라 창고와 정미소가 숱하게 지어졌는데, 지금은 그곳이 다 공·폐가로 남아 있었다. 권도우 씨를 비롯한 귀농인들은 허물어져가는 마을을 살리기 위해 번듯한 직장을 포기하고 이곳에 기꺼이 내려왔다고 술회했다.

도시에 살 때는 제 안에 살아 있던 것들이 서서히 소실되는 기분이었는데요. 소서리로 내려온 이후에는 달라졌어요. 이제야 제대로 숨 쉬고 사는 것 같아요. 우리 마을이 그래요. 사람을 사람답게 하게 하는 곳이에요. 주민들끼리 상생하고 공존하고.

권도우 씨의 말에 주민들은 깊이 공감하는 듯 고개를 주억였다.

그들은 주변에 널린 공가를 숙박 시설로 재사용하길 원했다. 공터에 벤치와 평상을 설치하고, 자전거 대여 시스템을 활성화해 '탄소 없는 마을'을 꾸릴 계획까지 촘촘히 세우고 있었다. 주민들과 함께 인프라 구축에 대해 모의하고, 소서리의 이야기 자산을 수집하며 브랜딩을 위한 큰 그림을 키워드로 정리해보았다. 회의에서 나온 굵직한 키워드들은 대략 이러했다.

–상생, 따뜻함, 포용, 협력, 100년 후에도 살아남는 마을, 정이 넘치는 마을.

회의가 끝나기 전, 아이들이 방과 후 요리 교실에서 만들었다며 직접 구운 쿠키를 가져왔다. 사람 모양을 본떠 노릇하게 구운 쿠키를 나누어 먹으며 다정히 안부를 묻고 안위를 살피는 마을 사람들을 보니 이번 사업이 무탈히 이루어질 것 같다는 예감이 들었다. 쿠키는 달지도 고소하지도 않은, 밍숭맹숭한 맛이었지만, 나는 그것을 웰빙 푸드라 여기며 오독오독 먹었다.

*

소서리 마을 재생 사업은 별 탈 없이 이루어졌다. 소서리의 과거-현재-미래를 구분지어 스토리 키워드를 추출했고, 그것을 선별하여 관광 상품의 뼈대를 하나하나 만들어나갔다. 주민들의 의견대로 숲이 마을을 둥글게 에워싼 소서리의 원형을 살리고, 그 테두리 안에 녹지공간과 마을 스테이를 조성할 예정이었다. 마을을 점으로 두는 것이 아닌 하나의 선으로 잇는 것. 최종적으로 투자처에서 자금을 조달받으면 소서리는 지금의 아이덴티티를 유지한 지속가능한 로컬이 될 터였다.

계절 두 번 바뀌고, 투자처와의 프레젠테이션이 한 달 남짓 남았을 때까지 사업은 이변 없이 진행되었다. 초반부까지만 해도 삐걱대던 진, 수잔과의 관계도 일에 가속이 붙으며 점차 나아졌다. 후반부에 다다르자 함께 점심 먹을 일도 잦아졌다. 순두부 아니면 제육만 고집한다는 소문과는 달리 진의 식성은 그다지 획일적이지 않았다. 텐동이나 크림 파스타 같은 느끼한 요리도 곧잘 먹었고, 일이 바쁠 때면 피자나 샌드위치로 끼니를 때우자고 먼저 제안하기도 했다.

한 번은 회사 근처 딤섬집에 가 함께 점심을 먹은 적이 있었다. 오픈한 지 얼마 안 된 식당이어서 생각보다 웨이팅이 길었다. 추위가 일찍 몰려온 11월이었고, 숨을 쉬면 코끝이 시큰해질 만큼 날이 싸늘했다. 혹 수잔이 짜증을 낼까 조마조마하며 조심스레 자리를 옮기자고 얘기했다. 예상과는 달리 수잔은 산뜻한 톤으로 답했다.

됐어요. 나도 여기 와보고 싶었는데, 조금 기다리지 뭐.

그녀는 코트 주머니 깊숙이 손을 집어넣었다. 진 역시 빨개진 손을 호호 불면서 추위를 견뎠다.

식당 안은 따뜻했다. 적당히 뜨거운 재스민 차를 마시며 우리는 몸을 녹였다. 긴장이 풀렸고, 조금 지나자 몸도 정신도 나른해졌다. 그래서였을까. 주문을 마치기 전 수잔이 맥주를 마시자 권한 건.

괜찮을까요?

묻는 내게 수잔은 걱정 말라고 했다.

맥주 디스펜서까지 떡하니 들여놓은 회사잖아요. 밖에서 한잔했다고 뭐라고 하면 그게 더 이상하지. 안 그래요?

비밀스러운 작당이라도 벌이듯 우리는 맥주와 딤섬을 먹었다. 생각보다 잘 어울리는 조합이었다. 맥주를 마시다 말고 수잔이 내게 물었다.

알렉스, 동생 있죠?

저 외동이에요.

내 말에 수잔과 진이 눈을 동그랗게 떴다. 수잔이 말했다.

당연히 형제가 있을 줄 알았는데, 의외네.

네? 의외예요?

주변을 워낙 두루두루 잘 챙기잖아요. 진 처음 들어왔을 때도 알렉스가 챙겼잖아. 같은 팀도 아닌데.

그 말에 진이 고개를 주억였다.

맞아요. 요즘 젊은 사람들 중에 그렇게 하는 사람 잘 없어요. 우리 아들놈이 그 반만이라도 닮았으면 좋겠는데 말예요.

아들이 몇 살인데요?

수잔이 물었고, 진은 씹던 것을 서둘러 삼킨 뒤 답했다.

이제 막 대학 들어갔는데, 철들려면 한참 멀었어요.

두 사람은 한동안 자녀에 대한 이야기를 나누었다. 진은 아들이 용돈 필요하다는 것 외에 말을 거의 붙이지 않는다는 것을, 수잔은 공룡에 빠져 있는 다섯 살배기 딸에 대해 이야기했다. 자녀에 대한 대화를 나누며 두 사람 사이 공기는 한결 부드러워졌다.

진에게 자녀가 있다는 것은 짐작하고 있었으나, 수잔이 다섯 살 난 딸을 두었다는 건 그때 처음 알았다. 아이 얘기를 할 때의 수잔은 시니컬하지도, 염세적이지도 않았다. 아는 언니나 이모들이 으레 그러듯 딸의 관심사와 육아의 어려움을 시시콜콜 털어놓았다.

그거 알아요? 크롱도 공룡인 거? 우리 딸이 하도 떠들어대서 난 어떤 공룡인지도 외웠어요.

사적인 자리에서의 수잔은 밝고 에너지가 넘쳤다. 깐깐한 비관론자, 내가 익히 알고 있던 모습과는 정반대였다. 맥주를 반쯤 마신 뒤, 그녀가 내게 슬그머니 물어왔다.

우리 팀원들이 알렉스한테 내 뒷담화 하죠?

아니라고 얼버무렸지만, 표정은 숨겨지지 않았는지 수잔은 그런 것 같았다며 웃었다.

나도 이 회사 처음 들어왔을 때는 알렉스랑 비슷했어요.

저요?

항상 해맑잖아요. 일이 많아도 웃고, 사람들이랑도 가깝게 지내려고 하고요. 나도 그랬거든요. 근데 이 바닥에서 오래 구르다 보니 별수 없이 찌들게 되더라고요.

수잔은 초창기 자신이 얼마나 열정 넘쳤는지, 아이를 어린이집 종일반에 맡기고 출근을 하며 얼마나 자주 울었는지 술회했다. 살짝 오른 취기 때문인지, 나는 수잔에게 이렇게 질문했다.

근데 왜 아직까지 회사에 남아 있어요?

모르겠어요. 나 아직도 이 회사에 낙관을 품고 있는 건가?

그녀는 장난스레 덧붙였다.

에이, 상장되면 나한테 떡이라도 떨어질지 어떻게 알아. 맥스는 나한테 정말 잘해야 돼.

한창 수잔과 대화를 나눌 때, 진이 옆에서 아, 하고 큰소리를 내었다. 수잔도 나도 동시에 진을 쳐다보았다. 진은 얼굴을 붉히며 허둥지둥했다. 무언가 삼키려는 것 같기도 하고 뱉으려는 것 같기도 하고. 결국 입에 들어 있던 것을 꿀꺽 삼킨 뒤 그는 소룡포를 가리켰다.

이거요, 이거 전혀 예상치 못한 맛이어서요.

진의 엉뚱한 반응에 우리는 웃음을 터트렸다. 얇은 피를 톡

터트리면 육즙이 흘러나오는 소룡포를 하나씩 나누어 먹고, 맥주까지 비운 뒤 회사로 들어갔다. 기분 좋게 취한 채로 나란히.

투자처를 대상으로 한 사업 설명회를 준비하는 동안 우리는 자주 점심을 먹었다. 술을 곁들이는 날이면 일 얘기 대신 각자의 상황이나 사정을 조금씩 털어놓기도 했다. 이를테면, 자녀의 대학 등록을 두 달 앞두고 전 직장에서 퇴직을 권고받은 진의 후일담이나, 육아 휴직을 만들어달라고 맥스와 몇 번이고 대치했던 수잔의 조용한 투쟁 같은 것. 내 또래 직원들과는 나누지 못하는 이채로운 대화를 나는 그들과 나눴다. 직장 동료들의 축의금 액수로는 얼마가 적당할지 묻는 내게 수잔과 진은 인생 선배다운 태도로 조언을 해주었다.

친분이 있으면 10, 인사만 하는 사이면 5. 그 정도가 적당해요.

연어덮밥에 와인, 평양냉면에 소주, 떡국에 막걸리. 어울릴 것 같지 않으면서도 묘하게 어울리는 그것들을 먹고 마시며 우리는 차츰 가까워졌다. 여전히 서로를 본명 대신 영어 이름으로 부르고, 회사 밖에서 사적으로 만나지는 않았지만 야근을 할 때 커피를 나눠 마신다거나 회의를 할 때 시시한 농담을 주고받는 정도로 발전하기는 했다. 그런 느슨하고 편안한 관계에 나는 조금 들떴다. 그즈음에는 파티션에 붙여놓은 단체 사진을 봐도 씁쓸함이나 쓸데없는 자기옹호 대신 충만함을 느끼곤 했고.

그렇게 큰 차질 없이 사업 설명회를 마치고 결과를 기다렸다. 소서리 마을 재생 사업은 모두의 예상대로 무사 통과되었고, TF는 해체되지 않고 그대로 유지되었다. 기획을 맡은 진이 틈틈이 주민 대표 격인 권도우 씨와 연락을 취하며 관광 상품이나 브랜드 로고 시안에 대해 논의했다. 그때까지는 모든 게 무탈했다.

투자처에서 자금을 받아 본격적으로 사업을 시행해보려던 12월의 어느 날, 권도우 씨가 느닷없이 전화를 걸어 이 사업을 전부 무산시켜달라 통보해오기 전까지는.

*

권도우 씨의 통보가 있던 주에 회사에는 한 차례 소동이 일었다. 인사 담당자의 실수로 공문 첨부파일 대신 임직원의 상여금 내역이 전체 메일로 송부되었고, 그 과정에서 크고 작은 잡음이 발생했다.

나 역시 그 파일을 확인하고 크게 놀랐다. 그 안에는 진과 수잔의 상여금 내역도 깔끔히 정리되어 있었다. 주니어인 나는 그렇다 치더라도 시니어급인 수잔의 상여금이 그다지 큰 실적도 없는 진보다 적다는 게 좀 꺼림칙했다.

늘 셋이서 먹던 점심을 그 주에는 각자 해결했다. 수잔은 늘 자리에 없었고, 진은 속이 안 좋다며 급히 자리를 뜨곤 했다. 홀로 샌드위치를 먹으며 이 불안한 난국을 어떻게 해결할지 궁리했다. 모르는 척 쿠키라도 사들고 가 함께 먹자고 해볼까. 저녁 자리라도 만들어볼까. 아무리 머리를 싸매도 내 선에서는 적절한 대안이 떠오르지 않았다.

대안이 떠오르지 않는 건, 소서리 마을 재생 사업 역시 마찬가지였다. 하루는 점심 식사를 마치고 맥스의 방에 진, 수잔과 함께 모였다. 한 차례 폭풍우가 몰아친 뒤여서인지 분위기가 뒤숭숭했다. 평소 같으면 서로 눈인사라도 주고받았을 텐데 그날은 공기가 싸늘한 것이 춥다 못해 뼈까지 시릴 지경이었다.

연이어 닥친 불행에 전의를 상실한 듯 맥스는 맥없이 차만 들이켜고 있었다. 이미 소서리 사업 기획안이 통과된 상태였고, 주민들과 수익 배분 논의까지 전부 마친 뒤였다. 맥스는 이 사업이 무리 없이 진행될 것에 확신을 가지고 있었다. 나 역시 그랬다. 지금까지 쭉 그래왔으니까. 그런데 왜…….

말없이 차만 홀짝이던 맥스가 한참만에야 입을 열었다.

연달아 벌어진 일로 여러분의 심기가 상했다는 거, 잘 압니다. 저도 며칠째 잠을 못 잤어요.

간에 좋다는 연잎차를 거푸 들이켜며 맥스는 말을 이었다.

그래도 어쩌겠어요. 일은 해야 되잖아요. 안 그래요?

맥스는 한시라도 빨리 소서리에 내려가 보라고 권유했다. 이견을 달 여지가 없었다. 맥스의 말대로 권도우 씨와 마을 사람들을 회유해야 했다. 지원금을 받기 전이었다면 큰 문제가 되지 않았을 테지만, 이미 투자처에서 필요한 예산을 지급받은 상태였고 그중 일부는 사용하기도 했으니 여기서 포기할 수는 없었다. 다음 사업을 진행하는 데 있어 걸림돌이 될 게 뻔했으니까.

내일 아침 일찍 출발하는 것으로 하죠. 소서리로 가서 권도우 씨 좀 잘 설득해봐요.

맥스의 말에 진이 첨언했다.

그분 지금 거기 없다고 하던데요.

예? 그럼 어디 있는데요?

서울에요. 화곡동에 있다던데요.

왜…… 거기 있는 거죠?

진은 권도우씨가 한 말을 그대로 전했다. 그 마을에는 도저히 머물고 싶지 않아 서울로 올라왔다고, 다시는 소서리에 가고 싶지 않다고. 다들 어안이 벙벙해져 아무 말도 하지 못했다. 침묵과 정적. 진이 크게 한숨을 쉬었고, 수잔은 심드렁한 얼굴로 볼펜 끝을 딱딱 튕겼다. 이제 어떻게 해야 할까, 이대로 사업을 접어야 할까. 생각하고 있을 때, 심각한 표정으로 턱을 매만지던 맥스가 느닷없이 비장한 어투로 운을 뗐다.

우리 포지티브하게 생각합시다. 머스크가 그랬죠. 중대한 목표 앞에는 늘 역경이 있고, 어떤 역경이 있더라도 계속 시도해봐야 한다고요.

수잔이 나지막이 헛웃음을 터트리는데도 맥스는 아랑곳 않고 말을 이었다.

우리 권도우 씨를 찾아가봅시다. 애걸을 하든 복걸을 하든 어떻게든 쇼부를 봐야죠.

맥스는 진을 바라보았다.

진이 또 이런 분야에서는 전문가잖아요. 전에 다니던 회사에서 협상의 달인으로 불렸다면서요.

진이? 머릿속에 무수한 물음표가 떠다녔다. 협상이나 달인 같은 단어는 진과 잘 달라붙지 않았다. 의구심이 드는 와중에 진은 고개를 끄덕이며 그래요, 해봐야죠. 비장하게 답했다.

*

권도우씨와는 어렵게 연락이 닿았다. 화곡역 근처에 있는 협동조합 카페에서 만나기로 약속을 잡았고, 진, 수잔과 동행했다.

수잔은 따로 가자고 했지만, 진이 한 차를 타고 이동하는 게 더 나을 거라 부추겼다. 둘 사이를 봉합할 좋은 기회였다. 재빠르게 조수석 대신 뒷자리에 올라탔다. 수잔은 뒷좌석에 앉은 나와 빈 조수석을 번갈아보다 다소 어두운 표정으로 조수석에 앉았다.

수잔은 이동하는 내내 말이 없었다. 어색한 분위기를 누그러트리고자 그들에게 열심히 말을 붙였다. 상여금 이야기로 말의 타래가 이어지지 않도록 조심조심하며. 무얼 물어도 수잔은 묵묵부답 내지는 짧은 답으로 응수했다. 내 말에 반응해주는 건 진뿐이었다. 두서없이 말을 잇다보니 신조어에 관한 이야기로 화두가 옮겨졌고, 내가 이 단어를 아느냐 물으면 진이 맞추는 식의 대화가 이어졌다. 뇌피셜, 내로남불, 핫플, 츤데레. 진은 모르는 조어가 많았고, 나는 그에 흥미를 느끼며 이런저런 말들을 일러주었다.

갑분싸라는 말은 알아요?

말하고 나서 공연히 객쩍어져 수잔의 눈치를 살폈다. 수잔은 자는지 미동조차 없었다. 진이 룸미러로 나를 힐끗 보며 물었다.

모르겠는데요?

내가 그 뜻을 알려주자 진은 갑분싸, 갑분싸 하며 되새기다 반박자 늦게 웃음을 터트렸다.

그러는 와중에도 미세한 반응조차 없는 수잔이 못내 걸리긴 했지만, 권도우 씨를 만나 일을 잘 갈무리하면 그녀도 이 대화에 동참할 것이고, 우리 관계도 얼마간은 회복할 것이라 나는 조심스레 점을 쳤다.

역 부근 카페에서 만난 권도우씨는 그간의 심려를 증명하듯 눈에 띄게 수척해져 있었다. 그는 화곡동에 있는 아파트에 잠시 거주 중이라고 밝혔다. 형제나 부모의 집에 묵나보구나, 생각했는데 조금 이야기를 나누다 보니 그곳이 권도우 씨 소유의 집이라는 것을 알게 되었다.

이런 일 있을 때마다 한 번씩 쉬었다가요.

아이스커피를 한 모금 쭉 들이켠 뒤, 그는 덧붙였다.

이 집이 없었으면, 우리 가족은요. 거기서 숨도 못 쉬고 살았을 거예요. 우리뿐만이 아네요. 강규 선배도 그래서 소서리 뜬 거라고요.

강규 선배. 익숙한 이름이었다. 불현듯 소서리에 내려갔을 때 봤던 2층 가옥이 떠올랐다. 관리가 안 되어 다 허물어져가던 그 집. 권도우씨는 얼음을 와작와작 씹으며 그간 마을 사람들과 벌어진 갈등을 소상히 전했다.

권도우 씨와 그의 동기들이 귀농하기 전, 소서리에 먼저 내려와 터를 잡은 건 강규 선배였다. 강규 선배는 권도우 씨의 두 학번 선배로 사회운동을 하며 친해진 사이라고 했다.

선배가 정말 열심이었어요. 마을 살리기 운동도 오래 하고. 서울에서 교직 생활하던 사람이 소서리로 내려온 것도 다 그것 때문이고요. 뜻 있는 사람들끼리 모여서 이상적인 공동체를 만들자고 우리도 다 같이 내려온 거예요.

그는 소서리에 아버지로부터 물려받은 부지를 가지고 있었고, 권도우씨를 포함해 귀농을 염두에 두던 후배들은 그 땅을 헐값에 샀다고 했다.

사람이 좀 무른 데가 있었어요. 땅도 사람 봐가면서 제대로 된 값에 팔아야 하는데, 후배들 좋으라고 그걸 다 염가에 내놓은 거죠. 거기부터 시작이었어요.

소서리 부지는 6등분으로 나뉘어 후배들에게 분배되었다. 공평한 분배였고 처음에는 모두가 그에 만족했다. 사람 손이 닿지 않은 부지를 깨끗이 정비하고, 도에서 지원을 받아 베이커리와 슈퍼, 지역 신문사와 양조장을 세우고…… 그건 나와 진, 수잔도 익히 알고 있는 사실이었다. 마을 사람들이 협동해 소서리를 가꾸고 발전시키는.

권도우 씨가 말을 이었다.

그때부터 다들 돈맛을 본거죠. 많지는 않아도 사람들이 알음알음 관광도 하러 오고, 지원금도 들어오고. 돈 될 만한 요소가 많았으니까요. 그렇게 점점 판을 키우다 종국에는 자전거 도로까지 깔게 됐어요.

귀농인들과 달리 원주민들은 자전거 도로 포장을 반대했다. 이 시골에 자전거 도로가 과연 필요하냐는 것이 그들의 의견이었다. 멈춰 있던 정미소를 다시 운행하거나 쌀 가공식품을 연구하는 방향으로 국책사업을 추진하면 어떻겠느냐고 원주민들은 입을 모았고 강규 선배도 그에 동조했는데, 그러한 과정에서 두 갈래로 편이 갈렸다. 귀농인과 원주민으로. 강규 선배는 원주민 편에 섰다.

사람들끼리 싸우고 헐뜯고 난리가 났죠. 마을 회의를 소집해야 한다, 워크숍을 열자, 의견은 분분했는데요. 결국엔 자전거 도로 깔았어요. 저희가 땅을 6등분했잖아요. 땅 가진 사람들 결정권이 더 컸던 거죠.

그렇게 강규 선배의 부지를 뺀 나머지 땅에 도로를 깔았고, 그 과정에서 의가 상한 선배는 마을을 떠났다.

지금도 종종 들르긴 하는데 저희랑은 눈도 안 마주쳐요. 개 같은 놈들이니 뭐니 욕이나 하죠.

강규 선배가 떠나고 자전거 도로가 깔끔하게 포장되며 갈등은 종지부를 찍었다. 그것도 한동안이었지만. 소서리 마을 재생 사업을 추진하며 갈등은 다시 벌어졌다.

그래도 저희끼리는 합이 맞을 줄 알았어요. 다 같은 동기잖아요. 마을 재생 사업도 그래서 시작해본 거고요. 이번에는 원주민들하고 원만히 합의도 봤거든요. 그런데……

투자처에서는 6:4로 수익을 분배하길 원했다. 주민들에게 돌아가는 몫이 6이었는데, 그것을 주민들끼리 어떻게 나눌지 상의하다 감정의 골이 더욱 깊어졌다. 6등분한 땅 때문이었다. 정미소와 쌀 창고가 들어서 있는 부지의 소유주들은 커미션을 요구했고, 자신들 몫의 이익이 더 크지 않을 경우 숙박 시설을 짓지 않겠다고 선언했다. 정미소를 경계로 파가 갈렸고, 그 파에 속하지 않은 권도우 씨는 발언권을 잃었다. 강규 선배가 공정하게 나눈 땅이 도리어 관계를 악화시켰다고 권도우 씨는 주장했다.

이젠 아주 이골이 나요. 겉으로는 막역하고 허물 없어 보여도 속은 다들 썩어 있거든요. 저는요. 이제 그 동네 사람들이 제일 불편해요.

권도우 씨는 그들과 다신 얽히고 싶지 않다고 했다. 벌써 이런 일이 두 차례나 벌어졌는데, 또다시 허울 좋게 엮일 수 있겠느냐고 그는 격앙된 어조로 말을 쏟아냈다. 우리는 권도우 씨의 이야기를 그저 말없이 듣고만 있었다. 우호적으로만 보였던 소서리 사람들 간에 그런 갈등이 벌어졌다는 사실이 나는 좀 떨떠름했다. 한쪽의 얘기만 듣고 다른 쪽을 비판할 수 있는지, 이 사단을 어떻게 둥글게 처리할 수 있을지에 대해서도 곰곰이 생각했다. 방도가 보이지 않았다.

카페 안에 묵직하게 감돌던 침묵을 깬 사람은 진이었다.

도우 씨, 우리 나가서 담배 한 대 피우고 올까요? 열 좀 식히시죠.

권도우 씨는 망설이다 그러자고 했다. 두 사람이 겉옷을 챙겨 밖으로 나가고, 카페 안에는 나와 수잔이 남았다. 수잔은 무표정한 얼굴로 챙겨온 자료를 살폈다. 카페 안에 종이 넘기는 소리만 났다. 혹 상여금 문제로 여전히 기분이 상해 있는 것은 아닌지 마음이 조마조마했다. 눈치를 보며 수잔에게 말을 붙였다.

권도우 씨 말예요. 괜찮을까요?

뭐가요?

가족 같다고 했잖아요. 소서리 사람들끼리. 그런데 이렇게 사이가 벌어져서…….

수잔은 자료에 시선을 고정한 채 차갑게 말했다.

애초에 이상적인 관계가 어디 있겠어요. 다 환상이죠.

조금 뒤, 권도우 씨와 진이 카페 안으로 들어왔다. 권도우 씨의 표정은 아까와는 달리 한결 밝아져 있었다. 그는 진을 향해 이것저것을 물었다. 계약서에 명시된 조항이나 수익 분배에 관해.

형님, 그럼 수익을 더 나누어주지 않아도 된다는 거죠?

그럼, 여기 계약서 하단을 살펴보면…….

밖에서 무슨 이야기를 나눈 건지 두 사람은 어느새 형 동생 하는 사이로 변모해 있었다. 진은 계약서를 일일이 짚으며 마을 사람들의 폐단과 결점에 대해 논했다. 수잔과 내가 끼어들 틈은 없었다. 이익과 손해를 가차없이 따지는 진은 그간 내가 알았던 그와는 사뭇 달랐다. 소룡포를 먹으며 엉뚱한 소리를 늘어놓고 허허, 사람 좋게 웃던 그와는.

대화가 어느 정도 마무리되어갈 무렵, 진이 말했다.

오늘은 이쯤에서 정리하자고. 필요한 것 있으면 언제든 연락해. 내 명함 받았지?

권도우 씨가 짐을 챙기며 물었다.

근데 형님, 명함에 직급이 안 적혀 있던데, 이 회사는 그런 게 따로 없나요?

우리는 직급 대신 서로를 닉네임으로 부른다고, 수평적 체계에 따른다고 말하려는데, 진이 아무렇지 않게 권도우 씨의 말을 받았다.

아, 이쪽은 대리, 저쪽은 이번에 들어온 사원, 나는 부장이야.

그 말에 아연실색해졌다. 진의 한마디에 직급이 정해지고 서열이 나뉘었다. 수잔이 어처구니없다는 얼굴로 진을 바라보았다.

무슨 소리예요?

진은 조용히 넘겨달라는 듯 눈짓했지만, 수잔은 그것을 무시하고 말을 이었다.

아까부터 얘기하고 싶었는데요. 왜 이런 식으로 일을 처리해요?

예상외의 상황에 권도우 씨는 어리둥절해 보였다. 진은 허허, 웃음을 터트리며 상황을 무마하려 했지만, 수잔은 기세를 굽히지 않았다. 그녀는 손쉽게 문제를 해결하려는 진의 태도를 지적했다. 다른 대안을 찾을 수 있는데 왜 격을 나누고 갈등을 부추기며 마을 사람들을 갈라놓는 거냐 쏘아붙였다.

이게 진이 말하는 협상이에요? 이렇게 하면 안되는 거잖아요.

그녀는 소서리 사람들을 모아 입장을 모으고 제대로 수익을 분배해야 한다고 주장했다. 그런 수잔의 말을 가만히 듣다 진은 한마디 했다.

저, 상여금 때문에 그래요? 그것 때문에 감정이 쌓인 거예요?

수잔의 얼굴이 붉어졌다. 그녀가 한숨을 쉬었다.

그게 아니잖아요. 여기서 그 말이 왜 나와요.

한동안 침묵이 흘렀다. 이럴 때 나는 누구의 편에 서야 하는 걸까, 어떤 태도를 취해야 하는 걸까, 생각했다. 괴괴함이 흐르는 가운데 진이 나지막이 중얼거렸다.

갑분싸네, 이거.

이전 같았으면 진의 생뚱맞은 반응에 누구라도 웃음을 터트렸을 텐데, 그날은 아무도 웃지 않았다.

*

여섯 번째 사내 소통의 날은 그로부터 한 달 뒤에 열렸다. 새해가 되었으니 맛집 기행을 하자는 구실로 맥스를 포함한 전 직원이 회사 앞 딤섬 집으로 향했다. 진, 수잔과 함께 온 적 있는 그 딤섬 집이었다.

맥스는 한 해 동안 수고가 많았다며 오늘만큼은 마음 놓고 먹고 마시라 전했다. 상여금 문제로 뒤숭숭했던 지난날은 모조리 청산한 듯 둥근 회전 테이블에 삼삼오오 둘러 앉아 음식과 술을 시켰다. 내가 앉은 자리에는 진과 맥스도 끼어 있었다. 두 사람은 화기애애하게 웃으며 소서리 건에 대해 이야기를 나누었다. 소서리 마을 재생 사업은 무사히 갈무리되었다. 맥스는 진의 갈등 해결 능력을 칭찬했고, 진은 맥스의 술을 받아 마시며 허허, 웃었다. 90년생인 맥스와 그보다 족히 서른 살은 많은 진. 그 둘을 보고 있자니 기분이 묘해졌다. 어색하기도 했고. 그러한 감정은 이 자리에 없는 수잔 때문에 비롯된 것 같기도 했다.

소서리 일을 갈무리하기 전, 수잔은 퇴사했다. 육아 때문이라고 듣기는 했지만, 정말 그런지는 확실치 않았다.

수잔이 퇴사를 하기 전, 그녀에게 같이 커피를 마시지 않겠느냐고 권한 적이 있었다. 이전에 벌어진 일들에 대해 허심탄회하게 이야기하고 싶었고, 마음에 뭉쳐 있는 것들을 풀고 싶었다. 하지만 수잔은 고개를 가로저었다. 나에게만 들릴 정도로 그녀는 조용히 속삭였다.

알렉스, 너무 애쓰지 마요. 애쓰면 더 멀어져.

술이 나오고 맥스가 건배를 제안했다. 잔을 부딪치려던 순간, 맥스가 그래도 건배사는 해야 하지 않겠느냐고 물었다. 주저하는 직원들 틈에서 진이 얼마 전 재미있는 건배사를 알아왔다며 같이 해보자 권유했다.

소통과 화합이 제일이다! 줄여서 소화제, 어때요?

……그럴까요?

맥스는 영 내키지 않는 기색이었지만, 진의 추진으로 그 낡은 멘트를 외쳤다. 소화제! 잔 부딪치는 소리가 크게 났다. 가게 안은 따뜻했고, 맥주는 시원했다.

한동안 사람들과 섞여 시시한 이야기를 나누다 소룡포를 입에 넣었다. 입안에서 얇은 피가 터지며 뜨거운 육즙이 흘러나왔다. 화들짝 놀라 주변을 둘러보았다. 다들 서로의 그릇에 음식을 덜어주고, 술잔을 채워주며 소리 내어 웃고 있었다. 온정이 흘러넘치고 우호적인 분위기가 감도는 그 안에서 나는 데일 듯 뜨거운 딤섬을 차마 삼키지도 뱉지도 못한 채, 그대로 머금고 있었다.

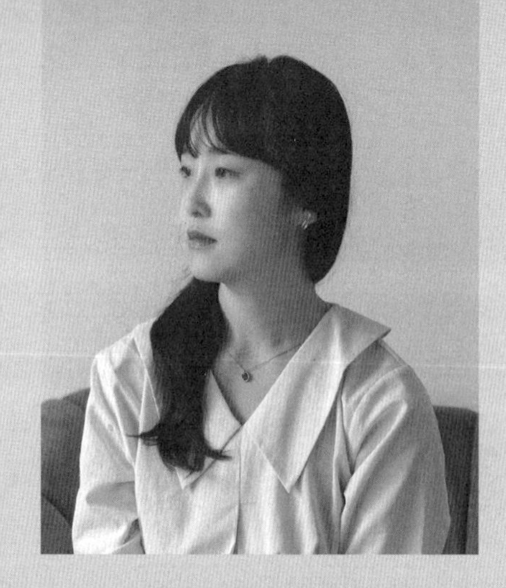

송재영

'타라재이'라는 필명으로 활동하며 잊힌 공간과 표류하는 사람들의 서사를 쓴다. 2021년 제5회 추미스 공모전에서 장편소설 《알렉산드리아 뇌》가 선정되어 카카오페이지에 연재 중이다. 100년 된 타자기로 따사로운 이야기를 세상에 전하는 유랑기억보관소 프로젝트를 진행하며 사람들의 기억을 보관하는 메모리키퍼로 활동 중이다.

붉은 공

송재영
小說家

'역시 피츠버그는 양키스에게 안 되지.'

국용의 입가에 미소가 번졌다. 20년간 승률 5할을 넘겨보지 못한 피츠버그와 MLB 최고의 명문구단 양키스의 대결이라니. 처음에는 너무 쉬운 베팅이라고 생각했는데, 경기 중반 즈음 되니 오늘은 쉽지 않겠다고 생각했다. 그러나 모든 것이 기우였다. 9회 말, 4:8로 양키스가 지고 있는 상황에서 애런 저지가 시원하게 만루 홈런을 때려주었다. 국용은 기분 좋게 자리에서 일어나 스포츠토토 판매점으로 향했다. 그는 10만 원이 좀 안 되는 수령액을 주머니에 찔러 넣고 가게 문을 나섰다. 오늘 저녁에는 찬숙의 눈치를 보지 않고 동네 친구를 불러다가 술을 한잔 살 수 있을 것이다. 국용은 주머니를 뒤져 담배를 찾았다. 호주머니에서 담배를 꺼내 입에 무는 순간, 머릿속에서 '번쩍'하고 무언가 지나갔다. 투-웅, 투-둥, 퉁퉁퉁퉁. 또 그 소리가 들렸다. 국용의 손에서 천천히 담배가 빠져나갔다.

두통이 시작된 것은 사흘 전이었다. 두통보다 근육통에 익숙한 인생을 살아왔던 국용이기에 갑작스레 시작된 두통에 겁부터 덜컥 났다. 요 며칠 그가 주로 검색한 단어는 뇌질환, 뇌종양, 뇌출혈,

뇌수막염 같은 단어들이었다. 이 무시무시한 질병의 초기증상은 모두 두통이었다. 병이 진행됨에 따라 신체 국소적 부위가 마비되고, 시야가 흐려지는 등의 증상이 이어진다고 했다.

국용은 얼마 전부터 웃을 때마다 왼쪽 얼굴 근육이 뻣뻣했던 것이 기억났다. 가끔 눈앞이 뿌옇게 보이기도 했다. 뇌와 관련한 모든 병리적 증상들이 마치 자신의 것처럼 느껴졌다. 진실을 확인하는 게 두려워 병원 근처에는 가지도 못했다. 잘 나가는 사모님이 될 뻔했다가 무능한 남편 탓에 억척스럽게 변한 아내는 그렇다 쳐도, 아이들이 눈에 밟혔다. 좋은 아빠가 되고 싶었는데, 하고 싶다는 건 원 없이 하게 해주고 싶었는데…….

국용이 아이들을 위해서 할 수 있는 유일한 일은 집에서 '투명인간'이 되는 것이었다. 7년 전, 아내 찬숙이 이혼서류를 내밀었을 때 국용이 제안한 조건이었다. 무능한 아빠지만, 아이들이 커가는 모습만은 옆에서 지켜보게 해달라고 애원했다. 찬숙은 '아이들이 다 클 때까지만'이라는 단서를 달았다. 그날 이후 국용은 집에서 존재감이 없는 사람으로 지내기 시작했다. 돈은 못 벌어다줘도, 스포츠토토와 배트맨, 사설 스포츠 베팅 사이트에서 쓸 만큼의 용돈은 자급자족하면서 지냈다. 찬숙은 국용에게 주기적으로 "제대로 된 일을 해보라"는 잔소리를 했다. 그러나 국용은 귓등으로도 듣지 않았다. 이유를 물어도 임기응변으로 대처할 뿐이었다. 이를테면, 감기 기운이 있다거나 경기가 좋지 않다거나, 이번 명절이 지나고 일거리를 찾아본다는 핑계를 댔다.

"얼마 전에 어린이 야구교실 코치로 와달라고 연락 왔던데, 그 일도 걷어찰 거야?"

국용은 듣는 둥 마는 둥 대답했다.

"그런 건 내 적성에 안 맞아."

찬숙은 한숨을 푹 쉬었다. 그녀의 다음 대사는 언제나 "저 웬수 같은 인간"이었다. 이어 한 맺힌 레퍼토리가 시작되었다. 식도 못 올리고 말도 안 통하는 미국에서 첫째 현수를 낳은 이야기부터, 시동생 학비 뒷바라지에 모아둔 돈 하나 없이 빈털터리로 한국에 돌아온 과정까지. 찬숙은 언제나 똑같은 대목에서 목소리가 커졌고, 눈물이 그렁해졌고, 마지막에는 제풀에 꺾여 뜨거운 콧김만 훅훅 내뿜었다.

국용은 학창 시절 광주제일고등학교의 에이스였다. 고등학교 1학년 겨울방학부터 이미 '더티볼'이라고 부르는 독보적인 변화구를 구사하기 시작하며 전국고교야구대회에서 MVP를 두 번이나 받은 괴물 신예였다. 대학교 야구 코치들은 그에게 찾아와 전액 장학금은 물론 최고의 대우를 약속했다. 프로로 계약을 원하는 구단도 있었다. 그러나 국용은 모든 제안을 물리치고 비행기에 몸을 실었다. 고등학교를 갓 졸업한 신인선수에게 마이너리그 더블 A라는 제안은 좋은 조건이었다.

아칸소 트래블러스. 국용을 지목한 팀은 메이저리그에서 유일하게 월드 시리즈 진출을 하지 못한 시애틀 매리너스의 더블 A 팜팀이었다. 시애틀 매리너스는 1991년 닌텐도 아메리카가 구단주로 자리 잡으며 1995년, 1997년 서부지구에서 우승을 하고 2001년에는 메이저리그 역대 한 시즌 최다 우승기록을 세웠지만 이후 가을 야구를 해본 적이 없는 팀이었다. 주변 사람들은 국용이 왜 하필 미국의 최약체 구단의 더블 A팀과 첫 계약을 맺었는지 궁금해했다. 용의 머리에 올라타기 위한 고도의 작전이냐고 묻는 사람도 있었고 한 살이라도 젊을 때 넓은 세상으로 나아가야 한다고 하는 사람도 있었다. 그러나 모두들 모르고 하는 소리였다. 그가 아칸소 트래블러스에 입단한 이유는 단 하나. 아버지 때문이었다.

나라 국(國)에 용 용(龍). 아버지 한정수는 아들의 이름을 국용으로 지을 때부터 그가 고위공무원이 되기를 바랐다. 정수가 생각하는 고위공무원이란 법관이나 경찰, 행정 사무원으로 7급 이상 공무원을 뜻했다. 그러나 뜻밖에도 국용은 야구를 하겠다고 했다. 정수는 아들의 고집을 꺾을 수 없다는 것을 알고 있었다. 아들이 야구특기생이 되는 것을 말리지는 못했지만, 그렇다고 응원을 하지도 않았다. 국용은 그런 아버지가 미웠다. 야구 글러브는커녕 선수용 양말 한 짝을 사준 적이 없는 것이 학창시절 내내 서운했다. 모든 게 무능한 아버지와 대를 이어 물려받은 가난 때문이라고 여겼다. 그는 천재로 불려야 했다. 실력 하나로 모든 것을 얻어내야 했다.

'비운의 천재' 한국용이 되기 위해 그는 사람들이 보지 않는 곳에서 피나는 연습을 했다. 그 결과 국용은 자신의 손끝에서 탄생한 더티볼 하나로 장학금을 받아냈고, 야구 장비를 무료로 지원받았으며 미국행 비행기 티켓까지 거머쥐었다. 무능한 아버지를 대신해 자신의 인생을 구원해줄 것은 야구뿐이라고 생각했다. 그러나 호기롭게 떠난 미국생활은 녹록지 않았다. 그는 자신의 신체적 한계를 정확히 알게 되었고, 그건 노력으로 극복 불가능한 일이었다. 마이너리그 생활은 견딜 수 없이 외롭고, 무료했다. 1~2년이면 메이저리그로 갈아탈 수 있으리라 자부했지만, 목표는 점점 멀어져갔다. 결혼식도 못 올린 상태에서 찬숙은 임신을 했고 국용은 돈이 필요했다. 브로커는 그에게 말했다.

"온리 디스 원 타임. 잇 이즈 저스트 마이너리그."

국용도 그렇게 생각했다. 1회 초 볼넷은 보통 승부에 영향을 미치지 않았다. 그저 더티볼의 운명을 미리 정하고, 베팅사이트에 돈을 맡겨둔 가벼운 게임이라고 생각했다. 그러나 생애 단 한 번의 불법 베팅은 치명적이었다. 구단 측에서는 코치진과 불화를 이유로 계약을 파기한다고 공표했지만, 알 만한 사람들은 이미 다 알고 말았다. 비운의 천재 한국용, 마이너리그에서 불법 승부조작으로 퇴출.

야구는 더 이상 국용의 인생을 구원해주지 못했다. 그의 더티볼은 상대를 두려움에 떨게 하는 너클볼의 일종이 아닌, 승부조작에 쓰였던 더러운 공이 되었다.

"으-윽."

국용은 발걸음이 무거워지고 눈앞이 아득해졌다. 그는 한 발짝도 더 내디딜 수 없었다. 바닥이 천천히 수직으로 올라왔다. 차가운 콘크리트가 그의 뺨에 닿았다. 털썩. 국용은 그대로 쓰러졌다.

'이게 내 인생의 마지막 순간인가.'

죽기 직전 삶이 주마등처럼 지나간다고 하는데, 진짜였다. 국용의 눈앞에 인생의 장면들이 빠르게 지나갔다. 초등학교 시절, 친구 집에 놀러갔다가 야구 글러브를 처음으로 껴보고 느꼈던 이상한 전율, 피나는 노력 끝에 더티볼을 완성했을 때의 환희, 전국고교야구대회 MVP 시상대에 오르던 순간의 떨림, 미국행 비행기에 올라탔을 때의 설렘……. 그뿐만이 아니었다. 선수시절 오랫동안 상상해왔던 미래 청사진도 눈앞에 생생하게 나타났다. 메이저리그 선발투수로 마운드에 서는 국용, 메이저리그 최우수 선수상을 받고 기뻐하는 모습, 비버리힐즈 대저택에서 세계적인 셀럽을 초대해 파티를 하는 장면, "아빠가 최고예요, 존경해요, 아빠!" 하며 자신의 목을 끌어안는 아이들, 그 모습을 흐뭇하게 지켜보는 아내 찬숙이…….

국용은 눈을 감으며 중얼거렸다.

"그 볼넷만 들키지 않았으면, 지금쯤……."

그때였다. 무언가 몸에서 쑥 빠져나가는 느낌이 들었다.

투-웅, 투-웅, 투퉁, 뚜르르르릉. 붉은 실로 꿰맨 낡은 야구공이 그의 머리에서 튕겨져나왔다. 야구공은 바닥에 닿자마자 둔탁한 소리를 내며 한두 번 낮게 튀어 오르다가 멈췄다. 그러고는 붉은 실밥이 벌어진 틈에서 한 가닥 연기가 피어올랐다. 연기는 세필이 지나가듯 섬세하게 사람의 형상을 그려냈다. 희미했던 실루엣은 점점 선명해지더니 여자의 모습으로 변해갔다. 국용은 미간을 찌푸리며 간신히 눈을 떴다. 뿌옇게 번진 그의 시야에 가장 먼저 들어온 것은 여성의 하얀 종아리였다. 종아리는 공중에 둥둥 떠 있다가 안전하게 지상으로 착륙했다.

'정말 죽은 건가?'

국용은 눈물이 차올랐다. 가족에게 마지막 인사도 제대로 전하지 못하고 온 것이 못내 아쉬웠다. 아무리 투명인간 취급을 해도 아이들에게 따뜻한 말 한마디라도 더 해줄걸, 스포츠토토로 번 돈으로 친구들에게 술을 사는 대신 찬숙이 립스틱이라도 사줄걸. 아직 젊으니까 나 같은 놈 잊고 재혼해서 잘 살라고 말해줘야 했는데.

눈물은 콧대를 가로질러 바닥으로 흘러내렸다. 흑흑, 국용이 흐느끼고 있는데 검정 구두를 신은 여성의 다리가 점점 가까워졌다. 국용은 마른침을 꼴깍 삼키며 눈을 끔뻑였다. 여자는 국용 앞에 몸을 웅크리고 앉았다. 붉은색 원피스 끝자락이 바닥에 살포시 닿았다.

'누, 누구지? 저승사자인가? 그런데, 빨간 옷을 입은 저승사자도 있나?'

국용은 눈을 꼭 감고 죽은 척을 했다. 아니, 죽었으니까 죽은 채로 있었다. 그때였다. 찰싹. 여자가 국용의 뺨을 야무지게 때렸다.

"아얏!"

국용이 깜짝 놀라 눈을 떴을 때, 여자의 손바닥이 또다시 날아오고 있었다.

"잠깐! 머, 멈추라고!"

국용이 소리쳤다.

여자가 국용의 눈앞에 얼굴을 들이밀었다. 하얀 피부에 귀 밑에서 댕강 자른 단발머리, 검정색 클로슈 모자를 쓴 앳된 여성이었다. 그녀는 국용을 내려다보며 걱정스러운 눈빛으로 물었다.

"정신이 좀 들어?"

국용은 정신을 차리고 자리에서 일어났다.

"저승사자가 고객을 함부로 때려도 되는 거야?"

국용은 몸에 묻은 흙을 털면서 투덜댔다.

여자는 국용의 코앞에 얼굴을 다시 들이밀며 물었다.

"저승사자라니, 내가 그렇게 보여?"

그녀는 까르르 웃음을 터뜨렸다. 국용은 여자를 수상한 눈빛으로 훑어보았다.

"그럼 아니야?"

국용은 무심코 주위를 둘러보았다. 맞은편 가게 유리문에 자신의 모습이 반사되어 보였다. 순간, 국용의 눈이 커졌다. 그는 두 손으로 자신의 얼굴과 가슴, 두 다리를 더듬거렸다.

"어? 나, 죽은 거 아니야?"

여자는 국용의 시선을 따라 고개를 돌렸다. 유리창에 비친 사람은 오로지 국용 한 사람뿐이었다. 여자는 다시 고개를 돌려 국용의 눈을 똑바로 쳐다보았다.

"아직은."

***

두 사람은 공원으로 향했다. 인적이 드문 벤치에 나란히 앉았다. 국용은 도무지 믿기지 않는 눈빛으로 물었다.

"정말 이 안에 사는 거야?"

국용이 오래된 야구공을 쳐다보며 물었다. 여자는 말없이 고개를 끄덕였다.

"그러니까 너는 이 공에 붙어 있는 혼령이라는 건데……. 왜 내 앞에 나타난 거지? 저승사자도 아니라면서."

국용은 야구공을 집어 들었다. 여자가 야구공을 쳐다보자, 순간 야구공이 사라졌다. 깜짝 놀란 국용이 여자를 쳐다보자, 어느새 여자가 야구공을 손에 쥐고 있었다.

"이건 내가 만들어낸 기억의 형상일 뿐이야. 그래서 아저씨를 찾아온 거고. 도와달라고."

"도와달라고?"

그녀는 자신의 이름도, 나이도 잊어버렸다고 했다. 어디에서 어떻게 죽었는지도 몰랐다. 다만, 소멸되기 직전 야구공을 떠올렸다고 했다. 그녀가 혼령이 되어 정신을 차렸을 때 유일하게 기억하는 것이 이 야구공이었다. 국용은 여자의 손에서 바닥으로 떼굴떼굴 굴러간 야구공을 쳐다보았다. 꼬질꼬질하게 때가 묻은 공은 몇 번이나 덧대었는지 모를 정도로 여러 번 붉은 실로 꿰맨 자국이 있었다. 실밥이 터진 자리에는 검정 색깔의 고무가 애처롭게 속살을 드러내고 있었다.

"도와줘."

소녀의 커다란 눈망울이 처연하게 흔들렸다. 국용은 잠시 그녀의 눈빛에 마음이 약해졌다. 그러나 길에서 죽다 살아난 마당에 공에 붙은 귀신의 소원이나 들어주고 있을 시간이 없었다. 아직 못해 본 일도, 해야 할 일도 많이 남아 있었다. 오늘 새벽에 있을 MLB 경기에 아직 베팅을 하지 못했다.

"내가 왜 그래야 하지?"

국용은 자리에서 일어났다.

"난 이만 가봐야겠어."

처음에는 태연하게 걷기 시작했지만, 점점 속도를 붙였다. 방금까지 이야기를 나눈 상대가 사람이 아닌 귀신이라는 사실이 새삼 섬뜩했다. 그때였다. 국용의 귓가에 "삐-익" 하고 이명이 들렸다. 또다시 눈앞이 흐려지고, 다리에 힘이 풀렸다. 국용은 그 자리에서 쓰러졌다.

국용은 사방이 하얀 무의식의 공간에 서있었다. 퉁퉁 투-웅 멀리서 거대한 야구공이 그를 향해 날아왔다. 국용은 냅다 뛰기 시작했다. 가까스로 하나의 야구공을 피하면, 그다음은 두 개, 세 개의 야구공이 날아왔다. 머리는 깨질 것 같았고, 심장은 터질 것 같았다. 그러다 문득, 이 모든 게 그 여자에게서 비롯되었다는 생각이 들었다.

'그러니까, 이 빌어먹을 두통이 야구공에 깃든 혼령 때문에 생긴 거였어?'

국용은 어금니를 꽉 깨물고 자리에 딱 멈춰 섰다. 그는 천천히 고개를 들고 허공을 향해 말했다.

"오케이. 원하는 게 뭐야?"

순간, 날아오던 야구공이 멈췄다. 투-웅, 투-웅, 투퉁, 뚜르르르릉. 투-웅, 투-웅! 투-웅, 투-웅! 수십 수백 개의 야구공이 빗방울처럼 바닥으로 떨어졌다. 국용은 현실로 돌아와 눈을 떴다.

여자의 요구는 간단했다. 붉은 공을 찾아달라는 것이었다. 그렇게만 해준다면, 더 이상 국용을 괴롭히지 않겠다고 약속했다. 붉은 공의 비밀을 알게 되면, 자신이 누구인지, 왜 죽었는지 알 수 있을 것 같다고 했다. 구천을 떠도는 게 지겨워서 이제 다른 인생을 살아보고 싶다고도 했다. 국용에게는 선택의 여지가 없었다. 두통을 멈추는 방법은 빨간 원피스를 입은 공 귀신을 머릿속에서 쫓아내는 것뿐이었다. 그런데 도대체 이 여자가 말하는 붉은 공을 어디에서 찾는단 말인가. 그녀가 기억하고 있는 것이라곤 낡은 야구공에 붉은 실로 여러 번 가죽을 덧대었다는 사실뿐이었다.

"그냥 좀 오래된 야구공 같은데, 왜 붉은 공이라고 부르지?"

국용이 물었다.

"모르겠어. 예쁘잖아, 붉은 공."

여자는 자신의 공을 쓰다듬으며 말했다. 그녀는 마치 갓 태어난 새끼 강아지를 쓰다듬듯 공을 소중히 다루었다. 국용은 그녀의 행동을 이해할 수 없었지만, 어쨌든 평범한 공은 아니라는 뜻 같았다. 그녀는 붉은 공을 찾을 때까지 국용 옆에 붙어 있겠다고 했다. 단서가 될 만한 새로운 기억이 떠오를지 모른다는 게 명분이었지만, 실상은 국용의 일거수일투족을 감시하겠다는 뜻이었다. 족쇄였다. 국용은 그 제안을 받아들였다. 어쨌거나 이 여자가 자신의 옆에 있는 이상, 두통으로 고통받을 일은 없을 테니까.

"같이 다니려면 이름 정도는 알아야 하는데."

"말했잖아, 기억나지 않는다고……."

그녀는 먼 곳을 쳐다보았다. 국용은 고개를 들어 그녀의 옆모습을 바라보았다. 하얀 피부에 붉은 입술, 귀 뒤로 단정하게 빗어 넘긴 단발머리, 말끔한 옷매무새가 인상적이었다. 길에서 보면 귀신이라고 전혀 느낄 수 없는 외모였다. 그저 붉은 공을 애기처럼 쓰다듬는 모습이 이상하게 보일 뿐이었다.

"홍구신 어때?"

"홍구신? 이름이 뭐 그래? 이름 없는 귀신이라고 아무 거나 갖다 붙이는 거 아니야?"

여자가 인상을 찌푸렸다.

"아니, 아니, 그게 아니고……. 붉을 홍에 구슬 구, 여신 신을 써서……."

국용이 생각한 홍구신의 진짜 뜻은 '붉은 공 귀신'이었지만, 그는 굳이 그런 것까지 말할 필요는 없다고 생각했다. 어쨌든, 이 이름을 부를 사람은 국용밖에 없었다. 여자가 원하는 붉은 공을 찾게 되면 이 귀신과도 굿바이였다. 여자는 국용의 작명 실력이 마음에 들지 않았지만, '붉은 구슬 여신'이라는 뜻풀이가 나쁘지만은 않다는 듯한 얼굴이었다.

"좋아. 내 진짜 이름을 찾을 때까지만."

그녀는 고개를 끄덕이며 자리에서 일어났다.

"어디 가?"

국용이 구신을 올려다보며 물었다.

"약속을 했으면 지켜야지!"

구신이 앞장서서 걷기 시작했다. 국용이 꾸물거리자, 저만치 앞서 가던 구신이 뒤를 돌아보며 소리쳤다.

"혼령이 한을 품으면 어떻게 되는지, 아직 덜 보여줬나?"

구신이 미간을 찌푸렸다. 국용은 자신의 머리를 감싸 쥐었다. 그러고는 "간다고 가!"하면서 그녀의 뒤를 따라 걷기 시작했다.

***

"아직도 생각나는 게 없어?"

국용이 물었다. 뜨거운 태양 아래, 국용의 몸은 녹초가 되었다. 두 사람은 반나절 내내 걷기만 했다. 어디로 가야할지, 누구를 만나야 할지 모르는 상황에서 목적지 없이 걷는 일은 지루하고 피곤한 일이었다. 국용은 배가 고파왔다. 그때 익숙한 간판이 눈에 띄었다. 누런 바탕 위에 '창억분식'이라고 이름 적힌 간판이었다. 손으로 오려 붙인 듯 자음과 모음의 길이 비율이 맞지 않아 오히려 눈길을 끌었다. 국용은 가던 길을 멈추고 가게 안으로 불쑥 들어갔다.

"도저히 못 참겠다."

"어, 어디가!"

구신이 국용의 뒤를 좇아갔다. 국용은 일단 어묵꼬치부터 집어 들었다. 번뜩이는 눈빛으로 "후우, 후우" 입으로 바람을 불어 한 김 식힌 후, 야무지게 베어 물었다. 그는 입에 어묵을 가득 문 채로 "사장님, 여기 떡볶이 1인분이랑 김밥 한 줄이요" 하고 말했다. 걸쭉한 소스가 묻은 빨간 떡볶이가 군침을 돌게 했다. 구신은 떡볶이를 유심히 쳐다보며 물었다.

"떡볶이? 볶았는데 왜 이렇게 빨개?"

구신은 원숭이 엉덩이 색깔을 묻는 어린아이 같았다. 국용이 떡볶이를 꼬치로 집어 입에 넣으며 물었다.

"이런 거, 처음 보나?"

"한입 먹어볼 수 있을까?"

구신은 좌르르 윤기가 흐르는 떡볶이를 신기하게 쳐다보았다. 그러고 보니 그녀가 입고 있는 의상이 조금 특이했다. 짧은 챙이 달려 귀를 반쯤 덮는 복고풍 모자에 무릎을 가리는 빨간색 원피스, 흰 양말에 검정 구두. 국용은 여자들 사이에서 유행하는 패션에 대해 잘 몰랐지만, 그녀가 입은 옷은 적어도 평범해 보이지는 않았다. 낡은 야구공에 깃들어 살면서 떡볶이를 처음 보는 빨간색 원피스를 입은 혼령.

국용은 떡볶이 한 점을 나무젓가락으로 집어 들어 구신에게 내밀었다.

"자!"

구신은 군침을 삼키고 입을 쫙 벌렸다. 떡볶이의 단내가 코끝에서 어른거리는 듯했다.

"어-어!"

그런데 순간, 국용의 손에 힘이 풀리고 젓가락 사이에 물려 있던 떡볶이가 바닥에 떨어졌다.

"아저씨, 지금 뭐 하는 거야?"

구신이 발끈했다.

"아니, 그게 아니고……."

"아이참, 아까워서 이걸 어째?"

구신이 바닥에 떨어진 떡볶이를 쳐다보며 말했다. 그때, 국용의 귀에 들어온 말이 있었다.

—광주고등보통학교에 야구부가 신설된 것은 개교한 지 3년째 되던 해인 1923년도였습니다. 재광 일본인 선발팀인 '스타'팀과 역사적 경기가 벌어진 것은 1924년. 즉, 광주고보학생들이 야구를

접한 지 1년밖에 되지 않은 시점이었는데요…….

라디오에서 흘러나오는 인터뷰의 일부였다. 국용은 고개를 들고 핑거스냅을 탁 쳤다.

"실마리를 찾은 것 같아."

"어?"

구신은 국용의 눈빛이 반짝이는 것을 보았다.

"어쩌면 예상보다 빨리 붉은 공을 찾을 수 있을 것 같기도 하고."

구신이 눈을 크게 뜨고 국용의 코앞에 바짝 다가와 물었다.

"정말이야?"

***

광주고등보통학교는 광주제일고등학교의 전신이었다. 광주의 야구 명문, 아니 대한민국에서 손에 꼽히는 야구 명문이라고 할 수 있었다. 무등산 폭격기 선동열, 바람의 아들 이종범은 한국야구의 역사를 쓴 전설이 되었다. 미국 메이저리그에서 선수생활을 했던 서재응, 한국 역사상 유일하게 메이저리그 우승 반지를 두 개나 가지고 있는 김병현도 광주제일고등학교 출신이었다. 광주제일고등학교를 줄여 광주일고라고 부르는데, 광주일고의 전신인 광주고등보통학교는 줄여 광주고보라고 불렸다. 국용의 모교이기도 했다.

"그러니까, 네 모교에 붉은 공이 있을지도 모른다는 거야?"

구신이 물었다. 국용은 자신이 왜 진작 그 생각을 하지 못했는지 원망스러울 정도였다.

"모르긴 몰라도, 광주에서 야구 하면 광주일고, 광주일고 하면……."

"광주일고 하면?"

구신은 뒤에 이어질 말을 기다렸다. 20년 전이라면 "광주일고 하면 한국용이지!" 하고 당당하게 답했을 터였다. 그러나 그 시절의 영화는 지나간 지 오래였다.

"광주일고 하면, 광주학생독립운동역사관이 있다고."

"무슨 관?"

당시의 기록이 남아 있을 만한 곳은 단 한 군데밖에 없었다. 바로 광주학생독립운동역사관이었다. 국용은 구신과 함께 모교로 향했다. 미국에서 광주로 돌아온 지 7년이 넘었지만, 모교를 방문하는 것은 졸업식 이후 처음이었다. 학교 주변의 서점이나 분식점, 가게들은 모두 변해 있었다. 곳곳에 점포정리 혹은 임대라는 종이가 붙어 있었다. 요즘 학생들은 분식집 대신 배달앱, 헌책방을 겸한 서점 대신 온라인 서점을 이용하는 추세이니, 당연한 결과였다.

국용은 정문에 들어서자마자 왼쪽으로 방향을 틀어 기념탑 쪽으로 향했다. 탑을 지나자 둥근 기둥이 규칙적으로 세워져 있는 작은 광장이 드러났다. 그 광장 끝에 '광주학생독립운동역사관'이라고 적힌 건물이 있었다.

"여기가 그……?"

구신이 묻자 국용이 고개를 끄덕였다. 역사관 내부는 조용했다. 이곳은 역사탐방 행사가 아니고서는 평소 관람객이 거의 없는 편이었다. 그래서인지 "뚜벅-뚜벅" 투박한 국용의 발자국 소리가 너무 크게 울렸다. 그는 2층으로 통하는 계단으로 곧장 걸어갔다. 구신은 그의 뒤를 바짝 쫓았다. 그리고 마침내, 국용은 한 곳에서 멈춰 섰다. 2층 홀의 중앙, 흑백 사진이 놓인 곳이었다.

"누구야?"

구신이 옆에서 물었다. 국용이 숨을 고르며 말했다.

"우리 선배들."

사진 밑에는 '성진회(醒進會)'라고 적혀 있었다. 사진 속 사내들은 높을 고(高)라고 적힌 검정 모자를 쓰고, 익살스러운 표정을 짓고 있었다. 성진회는 1926년 광주 지역 조선인 학생들로 결성된 비밀결사조직이었다. 깰 성(醒), 나아갈 진(進)을 써서 조선청년으로서 현실을 각성하고 새로운 길로 나아가고자 만든 독서모임이었다. 그러나 성진회는 단순한 독서모임이 아니었다. 그들이 말한 현실은 조선이 일본의 식민지가 된 상황이었고, 새로운 길이란 독립을 의미했다. 성진회는 이후 광주학생독립운동의 중추 역할을 했던 배후세력이었다.

"이 선배들이 어쨌다는 거야? 손에 붉은 공을 쥐고 있는 사람은 없는 것 같은데."

구신의 부풀었던 기대가 사그라들고 있었다.

"아니, 저기에 걸려 있는 사진을 봐."

국용이 가리킨 또 다른 사진 속에는 K라고 적힌 야구 유니폼을 입은 학생 12명이 있었다. 사진이 찍힌 시기는 1923년이었으며, '광주고등보통학교 야구선수단 창단기념'이라고 적혀 있었다. 성진회 사진과 야구단 사진 속에는 동일인물이 여럿 있었다. 그러니까 광주고보의 야구단으로 활약했던 몇몇 인물들이 성진회의 주요 회원이기도 했다는 뜻이었다. 야구공은 중앙에 글러브를 낀 학생의 손에 들려 있었다. 국용은 사진 속 야구공을 가리키며 말했다.

"광주고보에서 가장 오래된 야구공의 모습이야. 물론, 네가 찾는 붉은 공인지는 모르겠지만."

구신은 사진을 가만히 들여다보았다. 그녀는 자석에 끌리는 듯 몸을 기울여 사진 앞으로 다가갔다. 그러자 흑백으로 선명했던 사진에서 소용돌이가 만들어지고, 검은 연기가 피어올랐다. 구신은 눈을 감고 입을 벌렸다. 하-아. 그녀는 하품을 하듯 크게 입을 벌리고 숨을 들이켰다.

"홍구신……!"

국용은 구신의 행동에 당황했다. 그가 구신의 어깨에 손을 올리려는 찰나, 그녀는 온데간데없이 사라졌다. 도저히 믿을 수 없는 상황이었다. 국용은 주위를 두리번거렸다. 주위는 조용했고, 전시실 안에서는 어떤 인기척도 느껴지지 않았다.

'사라진 건가……!'

그때였다. 챙그랑. 어디선가 유리가 깨지는 소리가 났다. 국용은 깜짝 놀라 고개를 돌렸다. 투-웅, 투-웅, 투퉁, 뚜르르르릉. 저 멀리서 국용을 향해 무언가가 포물선을 그리며 빠른 속도로 다가오고 있었다.

"저, 저게 뭐야!"

국용의 눈이 커졌다. 점처럼 보였던 동그란 물체가 순식간에 커지더니 그의 코앞에 다가왔다. 물체의 정체를 파악한 순간, 퍼-억 소리와 함께 눈앞에 반짝이는 것이 지나갔다. 국용은 피할 새도 없이 그대로 뒤로 넘어졌다. 구신의 짓이었다. 국용의 이마에는 동그란 붉은 공 자국이 선명하게 새겨졌다. 그는 바닥에 대자로 뻗은 상태로 중얼거렸다.

"붉은 공……, 찾았구나!"

국용은 배시시 미소 지었다. 해방이다. 이제 홍구신과 맺은 계약으로부터 자유의 몸이 되었다.

붉은 공은 전시실의 창문을 깨고 밖으로 튕겨져나갔다. 요란한 경보음이 울리기 시작했다. 국용은 정신을 차리고, 자리에서 일어나 창가로 다가갔다. 그는 깨진 창문 틈 사이로 붉은 공이 멀어져가는 모습을 바라보았다. 붉은 공은 불규칙적인 포물선을 그리며 운동장을 가로질러 점점 작아져갔다. 국용은 한 손으로 이마를 문질렀다. 머리가 깨질 것 같았다. 아니, 어쩌면 붉은 공에 맞아 두개골에 금이 갔는지도 모르는 일이었다. 국용은 짧은 해방의 기쁨과 이마의 통증을 느낀 뒤, 깨달았다. 구신이 붉은 공을 가지고 영영 돌아오지 않는다면, 자신이 그녀를 대신해 절도 누명을 쓰게 될 운명이라는 것을. 이렇게 넋을 놓고 있을 시간이 없었다. 사람들이 곧 들이닥칠 게 뻔했다. 국용은 일단 이곳을 빠져나가야 했다. 어떻게든 붉은 공을 되돌려놓아야 했다.

***

"홍구신, 이 녀석 잡히기만 해!"

국용의 코에서 뜨거운 김이 뿜어져나왔다. 간신히 사건 현장을 모면하긴 했지만 신원이 드러나는 건 시간문제였다. 역사관 내부 또는 학교 주변 CCTV에 국용의 모습이 찍혔기 때문이다. 이 사실이 세상에 알려진다면 사람들의 기억 속에 '더티볼의 최후'라는 키워드가 건드려질 것이다. 사람들은 국용을 도마 위에 올려놓고 마음껏 칼질을 낼 것이 뻔했다. 마이너리그에서 은퇴가 아닌 퇴출이 되었다는 사실이 알려질 테고, 그 이유가 승부조작이라는 소문에 무게가 실릴 것이다.

7년 전, 미국생활을 정리하고 완전히 한국으로 돌아오면서 평생 들을 욕은 다 들었다고 생각했다. 한국 프로팀이 아닌 미국 마이너리그를 택했고, 돌연 은퇴했다는 소식에 국용의 팬들은 실망했다. 당시 KBO에서 러브콜이 왔지만 국용은 받아들이지 않았다. 이유는 단 하나였다. 가족을 지키기 위해서였다. 자신은 어떤 취급을 받아도 상관없었다. 그러나 아이들에게 아버지의 치욕을 주홍글씨처럼 물려주고 싶지 않았다. 예능 방송인으로 출연해달라는 제안을 거절한 것도 그 이유였다. 그는 지난 7년간, 사람들의 기억 속에서 잊히기 위해 아무것도 하지 않는 방식으로 부단히 노력해왔다. 그런데 '야구공을 훔친 전직 야구선수'라는 기사가 하나라도 뜨게 되면, 그간의 노력이 모두 물거품으로 돌아갈 것이 분명했다.

국용은 어금니를 꽉 깨물었다. 그는 배고픔도 잊고 하염없이 걷고 또 걸었다. 그러나 홍구신을 찾을 방법은 묘연했다. 귀신들은 휴대폰을 가지고 다니지도 않았고, 더구나 그녀의 진짜 이름도, 정체도 모르는 상황이었다.

어느덧 해가 저물었다. 뜨거웠던 늦여름의 열기가 사라지고, 제법 선선한 바람이 불었다. 국용은 문득 고등학교 시절 야간 훈련을 마치고 집으로 향하던 기억이 떠올랐다. 그 시절 국용은 두 팔을 크게 벌리고 낮은 비행을 하듯 바람을 느끼는 것을 좋아했다. 겨드랑이 사이로 파고드는 시원한 바람을 맞으면 하루의 피로가 싹 사라졌다. 국용은 오랜만에 두 팔을 펼쳐보았다. 그리고 20년 전처럼 팔로 날갯짓을 해보았다. 그렇게 한참 날갯짓을 하다가 깨달았다.

이대로 도망치고 싶지 않다. 진실이 받아들여지든 아니든 상관없다. 사라지는 건 흔적이다. 변하지 않는 것은 사라지지 않는다.

그가 할 일은 명확했다. 어떻게든 자신의 흔적을 지우는 일이었다. 쪽팔리는 건 한 순간이 아니던가. 그는 방향을 틀어 왔던 길을 되돌아갔다.

***

"분명, 이 근처가 맞는데……."

그는 학창시절 자주 애용했던 개구멍을 찾기 시작했다. 과거 선생님들은 개구멍의 존재를 알면서도 엄격히 통제하지 않았다. 개구멍은 학생들의 숨구멍이었기 때문이다.

국용은 겨우 개구멍을 찾았다. 오랜 시간 아무도 사용하지 않았는지 구멍 주변에는 잡초가 우거져 있었다. 국용은 잡초를 대충 처리하고, 안으로 몸을 밀어넣었다. 운동을 그만두고 살집이 오른 탓에 개구멍을 통과하기란 쉽지 않았다. 몇 번이나 숨을 참고 몸에 반동을 주어야 했다. 그는 가까스로 구멍을 통과했다.

"후우, 살을 빼든가 해야지……."

국용은 손과 배에 묻은 흙을 털면서 혼잣말을 했다. 그때 어디선가 사람들의 환호성이 들렸다. 이렇게 늦게까지 야간훈련을 하는 걸까. 국용은 문득 후배들의 플레이가 궁금해졌다. 사람들의 환호성이 들렸다. 그는 고개를 들어 운동장을 바라보았다.

탁, 지이이이잉

운동장의 조명타워에 불이 켜졌다. 국용은 눈이 부셔서 앞을 제대로 볼 수 없었다. 그는 미간을 구기며 가늘게 눈을 떴다. 운동장에는 K라고 적힌 하얀 유니폼을 입은 팀과 별 모양의 무늬 옆에 'STAR'라고 적힌 회색 유니폼을 입은 사람들이 경기를 하고 있었다. 운동장 주위에는 4백 명이 넘는 사람들이 경기를 보며 환호성을 지르고 있었다.

'이 시간에 영화 촬영이라도 하는 건가?'

국용은 눈을 조금 더 크게 떴다. 그때, 익숙한 목소리가 들렸다.

"기다리고 있었어."

그는 소리가 나는 쪽으로 고개를 돌렸다.

"너!"

국용이 소리를 빽 질렀다. 구신이 앞에 서 있었다. 그녀는 붉은색 복고풍 원피스가 아닌 흰 저고리에 검정 치마를 입고, 검정 고무신을 신고 있었다. 원피스를 입고 있을 때보다 훨씬 앳된 모습이었다. 그녀는 나지막이 속삭였다.

"쉿! 조용. 지금 막 조선인 투수가 공을 던지려고 하잖아."

구신은 운동장으로 시선을 옮겼다.

"조선인 투수라고?"

"정확히는 광주고보 야구단의 에이스지."

구신이 슬며시 미소를 지었다. 그녀는 마운드에 서 있는 선수를 가리켰다. 훤칠한 키에 광대가 또렷해 늠름한 인상을 주는 남학생이었다. 국용은 주위를 찬찬히 둘러보았다. 어디선가 많이 본 듯한 야구복, 저고리에 치마를 입은 홍구신, 낯선 외국어, 관중석에 앉아 있는 사람들의 옷차림. 그리고 역사관에서 보았던 1920년도 학교의 외관, 사라진 광주학생독립운동역사관과 그 자리를 지키고 있는 학교 본관 건물……. 국용은 등골이 서늘했다.

'설마, 말로만 듣던 타임슬립이라도 한 건가? 아니면 저들도 구신처럼 운동장 어딘가에 숨어 있던 혼령들인가?'

국용은 모든 것이 혼란스러웠다. 구신은 국용의 생각을 읽기나 한 듯이 나지막이 속삭였다.

"그런 건 하나도 중요하지 않아. 진짜 중요한 건……. 이 경기의 승패를 다시 기록하는 거야."

"뭘 다시 기록해?"

경기는 8회 초, 원 아웃, 2루, 3루에 주자가 있고 볼 셋, 투 스트라이크 상황이었다. 볼을 하나 내주면 만루를 허용하게 되었고, 안타나 홈런이라면 3점까지도 내줄 수도 있었다. 하지만 투수에게는 한 번의 스트라이크 기회가 남아 있었다. 조선인 투수는 두 손으로 공을 감싸 쥐고, 팔을 머리 위로 뻗었다. 그는 빠르게 왼 다리 허벅지를 들어올렸다. 구신과 국용은 입술을 꾹 다물었다. 투수의 손끝에서 공이 힘차게 출발했다. 제대로 꽂히는 공이었다. 타자는 야구 방망이를 흔들었다. "퉁"하는 경쾌한 소리와 함께 공이 날아갔다. 그리고 다음 순간, 투수가 어깨를 붙잡고 쓰러졌다. 타자가 친 공에 투수가 어깨를 맞은 것이었다. 광주고보의 벤치에서 사람들이 뛰어나왔다. 그들은 쓰러진 투수를 부축해 경기장 밖으로 이동했다. 관중에서 야유가 쏟아지며, 한동안 경기는 중단되었다.

구신은 국용을 쳐다보며 확신의 눈빛을 보냈다.

"아저씨, 지금이야!"

"그게 무슨 소리야?"

"아저씨의 미래를 바꿀 기회!"

"뭐, 뭘 바꿔?"

국용의 눈이 커졌다.

"말했잖아. 이 경기의 승패는 다시 기록되어야 한다고."

구신은 붉은 공에 얽힌 이야기를 시작했다.

붉은 공은 1923년 광주고보에 야구단이 생기고 처음으로 배급된 야구공이었다. 당시 야구공은 매우 귀한 물건이었기 때문에 겉면을 둘러싼 가죽이 닳거나 터지면, 그 부분를 도려내고 가죽을 덧대어 수선하여 사용하곤 했다. 그러나 수선한 야구공은 경기에 적합하지 않았다. 공기의 저항을 받는 부위가 달라지면서 자연스럽게 구속이 떨어졌기 때문이다. 그러나 광주고보 학생들은 낡은 야구공을 버리는 대신 그 안에 소망을 투영하는 쪽을 택했다. 평범했던 낡은 야구공이 '붉은 공'이라고 불리게 된 이유는 1924년 광주고보와 일본인 야구단 스타팀과의 경기 때문이었다.

창단된 지 1년밖에 되지 않은 광주고보 야구단은 일본인 성인 야구단 스타팀과는 상대가 되지 않았다. 광주고보 학생들은 친선경기를 앞두고 맹연습을 해야 했다. 그들의 연습을 도운 것이 일장기였다. 반드시 이긴다는 마음으로 일장기를 향해 공을 던졌다. 일장기로 날아가는 공은 마치 붉은 공처럼 보였다. 그렇게 광주고보의 첫 번째 야구공의 별명은 붉은 공이 되었다. 그리고 그날 벌어진 경기는 광주고보 학생들의 승리로 돌아갔다.

국용은 구신의 말을 믿을 수 없었다.

"그러니까, 지금 운동장에서 벌어지고 있는 저 야구경기가 1924년에 열렸던 그 경기란 말이야?"

구신은 고개를 끄덕였다.

"98년 전 경기가 왜 갑자기 다시 열린 건데? 그리고 저 사람들은 귀신이야, 사람이야?"

"말했잖아. 그런 건 중요하지 않다고."

구신의 시선은 다시 운동장으로 향했다. 경기가 중단되고 모두들 부산해 보였다. 상대 투수를 가격한 스타팀은 여유롭게 몸을 풀고 있었지만, 광주고보팀은 긴급작전회의를 하고 있었다. 국용은 진지한 얼굴로 구신을 돌아보았다.

"그럼, 중요한 걸 물어보지."

구신은 대답 대신 눈썹을 까딱 움직였다.

"붉은 공이 너의 죽음과 어떤 관계가 있는 건데?"

"……아직 몰라."

구신은 덤덤한 표정이었다.

"분명한 건, 이 게임의 기록을 다시 써야 한다는 거야. 이기는 게임이 아니라 지는 게임으로."

국용은 답답해서 미칠 노릇이었다.

"그러니까 승부조작이라도 해야 한다는 거야? 너의 이름을 찾기 위해서?"

구신은 고개를 돌려 국용을 뚫어지게 쳐다보았다.

"할 수 있지?"

구신은 자신의 숨이 끊어지는 순간, 붉은 공을 떠올렸다고 했다. 그리고 광주학생독립운동역사관에서 붉은 공을 다시 본 순간, 직감으로 알 수 있었다고 했다. 자신이 왜 그토록 붉은 공을 찾아 헤매었는지.

"도대체 왜?"

국용이 구신에게 바짝 다가가 물었다.

"붉은 공에는 정말로 특별한 능력이 있다는 걸 알게 되었거든."

"특별한 능력?"

구신은 지금까지 했던 이야기 중에 가장 믿기 힘든 얘기를 했다.

"경기를 소환하는 능력."

국용은 구신이 하는 얘기가 말도 안 된다는 생각이 들었지만, 한편으로 진짜였으면 좋겠다고 생각했다. 과거의 사건 하나가 바뀌면 나비효과로 인해 예측할 수 없는 미래를 맞이한다는 얘기를 들은 적이 있었다.

"그래서 이 게임이 내 미래를 바꿀 기회라고 말한 건가?"

국용이 묻자 구신이 고개를 끄덕였다. 국용은 이왕이면 인생을 통째로 바꾸고 싶다고 생각했다. 붉은 공이 소환한 1924년도의 야구게임이 바로 그의 인생을 송두리째 바꿔줄 나비의 날갯짓이라면 얼마나 좋을까. 구신은 그런 국용의 생각을 이미 읽은 듯, 눈을 똑바로 쳐다보며 이렇게 말했다.

"이 게임에서 진다면, 너의 미래도 달라질 거야. 아니, 대한민국의 미래가 달라지겠지."

구신은 확신에 찬 표정이었다.

"에이, 그런 게 어디 있어? 게다가 이 게임은 1924년도에 이미 이긴 게임이라며."

"승리한 게임은 독이 되었어. 난 그걸 바로잡으려는 거고."

구신은 먼 곳을 쳐다보며 잠시 생각에 잠겼다.

"비굴하지 않은 패배로 기록해줘."

구신은 국용을 바라보며 눈을 반짝였다.

"이기면 이기는 거고, 지면 지는 거지."

국용은 여전히 말도 안 되는 제안이라고 생각했다. 98년 전에 이긴 게임에서 지게 해달라니, 비굴하지 않은 패배를 만들어달라니……!

"그래야 모두가 살아!"

구신의 눈빛은 그 어느 때보다 간절했다.

"그러니까, 나한테 승부조작을 해달라 이거야?"

국용은 7년 전 인생에서 가장 치욕적이었던 경기가 떠올랐다. 브로커와 약속한 대로 볼넷을 던지기 직전이었다. 그는 하나만 생각하기로 했다. 아버지처럼 살지 않겠다는 스스로와의 약속. 무능한 가장이 되지 않겠다는 다짐.

'눈 딱 감고 공을 던지면, 베팅 사이트를 통해 현금이 들어올 것이다. 그게 있어야 모두가 산다.'

국용은 공을 던졌다. 약속한 볼넷이었다. 그렇게 1회가 마무리 되었고, 마운드에서 내려온 그의 멘털은 완전히 무너졌다. 마이너리그였지만, 선발투수로서 활약을 했던 그였다. 지역에서 나름 소수의 팬도 확보하고 있었다. 그러나 그날 경기에 온 팬들은 그의 플레이에 실망하고 돌아섰다. 그를 무너뜨린 것은 승부조작이 아니었다. 그 자신이었다.

"광주고보 다음 투수, 등판하세요!"

심판이 경기장 중앙으로 나와 소리쳤다. 광주고보 학생들은 여전히 우왕좌왕하고 있었다. 한쪽에서 몸을 풀고 있던 선수는 국용이 보기에 한 눈에도 초짜였다. 공의 구속은 물론이고, 공이 그리는 포물선도 일정치 않았다. 키도 작고 왜소한 체격이라 공에 힘이 실리지 않았다.

"도대체 감독은 어디에 있는 거야? 아무리 학생 야구단이라고 해도 감독은 있을 거 아니야?"

국용은 상황을 지켜보는 것이 답답하기만 했다.

"빤하잖아. 저들은 자신들의 위세를 높여줄 상대 야구팀이 필요했던 거지, 실력 좋은 감독은 필요하지 않았어."

구신은 다시 한번 국용을 종용했다.

"여기에 있는 사람들의 목숨 줄이 너에게 달려 있어."

국용은 입술을 꾹 다물고 깊게 숨을 들이켰다.

"기회는 이번뿐이야. 언제 또 경기를 소환할 수 있을지 모른다고!"

국용은 고개를 푹 떨어뜨렸다. 비굴하지 않은 패배.

'사라지는 건 흔적이다. 변하지 않는 것은 사라지지 않는다.'

국용은 난데없이 그 문장이 떠올랐다. 학창시절, 슬럼프에 빠질 때마다 의식을 치르듯 혼자 광주학생독립운동역사관을 찾았다. 텅 빈 전시실에서 성진회 선배들의 사진을 보고 있으면 가슴이 웅장해지곤 했다.

'사라지는 건 흔적이다. 변하지 않는 것은 사라지지 않는다.'

어느 날 사진 앞에서 떠오른 문장이었는데, 국용은 그 말이 사진 속 선배들이 건넨 메시지라고 생각했다. 국용은 다시 연습에 몰두했고, 슬럼프를 이겨내고 꾸준히 실력이 느는 선수로 평가받았다.

'어쨌든 모든 게 사라지는 흔적이라면 뭐라도 해봐야 하지 않는가. 믿거나 말거나 이 경기에서 비굴하지 않은 패배를 만나면 과거도 미래도 바꿀 수 있다고 하지 않는가.'

국용은 천천히 고개를 들었다. 그리고 한 손을 높이 들었다.

"제가 나가겠습니다!"

***

'그래, 이 느낌이었어.'

국용은 온몸에 전율을 느꼈다. 심장박동수가 빨라지고, 손에 땀이 차올랐다. 오랫동안 잊고 있던 마운드 위에서의 각성 상태였다. 그는 포수를 향해 공을 던졌다. 다섯 번 공을 던진 상황에서 포수는 다섯 번 모두 공을 잡았다. 볼 셋에 투 스트라이크였다. 국용은 고개를 들어 주위를 둘러보았다. 술렁였던 관중석이 조용했다. 만루 상황이었다. 비굴하지 않은 패배. 국용은 오로지 그것만 생각하기로 했다. 풀카운트 상황에서 이번 투구는 적어도 볼넷 또는 안타여야 했다.

국용은 두 손으로 공을 감싸 쥐고 한쪽 다리를 들어올렸다. 그는 공을 힘차게 쏘아 날렸다. 퉁! 배트에 공이 맞고 튕겨져 나갔다. 높이 뜬 공은 페어 그라운드를 벗어나 멀리 날아갔다. 파울이었다. 국용은 다시 한번 공을 던졌다. 퉁! 높이 날아간 공은 타자의 뒤로 넘어갔다. 역시 파울이었다. 관중석에서 야유가 쏟아졌다. 스타팀 타자는 바닥에 침을 툭 뱉었다. 그리고 두 손으로 다시 한번 배트를 그러쥐었다.

국용은 때가 왔음을 직감했다. 타자는 연습을 마치고 이번에는 방망이를 흔들 것이 분명했다. 국용은 순간 고민했다. 볼넷인가, 안타인가. 비굴하지 않은 패배라면 모양이 빠지는 볼넷보다 당연히 안타였다. 하지만 동시에 상대에게 위협을 가해야 했다. 국용은 입술을 꽉 깨물었다. 그리고 있는 힘껏 공을 던졌다. 타자의 방망이를 향해 반원을 그리듯 휘어지며 날아가는 변화구, 더티볼이었다. 일본인 타자는 적잖이 당황한 얼굴이었다. 그는 눈을 질끈 감고 배트를 흔들었다.

"퉁!"

타자의 방망이가 공을 친 게 아니라, 투수의 공이 방망이를 맞추었다. 순간, 일본인 타자는 번쩍 눈을 떴다. 그는 1루를 향해 달리기 시작했다. 내야수가 잠시 허둥대는 동안 3루 주자가 홈으로 달려 점수를 냈다. 전광판에는 2:1로 점수가 바뀌었다. 일본인 관중석에서 환호가 터져 나왔고, 조선인들은 탄식했다.

국용은 구신을 쳐다보았다. 구신은 만족한 듯 미소를 지으며 고개를 끄덕였다. 그런데 국용의 마음 한구석에 석연치 않은 감정이 올라왔다. 비굴하지 않은 패배. 여덟 글자가 모래알처럼 입안에 굴러다니는 것 같았다. 이미 패배하기로 마음먹었다면, 그 자체가 비굴한 것 아닌가? 지는 게임을 멋지게 보여주겠다는 계획 자체가 말도 안 되는 것 아닌가? 국용은 생각을 떨쳐버리기 위해 고개를 흔들었다. 그러고는 손바닥에 흐르는 땀을 옷에 문질러 닦아냈다.

국용은 넓은 포물선을 그리며 공을 던졌다. 원 스트라이크, 투 스트라이크. 그리고 파울이 이어졌다. 국용은 어금니를 꽉 깨물고 네 번째 공을 제대로 꽂았다. 삼진 아웃. 타자는 루킹 삼진을 당하고 자리에서 물러났다. 관중석에서 환호가 쏟아졌다. 조선인의 기세가 다시 살아났다. 북이 둥둥 울렸고, 꽹과리가 흥을 돋았다.

투 아웃 상황에서 세 번째 타자가 등장했다. 국용이 상대했던 앞의 두 선수에 비해 키가 작았다. 그러나 양 어깨와 허벅지가 매우 튼실한 선수였다. 그런 선수의 특징은 배트를 흔드는 뱃심이 좋다는 것이었다. 장타는 어렵지만, 단타로 상대의 공을 전략적으로 보내는 특징을 가지고 있었다. 국용은 이마에 흐르는 땀을 닦아냈다. "후" 하고 깊은 숨을 내뱉었다.

원 스트라이크, 원 볼, 투 볼, 투 스트라이크, 쓰리 볼. 어느새 풀카운트가 되었다. 어느 쪽이든 이기는 건 두 팀이 될 수 없었다. 두 팀 중에 한 팀만이 마지막 승리를 거머쥐게 된다. 승리하는 쪽은 상대편이어야 했다. 다만, 아슬아슬하게 승리를 양보할 수 있느냐가 관건이었다.

국용은 회심의 공을 던졌다. 타자는 두 손으로 배트를 쥔 채, 상체를 꼿꼿이 세우고 있다가 방망이를 휘둘렀다. 국용은 스트라이크를 의식한 공을 던졌다. 그러나 공은 포수의 다리 사이로 빠져나갔다. 조선인, 일본인 관중석에서 일제히 환호성이 터져나왔다. 삼루주자는 홈으로, 1루와 2루 주자는 재빨리 2루와 3루로 달렸다. 그러나 2루에서 3루로 달리던 주자가 죽으며 쓰리 아웃. 2:2 동점 상황이 되었다. 스타팀 선수들은 기분 좋게 하이파이브를 하며 경기장에서 나왔고, 국용은 고개를 떨어뜨린 채 마운드에서 내려왔다.

"아직 야구를 즐기지 못하고 있는 거야?"

구신이 바짝 다가서서 물었다.

"그런 거, 아니야."

국용이 짧게 대답했다. 하지만 그의 표정은 확실히 좋지 않았다. 구신은 국용의 뒤에 바짝 따라붙어 귀찮게 했다.

"그럼 뭔데?"

"정말, 이 경기에서 일부러 져주면 내 앞길도 빵빵 뚫리는 거 맞아?"

국용은 홱 뒤를 돌아보았다. 순간, 그의 동공이 흔들렸다. 구신은 온데간데없고, 그의 눈앞에 한 남자가 서 있었다. 야구단 주장 한해성이었다.

"너, 지금, 뭐라고 했어? 경기에서 일부러 지겠다고?"

해성은 인상을 팍 찌푸리며, 국용의 멱살을 잡았다.

"이 새끼가!"

"아니, 그게, 그게 아니고……."

국용은 변명을 하려고 했지만, 할 말이 딱히 떠오르지 않았다. 그게 사실이었기 때문이다. 해성은 눈을 부리부리하게 뜨고 국용을 노려보았다. 툭 튀어나온 광대가 꿈틀거렸고, 꽉 깨문 사각턱이 부들부들 떨렸다.

"너, 이 새끼, 저 일본 놈들한테 뭘 받아 처먹은 거야?"

"그게 아니라……."

"사실대로 말해! 말하라고!"

국용은 더 이상 참을 수 없었다. 그는 해성의 손을 있는 힘껏 뿌리쳤다.

"아오! 그게 아니라고! 당신들 이러다 다 죽는다고!"

해성은 바닥에 내동댕이쳐졌다. 그는 분을 삭이지 못하고 여전히 식식대고 있었다. 그 모습을 본 광주고보 학생들이 국용과 해성 주위에 동그랗게 모여들었다. 해성은 국용을 향해 손가락질하며 외쳤다.

"저 새끼가 이 경기를 다 망치려고 들어!"

모든 시선이 한꺼번에 국용에게 쏠렸다.

"그런 거 아니라니까! 진짜 아니라고!"

국용의 머리 위로 주먹이 꽂혔다. 하나둘 쏟아지던 주먹은 이내 소낙비처럼 다다닥 쏟아지기 시작했다. 국용은 억울했다. 이럴 때 구신은 도대체 어디로 간 걸까? 이 모든 게 홍구신이라는 붉은 공 혼령이 시킨 짓이라는 사실을 누가 믿을까? 그런데 도대체 이들은 귀신인가, 사람인가! 국용은 그저 도망가고 싶었다.

"홍구신! 홍구신! 살려줘, 홍구신!"

국용은 구신의 이름을 부르며 두 팔로 머리를 감쌌다.

"그만! 그만하라고요!"

국용은 쏟아지는 주먹을 향해 소리쳤다. 그 순간, 허공을 향해 팔을 허우적대고 있는 자신을 발견했다. 주위에는 아무도 없었다. 일본인 스타팀도, 관중석을 가득 메웠던 조선인들도 모두 사라졌다. 학교 건물은 반대편으로 옮겨져 있었고, 텅 빈 운동장에는 국용 혼자였다. 먼 곳에서 동이 터오고 있었다.

***

국용은 집으로 향했다. 하루 종일 구신을 찾아다니고, 밤새 공을 던진 탓에 기진맥진한 상태였다. 그가 엘리베이터에서 내려 아파트 복도에 들어섰을 때, 경찰 조끼를 입은 두 사람이 그의 집 현관문 앞에 서 있는 모습을 보았다.

"여기가 한국용 씨 댁 맞습니까?"

찬숙이 빠끔히 문을 열고는 그렇다고 대답했다. 경찰은 국용이 공공장소에서 기물을 파손했다는 사실을 알렸다. 찬숙은 콧방울에 힘을 주면서 식식거렸다.

"이 인간이 이제 별짓을 다 하고 다니네!"

"고소 사건이라 서에는 출석해주셔야 합니다."

복도 끝에서 이 모습을 지켜보던 국용은 일단 자리를 피하기로 했다. 자수를 하기 전에 알아볼 것이 있었다. 1924년도에 벌어진 야구경기 이후에 무슨 일이 있었는지, 홍구신의 진짜 의도는 무엇인지 알아야 했다. 국용은 어제 분식집에서 우연히 들었던 라디오에 인터뷰를 했던 남자를 찾아보기로 했다. 국용은 방송국으로 전화를 걸었다.

"광주학생독립운동기념사업회로 연락해보세요."

"광주…… 뭐요?"

프로그램 담당 작가는 남자에 관한 신상정보를 알려주는 대신 긴 이름의 사업회 이름을 두세 번이나 언급했다. 국용은 기념사업회 사무실로 향하는 내내 밤새 치렀던 경기를 복기해보았다.

스타팀과의 친선 야구경기는 조선인에게 필사적으로 이겨야 하는 경기였을 것이다. 대신 편법을 쓰지 않은 당당한 승리를 거머쥐어야 했다. 1924년 야구경기는 부끄럽지 않은 광주고보의 승리였다. 그런데 구신은 왜 이 경기의 승패를 다시 쓰고 싶어 했던 걸까. 왜 승부조작까지 하면서 국용에게 반드시 져달라고 했던 걸까. 그녀는 시합에 참여한 광주고보 학생들을 살리기 위해서라고 했지만, 국용은 도저히 납득이 되지 않았다. 만약 일본이 친선경기 결과에 불만을 품고 당시 시합에 참여한 광주고보 학생들을 죽였다면 1926년에 촬영된 성진회 회원의 사진은 완성되지 못했을 것이다. 국용은 자신이 모르는 무언가가 있다는 생각이 들었다.

무영식은 소파에 앉으며 말했다.

"1924년 광주고보에서 있었던 야구경기에 대해 궁금하다고요."

그는 거뭇한 피부에 백발을 단정하게 빗어 넘긴 모습이 인상적인 남자였다. 얼굴에 주름이 거의 없는 탓에 나이가 가늠이 되지 않았다. 그는 광주학생독립운동기념사업회에서 오랫동안 일을 해온 듯했다. 커다란 사무실에는 영식의 것으로 보이는 책상 외에 빈 책상 두 개가 더 놓여 있었다. 과거 상근직원이 있었던 것 같은데, 이제는 영식 혼자 사무실을 지키고 있는 듯했다.

국용은 영식을 따라 소파에 앉았다.

"네, 어제 선생님께서 라디오에 출연하셔서 하신 얘기를 들었습니다. 그 야구경기가 독립운동과 관련이 있다고 하셨죠. 제가 그 학교 출신이라 궁금해서요."

"그런 관심이야 늘 환영이죠."

영식은 국용의 얼굴을 보며 환하게 웃었다. 그제야 그의 얼굴에 제대로 된 주름 자국이 보였다. 미간과 눈가, 입가 주름이 자연스럽게 음영을 만들면서 그의 나이가 자신의 아버지뻘이 된다는 사실을 깨달았다.

"개인적으로 한 선수의 오랜 팬입니다. 국내 프로팀이 아닌, 미국 마이너리그라는 파격적 행보를 보인 모습이 인상적이었죠. 더티볼을 KBO에서 볼 수 없어서 좀 아쉬웠습니다."

국용은 머리를 긁적였다. 은퇴한 지 7년이나 지났지만, 자신을 선수라고 불러주는 사람이 있다는 게 신기했다. 지금은 야구선수가 아닌 승률을 예측하는 스포츠 베팅 전문 꾼이었다. 그래서 더욱 선수라는 말이 그립고 아득하게 느껴졌다.

"잠시만 기다려보십시오. 자료가 이쪽에 있을 거예요."

영식은 자리에서 일어나 책장으로 다가갔다. 그는 몇몇 파일 뭉치를 꺼냈다가 다시 집어넣기를 반복하더니, "아, 여기 있었고

만!" 하고 밝은 미소를 지었다. 그는 두툼한 파일을 들고 자리로 돌아왔다. 파일 안에는 오래된 신문 스크랩과 사진이 들어 있었다. 흑백사진과 한자로 그득한 신문 조각이 우수수 떨어져나왔다. 그는 말없이 파일을 넘기다가 한 곳에서 페이지 넘기기를 멈췄다. 영식은 눈을 가늘게 뜨고 흑백사진 속 인물들을 유심히 쳐다보았다. 그는 한 인물을 가리키며 말했다.

"이분이 바로……."

국용은 영식의 손가락이 닿은 곳을 쳐다보았다.

"한해성?"

국용은 자신도 모르게 그 이름을 말했다. 영식은 무릎을 탁 치면서 반가운 얼굴로 물었다.

"역시 알고 있었군요?"

"네? 그게 무슨……?"

"한해성 선생에 관해서 말입니다. 한국용 선수의 동문이자, 조부이십니다."

"뭐, 뭐라고요?"

영식이 다음으로 펼쳐 든 사진은 어른이 된 한해성의 가족사진이었고, 그다음은 형무소에서 찍힌 그의 상반신 사진이었다.

"그러니까 이게 전부 저의 할아버지 사진이란 말입니까? 어떻게 손자가 되어서 할아버지의 얼굴도, 이름도 모를 수가 있죠?"

"우리는 모두가 한 선수의 할아버지에게 빚을 진 사람들이에요."

"빚을 지다니요?"

영식은 한해성 선생에 관해 알려지지 않은 이야기를 시작했다.

한해성. 그는 1908년 광주군 광주면 금계리에서 태어났다. 아버지는 회계공무원. 유복한 가정에서 자랐기에 공부며 운동이며 원하는 것은 무엇이든 할 수 있었다. 그는 광주고보에 진학해 야구단에 들어갔는데 이후 학교 주전 선수로 활약하며 광주 대표로 선발될 정도로 재능을 보였다.

국용은 영식이 보여주는 자료를 살펴보며, 어젯밤 주장으로서 선수들을 지키던 한해성의 모습이 떠올랐다. 선발투수가 공에 맞아 쓰러지자 가장 먼저 뛰어나와 다친 곳을 살피고 부축을 했던 사람도 바로 해성이었다. 그런 해성이 자신의 조부라니. 국용은 그 사실이 여전히 믿기지 않았다. 영식은 당시 신문기사를 펼쳐 보여주었다.

—광주고보 학업 거부, 맹휴 단행

"1924년 광주고보와 일본 사회인 야구단 스타팀의 경기가 있었습니다. 경기는 3:2로 광주고보의 승리로 끝이 나게 되죠. 그런데 문제는 그다음이었습니다. 결과에 불복한 일본인들이 갑자기 경기장으로 뛰어들어 주심을 힐책했고 폭력을 행했죠. 일본 스타팀의 감독이던 안도 스스무는 투수를 내동댕이쳤어요. 안도 스스무는 일본인들 중에서 상당히 영향력이 있는 사람이었죠. 그런데 광주고보학생들이 안도 스스무의 얼굴에 상처를 냈고……."

"선수들은 전부 순사들에게 끌려갔겠죠."

국용의 말에 영식이 고개를 끄덕였다.

"하지만 그걸로 끝이 아니었어요. 광주고보 학생들은 일본인이 게임에 불복한 사실을 알리고 단체 행동을 시작했죠. 그러나 조직적이지 못했기에 결과 또한 좋지는 않았습니다."

맹휴는 선수들이 석방된 9월까지 약 3개월간 계속되었다. 그 결과 4명의 학생이 퇴학을 당했다.

"이걸 좀 보십시오."

영식은 또 다른 자료를 찾아 국용에게 내밀었다.

"그로부터 2년 후, 1926년 11월, 성진회가 결성됩니다. 여기 가담한 학생들은 1924년 스타팀과의 친선경기 이후 맹휴를 단행했던 학생들, 그리고 광주농고생들로 이루어졌죠."

성진회는 이후 '독서중앙본부'로 이름을 바꾸었다. 성진회라는 명칭에 따른 일본 경찰의 감시가 심해진 탓이었다. 영식은 계속해서 말을 이어갔다.

"한 선수의 조부께서는 1929년 6월, 일본에서 유학을 하다가 돌연 중퇴를 하고 광주로 돌아오셨습니다. 선생께서는 독서중앙본부의 책임비서가 되었고, 그로부터 약 5개월 후인 1929년 11월 3일, 대규모 학생시위를 벌이게 된 거죠."

영식은 광주학생독립운동에 관한 증언록을 펼쳤다.

"여기에 보시면……."

영식이 페이지를 넘기며 한해성에 관한 기록을 찾는데, 국용이 갑자기 "잠깐만요" 하고 제동을 걸었다. 익숙한 얼굴이 눈에 띄었다. 흑백사진이었지만, 홍구신의 얼굴이었다.

"이분은, 누구죠?"

"아, 정문영 지사요? 혹시 '소녀회(少女會)'라고 들어보셨습니까?"

"소녀회요?"

"소녀회는 광주여고보 동기들로 구성된 비밀단체였습니다. 정문영 지사는 소녀회의 주역이었죠. 독서중앙본부와 긴밀하게 연락을 하면서 광주학생독립운동에 가담한 사실이 밝혀져 결국 퇴학을 당하고 말았습니다. 당시 여성으로서는 견디기 힘든 옥살이를 했다고 하더군요."

"이후에는 어떻게 됐답니까?"

국용이 영식에게 바짝 다가가 물었다. 영식은 한숨을 푹 내쉬며 고개를 가로저었다.

"투옥이나 재판기록이 아니고서는 흔적을 찾기 어렵죠. 당시 여성이라면 더욱."

국용은 자리에서 벌떡 일어났다.

"가봐야겠어요. 말씀 감사했습니다."

영식은 국용을 따라 자리에서 일어났다. 그에게 꼭 해야 할 말이 있다는 듯 다급한 몸짓이었다.

"한 선수, 궁금하지 않습니까?"

국용이 걸음을 멈추고 뒤돌아보았다.

"무슨 말씀이십니까?"

"왜 이제껏 한 선수의 부친이 조부에 관한 이야기를 하지 않았는지."

순간, 국용의 눈빛이 흔들렸다. 국용은 영식의 얼굴에 패인 주름을 보며, 아버지의 얼굴을 떠올렸다.

"……글쎄요, 왜일까요?"

영식은 입을 굳게 다물고 국용의 검은 눈동자를 쳐다보았다.

"연좌제 때문이었을 겁니다. 부친은 한 선수를 지키고 싶었던 거예요. 가족을 잃은 고통을 너무나 잘 알고 있었을 테니까요."

"연좌제요?"

한해성은 해방 이후, 건국준비위원회에 전남지부 조직부

장을 지냈다는 기록이 있었다. 그는 남북분단에 반대해 세 차례 북에 다녀왔다는 이유로 1948년 징역 7년형을 선고받았다. 이후 한국전쟁 무렵 광주형무소에 수감되어 있다가 1950년 7월 20일 무등산에 끌려갔다.

"인민군에 밀려 후퇴를 하면서 형무소에 있던 반동분자를 모두 처단한다는 게 이유였습니다."

영식은 해성이 죽게 된 이유를 이렇게 설명했다. 해성은 아무런 법적 근거 없이 무등산 어느 곳에서 총살을 당했다고 했다. 그의 시체는 현재까지도 찾지 못했으며, 여전히 명예 회복이 되지 않았다고 했다. 국용은 영식의 말을 듣는 내내 밭은 숨을 내뱉었다. 그렇게 목숨을 잃은 인물이 자신의 할아버지라니. 오늘 새벽까지 함께 야구를 했던 한해성이 그와 동일인물이라니. 모든 것이 도무지 믿기지 않았다.

그런데도 머릿속에 퍼즐이 하나둘 맞춰지기 시작했다. 모든 기이한 일들이 자신에게 일어난 이유, 반드시 일어나야 했던 이유를 국용은 알 것 같았다. 그는 고개를 들어 영식을 쳐다보았다.

"만약, 1924년에 있었던 야구경기의 승패를 바꿀 수 있다면 어떨 것 같습니까?"

영식은 가만히 국용을 쳐다보았다.

"승패는 중요하지 않을 것 같습니다. 하고 싶은 일이 아니라, 옳은 일을 택하는 거라면요."

"옳은 일이요?"

"세상에 헛된 일은 없으니까요."

영식은 긴긴한 미소를 지으며 말했다.

***

국용은 피칭 연습장으로 향했다. 지난 경기에서는 몸이 제대로 준비되지 않은 상태였다. 7년 만에 공을 던져보니 그간 체력을 관리하지 않은 게 확실히 느껴졌다. 게다가 져야 하는 경기라고 생각하니 공에 힘이 들어가지 않았다. 당연히 구속이 느려졌고, 예상했던 것보다 더 많은 실수를 하고 말았다. 비굴하지 않은 패배는 완전한 승리만큼 어려운 일이 아니던가.

국용은 현역 시절처럼 스트레칭을 하고 러닝으로 몸을 가볍게 한 후, 본격적인 피칭 연습에 들어갔다. 숨이 가빠오고, 온몸에서 땀이 비 오듯 쏟아졌다. 그런데 이 모든 과정이 하나도 싫지 않았다. 오히려 오랫동안 원하고, 그리워했던 일이라는 것을 깨달았다. 국용은 그물망을 향해 공을 던지고 또 던졌다. 문득 눈물이 주르륵 흘렀다. 그는 눈물을 닦고 다시 공을 던졌다. 어금니를 꽉 깨물고, 무너진 더티볼을 완성해나갔다.

연습이 끝난 후에는 현역 시절의 루틴대로 움직였다. 샤워를 마치고 근처 마트에서 남색 속옷을 사서 입었다. 신발 끈은 반드시 왼쪽부터 묶었고, 저녁은 닭고기와 샐러드를 먹었다. 국용은 자정이 되기 전에 이 모든 과정을 마쳤다. 그리고 의기양양하게 개구멍을 지나 학교 안으로 들어갔다.

탁, 지이이이잉

어제와 마찬가지로 어두웠던 운동장에 환한 조명이 켜졌다.

"제대로 끝내보자."

국용은 아랫배에 힘을 꽉 주었다.

9회 초 2:2 동점 상황에서 광주고보가 먼저 공격을 시작했다. 타자가 타석에 올라가고, 두 번 공을 걸러낸 후, 방망이를 휘둘렀다. 안타였다. 타자가 1루로 뛰기 시작했고, 관중석에서는 환호가 들려왔다. 벤치를 지키던 국용도 자리에서 일어나 박수를 쳤다. 그때, 홍구신이 홀연히 그의 옆에 나타났다.

"약속은 잊지 않았겠지?"

국용은 구신을 쳐다보며 태연하게 말했다.

"홍구신. 아니, 정문영이라고 불러야 하나?"

구신의 눈빛이 흔들렸다. 국용은 그녀의 눈빛을 보고 깨달았다.

"너, 이제까지 날 속인 거였구나? 네 이름이 기억나지 않는다는 것도, 이 게임에서 지지 않으면 여기 사람들 모두 죽는다는 것도, 모두 거짓말이었어."

국용은 구신을 코너로 몰아세웠다. 구신은 국용의 눈을 피하지 않았다. 두 사람 사이에 팽팽한 긴장감이 감돌았다.

"넌 결국 이 게임을 지게 만들 거야."

구신이 단호하게 말했다.

"아니, 내가 왜 그래야 하지?"

국용은 구신의 확신에 찬 태도가 오히려 당황스러웠다.

"이유를 말해. 네가 이 경기를 망치려는 진짜 이유!"

"말했잖아. 이 경기로 인해 너무 많은 사람들이 희생됐어. 나는 그 희생을 막고 싶은 거고! 아까운 목숨을 살려서 해방된 조국에서 살게 하고 싶은 것뿐이야!"

구신은 물러날 생각이 없었다. 처음보다 오히려 더 당당했다. 하지만 국용은 더 이상 구신의 말을 믿지 않았다. 그때였다.

"퉁!"

공이 방망이에 맞고 높이 떠올랐다. 관중석에서 사람들의 환호 소리가 들렸다. 주자가 3루에 있는 상황에서 광주고보 타자가 번트를 쳤다. 스퀴즈 플레이였다. 스타팀은 타자 앞에 떨어진 공을 주워 바로 홈으로 던지려 했지만 이미 늦었다. 공은 빠르게 1루로 향했고, 타자는 아웃이 됐지만 한 점이 추가되어 광주고보와 스타팀은 3:2가 되었다. 역전이었다. 벤치에 앉아 있던 광주고보 학생들은 기쁨의 탄성을 질렀다. 투 아웃 상황에서 수비가 시작될 때까지 시간이 얼마 남지 않았다. 구신은 고개를 떨어뜨리며 "안 돼……" 하고 탄식했다. 구신은 고개를 돌려 누군가를 찾았다. 그녀의 눈길은 한해성을 향해 있었다. 해성은 기분 좋게 홈으로 들어온 선수를 격려하고 있었다.

"한해성?"

국용이 그의 이름 세 글자를 말하자, 구신의 눈빛이 흔들렸다. 국용은 영식이 해주었던 이야기가 떠올랐다. 소녀회는 성진회 후신인 독서중앙본부와 긴밀히 연락하며 학생운동을 준비했다고 했다. 구신의 눈빛은 동지를 향한 것이 아니었다. 걱정과 연민이 담긴, 사랑하는 사람을 바라볼 때의 눈빛이었다.

"한해성을 좋아하고 있었구나?"

구신의 눈에 눈물이 차오르고, 곧 뺨을 타고 주르륵 흘러내렸다. 그녀는 다리에 힘이 풀린 듯 자리에 털썩 주저앉았다.

"그분에게 자신의 인생을 살아갈 시간을 주고 싶어."

"그…… 그게…… 무슨 말이지?"

구신의 얼굴은 이미 눈물로 범벅이었다. 그는 원망스러운 눈빛으로 국용을 올려다보았다.

"알잖아. 저분이 2년 후 어떤 일을 하게 되는지. 해방된 조국이 한해성 동지에게 어떤 짓을 하는지. 우리의 인연은 거사를 앞두고 끝났지만, 한 동지의 인생은 그렇게 끝나서는 안 되었어. 그러면 안 되었다고……."

국용은 고개를 푹 숙였다. 구신의 말이 맞았다. 한해성의 삶에서 단 하나의 선택만 달라졌어도 그는 자신의 삶을 구원할 수 있었다. 그렇다면 정수와 국용의 삶도 달라졌을 것이다. 구신이 하고자 하는 일은 바로 그거였다. 구신은 간절한 눈빛으로 국용을 올려다보며 말했다.

"도와줘."

국용은 고개를 돌려 한해성을 쳐다보았다. 해성은 그의 앞에 다가올 운명을 알지 못한 채 환하게 웃으며 선수들을 향해 응원을 건네고 있었다. 3:2 상황에서 마지막 타자가 날린 플라이 볼이 그대로 수비에 잡히며 9회 초가 마무리되었다. 운동장에 서 있던 광주고보 학생들이 환한 미소를 지으며 우르르 벤치 쪽으로 걸어 들어왔다.

"한국용!"

뒤에서 그의 이름을 부르는 소리가 들렸다. 한해성의 목소리였다. 그때 구신이 그의 옷깃을 잡고 다시 한번 애원하듯 말했다.

"너도 원했잖아. 네 인생을 완전히 다시 쓰고 싶다고 했잖아. 이번이 그 기회야."

구신은 정확히 국용의 스트라이크 존을 건드렸다. 국용은 피치 연습장에서 공을 던지는 내내 그가 얼마나 야구를 좋아했는지, 그의 인생에서 야구가 어떤 의미인지 깨달았다. 그리고 과거 아칸소 트래블러스에서 자신이 무슨 짓을 했는지도 알게 되었다. 가족을 위해서, 돈 때문에 승부조작에 가담했다는 것은 핑계였다. 그는 불완전한 자기 자신을 참을 수 없었다. 길어지는 마이너리그 생활이 문제가 아니라, 자신의 더티볼을 의심하기 시작한 것이 문제였다. 의심이 깊어질수록 더티볼은 평범한 공으로 바뀌어갔다. 그가 다시 쓰고 싶은 인생은 바로 그 지점이었다.

"정말, 이 게임에서 지고나면, 내 인생도 달라지는 건가?"

국용의 질문에 구신이 간절한 눈빛으로 고개를 끄덕였다.

"한해성 동지가 단 한 번이라도 다른 선택을 한다면……."

정말 그렇게 된다면, 연좌제 때문에 무능하게 살아야 했던 아버지에게도 새로운 인생이 열릴 것이다. 국용은 성공의 도구로 야구를 하지 않아도 되었을 것이고, 도망치듯 미국행을 택하지도 않았을 것이다. 야구가 좋아서, 야구를 좋아하는 사람들과 함께 하기 위해 멋진 플레이를 구상하며 살아갈 수도 있었을 것이다.

국용은 구신에게 손을 내밀었다.

"일어나."

구신은 눈물을 닦고 국용의 손을 잡았다.

***

국용은 마운드에 올라섰다. 그는 광주고보 벤치 쪽을 쳐다보았다. 한해성과 홍구신이 나란히 서 있었다.

모두의 이목이 집중된 가운데, 국용은 첫 번째 타자를 마주했다. 그는 너무 쉽게 볼넷을 허용하고 말았다. 스타팀 타자는 여유있게 1루로 뛰어갔다. 국용은 이마에 흐르는 땀을 닦고 두 번째 타자를 상대했다. 두 번째 타자는 두 번의 스트라이크, 두 번의 파울 끝에 방망이를 휘둘렀으나 아웃이 되었다. 세 번째 타자는 안타를 날렸다.

1루 주자가 2루까지 세이브했다. 네 번째 타자를 향한 투구가 이어졌다. 퉁! 야구공이 방망이에 제대로 꽂혔다. 사람들이 고개가 포물선을 그리는 공을 따라 움직였다. 그러나 공은 멀리가지 못했다. 내야수가 다이브로 공을 잡아냈고, 1루로 던졌다.

투 아웃, 1루와 2루 상황. 국용은 마른침을 꿀꺽 삼켰다. 입술에 힘을 주어 굳게 다물고, 다음 공을 힘차게 던졌다. 타자가 흔든 방망이에 공이 높이 떠올랐다. 외야수 두 사람이 한 곳을 향해 힘차게 달렸다. 아슬아슬하게 부딪힐 위기를 극복하고 한 사람이 높게 점프하여 공을 잡아냈다. 결국 국용은 만루를 허용하고 말았다. 조선인들은 흥분하여 국용을 향해 야유를 보냈다. 3:2 역전을 지키지 못하면 연장전까지 가야 했다. 연장전이라면 광주고보 야구단보다 스타팀에게 유리했다. 연장전에서 가장 중요한 것은 경험과 전략이었기 때문이다. 광주고보 야구단은 창단한 지 겨우 1년밖에 되지 않았고, 감독도 공석이었다. 관중석에서는 분노의 꽹과리 소리가 이어졌다.

그때 해성이 벤치에서 천천히 걸어 나왔다. 국용은 땀에 젖은 얼굴로 해성을 쳐다보았다. 이제 해성의 운명을 결정하는 것은 투수인 국용이 아니라, 해성 자신이었다.

"투수를 교체하실 겁니까?"

국용이 물었다. 해성은 크게 숨을 들이켜며 그의 어깨를 두드렸다.

"아니. 너를 믿을 거다."

"네?"

국용은 깜짝 놀라 해성을 쳐다보았다. 해성은 입가에 잔잔한 미소를 지었다. 순간, 국용은 그의 미소가 빛실시 않나는 설 깨날았다. 그의 얼굴에 여러 가지 이미지가 겹쳤다. 광주학생독립운동역사관에서 보았던 사진과 영식이 내밀었던 형무소에서 찍힌 사진, 마지막으로 정수의 얼굴이 겹쳐졌다. 국용은 잠시 동안 해성의 얼굴을 가만히 쳐다보았다. 해성은 그런 국용을 향해 미소를 지으며 말했다.

"네가 옳은 선택을 하리라 믿는다."

해성은 국용의 어깨를 두 번 더 두드리고, 다시 벤치로 향했다. 그때 국용의 글러브에서 무언가를 만져졌다. 펼쳐보니 붉은 실로 여러 번 덧대어진 낡은 공이 있었다. 구신이 말한 붉은 공이었다. 국용은 구신을 쳐다보았다. 구신은 고개를 두 번 끄덕이며 경기를 끝내라는 사인을 보냈다. 국용은 붉은 공을 손에 그러쥐었다. 그때 영식이 했던 말이 귓가에 어른 거렸다. "*세상에 헛된 것은 없습니다.*"

국용은 나지막이 혼잣말을 했다.

"새로운 인생을 살고 싶어."

국용은 힘차게 공을 던졌다. 공이 손에서 빠져나가는 순간, 투수는 공이 어떤 포물선을 그리게 될지 알 수 있었다. 그러나 결과를 결정하는 것은 투수가 아니었다. 바람의 세기와 타자의 순발력, 시야, 컨디션, 포수의 민첩성이었다. 붉은 공이 손끝에서 분리되어 날아가는 순간, 국용은 깨달았다. 그는 자신의 인생을 다시 기록했다는 것을.

'후회는 없다. 어떤 결과라도 받아들일 준비가 되어 있다!'

국용은 눈을 꽉 감았다.

"퉁!"

타자가 힘껏 야구방망이를 휘둘렀다. 국용은 감았던 눈을 크게 떴다. 그때, 공이 자신을 향해 날아오고 있음을 알게 되었다. 국용은 있는 힘껏 몸을 날렸다. 관중석에서 환호 소리가 들렸다. 국용은 눈을 떴다. 그의 글러브 안에 붉은 공이 있었다. 광주고보의 승리였다.

스타팀의 감독 안도 스스무는 삿대질을 하며 심판에게 항의를 했다. 잠시 후, 심판은 쓰리 아웃을 무효로 판정했다. 그러자 이번에는 광주고보 학생들이 달려나왔다. 학생들은 심판과 안도 스스무에게 항의를 했고, 국용은 어느새 안도의 멱살을 잡고 있었다. 조선인 관객들이 대거로 운동장으로 몰려들었다. 순식간에 경기장은 아수라장이 되었다.

그때 어디선가 호루라기 소리가 들렸다. 모두가 동작을 멈추고 주위를 두리번거렸다. 누군가 검지를 펼쳐 동쪽 하늘을 가리켰다. 서서히 해가 떠오르고 있었다. 사람들은 하나둘 먼지가 되어 흩어졌고, 곧 사라졌다. 어느새 텅 빈 운동장에 국용과 붉은 공만이 남아 있었다.

"하-아"

국용은 긴장이 풀렸다. 그 자리에서 대자로 뻗어버렸다.

***

"아저씨, 여기서 뭐 하는 겁니까?"

경비원으로 보이는 남자가 국용을 내려다보며 말했다. 국용이 미간을 찌푸리며 가까스로 눈을 떴다. 해는 이미 중천에 떠 있었다. 교복을 입은 학생들이 교문을 통과해 학교 건물로 들어가고 있었다. 국용은 벌떡 자리에서 일어났다.

"죄, 죄송합니다."

그는 머리를 긁적이며 사과를 했다. 경비원은 돌아서면서 혼잣말을 했다.

"술을 마시려면 좀 곱게 마시지……."

국용은 술이 아니라 붉은 공 때문이라고 변명하고 싶었지만 참았다. 붉은 공에 관한 이야기를 했다가는 술주정이 아니라 미친 사람이라고 할 게 빤했다. 국용은 몸을 일으켜 주위를 살펴보았다. 멀지 않은 곳에 붉은 실이 덧대어진 낡은 공이 놓여 있었다. 그는 붉은 공을 손에 쥐었다. 역시 꿈이 아니었다. 꿈이 아니라면 무엇이었을까. 한밤중에 벌어진 이틀간의 야구경기는 환영이었을까, 무엇에 홀린 것이었을까.

국용은 야구공을 위로 가볍게 던졌다가 한 손으로 잡았다. 그는 광주학생독립운동역사관으로 발걸음을 옮겼다. 붉은 공을 되돌려놓고 깨진 유리창이나 시설 등에 대한 배상책임을 해야겠다고 생각했다.

역사관은 여느 때처럼 적막했다. 관람객이 이렇게 없는데 매일 같은 시간에 문이 열려 있다는 사실이 신기했다. 국용은 곧바로 역사관 2층으로 향했다. 그런데 어디선가 본 듯한 낯익은 남자의 뒷모습이 보였다.

"아버지……?"

국용의 목소리를 들은 남자가 뒤를 돌아보았다. 정수였다. 정수는 몰라보게 달라져 있었다. 검은 머리보다 흰 머리가 많았고, 평소 쓰지 않던 갈색 베레모를 쓰고 있었다. 노년의 남자들이 탈모를 치료하는 대신 모자나 가발을 쓴다는 얘기를 들은 적이 있었다. 정수의 외모는 누가 보아도 노인의 전형이었다. 국용은 아버지의 나이가 벌써 그렇게 되었던가 생각하며 전시실 안쪽으로 발걸음을 옮겼다.

"여긴 어쩐 일로 오셨어요?"

국용은 오랜만에 보는 아버지를 향해 퉁명스럽게 물었다.

"영식이를 찾아갔었다지. 얘기 들었다."

정수는 후줄근한 국용의 옷차림을 훑어보았다. 가슴과 무릎 주변에 누런 모래자국이 있었다. 새벽에 치른 야구경기 탓이었다.

"밖에서 자고 다니지 말아라. 버릇 든다."

정수는 주머니에서 지폐 몇 장을 꺼내 국용에게 건넸다.

"찬숙이가 그러더라. 저거 네가 그랬다고. 깨진 창문 값에 보태라."

"까짓 거 얼마나 한다고. 넣어두세요. 그 정도 능력은 돼요."

국용은 정수의 손을 뒤로 밀어냈다. 하지만 정수는 다시 지폐를 쥔 손을 내밀었다. 정수는 말없이 국용을 바라보았다. 국용은 아버지의 고집을 꺾을 수 없다는 사실을 알고 있었다.

"하-아, 알겠어요, 알겠어."

국용은 지폐를 받아 주머니에 넣었다.

투-웅, 퉁, 퉁, 또르르르.

그사이 국용은 자신도 모르게 들고 있던 붉은 공을 놓치고 말았다. 순간 국용은 아차 싶었다. 그는 붉은 공을 줍기 위해 공이 떨어진 곳으로 달려갔다. 그가 공을 향해 손을 뻗는데, 뒤에서 싸한 느낌이 들었다. 그는 천천히 뒤를 돌아보았다. 예상대로 구신이 공에서 빠져나와 서 있었다. 구신은 정수를 발견하고는 그를 향해 한 걸음, 두 걸음 다가갔다. 그녀는 정수의 등을 쓸어내렸다. 정수는 알지 못하는 어떤 존재가 자신의 마음을 위로하고 있다는 것을 느꼈다. 그의 눈에서 눈물이 주르륵 흘러내렸다. 국용은 조용히 정수 옆으로 다가섰다. 국용의 기척을 느낀 정수는 눈물을 닦아내며 "늙어서 주책이네"

하며 혼잣말을 했다. 국용은 정수의 시선이 향한 곳을 올려다보았다. 광주고보 야구단 창단기념사진이었다.

"할아버지 보러 오신 거죠?"

"……."

"저도 가끔 여기 왔어요."

사진 속 한해성은 K라고 새겨진 야구 유니폼을 입고, 환하게 웃고 있었다.

"할아버지 살아계셨으면, 내가 야구 선수가 된 걸 보고 무척 좋아하셨을 텐데."

"좋아하다마다. 너를 업고 온 동네를 돌아다녔을 거야."

구신은 정수 옆에 섰다. 홍구신과 한정수, 한국용은 한동안 말없이 사진을 쳐다보았다. 그때 구신이 나지막이 말했다.

"정문영, 내 이름이야. 가끔 나를 기억해줘."

국용이 구신을 쳐다보면서 고개를 끄덕였다.

"우리는 모두 최선을 다 했어요. 옳은 선택을 하기 위해서."

국용이 말을 마치고 고개를 돌렸다. 그러나 구신은 이제 그곳에 없었다. 국용은 자신이 들고 있던 붉은 공을 들여다보았다.

'정문영…….'

그때 정수가 나지막이 말했다.

"네 할아버지 말이다. 왜 그런 선택을 하셨을까. 나라고 왜 원망이 없었겠어. 그런데 말이야, 당신은 떳떳하게 살고 싶으셨던 것 같아. 떳떳하게……."

***

두 사람은 전시실에서 밖으로 나왔다. 가을 햇볕이 유난히 따가운 날이었다. 국용은 정수가 건넨 만 원짜리 두 장을 주머니 속에서 만지작거렸다.

"아버지, 짜장면이나 먹고 가요."

정수는 말이 없었다. 그건 좋다는 뜻이었다. 국용은 고등학교 입학식이 있던 날 가족이 다함께 갔던 중국집으로 향했다. 횡단보도 앞에서 신호를 기다리고 있는데, 낯선 번호로 전화가 걸려왔다.

"여보세요?"

"저, K유소년야구클럽 대표 성준길입니다. 한국용 선수 맞습니까?"

차분하고 공손한 말투의 중년 남성이었다. 국용은 찬숙이 지나가면서 했던 말이 기억났다. 얼마 전부터 어린이 야구교실에서 코치 제안으로 연락이 왔다고 했다.

"담당자가 몇 번이나 연락을 했는데, 연결이 되지 않았다고 해서 직접 전화드렸습니다."

국용은 휴대폰 번호가 아닌 유선전화는 잘 받지 않는 습관이 있었다. 보이스 피칭이나 보험 가입권유, 대출 유무에 관한 전화였다. 준길은 본론부터 말했다.

"마지막으로 직접 확인을 하고 싶어서요. 저희 야구단의 코치를 맡아주실 수 없는지."

"코치요……."

"감독 제안이 아니라 실망하셨습니까?"

"그게 아니라."

국용은 대답을 망설였다. 신호등이 초록색으로 바뀌고, 국용과 정수는 애매한 거리를 유지하며 횡단보도를 건넜다. 횡단보도를 다 건넌 순간, 국용은 모든 것을 사실대로 말해야겠다고 생각했다.

"그럼, 고사하신 걸로 알고……."

준길은 국용이 제안을 거절할 것이라고 최종 판단하고, 마지막 인사를 하려던 참이었다.

"아니요, 하고 싶습니다. 다만, 드릴 말씀이 있어요. 저는 메이저리그도 아닌 마이너리그에서 승부조작으로 퇴출된 선수입니다. 감독과의 불화로 팀에서 나온 게 아니고요."

"네, 알고 있습니다."

"알고 계시다고요? 그걸 알고 있으면서 굳이 저를 왜……?"

"코치를 영입하려면, 아니 한국용 선수의 팬이라면 그 정도는 알고 있어야죠."

"제 팬이라고요?"

"정확히 말씀드리면, 한 선수의 더티볼을 다시 보고 싶은 사람이라고 해두죠."

국용은 걸음을 멈췄다. 그는 새벽에 치렀던 경기의 마지막 공을 떠올렸다. 손에서 볼이 빠져나가는 순간 느꼈던 짜릿함, 살아 있다는 느낌, 돈이나 성공을 위해서 던지는 공이 아닌 오로지 최선의 선택을 하기 위해 던졌던 공.

"물론, 원하시는 만큼의 급여는 아닐 테지만, 분명 보람과 뿌듯함을……."

"하겠습니다."

준길의 말이 끝나기도 전에 국용이 먼저 대답했다.

"승률은 자신 없습니다. 하지만, 후회 없이 던지는 법은 누구보다 잘 가르칠 자신이 있습니다."

국용의 말 끝에 자신감이 묻어났다. 준길은 만족스럽다는 듯이 대답했다.

"아이들의 손에서 탄생하는 새로운 더티볼이 기대되네요. 잘해봅시다."

"열심히 하겠습니다."

국용은 마지막 말을 마치고 전화를 끊었다. 그는 고개를 들어 앞을 보았다. 저만치 앞서가던 정수가 뒤돌아서서 국용을 기다리고 있었다. 국용은 아버지를 향해 환한 미소를 지으며 걸어갔다. ■

이선진

2020년 《자음과모음》을 통해 소설을 발표하기 시작했다.
창작동인 '애매(愛枚)'로 활동 중이다.

생사람들

이선진
小說家

손이라도 녹일 겸 편의점에서 호빵을 두 개 샀다. 정확히는 야채 호빵만 계산하고 팥 호빵은 주머니에 슬쩍 쑤셔넣었다. 들키고 싶기도 안 들키고 싶기도 했다. 어릴 때부터 나는 호빵맨을 좋아했다. 찐빵같이 생긴 호빵맨의 조력자 잼 아저씨가 갓 구운 호빵을 던지면 짜잔, 과장된 효과음과 함께 호빵맨의 헌 대가리가 새 대가리로 교체되었다. 그 장면을 볼 때마다 나는 부러움에 벽에 머리를 박았다. 손발이 찬 사람이 되었다. 나도 누가 대가리를 갈아 끼워줬으면 정말 좋겠네, 정말 좋겠어. 그럼 이 지긋지긋한 사수생 생활도 진즉 청산했을 텐데.

양손에 호빵을 쥐고 돌아가는 길엔 놀이터에서 엘사 눈사람과 눈이 마주쳤고, 마주치는 눈빛이 무엇을 말하는지 모르겠어서 눈싸움을 하다가 찔끔 눈물을 훔쳤다. 진짜 화가 나. 나는 엘사의 머리만 똑 떼어내 발로 정성껏 밟고 또 밟았다. 그렇게 열여덟 번쯤 밟았을 때 인기척도 없이 시소를 타던 옆집 여자애와 눈이 마주쳤다.

혼자니?

네.

박세영.

네?

언니 이름이야.

네.

같이 호빵이나 먹을까 했는데 집엔 아무도 없었고 이제 나 홀로 있었다. 혼자 있는데도 더 혼자이고 싶어서 나는 방문을 잠근 뒤 바닥에 엎드려 누워 수능특강 책을 펼쳤다가 도로 덮었다. 내가 지금 이런 거나 할 때가 아니지. 오늘은 수능 예비 소집일이었고 나는 한 번도 수능을 본 적이 없었다. 하루는 늦잠을 잤고 하루는 엿을 먹다가 배탈이 났고 하루는 조선시대가 배경인 좀비 영화를 찍으러 갔다. 재 진짜 잘 뒤지네. 감독은 피 칠갑을 한 엑스트라들 사이에 큰대자로 뻗은 나를 가리키면서 앞으로도 계속 그렇게만 하라고 했다. 앞으로도, 계속, 그렇게. 그래서 나는 늘 해오던 대로 유서 깊은 비밀 노트를 펼쳤다. 하루 온종일 할머니가 아이스크림을, 엄마가 언니의 무사 출산을, 언니가 야식 메뉴를 생각하듯이 나는 매일 하루도 빠짐없이 죽고 싶다는 생각을 했다. 지나가듯 생각하지 않고 한자리에서 오래도록 생각했다. 벨트에 목을 매거나 손목을 긋거나 빌라 옥상에서 뛰어내리는 건 너무 아프고 번거로우니 패스하고, 그저 살아 있음에서 살아 없음의 상태로, 게임의 다음 스테이지로 넘어가듯 부웅 쉬잉 날아가고 싶다. 나는 바닥에 딱 붙은 자세로 전기장판 온도를 최고로 올렸다. 엄마가 보면 벌써 전기장판을 틀면 어떡하냐고 잔소리를 늘어놓겠지만 상관없다. 나는 곧 이 세상 사람이 아니지 죽어서 귀신이 되면 엄마 어깨에 옆구리에 허벅지에 꼭 달라붙어 있을 거니까.

그러니까, 나는 오늘도 살아 없기로 했다. 오른손으로는 A4 노트를 받치고 왼손으로는 4B 연필을 쥐었다. 잘 깎인 연필심과 흰 종이가 만나면 사사삿 스스슷 죽기 좋은 소리가 났다. 그 소리를 듣고 있으면 그래 이 맛에 사는 거구나 나 아직 존나게 살아 있구나…… 싶었다. 그런데 이상하지. 마음과는 달리 텅 빈 종이 앞에만 있으면 머릿속이 새하얘졌다. 죽으면 호빵이 먹고 싶어,라고 쓸 수도 없고, 오동나무 관에 전기장판을 넣어줘, 쓸 수도 없고, 나무아미타불 관세음보살, 쓸 수도 없고. 죽지 못해 서럽다는 게 이런 걸까. 갑자기 울고 싶어졌지만 눈물은 안 났다. 울고 싶을 때 바로바로 눈물이 나면 내가 진짜 배우를 하지 사수를 하겠냐. 나는 장롱에서 이불 하나를 더 꺼내 덮었다. 이불이 두 겹이라 그런지 두 배로 따뜻하다. 좋다. 꼭 죽어야겠다.

마음을 다잡고 책상에 앉아 스탠드 전원 버튼을 눌렀다. 불빛을 세 종류로 설정할 수 있는 저가형 모델이었는데 내가 애용하는 건 아주 흰 것과 조금 누리끼리한 것과 아주 누리끼리한 것 중 조금 누리끼리한 거였다. 그런데 하필 지금 그 모드가 먹통이었다. 곧 죽는 마당에 조명이 무슨 상관이냐고 묻는다면 그건 진짜 빡대가리 같은 소리였다. 죽기 좋은 온도, 죽기 좋은 습도, 죽기 좋은 조명. 삼박자가 다 맞아야 하지만 그중에서도 제일 중한 건 조명이었다. 안 그래? 나는 단축번호 99번을 눌러 하우에게 전화를 걸었다. 보통 신호음이 일곱 번 울리고 받았다면 웬일인지 오늘은 여덟 번 울리도록 감감무소식이었다. 나는 소리샘으로 연결된 휴대폰에 대고 너 지금 일부러 그러는 거지? 하고 물었다. 하우가 들으면 괜히 생사람을 잡는다며 식어빠진 호빵처럼 하얗게 웃어 보였겠지만.

아무도 없는 줄 알았는데 거실에는 엄마랑 언니랑 할머니가 자고 있었다. 아까는 왜 몰랐을까. 아까 몰랐던 걸 지금 알 리가 없어서 나는 전자레인지에 호빵을 데운 뒤 손에 쥐기 알맞은 온도가 될 때까지 식혀두었다. 곧 나올 것 같아! 아침까지만 해도 언니는 배가 아프다고 악을 쓰며 소리를 질러댔다. 거기다 대고 똥이? 했다가 나는 엄마한테 옷걸이로 등짝을 얻어맞았다. 너 계속 그러면 세탁기에 넣고 확 빨아버린다! 누가 세탁소 주인 아니랄까 봐 엄마가 큰소리를 쳤고, 정말이지 나는 세제와 섬유유연제를 왕창 때려넣은 세탁기에 급속 코스로 돌려지고 싶었다. 그럼 얼룩도 찌든 때도 없는 새 사람이 될 수 있을지도 모르니까. 안 그래? 과발효된 반죽처럼 부풀어 오른 언니 배에다 대고 말했다가 나는 그만 언니 배꼽과 눈이 마주칠 뻔했다. 희고 맑은 팥 배꼽과 달리 언니 배꼽은 한눈에 봐도 더럽게 시커멨다. 그래서일까, 애 아빠가 누군지 모르겠다고 언니가 고백했을 때 나는 낮 새도 밤 쥐도 듣지 못할 만큼 아주아주 작은 소리로 지워버려, 했다. 지워버려. 지워져버려. 그건 언니한테 하는 말인 동시에 나한테 하는 말이었다. 언니 얼굴이 곧 내 얼굴이라면 언니 아이가 얼마간 나를 닮았을 거고 날 빼닮은 사람이 세상에 또 있다고 생각하면…… 화가 났다. 몸속 깊은 곳에서부터 궁글려진 차지고 단단한 화였다. 나는 흉하게 말려 올라간 언니의 티셔츠를 휙 내리며 소리쳤다.

야, 박세영! 일어나서 호빵 먹어.

*

손에 사람 쥐고 한입에 삼키기.

내게 그 비법을 물려준 건 아빠였고 아빠에게 그 비법을 물려준 건 할머니였다. 지금 내 나이보다 어렸던 할머니가 일본 오키나와에 머물며 익힌 비결이라 했다. 그 나라 사람들은 온갖 사물마다 신이 깃들어 있다고 믿었다. 화장실에도 변기에도 뚫어뻥에도. 그러니까 슬프거나 우울하거나 긴장될 때마다 손에 사람 인 자를 쓴 뒤 꿀꺽 삼키면 작고 조금조금한 손바닥 신이 슬픔도 우울도 긴장도 씻은 듯 없애준다는 거였다. 말도 안 되는 소리. 그렇게 말하긴 했지만 지금껏 나는 셀 수 없이 많은 사람을 삼켰다. 손바닥에 찍찍 두 선을 그을 때마다 속으로 중얼거렸다. 이건 할머니, 이건 엄마, 이건 언니.

언니로 말할 것 같으면 나보다 고작 2분 22초 빨리 태어났고 나처럼 코끝에 왕 점이 있는 데다가 나와 달리 그 점을 부끄럽지 않아 했다. 반 애들이 못생겼다며 언니를 놀릴 때마다 나는 거기에 백 번 동의하면서도 끓어오르는 화를 주체하지 못했다. 불량한 애들의 뒤통수를 냅다 갈긴 뒤 언니 손을 잡고 시내 피부과로 향했다. 그러나 우리를 우리일 수 있게 만드는 그 점을 차마 빼낼 수 없었기에 우리는 서로 약속이라도 한 듯 갔던 길을 그대로 되돌아왔다. 이상하지, 그날 날씨가 어땠는지, 무슨 색 옷을 입었는지, 몇 번 버스를 탔는지는 모두 기억 속에서 희미해졌지만 말 못 할 정도로 엉덩이가 시리고 아팠던 감각은 여전히 생생하다. 그날 밤 엄마가 실종 신고까지 하면서 난리를 피우는 동안 우리는 집 근처 놀이터에서 시소를 탔다. 내가 몸이 붕 떠오르는 순간을 좋아했다면 언니는 몸이 쿵 내려앉는 순간을 좋아했다. 서로 좋아하는 게 달라 같이 시소를 타기 좋았다. 하긴 엄마 배 속에서도 언니와 나는 머리 방향이 정반대인 역아 쌍둥이였다. 출산일을 무려 한 달이나 앞두고 태어난 조산아였던 우리는 딱 그만큼 인큐베이터 신세를 져야 했다. 그리고 긴긴 기다림 끝에 두 딸을 처음 품에 안은 아빠는 이렇게 외쳤다고 한다. 이거 완전 데칼코마니잖아! 엄마는 이게 무슨 덜떨어진 소리인가 하면서도 사랑하는 사람에게 잘 보이고 싶어 하는 아빠를 위해 어렴풋이 웃어 보였나. 작고 건강하지 못한 두 딸의 보호자이자 심마니였던 아빠는 어느 가을 감악

산에 산삼을 캐러 갔다가 추락사했다. 정확히는 뒤통수를 바위에 정통으로 박는 바람에 머리가 하트 모양으로 부풀어올랐고, 머릿속에 고인 피를 빼내는 대수술을 치르다 죽었다. 아빠가 마지막으로 캐낸 산삼으로 술을 담그면서 엄마는 어떤 기분이었을까? 절벽에서 떨어져 정신을 완전히 잃기 전까지 아빠는 몇 번이나 사람 살려! 하고 외쳤을까? 살면서 나는 사망 선고를 받다 말고 벌떡 일어나 이렇게 외치는 아빠의 모습을 상상해보곤 했다. 머리를 조금만 더 살살 박았다면 살 수 있었을 텐데! 병원에서 온 전화를 받았을 때 엄마는 당황하지도 울지도 집에 지갑을 두고 나오지도 않았다. 오히려 평소보다 훨씬 담담한 얼굴로 택시를 잡아탈 뿐이었다. 달리는 차 안에서 엄마는 나와 언니의 손을 꼭 그러쥐며 말했다. 앞으로는 매일 호빵을 먹을 수 없더라도 너무 많이 슬퍼하면 안 돼. 그때 나는 하루라도 호빵을 먹지 않으면 입에 가시가 돋는 애였는데 어째서인지 순순히 고개를 끄덕일 수밖에 없었다. 손을 조금만 살살 쥐어달라고 말하고 싶었지만 꾹 참았다. 그러나 말은 잘 참아도 오줌은 잘 못 참아서 나는 축축하게 젖어드는 앉은자리를 매만지며 말했다. 엄마, 나 쌌어. 두 딸 앞에서 눈물 한 방울 보이지 않던 엄마는 그제야 서럽게 울기 시작했다. 기사 이름이 아빠랑 똑같아서도, 시트 세탁비로 10만 원을 변상해야 해서도 아니었다. 그럼 나 때문이었을까. 돈이 모자랐던 엄마가 5천 원만 깎아주면 안 되겠냐며 기사에게 사정사정하는 동안 나는 살짝 열린 창 틈새로 풍겨오는 은행 냄새를 맡았다. 진짜 화가 나. 암만 코를 틀어막아도 냄새가 너무 지독해서 화가 났고, 지린내보다 지독한 서글픔이 내게 영영 배어버릴까 봐 더더욱 화가 났다. 내 배꼽은 탁하고 못생긴 참외 배꼽이었다.

안 그래?

나는 곤히 잠든 언니에게 물었다. 딱히 대답을 바랐던 건 아니었다.

밤 11시가 되자 어김없이 피아노 연주 소리가 들려왔다. 소리의 근원지는 옆 빌라로 추정. 연주자는 신원불명. 곡명은 〈말할 수 없는 비밀〉에 나오는 '상륜소우사수련탄'이었다. 실력이 언제나 노력과 비례하지는 않는다는 걸 보여주는 좋은 예랄까. 하루는 듣다 못한 언니가 몸소 따지러 갔지만 돌아오는 대답은 하나같이 자기 집엔 피아노가 없다는 말뿐이었다. 그러나 사람이든 귀신이든 뭐가 됐든 한때 계륜미의 팬으로서 나는 그 노래를 훔쳐 듣는 게 나쁘지 않았다. 곧 죽을 마당에 매일 밤 11시를 기다리는 사람이 되었다. 나는 엉킨 타래 꼴로 잠든 여자들 사이에 굳이 몸을 비집고 들어갔다. 살이 맞닿는 느낌이 불쾌했지만 딱 참을 수 있을 정도의 불쾌함이었다. 아가, 올 때 망설임 한가득히 품어 왔냐? 어느새 잠에서 깬 할머니가 물었고, 나는 편의점에 설레임이 다 떨어져서 대신 호빵을 사왔다고 둘러댔다.

그럼 엄동 배꼽에 흰 때가 소복이 꼈겠네.

꼈네 꼈어.

취이 입김 띄우다 글쎄 실이 내 쪽으로 엉켜버렸네.

엉켰네 엉켰어.

도통 알아먹을 수 없는 말들을 할머니가 주워섬기는 동안 나는 언니의 무르팍을 쓰다듬었다. 무릎 한가운데 5백 원짜리 동전만 한 흉터가 있었는데, 언니가 9살 때 생겼으니 사람 나이로 치면 14살인 셈이었다. 흉터는 물기 머금고 잔뜩 울어버린 종이 감촉과 흡사해서 자꾸만 손이 갔다. 할 수만 있다면 몰래 훔쳐오고 싶었다. 내가 다리를 잡아당기는 바람에 책상에서 고꾸라진 언니는 피를 뚝뚝 흘리면서도 아무렇지 않다는 듯 엄마에게 이렇게 말했다. 그냥 한번 떨어지고 싶어서 떨어져봤어. 거짓말쟁이 언니가 응급실에서 무릎을 열한 바늘이나 꿰매는 동안 나는 병원 로비 벽에 머리통을 열한 번 박았다. 쿵 쿵 쿵쿵쿵 쿵쿵쿵쿵 쿵쿵. 눈에는 눈 이에는 이 무릎에는 무릎이 아니라는 게 부끄러웠다. 언니는 다리에도 허벅지에도 무릎에도 털이 무성한 게 콤플렉스였는데 흉터 부위에만 털이 나지 않아 유독 도드라졌다. 나쁜 년. 나는 유성펜으로 언니 무릎에 털을 몇 가닥 그려주었다. 찍찍 선을 그을 때마다 간지러운지 언니가 털털하게 웃었다. 그렇게 여덟 가닥쯤 그렸을 때 연주 소리가 뚝 끊겼다. 정체 모를 연주자는 매일 똑같은 부분에서 감질나게 굴었다. 지금 일부러 그러는 거지? 내가 물었고, 돌아오는 대답은 언니 배 속에서 나는 꼬르륵 소리뿐이었다.

세윤아.

깜짝이야, 언제 깼대.

오늘따라 산낙지 먹고 싶지 않아?

난 산낙지 별로.

내가 아니라 오수가 먹고 싶대서 그래.

오수는 동네 돌팔이 작명소 할아버지한테 5만원이나 주고 지어온, 언니 배 속에 있는 애 이름이었다. 밝을 오에 닦을 수. 사수 중인 나에겐 영 찜찜하고 불길하기 그지없는 네이밍이었다. 물론 오수 같은 거 하기 전에 나는 이미 세상을 떴지 언제 그랬냐는 듯이 눈 녹듯 사르르 없어져버릴 테지만.

난 오수도 별로.

야.

응?

난 네가 제일 별로야.

언니,

응?

실은 나도 그래.

밤이 깊어지면 깊어질수록, 호빵이 식으면 식을수록, 오줌이 마려우면 마려울수록 나는 졸렸고 졸리면 졸린 대로 하우 생각을 했다. 하우. 하우. 하우. 그렇게 부르다 보면 내가 하우를 이리로 잠깐 훔쳐온 것만 같았다. 하우와는 같은 초중고를 나왔고 함께 하면 할수록 함께 있기가 힘들어졌다. 우리가 그렇고 그런 사이라는 소문에 하우가 아랑곳하지 않았다면 나는 힘닿는 데까지 아랑곳했다. 불결하니까 저딴 애랑 엮지 말라며 재활용 불가능한 쓰레기를 자처했다. 왜 그랬냐고 묻는다면 잘못했다고 용서를 빌 생각이었는데 하우는 말 한마디 없이 학교를 자퇴했다. 얼마 뒤 검정고시를 치른 하우가 개명에 성형수술까지 했다는 소식을 듣긴 했지만 굳이 수소문하지는 않았다. 그러다 1년 전 겨울 한파특보가 내려진 날, 을왕리 해변에 쭈그려 앉아 눈덩이를 굴리는 사람을 보자마자 나는 몰라보게 달라진 하우를 알아보았다. 옛날 이름으로 부르지 말라고 해도 꿋꿋이 하우라고 불렀다. 그럼 하우가 좀 더 하우인 것처럼 느껴졌다. 나보다 49일이나 늦게 태어난 하우. 윙크할 때 양쪽 눈이 다 감기는 하우. 나랑 다르게 외롭고 슬프고 긴장될 때마다 가기구게고 나니누네노 다디두데도…… 속으로 중얼거리는 하우.

고요하구나. 냉장고 모터 돌아가는 소리도 벽시계 초침 소리도 사람 숨소리도 일절 없이 고요하구나. 세상이 벙어리가 되고 내가 귀머거리가 된다면 꼭 이런 느낌일 것 같았다. 그러나 간만의 고요도 그리 오래가진 못했다. 바깥에서 누군가 사람 살려! 하고 애타게 외쳤기 때문이었다. 사람 살려! 그런 소리를 들었을 때 사람들의 반응은 크게 셋으로 나뉘었다. 자기도 똑똑히 들었으면서 남한테 들었느냐고 묻거나, 들었지만 직접 나가보지는 않거나, 아예 딴소리를 하거나. 물론 이제 곧 사람이기를 그만둘 나는 아무 데도 포함되지 않았으므로 베개에 얼굴을 파묻고 숨을 참았다. 하나 둘 셋…… 그렇게 59초까지 참았을 때쯤 바깥에서 누군가 다시 한번 외쳤다.

사람 살려!

살려달라고 말하는 사람치고는 꽤나 무미건조한 음성이었다. 언제 어디선가 들어본 목소리 같기도 했다.

방금 무슨 소리 못 들었어?

잠에서 덜 깬 엄마가 말했고 나는 못 들었다고 했다.

살려달라네.

한쪽 눈에만 쌍꺼풀이 생긴 언니가 말했고 나는 빨리 나가보라고 했다.

망설임 퍼뜩 오고 있다냐?

할머니가 설렘 가득한 얼굴로 말했고 나는 아이스크림이 오다가 얼어 죽었다고 했다.

빨리 112에 전화 좀 해봐. 엄마의 말에 언니는 112가 몇 번이더라? 바보같이 굴었다. 우리는 112에 전화를 걸어 누가 언제 어디서 무엇을 어떻게, 육하원칙에 맞게 상황을 설명한 다음 아무 일도 없었다는 듯 도로 누웠다. 그러다 좀 전에 '왜'를 빠트렸다는 걸 깨달았다. 진짜 화가 난다, 화가 나. 매정하기 짝이 없는 스스로에게 화가 났다기보다는 이 늦은 시간에 살려달라고 외친 사람한테 화가 났다. 뭘 몰라도 한참 모르는 사람이구나 싶었다. 나는 바닥과 한몸 같던 내 몸을 천천히 일으켜 세웠다.

내가 소리 지르면 구하러 와야 된다?

나는 살짝 땀이 배 손에 사람 인 자를 쓰고 한입에 삼킨 뒤 밖으로 나섰다. 도어 클로저가 맛이 가는 바람에 문은 곧 요란한 소리를 내며 닫힐 예정이었다. 마침내 쾅, 하고 문이 닫히는 순간 언니는 세상 무너질 듯 다급하게 올 때 산낙지! 하고 외쳤다. 혀뿌리 가득 쓴맛이 고였다가 사라졌다.

*

양말이라도 신고 나올 걸 그랬나. 밤바람은 허기진 생물처럼 차고 집요했다. 좀 전까지 살려달라고 요란법석을 떤 게 무색하게 바깥에는 아무도 없었다. 담장 위에도 대형폐기물 스티커가 떨어져나간 자개장롱 안에도 불법 주차된 아반떼 밑에도. 대신 고양이는 있었다. 필로티 구조의 빌라가 만든 응달 경계에 꼬리가 뭉툭하게 잘려나간 고양이가 고양이자세로 앉아 있었다. 머리부터 몸통까지는 상대적으로 어둡고 가로등의 영향권에 있는 몸통부터 꼬리까지는 밝았다. 나는 고양이를 좋아했지만 광합성 하는 고양이는 어딘가 께름칙했다. 싫어하는 이유가 100가지도 넘었다. 첫째, 눈부시니까. 둘째, 너무 눈부시니까. 셋째, 좀 과하게 눈부시니까. 넷째, 눈이 부셔도 씨발 존나게 눈부시니까…….

진짜 화가 나. 헛것을 들었나 하고 도로 집으로 들어가려는 순간 누군가 갑자기 튀어나와 내 앞을 가로막았고 나는 한껏 가로막히면서도 그럼 그렇지 역시 하우였네, 했다. 그런데 이상하지. 마음은 보고 싶었다 말하고 있는데 입에서는 누구세요? 생뚱맞은 소리가 절로 나왔다.

세윤이 아니에요?

누구신데요?

하우요.

얘 좀 봐라. 개명까지 해놓고 거짓말을 하는 게 예쁘면서도 괘씸해서 나는 거짓말을 불려나갔다.

저 세윤이 언니예요. 딸랑 2분 22초 차이로.

아, 너무 똑같아서 몰라봤어요.

근데 좀 전에 소리친 거 그쪽이에요? 내 물음에 하우는 생전 처음 듣는 소리라는 듯 고개를 저었다. 자기는 아무것도 듣도 보도 외치지도 않았다고.

그래 인심 좀 썼다. 이왕 나온 김에 산낙지를 사러 가기로 마음먹었다. 이 시간에 열었을까 싶을 때에도 열려 있는 가게란 있기 마련이니까. 세발낙지가 아닌 이상 낙지 다리는 여덟 개, 내 다리는 더도 말고 덜도 말고 두 개. 나도 낙지처럼 다리가 여덟 개였다면 발이 네 배는 더 시렸겠지 그건 너무 끔찍하겠지. 속으로 중얼거리며 걷는데 한 발짝 뒤에서 나를 따라오던 하우가 근데 세발낙지는 다리가 세 개여서가 아니라 다리가 가늘어서, 가늘 세 자를 써서 세발낙지인 거 알아요? 했다.

그런 건 어떻게 귀신같이 알아가지고. 속으로 중얼거리자 하우가 귀신같이 안다는 말에는 사실 어폐가 있다며 퍽 진지하게 딴죽을 걸었다. 어릴 때 처녀귀신 물귀신 동자귀신, 귀신이란 귀신이랑은 다 친구를 먹어봤지만 걔네들도 실은 아무것도 모른다는 거였다. 심지어 자기가 왜 죽었는지조차 기억을 못한다고. 그러니까 귀신 같이 안다는 말은 사실 귀신 같이 모른다는 말로 바뀌어야 마땅하다고. 믿어야 할지 안 믿어야 할지 모르겠다고 말하려는 순간 하우는 그거 아세요? 또 한 번 물어왔다. 나는 아무것도 모르고 싶다고 했다.

저는 고등학교 자퇴할 때까지 산낙지가 진짜 산에 사는 낙지인 줄 알았지 뭐예요. 산토끼나 산꿩이나 산다람쥐처럼. 사주에 목이 많아서 그런가.

그런데 세윤이 보러 온 거 아니에요?

그렇긴 해요.

근데 왜 자꾸 따라와요.

그거 알아요?

몰라요.

저도 저를 잘 모르겠어요.

열려 있는 가게가 보이지 않아서 어쩔 수 없이 삼둥이네수산에 갔다. 사실 거긴 삼둥이네가 아니라 이둥이네였다. 막둥이가 유치원 차 사고로 죽은 뒤부터 맛이 영 별로라 발길이 뜸해진 곳이었다. 가족을 잃은 것도 안타까운 일이지만 나에게 가장 안타까운 건 참고둥과 우럭과 그 맛있던 스키다시가, 특히 콘 치즈가 맛없어졌다는 거였다. 기껏해야 오뚜기 통조림 옥수수에 연유에 마요네즈에 치즈. 재료도 간단하겠다 특출난 레시피도 필요 없겠다 맛이 없으려야 없을 수 없는 음식일 텐데 참 귀신이 곡할 노릇이었다.

세윤이 언니분, 근데 요즘 귀신들은 MZ세대라 곡 같은 거 안 할 거예요 아마.

하우가 내게서 한 발짝 떨어지며 말했다.

그냥 세영이라고 불러요. 나보다 생일도 별로 안 늦으면서.

나는 하우에게 한 발짝 붙으며 말했다.

그건 어떻게 아셨지.

난 모르는 거 빼고 다 알아요. 다 내 손바닥 안에 있어.

내가 손바닥을 쫙 펴 보이자 하우는 다짜고짜 내 손에 깍지를 꼈다. 언니분 태음인이시구나. 사람 손 치고 너무 차가워서 놀란 나는 순간적으로 몸서리를 쳤다가 이내 뭐 하는 짓이냐고 화를 냈다. 근데 언니분도 화가 참 많으시네요. 하우가 물었고, 나는 일평생이 불바다라 주변에 나무란 나무는 죄다 태워 죽일 사주라고 했다. 큰일이네. 하우가 지나가는 말로 나지막이 속삭였다.

혹시 산낙지 포장 돼요? 내가 묻자 주인아저씨는 너무나도 안 될 것 같은 톤으로 세상에 안 되는 게 어디 있나요, 하면서 곧바로 작업에 착수했다. 수족관 깊이 찔러넣은 팔이 미세하게 굴절돼 보였다. 낙지는 고무장갑에 빨판을 딱 흡착시켜서는 암만 힘주어 떼어내려 해도 떼어지지 않았다. 이쪽도 필사적인데 저쪽도 못지않게 필사적이어서 어느 한 쪽을 지지하고 싶다기보다는…… 화가 났다. 화가 나면 순간적으로 머리에 피가 돌고 그럼 머리도 핑 돌았다. 아줌마, 서비스 좀 팍팍 주세요. 사람은 사람대로 해물은 해물대로 무던히 애쓰는 동안 나는 기어코 아줌마한테 떼를 썼다. 저 이제 여기 못 와요. 진짜 마지막이에요. 아줌마는 그 말만 지금 몇 년째인 줄 아느냐면서도 까만 비닐봉지에 명태회무침을 조금 담아주었다. 보기 좋다고 다 먹기 좋은 건 아니었지만 맛있어 보였다. 쓰레기통에 곧장 처박고 싶을 정도로 구미가 당겼다.

언니.

응?

근데 음쓰는 음식물 쓰레기통에 버려야 되는 거 알죠.

그럼 인쓰는?

인쓰가 뭐예요?

알면서.

놀이터엔 아무도 없었는데 이제 있었다. 까만 비닐봉지를 든 내가 있었고 수중에 아무것도 없는 하우가 있었다. 우리는 벤치에 앉아 일회용 알루미늄 용기를 풀어헤쳤다. 토막 난 산낙지가 제 몸과 뒤엉킨 채 꿈틀거렸다. 과하게 싱싱하고 생생해 보였고 싱이나 생자가 들어간 것들은 너 나 할 것 없이 징그러웠다. 좀 먹어볼래? 내 물음에 하우는 지금 좀 배불러서 마음만 받아먹을게요, 손사래를 쳤다.

배부른데 마음은 어떻게 받아먹냐?

그게 마음 배는 따로거든요. 후식 배처럼.

싫음 말아, 하면서 나는 우레탄 바닥을 힘껏 발로 찼다. 구름사다리와 뺑뺑이와 미끄럼틀 주변을 서성이다 제풀에 지쳐 엉덩이를 시소 끄트머리에 안착시켰다. 기분 탓인가, 누가 좀 전까지 앉아 있었던 것처럼 기구엔 희미한 온기가 배어 있었다. 하우는 나와 정확히 대칭을 이루는 자리에 주저앉으며 자기가 미리 데워놨다는 둥 헛소리나 해댔다. 근데 혹시 세윤이 별명이 뭔지 아세요? 끼익. 박세균 아님 세균맨? 끼익. 어떻게 아셨지. 끼익. 그래도 꼴에 언니니까. 끼익. 좀 닮긴 했죠? 끼익. 좀 닮긴 했지. 얼굴도 까맣고 코도 크고 속도 시커멓고. 끼익. 근데 전 세균맨 좀 별로예요. 악당 주제 맨날 하히후헤호 웃기나 해대고. 끼익. 앞으로 죽을 때까지 웃지 말아달라고 내가 꼭 전해줄게. 끼익. 에이 무슨 말도 안 되는 소리를. 끼익. 근데 엉덩이 안 아파? 끼익. 좀 아파요. 언니, 아니 너는요? 끼익. 말도 안 되게 아파. 끼익. 아픈 김에 제가 재미있는 얘기 해드릴까요? 끼익. 하지 말라고 해도 할 거잖아. 끼익. 세윤이를 닮아서 그런지 눈치가 빠르시네요. 끼익. 세윤이가 나를 닮은 거겠지. 끼익.

이상하지. 마음이 무거워진다고 몸이 무거워지지는 않을 텐데 무게중심이 점점 내 쪽으로 쏠리는 게 느껴졌다. 몸이 느꼈고 덤으로 마음이 느껴졌다. 그럼 한번 들어보세요……. 공중에 둥실 떠오른 채로 하우는 이야기를 시작했다. 제 딴에 재밌는 얘기라고 해서 나한테까지 재밌는 건 아니겠지만 나는 한쪽으로 완전히 균형을 잃은 놀이기구처럼 하우의 얘기에 귀를 기울였다. 하우는 어릴 때 종종 반 애들의 물건을 훔쳤다고 했다. 작가가 꿈이었지만 재능이라곤 없던 애한테는 단풍잎을 코팅한 책갈피를 훔쳤고 야구를 하다 어깨 부상으로 관둔 애한테는 글러브를 훔쳤고 질 나쁜 애들에게 뺨을 맞아도 절대 울지 않던 애한테는 물방울 모양 자수가 박힌 손수건을 훔쳤다고. 하우는 잠시 뜸을 들였다가 말했다. 근데 세윤이한테는 뭘 훔쳐야 될지 고민되더라고요. 훔칠 만한 게 너무 많아서.

……안 물어봤고 안 궁금해.

그럼 동네에 눈사람 살인마가 누군지도 안 궁금해요?

눈사람 살인마?

인간쓰레기처럼 눈사람만 부수고 다니는 사람이 있다던데.

그걸 내가 어떻게 알아.

알면서.

모른다니까.

에이, 저 완전 귀신이거든요.

나는 지나가는 말로 귀신 타령하고 자빠졌네, 했다. 말이 씨가 된다고 자리에서 일어나려다 발을 잘못 디뎌 중심을 잃었다. 하필 그 순간 얼마 전 종영한 예능 프로그램에서 한 패널이 뒤로 나자빠지는 모습을 슬로우 모션으로 보여준 게 생각났다. 우스꽝스러운 것들이 우스워질까 봐 웃음이 멈추지 않았다. 지나간 것을 지나간 대로 내버려두기. 암만 생각해도 그건 너무 어려운 일이라고 나는 뒤로 자빠지며 생각했다. 초등학교 받아쓰기 시간에 장래 희망을 장레 희망으로 잘못 적었던 걸 생각했다. 이담에 커서 꼭 의사가 될 거라는 내게 차라리 개그맨이 되는 게 빠르겠다던 아빠의 마지막 말을 생각했다. '나의 와중'이라는 제목의 글짓기를 했다가 분발하세요 도장을 두 개나 받은 것도 생각났다. 갓 잡은 생태를 얼리면 동태가 되고 말리면 건태가 되고 찬바람에 얼고 녹기를 반복하면 황태가 되는 것처럼 나도 나중에 뭐가 될지 궁금하다는 요지의 글이었다. 그리고 어느 모로 보나 지금 나는 우습게 자빠지는 사람이었다. 자빠지고 있다는 사실에 화가 났고 곧 엉덩이가 더러워지고 말 거라는 사실에 화가 났고 이렇게 한번 나자빠지고 나면 한동안 다시 일어나기 어려울 것 같다는 예감에 화가 났다.

이상하다 이상해. 땅바닥은 이렇게나 냉골인데 엉덩이가 확확하게 아려왔다.

괜찮아요?

…….

말하지 않아도 알아요. 이 노래 알죠? 초코파이.

…….

지금 내가 딱 그래.

*

가랑눈 숫눈 싸라기눈 복눈 자국눈 풋눈 함박눈. 어릴 때부터 언니랑 나는 눈 이름 대기 놀이를 즐겨했다. 같아 보여도 조금씩 다르다는 게 마음에 들었다. 아빠가 죽고 난 뒤 엄마가 혼자 세탁소에서 생계를 꾸리는 동안 우리는 디속디 놀이에 목을 맸다. 눈이 오나 비가 오나 아무것도 안 오나 호빵을 칼같이 반으로 쪼개 나눠 먹었다.

서로 더 큰 조각을 먹겠다고 물고 뜯고 싸운 날에는 도둑눈이 왔다. 밤에 사람이 모르는 사이에 내린 눈. 왜일까 나는 도둑눈이 오는 걸 놓치고 싶지 않아서 있는 힘껏 잠을 설치고 밤을 샜다. 그러다 고등학교 졸업식 날 새벽, 어디선가 나를 부르는 소리에 일어나 보니 창밖에 눈이 오고 있었다. 세상이 하얗게 변해가는 모습을 숨죽인 채 지켜보다가 문득 깨달았다. 도둑눈이 아니구나. 온다는 사실을 알아버린 이상 그건 더 이상 도둑눈이 아니었다. 그 사실을 너무 늦게 알아버렸다는 사실에, 눈감아주고 싶어도 눈감아줄 수 없다는 사실에 화가 났다. 재빨리 다른 이름을 찾아봤지만 싸라기눈이라기엔 손쉽게 뭉쳐질 것 같았고 함박눈이라기엔 그다지 탐스럽지 않아 보였다. 그냥 '눈이 온다'고 말하는 건 죽기보다 싫었다. 손님이 세탁 맡긴 낡고 해진 교복을 엄마가 입학 선물이랍시고 가져왔을 때보다, 주인 없이 남겨진 하우의 연필과 노트에 내 이름을 새겨넣었을 때보다 싫었다. 진짜 화가 나. 나는 슬금슬금 방으로 가 잠든 언니의 머리통을 한 대 때렸다. 눈에는 눈 이에는 이라니까 언니 주먹으로 내 뒤통수를 더 세게 때렸다. 사이좋게 한 대씩 맞았고 한가득 아팠다. 그런데 어째서인지 지금은 엉덩이에 등에 머리에 덤으로 마음까지 아팠다.

누워서 무슨 생각해?

아무 생각도 안 하고 싶다는 생각.

내 생각도 조금만 해주라.

너 하는 거 봐서.

근데 내일도 눈 온다던데.

지깟 게 뭐라고 오긴 와.

그래도 이왕 오는 거 우리 모르게 오면 정말 좋겠네.

그럼 좋겠네.

그럼 빨리 가자.

천천히 가면 안 돼?

근데 있잖아.

응.

안 될 게 뭐 있냐고 말해도 돼?

생각보다 훨씬 더 천천히 하우는 나를 집까지 바래다주었다. 마른 은행을 우유갑에 넣고 렌지에 돌려 먹으면 그게 참 별미라고 말만 할 뿐 줍지는 않았다. 막상 집 앞에 도착해서는 뭐가 너무 마렵다며 별다른 인사도 오늘 수능 잘 보라는 말도 없이 매정하게 뒤돌아섰다. 정 못 참겠으면 잠깐 들어와서 싸고 가라 했는데 이 마려움이 그 마려움이 아니라고 했다. 불이야! 나는 하우의 뒤통수에 대고 외쳤다. 귀가 밝지도 어둡지도 않은 사람에게 너무 크지도 작지도 않게 외쳤다. 내일 유서엔 하우랑 같이 은행을 까먹고 싶다고 써야지, 생각하면서.

앞으로는 사람 살려 말고 불이야, 해. 그래야 나 같은 사람들도 무슨 일인가 나와나 보지.

불이야. 이렇게?

잘 안 들려.

불이야.

더 안 들려.

불이야.

*

산낙지는 죽고 가족들은 자고. 하긴 새벽 4시면 죽기에도 잠들기에도 적당한 시간이었다. 나는 엉망이 된 옷을 대충 벗어 던진 뒤 이부자리에 엎드려 누웠다. 내일은 진짜 수능을 보러 가야 되는데. 오수는 진짜 안 되는데. 수학 모의고사 점수도 계속 제자리걸음인데……. 그러나 수학에 약한 건 내 잘못이 아니었고 굳이 잘잘못을 따지자면 수학이 너무 강하기 때문이었다. 안 그래? 속으로 말했을 뿐인데 잠에서 깬 엄마가 왔냐, 하고 내 쪽으로 돌아누웠다. 빠딱빠딱 안 들어와서 실종 신고라도 해야 되나 싶었다면서 웃었다. 엄마가 웃는 바람에 언니가 깼다. 나만 기다리다가 결국 못 참고 산채 비빔밥을 먹어버렸다며 트림을 했다. 언니가 트림하는 바람에 할머니가 깼다. 할머니는 울면 안 돼 울면 안 돼, 노래를 부르며 울먹였다. 다들 눈 하나 깜빡 안 하고 거짓말을 잘도 해서 눈물이 날랑 말랑 했다. 문득 바다에 가고 싶다는 생각이 들었다. 죽었다 깨도 바다가 이리로 올 것 같지는 않아서 바다를 보려면 내가 직접 가야 했다. 제일 가까운 을왕리가 버스로 1시간 28분 차로 45분 도보로 5시간 반 조금 안 되게 걸렸다. 중간에서 만나자고 할 수 있다면 얼마나 좋을까. 조금만 이리로 와달라고 할 수 있다면 얼마나 좋을까. 그러나 얄짤 없이 바다는 거기 있고 나는 여기 있고 그건 그 누구의 잘못도 아니었다.

오랜만에 바다 가고 싶지 않아? 내 말에 수영도 못하는 게 무슨 바다? 언니가 말했다. 엄마는 서울대에 못 가도 서울대에 가볼 수는 있는 것처럼 수영을 못해도 바다에 갈 수 있는 거라고 했다. 내가 누구 때문에 수영을 못하는데. 나는 입 밖으로 튀어나오려는 말을 간신히 꾹 삼켰다. 내가 비밀 얘기 하나 해줄까? 언니는 내가 비밀에 약하다는 걸 잘 알았다. 중2 때 하우가 색색의 형광펜으로 테두리를 칠한 노트를 건네며 교환 유서를 쓰자 했을 때도 나는 거절하지도 매정하지도 못했다. 예나 지금이나 누가 미끼를 던지면 덥석 물어주는 게 인지상정이었다.

너 물에 빠졌을 때 기억나?

기억날 수밖에. 내가 바다 한복판에서 마구 헤엄치고 있을 때 언니는 모래사장에서 두꺼비집을 만들고 있었다. 두껍아 두껍아, 헌 집 다오 새집도 다오. 그렇게 노래를 부르다가 물에 빠져 발버둥 치는 나와 눈이 마주쳤다. 내가 수면 위로 붕 떠올랐다가 가라앉기를 반복하는 동안 언니는 나를 멀뚱히 지켜보고만 있었다. 도와주세요, 라든가 사람 살려,라든가 하다못해 불이야, 외칠 수도 있었을 텐데 애먼 두껍이만 찾았다. 그때는 너무 놀라서 발이 안 떨어지는 거야. 그런데 만약 발이 떨어졌다고 해도 물에 뛰어들지는 못했을 것 같아.

그래서 어쩌라고?

그냥 그렇다고.

아주 대단한 비밀 납셨네.

그래도 숨구멍은 더 예쁘게 그려줄 자신 있어.

갑자기 웬 숨구멍?

기억 안 나?

안 났다. 수상구조대원에게 구조된 뒤 나는 온종일 잠만 잤으니까. 언니는 내가 잠들어 있는 동안 내 몸 구석구석 숨구멍을 그렸다고 했다. 어깨에도 옆구리에도 허벅지에도 배꼽 밑에도.

난 누가 똥구멍 같은 걸 그려놨나 했지.

너무하네.

누가 누구보고 할 소리.

언니를 등져 누우면서 나는 유서에 쓸 거리가 하나 더 생겼다고 생각했다. 이 담에 언니가 물에 빠져 죽나 살아난다면 나도 숨구멍을 그려줘야겠다고. 이왕이면 잘 안 지워지도록 시커먼 유성 매직으로.

엄마는 비밀인데 자기도 물에 빠져 죽을 뻔한 적이 있다고 했다.

내가 딱 너희들 나이만 할 때 한강에 뛰어내린 적이 있다. 그때 쓰던 폰이 96년에 나온 모토로라인가. 뭐가 됐든 일단 뛰어내리긴 했는데 내가 헤엄을 잘 쳐도 좀 잘 치냐? 물은 잔잔하고 달은 커다랗고 몸은 쫄딱 젖어 있고. 한참을 그러고 있는데 잘하면 진짜 망하겠구나 싶데.

잘하는데 어떻게 망해?

내 말에 엄마가 빵 터졌다.

원래 잘하면 망할 수도 있고 그런 거야.

원래 죽을 작정이었던 엄마는 어쩔 수 없이 119에 전화를 걸었다. 그때는 방수 기능이 없었는데도 웬일인지 멀쩡하게 신호가 갔다. 제가 지금 한강에 빠졌거든요. 못 믿으시겠지만 진짜거든요. 엄마가 말했고, 상황 접수 요원은 장난 전화인 줄 알고 전화를 뚝 끊어버렸다. 그날부로 엄마의 이상형은 자기 말을 무조건 믿어주는 사람이 되었다. 죽다 살아나 슈퍼 앞에서 물귀신 꼴로 무학 소주를 마시는데 어떤 남자가 그러다 속 버린다며 인삼 과자 한 봉지를 툭 내려놓았다. 남자는 엄마가 인천 앞바다에서 사이다를 100병은 족히 주웠다는 말도 IQ가 180이 넘는다는 말도 살면서 한 번도 거짓말을 해본 적 없다는 말도 곧이곧대로 믿어주었다.

그게 아빠였구나?

엄마는 계속 들어봐 글쎄, 하고 말하며 이불을 자기 쪽으로 끌어당겼다.

그 후로 엄마는 남자와 무려 1년을 연애했고, 이담에 결혼이란 걸 하게 된다면 마당에 이글루를 만들고 그 안에서 자식들과 같이 육개장 사발면을 먹자는 계획까지 세워두었다. 데이드를 나온 남자가 교통사고로 입원하기 전까지만 해도 모든 게 순조로웠다. 정확히는 병 수발을 들던 엄마가 남자와 같은 병실을 쓰던 다른 남자와 눈이 맞기 전까지는 그랬다. 머리로는 이러면 안 된다는 걸 아는데 마음은 그게 안 됐다고. 나 바람피웠어요. 때려죽여도 할 말이 없어요. 물론 진짜 죽이라는 말은 아니에요. 퇴원을 하루 앞둔 날 엄마는 남자에게 솔직하게 털어놓았고, 남자는 처음으로 엄마한테 거짓말 치지 말라며 화를 냈다. 엄마는 진짜 거짓말이 아니라고 적반하장으로 화를 내면서 남자를 두 번 죽였다.

진짜 못됐다.

언니랑 내가 이구동성으로 말하자 엄마는 그럼 좋은 얘기가 비밀이겠니? 하고 퉁명스레 받아쳤다. 하긴 맞는 말이었다. 편의점에서 호빵을 훔친 것도 동네에 눈사람을 죄다 부수고 다니는 것도 딱히 좋은 얘기는 아니었으니까. 엄마는 아직 할 얘기가 남았다면서 이불을 휙 걷어찼다. 다짜고짜 이별을 선언한 게 못내 마음에 걸렸던 엄마는 마지막으로 병문안을 가기 전 육포를 샀다. 그것도 백화점에서 파는 제일 비싼 놈으로다가.

육포는 왜? 하고 물으려는데 엄마가 공기 씹는 시늉을 하면서 한번 맞혀봐, 했다. 곧장 알려주면 될 걸 사람들은 왜 답을 꽁꽁 숨기고 싸매지 못해 안달일까. 화딱지가 난 내가 입을 꾹 다물고 있던 반면 답을 구하지 못해 안달 난 언니가 말했다.

그거라도 씹고 뜯고 맛보면서 실컷 욕하라는 건가?

나는 언니가 정답을 말했다는 걸 알았다. 내가 구해낸 답과 정확히 일치해서 마음이 편치 않았다.

진짜 화가 나. 최고급 육포를 먹어치우지도, 그렇다고 버리지도 못한 채 병실에 누워 있는 아저씨를 생각하면서, 나는 아저씨가 지금 뭘 하고 있을지 궁금해졌다. 죽었을까 살았을까 아님 죽지 못해 살고 있을까. 만약 살아 있다면 언젠가 아저씨랑 같이 육포를 뜯고 싶다. 나는 유서에 그렇게 한 줄 적어야겠다고 마음먹었다.

엄마는 속이 타서 안 되겠다며 냉수 대신 커다란 산삼주 병을 들고 왔다. 원래 딸년들이 사람 구실을 하게 되면 깔 생각이었는데 생각이 바뀌었다고 했다. 기분 탓인지 산삼은 예전에 봤을 때보다 싹이 조금 자라난 것 같았다. 안 그러냐고 해봤자 말도 안 되는 소리나 해댄다고 등짝을 때릴 게 뻔해서 나는 심봤다의 심이 무슨 뜻인지 궁금하지 않냐고 물었다. 엄마는 입을 꾹 다문 채로 한참 동안 내 가슴께를 들여다보고는 잔이 넘치도록 술을 따라 주었다. 이상하지, 산삼주에서는 산삼 맛도 술맛도 아닌 아빠 손맛이 났다.

어느새 두 사람은 내 얼굴을 뚫어져라 쳐다보고 있었다. 기브 앤 테이크. 가는 게 있으면 오는 것도 있어야 하는 법이니 나 또한 비밀 하나를 내놓으라는 거였다. 까짓 거 못할 건 없어서 나는 비장하게 심호흡을 한 뒤 말했다. 나는 매일 죽고 싶다는 생각을 해. 바깥으로 뱉는 소리가 아니라 안으로 먹는 소리였다.

그리고 나만큼이나 새까만 침묵.

뭐야, 3초 안에 다시 말 안 하면 죽어. 언니는 농담하지 말고 제대로 된 비밀을 말하라면서 어슴푸레 웃어 보였다. 언니가 웃자 마른 풀숲에 불이 번지듯 엄마가 웃었고 엄마가 웃자 할머니도 웃었다. 그리고 인심 좀 쓴 언니가 3, 2, 1, 0, 무려 1초나 더 시간을 주는 동안 나는 그때 왜 그랬냐고, 엄마에게 따져 묻고 싶었다. 매일 호빵을 사달라고 조르지도 않았는데 왜 나한테 맛없는 요구르트를 먹였냐고. 택시를 타거나 구급차를 부르면 될 걸 왜 그렇게 우리를 세게 안고 뛰었냐고. 갈비뼈가 다 으스러져서 진짜 죽는 줄 알았다고. 그러나 주어진 시간을 훨씬 넘긴 뒤에야 나는 가까스로 말할 수 있었다.

그냥 날 죽여라 죽여.

언니가 내 머리통을 베개에 더 세게 더 깊이 파묻는 동안 바깥엔 눈이 왔다. 말하지 않아도 보이지 않아도 알 수 있는 것들. 가끔은 내가 안다는 걸 모르고 싶었지만 내가 이토록 나인 이상 그건 불가능했다. 내가 잘못했어. 언니로부터 간신히 벗어나 참았던 숨을 몰아쉬는데 할머니가 부옇게 번진 창밖을 가리키면서, 이미 알고 있는 나를 너무나도 잘 알게 하면서 중얼거렸다.

저기 망설임이 어정어정 날 데리러 왔네.

*

밤을 꼴딱 새웠구나. 예정일이 한 달이나 남았는데 갑자기 배가 너무 아프다는 언니와 엄마를 택시에 태워 보낸 뒤 나는 세탁소 문에 일신상의 이유로 쉽니다, 문구를 써 붙였다. 어둠속에 고요히 매달린 꽈배기 니트와 애벌레 패딩과 떡볶이 코트를 보면서 일신상의 이유는 있는데 일심상의 이유는 없는 게 불공평하다고 생각했다. 그러거나 말거나 호빵은 사거나 훔치기 좋았고 할머니는 놀이터에서 눈사람을 만들었다. 머리가 몸통보다 큰 가분수라 좋다 말았다. 눈사람에겐 공평하지 못한 일이지만 나와는 상관없는 일. 내가 어김없이 눈사람을 때려 부수면 할머니는 크고 작은 눈 조각들을 그러모았다. 정성껏 빚은 흰 덩어리에 돌멩이와 낙엽과 나뭇가지로 눈코입을 만들어주었다. 그렇게 다시 내 차례가 돌아오자 할머니는 내 손을 감싸 쥐며 살살 해, 살살, 하고 속삭였다. 할 수만 있다면 나도 한 번쯤 살살 살아보고 싶었다.

문득 그 많던 호빵맨 대가리는 다 어디로 갔을까, 하는 생각이 들었다. 유통기한은 언제까지였을까. 팥을 좋아하는 까마귀가 팥만 파먹었을까. 마음씨 좋은 사람이 양지바른 곳에 잘 묻어주었을까. 땀이 다 나도록 주먹을 휘두르는데 맨발에 잠옷 차림인 옆집 여자애가 미끄럼틀 꼭대기에서 나를 내려다보며 어? 엘사 언니다, 했다. 나는 여자애를 올려다보았고, 마주치는 눈빛을 차마 지나치지 못했다.

오늘도 혼자니?

네.

박세윤.

네?

언니 이름이야.

네.

여자애는 경사면에 쌓인 눈 덕분에 잘 미끄러지지 않는 미끄럼틀을 타고 내려와 벤치에 쭈그려 앉았다. 자리 있어? 하고 묻자 있다고 했다. 좀 화가 나긴 해도 미련 없이 돌아서려는데 여자애가 옆으로 비켜 앉으며 자리 있다니까요? 재차 말했다. 있다고요. 비었다고요. 나는 작디작은 온기가 스민 벤치에 앉아 호빵 먹을래? 하고 물었다. 여자애는 잠시 쭈뼛대더니 말없이 고개를 끄덕였다. 나는 양손으로 호빵을 쥐고 조심조심 끄트머리를 갈랐다. 조금만 떼어줄 생각이었는데 어쩌다 보니 조금 많이 떼어버렸다. 더구나 내가 손에 힘을 빼고 여자애가 손에 힘을 주는 타이밍이 잘 맞지 않아서 호빵 조각이 눈 덮인 바닥에 홋 떨어졌다. 아이 참. 여자애는 눈가루가 골고루 묻은 호빵을 곧장 주워 들고는 호호 바람을 불었다. 먹음직스러워 보인다고 전부 먹을 수 있는 건 줄 알았다.

더러워 먹지 마.

3초 안에 주우면 괜찮대요.

그건 괜찮아본 사람들이 하는 얘기야.

그럼 그냥 이렇게 들고만 있을게요.

들고만?

네, 들고만.

근데 왜 맨발인지 물어봐도 돼?

안물안궁 해요.

응?

안 물어보고 안 궁금해해도 된다고요.

나 그거 진짜 잘해.

근데 내가 눈사람 잘 만들지 못 만들지 궁금하지 않아요?

좀 전에 안물안궁 하라며.

맞다. 그럼 그냥 이것만 좀 들고 있어주세요.

나는 좀 전에 내가 건넸던 호빵 조각을 돌려받았다. 자리가 있는 벤치에 식어빠진 호빵을 들고 앉아 눈덩이 굴러가는 소리를 들었다. 작고 어린 여자애와 작고 늙은 할머니가 어우렁더우렁 눈사람을 만드는 풍경은 멀리서 보면 볼수록 보기 좋을 거였다. 안 그래? 단축번호 99를 눌러보았지만 신호음이 여덟 번 울리도록 전화를 받지 않아 소리샘으로 연결되었다. 같이 눈사람 만들래? 노래를 불러줄 생각이었는데.

눈이 오니 몸살도 오려나. 눈늑 누가 매달린 것처럼 어깨도 옆구리도 허벅지도 무지근해졌다.

이제 갈까 우리? 가기 전에 눈사람 대가리를 부숴도 되냐고 물으니 할머니랑 여자애는 된다고 했다. 대신 바르고 고운 말을 쓰라는 조건을 내걸었다. 세종대왕 아저씨가 들어도 노하지 않을 만한, 대가리 머가리 대갈통 말고 뚝배기 같은 거. 나는 어김없이 눈사람의 뚝배기를 깼다. 평소처럼 잘 부서지지 않아 평소보다 분발해야 했지만 그냥 평소대로 했다. 참 잘했어요. 여자애의 말에 나는 조금 울었고 눈물 훔치지 않았다. 견딜 수 있을 만큼 무거워진 몸과 맘을 이끌고 가기구게고 나니누네노 다디두데도…… 속으로 중얼거리며 아까 왔던 방향으로 걸었다. 하히후헤호. 걸어서 갈 수 있는 거리를 살살 걸어서 갔다. ■

장진영

2019년 《자음과모음》 신인문학상을 수상하며 작품 활동을 시작했다. 소설집 《마음만 먹으면》이 있다.

허수 입력

장진영
小說家

오래전 영등주유소에서 불이 난 적이 있다. 정확히는 주유소 사무실 2층이었다. 영등주유소는 이름에서 추측할 수 있듯 영등동에 위치해 있었다. 시의 중심부라고 해도 좋았다. 사람들이 많이 살고 많이 드나드는 곳이었다. 대형할인마트와 영화관이 최초로 생긴 곳이기도 했다. 기름값이 다소 비쌌지만 손님이 많았다. 화재는 아주 작은 규모로 발생했다. 주유소 사모님이 어머 깜짝이야 하고 불씨를 토닥이는 것만으로 수습이 되었다. 당연히 신문에도 나지 않았다. 하마터면, 주유소 사모님은 가슴을 쓸어내렸다, 하마터면 불씨가 휘발유에 옮겨붙을 수도 있었다. 가스가 폭발할 수도 있었다. 영등주유소는 엄청나게 많은 양의 가스와 기름을 보유하고 있었고 또 그걸 파는 곳이었다. 하마터면 영등동 일대를 쑥대밭으로 만들 수도 있었다.

"절대 얘기하면 안 된다." 주유소 사모님이 당부했다. "말하면 우리 망하는 거야."

영등주유소 사무실 2층은 우리 가족이 사는 집이었다.

당시 나는 영등동에 있는 영등초등학교에 다녔다. 미취학 아동에서 막 학생이 된 참이었다. 영등주유소 소장, 즉 아빠는 나를 학생이라고 불렀다. 별다른 노력이 없어도 나이만 차면 아이들은 학생이 된다. 그렇지만 학생으로 불리는 일은 무언가를 이루었다는 착각과 뿌듯함을 자아냈다. 노력 없이 얻은 보상. 그에 수반되는 약간의 부끄러움. 어쩌면 학생이라는 호칭이 너무 좋았기 때문에 훗날 내가 대학을 10년 이상 다니게 된 것일 수도 있다. 생의 대부분을 학생으로 살게 된 것일 수도 있다. 현재 나는 학생 선생님 아가씨 아줌마 저기요 등 여러 가지로 불리는데 그중 학생으로 불리는 게 가장 흐뭇하다고 생각한다.

기나긴 학생 인생의 기념할 만한 첫해, 여덟 살, 영등초등학교 1학년 시절에 나는 주유소 사무실 2층에 살았다. 학교에 가게 되면서 알게 된 사실 하나는 내게 열쇠가 없다는 것이었다. 지금은 디지털 도어록이 보편화되어 있고 심지어 자동차도 카드로 열지만, 그보다 진보한 이들은 스마트폰으로 열쇠를 대체하기도 하지만, 그때만 해도 진짜 열쇠로 문을 열고 다니던 시대였다. 집이 있다면 열쇠도 있어야 했다. 친구들은 목에 열쇠를 걸고 다녔다. 주머니에 넣으면 잃어버릴 테니까 각 가정의 부모들이 자녀의 목에 노끈에 꿴 열쇠를 걸어주었다. 노끈의 색깔과 모양새가 패션의 척도가 되기도 했다.

영등주유소는 24시간 운영되는 곳이었으므로 그곳 사무실 2층도 항시 개방되어 있었다. 가정집이었으되 직원들의 비공식 화장실로 쓰이곤 했다. 주유소의 공식 화장실은 불특정 다수의 사용으로 인해 너무 붐비고 더러웠기 때문이었다. 예나 지금이나 주유소 화장실은 기름을 넣으러 온 손님뿐만 아니라 급한 불을 꺼야 하는 행인에게도 아주 이상적인 장소다. 영등주유소의 아르바이트생들에게는 그다지 달갑지 않은 일이었다. 그러므로 자연히 나는 열쇠를 가질 수 없는 형편이었다. 집 문을 잠그면 누군가는 대소변을 처리하는 데 곤란을 겪게 되기 때문이었다. 학교에 가게 되면서 열쇠가 없다는 사실을 알게 되었다. 어떤 날 하굣길에 한 남자애가 너는 집이 없느냐고 물었다.

"있어."

"어딘데."

"있어."

우리 집 화장실의 주 이용객인 영등주유소 아르바이트생들은 대개 십대 후반에서 이십대 초반의 남성들로 구성되어 있었다. 워낙 자주 바뀌었기 때문에 누가 누구인지 기억하려 노력하지는 않았다. 그중 한 오빠가 대변을 보면서 담배를 피웠다. 당시에는 실내흡연이 합법이었고 어린이가 있는 장소에서의 흡연에 대해서도 별로 경각심이 없었다. 그 오빠는 재를 완전히 제거하지 않은 꽁초를 쓰레기통에 버림으로써 불을 냈다. 부주의에 의한 화재였다. 엄마는 이 일을 비밀에 부쳤다. 원래도 친구들에게 말할 생각이 없었지만 비밀이라고 하니까 마음이 힘들었다. 영등동 일대를 쑥대밭으로 만들 수도 있었다, 훗날 나는 이 사실에 대해 자주 생각하게 된다. 아마 그때가 가장 큰 영향력을 지녔을 때가 아니었을까. 만약 내가 사람을 죽이게 된다면 그 방법이란 아마도 과실치사가 되지 않을까. 수신인을 알 수 없는 화, 그 누구도 특정하지 못함으로써 갈피를 잃은 원한이 실수라는 형태로 가슴에서 터져나오며 무고한 사람, 그것도 아주 많은 사람을 죽거나 다치게 하지 않을까.

그날 하굣길에 나는 집이 없느냐고 시비를 건 남자애와 몸싸움을 벌였다. 체격 차이가 크지 않았으므로 겨뤄볼 만했다. 먼저 코피가 나는 사람이 지는 게임이었고 내가 졌다. 영등주유소로 돌아오며 나는 생각했다. 너도 영등동 살지. 내가 너를 죽일 수도 있었어. 물론 내가 낸 불이 아니었으므로 말이 되지 않았지만 거기까지는 생각하지 못했다. 나는 그 남자애에게 비밀에 부쳐진 화재에 대해 발설하고 싶었다. 발설하는 순간 진짜 화재와 폭발이 일어나기라도 할 것처럼. 하지만 그럴 수 없었다. 말하는 순간 사업이 망하게 될 거라고 엄마가 누누이 강조했기 때문이었다.

주유소 화재의 범인인 아르바이트생 오빠는 피떡이 된 내 코를 보며 누가 그랬느냐고 물었다. 나는 대답하는 대신 누군가가 맡기고 간 승용차 뒷좌석에 탔다. 자동세차기가 차를 깨끗하게 하는 모습을 구경했다. 바깥은 쨍쨍한데 여기에만 비가 오는 것 같았다. 가만히 있는데도 차가 앞으로 뒤로 달리는 것 같았다. 거품이 뿌려지고 크고 작은 붓들이 여러 방향으로 움직였다. 멀미가 났다. 세차 후의 물기는 자동으로 제거되지 않았으므로 두 명의 직원이 마른걸레를 들고 민첩하게 달라붙었다. 내가 가장 사랑하는 순간이었다. 나는 안에 가만히 앉아 있는데 밖에서는 열심히 물기를 훔치는 순간. 누군가의 열심을 구경하는 순간. 나는 차에서 내려 소매로 코를 닦았다. 다음날 아르바이트생 오빠가 영등초등학교 앞에 왔다. 누구야? 재야? 아니면 재야? 학기 초였고 애들은 다 거기서 거기로 생겼고 딱히 기억력이 특출한 것도 아니었으므로 얼굴이 헷갈렸다. 나는 전날 싸웠다고 생각되는 아이를 가리켰다. 목에 열쇠를 매달고 있었다.

아르바이트생 오빠가 그 애를 피떡으로 만든 것은 아니었다. 그렇지만 어린아이에게 충분한 위협은 되었을 것이다. 큰 키와 건장한 몸을 과시하는 것만으로도. 얼마 뒤 알게 된 것이지만 그 애에게는 죄가 없었다. 나는, 인정하고 싶지 않지만, 그냥 아무나 가리킨 것 같았다. 걔는 나를 때렸던 아이가 아니었다. 나는 무고한 아이에게 사과했다. 그리고 100원을 건넸다. 사과에 신빙성을 더하기 위해서였다. 초등학생에게는 꽤 큰돈이었다. 두 개면 병아리도 살 수 있었다. 아이는 말없이 은색 동전을 받았다. 나중에 나는 종종 이 순간을 기억하게 될 것이었다. 어처구니없어 얼굴이 달아오르면서. 과거로 돌아가 다른 방식으로 사죄하고 싶어질 것이다. 그 방법에 대해서는 영영 알 수 없을 것이다. 안다 하더라도 가능하지 않을 것이다. 사죄하고 싶다는 마음을 품는 것으로 조금의 죄는 덜었다고 안도할 것이다.

그 무고한 애를 위협하고 돌아오던 길에 나는 아르바이트생 오빠에게 열쇠를 가지고 싶다고 말했다. 모든 게 다 열쇠 때문이었다.

"아닌 것 같아." 오빠가 중얼거렸다. "걔 아니었던 거 같아."

안 쓰는 열쇠를 노끈에 꿰어 내 목에 매달아준 게 누구였는지 나는 아직도 기억하지 못한다. 기억하기에는 주변에 사람이 너무 많았다. 차도 사람도 너무 많이 들락거렸다. 그리고 우리 집 문은 항상 열려 있었다.

도어록의 비밀번호 네 자리를 누르자 사촌동생이 기함을 했다. 너무 쉽잖아. 그렇게 말하며 현관에서 급히 신발을 벗었다. 남의 집 비밀번호를 훔쳐보다니,라는 생각은 들지 않았다. 일부러 보여준 것이었다. 그리고 그 애가 훔쳐봐주어서 좋았다. 오로지 입력의 편의성에 입각한 숫자 조합이었다.

사촌동생은 보라매공원 근처 언어치료센터에서 이직을 위한 면접을 보고 온 참이었다. 서울에 올라온 지는 1년 정도 되었는데

막 상경했을 때 한 번 보고 지금이 두 번째 보는 것이었다. 내 자취방이 보라매공원에서 멀지 않았던 것을 기억해내고는 놀러 왔다. 큰삼촌 딸이었고 나보다 네 살 어렸다. 새삼 언제 이렇게 컸나 싶은 생각이 들었다. 취직도 아니고 이직을 한다니. 신기하고 기특했다. 나는 뭐 하고 있나, 하는 자괴감은 들지 않았다. 나로 말하자면 취직도 아니고 이직도 아니고 퇴사를 했기 때문이었다. 1년도 채우지 못했다. 하던 대로 학교에나 다니고 싶었다. 나는 저녁으로 무얼 사줄까 고민하며 버스정류장으로 마중을 나갔다. 신호에 걸린 버스 안에서 사촌동생이 손을 흔들었다. 나도 손을 마주 흔들며 몇 미터 앞의 정류장 쪽으로 걸어갔다. 사촌동생이 버스에서 내릴 때 나는 또 손을 흔들었다. 그 애도 마주 흔들었다. 우리는 이거 먹을까 저거 먹을까 하면서 한참 돌아다녔다. 마침내 음식점에 들어서려는 순간 사촌동생이 멈춰 서더니 고백 하나 해도 돼? 했다. 밥 먹은 지 얼마 안 되어 배가 안 고프다고 했다. 목이 마르다고 했다. 그보다 오줌이 마렵다고 했다. 나는 재빨리 주변을 둘러보았다. 누가 용변이 급하다고 하면 도와야 한다는 생각 말고는 아무런 생각도 들지 않는다. 주변에 믿음직한 화장실이 보이지 않았다. 그나마 집이 제일 가까웠다.

화장실에서 나온 사촌동생이 발목까지 오는 스타킹을 벗었다. 거실화를 벗어주려 하자 극구 사양했다. "언니, 나 발 씻어도 돼?"

"발 씻어도 돼."

손님이 발을 씻으러 다시 화장실에 들어간 사이 나는 옥상에 올라가 담배를 피웠다. 담뱃불을, 그 작고 동그란 화재를 구경했다. 지금 내 집 화장실에 사촌동생이 있다고 생각하니까 기분이 이상했다. 그것도 발을 씻고 있었다. 불과 며칠 전 다른 사촌동생—이모의 딸—의 결혼식 날 본가에 내려갔을 때 이 애를 만났고 지금 다시 만나는 거였는데 어쩐지 그날은 빼고 생각하게 되었다. 1년 전에 서울에서 만난 뒤 두 번째로 보는 것 같았다. 시간은 장소의 색인일 뿐이라는 생각이 들었다.

"발 뭘로 닦았어?" 나는 사촌동생의 보송보송한 발을 보며 물었다.

사촌동생이 발 닦는 용도의 수건을 가리켰다. 세탁을 위해 건조 중인 것이었다. "다 쓴 것 같아서."

"잘했어."

나는 에어컨을 켠 다음 사촌동생에게 얼음물을 주었다. 컵이 하나뿐이라 내 물은 그릇에 따랐다. 사촌동생이 그릇에 담긴 물을 마시고 싶어 했다. 나는 거부했다.

"고모가 나더러 언니 잘 돌봐달래." 컵으로 물을 마시며 사촌동생이 말했다.

"고모가 누구야?"

"언니 엄마."

대화는 자연스럽게 며칠 전 있었던 결혼식으로 흘러갔다. 나보다 두 살 어리고 이 애보다 두 살 많은 또 다른 사촌동생이 결혼을 한 게 불과 며칠 전이었다. 이모의 딸이었다. 그때도 나는 재가 언제 이렇게 커서 결혼을 하게 되었나 생각했던 것 같다. 부부가 양가 어른에게 인사하는 순서가 왔을 때 나는 또 예외 없이 울었다. 결혼식에만 가면 항상 그 부분에서 울게 되었다.

사촌동생—지금 내 앞에 있는 큰삼촌 딸—이 큰삼촌 얘기를 했다. 어떤 연유로 인해 사촌동생은 큰삼촌 즉 자신의 아빠와 남보다 못한 사이가 되어 있었는데 그 결혼식에서 오랜만에 마주치게 되었다. 아빠 안녕하세요, 하고 사촌동생은 인사를 했고 그게 그날 부녀가 나눈 유일한 대화였다. 그날 사촌동생은 꽃무늬가 프린트된 화려한 원피스를 입고 왔다. 굽이 높은 구두도 신었다. 평소에는 수수한 차림을 좋아하는데 혹시라도 큰삼촌을 마주칠까 봐 신경을 쓴 것이었다. 미워하는 사람을 위해 예쁜 옷을 입는 일, 그 마음을 알 것 같기도 했고 모를 것 같기도 했다.

나로 말하자면 큰삼촌과 그보다는 많은 대화를 나누었다. 큰삼촌과 나만이 흡연자였기 때문이었다. 자연스레 흡연구역에서 마주칠 수밖에 없었다. 나무 벤치가 아직 물기를 머금고 있었다. 전날 비가 많이 온 터였다. 다행히 그날은 춥지도 않고 화창했다. 막둥이삼촌이 지나가며 장난스러운 표정을 지어 보였다. 딸랑구, 삼촌은 그런 거 신경 안 써. 오래전 영등주유소에서 아빠를 도와 일했던 둘째삼촌은 별말 없이 지나갔다. 큰삼촌은 나와 같이 앉아 담배를 피웠다. 그러다가 큰삼촌이 내게 맞선을 주선하게 되었다. 왜인지는 모르겠다. 이후 서울로 올라와 나는 실제로 몇 번 선을 보았다. 불과 며칠 사이에 벌어진 일이었다.

내가 사촌동생에게 맞선 얘기를 한 게 크나큰 실례는 아니었을 것이다. 사촌동생과 큰삼촌은 부녀지간이었지만 이미 서로에게 무관했다. 또한 나는 그 둘과 각기 독립적인 관계를 맺고 있었다. 맞선은 너무 최근에 일어난 일이었고 내 인생에 있어 굉장히 예외적인 일이었다. 얘기를 안 하는 게 더 이상했다.

"심 씨가 소개해준 사람이 과연 좋은 사람일까?" 사촌동생이 의문을 제기했다. 자기 아빠가 딸이 아니라 조카—나—와 어떤 관계를 형성한 것에 대해 별로 기분 나빠 하지는 않는 것 같았다.

"너도 심 씨잖아."

그때 심씨 성을 가진 사람, 엄마에게서 전화가 왔다. 나는 사촌동생과 같이 있다고, 그 애와 눈을 마주치며, 말했다. 사촌동생이 면접에 대해 함구하라는 신호를 주었고 나는 알겠다는 뜻으로 윙크했다. 엄마가 맞선 본 남자와 어떻게 되었느냐고 물었다. 그러더니 목소리를 낮추었다. "삼촌한테 소개받았다고 얘기한 거 아니지?"

"뭐 어때요."

전화를 끊자 사촌동생이 자기 아빠를 포함해 작은아빠들도 나를 좋아하고 아낀다고 알려주었다. 모두가 언니를 걱정해.

"작은아빠들이 누구야?"

"언니한테는 둘째삼촌 막둥이삼촌. 옛날에 언니한테 나쁘게 한 선생님 죽여버린다고 우리 아빠랑 작은아빠들이랑 난리 치고 그랬었는데."

"어떤 선생님?"

사촌동생이 자신은 초등학생이었고 나는 고등학생이었던 시절 얘기를 했다. 고작 네 살 차이였지만 사촌언니가 되게 어른으로 느껴지던 시절. 그때 학원 선생이 나를 추행했다고 했다. 금시초문이었다. 내 잘못으로 학원을 그만둔 줄 알았는데. 아주 사소한…… 문제가 있었다는 게 어렴풋이 기억났다. 어찌나 사소했으면 나는 그 학원 선생을 고등학생 때 이후로 처음 떠올리는 것 같았다. 집안에 난리가 났다는 것도 처음 알았다. 나만 몰랐다니 배신감이 들었다.

"언니 그 남자 아직도 만나?"

"어떤 남자?"

사촌동생이 어떤 남자 얘기를 했다. 당연히 그 남자가 맞았다. 평소 집안에서 사적인 얘기를 잘 하지 않았기에 의아했을 뿐이었다. 1년 전에, 사촌동생이 서울에 올라온 지 얼마 안 되었을 때, 우리가 첫 번째로 만났을 때, 그때 얘기한 모양이었다. 아니면 엄마가 동네방네 떠들고 다닌 것일 수도 있었다. 뭔가 지긋지긋하고 징그러웠다. 그 남자를 아직까지 만나고 있다는 사실이 더 징그러웠다.

"참, 면접은 어땠어?"

"합격했어." 사촌동생이 심드렁하게 대꾸했다. "근데 고민돼. 다른 센터는 5대 5로 나누는데 여기는 6대 4래."

"네가 4?"

"응."

사촌동생은 일주일에 이틀만 일하는 지금이 여유롭고 좋다고 했다. 그러면서 엄마—큰숙모—와 남동생과 함께 제주도에 가서 찍은 사진을 보여줬다. 야자수를 배경으로 한 것이었다. 근사하고 단란해 보였다. 셋이 정말 닮아 보였다. 당연한가? 큰숙모는 결혼식에 오지 않았기 때문에 나는 사진 속 숙모의 얼굴을 오래 들여다보았다. 한때는 큰삼촌만 명절이나 집안 대소사에 내려오지 않았는데 이제는 큰숙모만 내려오지 않는 상황이었다. 외할머니는 이제 전 부치러 오라고 큰숙모가 아닌 사촌동생에게 전화했다. 다른 숙모—막둥이삼촌의 아내—는 사촌동생에게 찬밥을 줬다. 이 가정에 무슨 일이 있었는지는 이들만 알았다. 혹은 나만 몰랐다. 식구들은 처음에는 큰삼촌을 욕했는데 이제는 큰숙모를 욕했다. 팔은 안으로 굽는다지만, 하는 식의 사족을 달면서. 사진으로 숙모의 얼굴을 보니 그리운 마음이 들었다. 너 엄마랑 되게 닮았구나, 했더니 사촌동생이 좋아했다. 그러더니 자기는 아빠와 더 닮았다고 시무룩해졌다. 첫딸은 아빠 닮는대. 그렇지만 점점 엄마와 닮아가고 있다고 했다. 나는 반반 닮았다고 고쳐 말했다.

"할머니 입원하신 거 알아?" 문득 내가 물었다.

외할머니—사촌동생에게는 친할머니—는 백신을 맞은 뒤 패혈증이 생겨 입원 중이었다. 집중치료실과 중환자실을 오가고 있었다. 열나고 아프다고 전화가 왔을 때만 해도 상황이 이렇게 심각해질 줄 몰랐다. 아가, 할머니 어제 아팠어, 오늘도 아파, 아니 어제보다는 괜찮아, 이런 내용으로 통화를 했었다. 그런 다음에는 엄마에게서 전화가 왔다. 응급실이라고 했다. 결혼식이 있고 며칠 뒤의 일이었다. 불과 며칠 사이의 일이었다. 그러니까 내가 서울에서 맞선을 보고 있을 때. 사촌동생은 이제 친가와 연결고리가 없어졌기 때문에 이 소식을 몰랐다. 사촌동생이 왜 말했느냐고 울었다. 이직 전에, 시간 많을 때 한번 내려가야겠다고 했다. 나는 병실에 보호자 한 명만 들어갈 수 있고 코로나 검사도 받아야 한다고 말렸다. 그것도 환자가 일반병실에 있을 때만 가능한 일이었다. 중환자실에는 멀리서 지켜볼 수 있는 창문도 없었다.

"할머니 치매만 있는 줄 알았어. 몸이 아픈 줄은 몰랐어." 사촌동생이 훌쩍거렸다. "엄마 괴롭히는 것 같아서 결혼식 날 할머니한테 인사도 안 했는데. 너무 후회돼."

"치매?" 처음 듣는 얘기였다.

"몰랐어?"

할머니가 맨날 같은 소리만 한다는 게 사촌동생이 생각하는 치매의 근거였다. 별로 동의가 되지는 않았다. 노인들은 원래 다 그렇지 않나. 꼭 늙지 않아도, 하물며 술만 마셔도 같은 소리만 하게 되는데.

"언니 나 배고파."

"응. 밥 먹자. 맛있는 거 사줄게."

거의 9시가 되어가고 있었다. 가게들이 10시에 문을 닫기 때문에 서둘러야 했다. 마스크를 쓰려고 하는데 사촌동생이 벗어둔 마스크와 내 마스크가 똑같이 생겨서 뭐가 내 것인지 알 수 없었다. 사촌동생이 자기 것을 가려냈다. 안쪽에 화장품이 잔뜩 묻어 있었다. 파운데이션과 립스틱. 얼굴 하나로 셈해도 무방할 정도였다. 내가 놀리자 사촌동생이 다들 이렇다고 둘러댔다.

"우리 엄마는 이것보다 더 심해."

"아…… 미안해."

"언니 비밀번호 바꿔." 사촌동생이 발목까지 오는 스타킹을 신었다. "누가 집 비밀번호를 그렇게 해놔."

비밀번호는 바꾸지 않았다. 내 자취방 비밀번호를 아는 건 이제 세 사람이었다. 사촌동생이 그 남자라고 불렀고 내가 어떤 남자냐고 물었던 사람, 즉 나의 애인, 그리고 사촌동생, 그리고 나였다. 맞선을 보러 나가던 날에 애인은 한 가지만을 당부했다. 집에 데려다주게 하지 말라고. 지하철역에서 헤어지라고. 나도 그러려고 했었다. 그는 맞선을 보지 말라고는 하지 않았다. 강력히 주장할 만한 입장이 아니었다. 우리는 스무 살 때 만나 10년 이상 연애했다. 같은 학부를 졸업해 같은 지도교수 아래서 같은 연구실에 다녔다. 3D 캐릭터의 피부를 구현하는 스키닝을 했다. 얼굴이 빨갛고 길어서 고구마라고 불리던 지도교수는 우리에게 주례를 봐주겠다고 약속했다. 연애하는 동안 나는 다섯 번 이상 사후피임약을 먹었고 한 번 낙태했다. 서로가 처음이었고 서툴렀다. 졸업하면 이거 하자, 졸업하면 저거 하자, 모든 게 졸업 뒤로 유예되었다. 결혼 역시 마찬가지였다. 그리고 아기도. 비행기를 타러 김포공항에 가는 길에 고구마가 호출해 연구실로 복귀한 뒤로는 여행도 시도하지 않았다. 그는 박사학위를 딴 뒤 공기업에 선임급으로 입사했다. 나는 수료 단계에서 학업을 중단했다. 떠나는 날 고구마가 몽블랑 만년필을 선물로 주었다. 사회로 나와 보니 나는 아무것도 모르는 바보 멍청이가 되어 있었다. 내게 남은 건 애매한 학위와 몽블랑 한 자루가 다였다. 1년도 채우지 못하고 회사를 그만뒀다. 주유소 집 딸, 어쩌면 그게 나를 수식하는 이력의 전부인지도 몰랐다. 어느 날 애인이 결혼하고 싶지 않다고 고백했다. 그 말을 너무 늦게 했다. 그건, 엄마의 의견에 따르면, 범죄였다.

사촌동생—이모의 딸—의 결혼식 날에 큰삼촌이 중매를 섰다. 엄마에게 어디까지 들었는지는 알 수 없었다. 그날 나는 큰삼촌뿐만 아니라 굉장히 많은 사람들을 만났다. 엄마는 맏이였고 동생이 넷—여동생 하나와 남동생 셋—이었으므로 나에게는 사촌동생이 열 명 이상 있었다. 정확히 세보지는 않았지만 열 명 이하가 아닌 건 확실했다. 명절에 잘 내려가지 않았으므로 오랜만에 재회했다. 다들 놀랄 만큼 자라 있었다. 동생들은 나를 보자 벽에 붙은 의자에서 우르르 일어나 목례를 했다. 왜인지는 모르겠지만 나는 약간 존경받고 있었다. 혼주인 이모네를 제외하고는 모두 이혼 혹은 이혼에 준하는 가정의 자녀들이었다. 나도 마찬가지였다. 어떤 할머니가 다가와 네가 장미던가? 했다. 내 이름은 장미가 아니었다. 그건 꽃 이름이었다. 나는 아주 어렸을 때 그런 낯 뜨거운 이름으로 불리기도 했다는 걸 기억해냈다. 예식장 로비에서 마주친 사람 중 가장 뜻밖이고 놀라운 사람은 큰삼촌이었다. 한동안 행적이 묘연했기 때문이었다. 그리고 더 놀라운 사람이 있었다. 바로 고모부였다. 고모부는 우리 아빠의 여동생의 남편이었다. 친가 사람이었다. 이모 입장에서 생각해보면 언니의 남편의 여동생의 남편, 신부인 사촌동생 입장에서 생각해보면 엄마의 언니의 남편의 여동생의 남편이었다. 고모부가 왜 이모 딸의 결혼식에, 그것도 등산복 차림으로 왔는지 알 수 없었다. 알 수도 없을뿐더러 징글징글했다.

결혼식이 끝난 후 엄마와 나와 오빠—친오빠—와 외할머니는 이모네 식구들과 매운탕집에서 저녁 식사를 했다. 다들 개운한 걸 먹고 싶어 했다. 아빠는 어차피 안 올 거기 때문에 부르지 않았다. 5인 이상 집합금지라는 규정에 따라 세 테이블에 나눠 앉았다. 이렇게 나눠 앉는 것도 불법이지만 혈연관계고 거주지고 뭐고 하는 여러 가지 복잡한 예외 사항이 있었으므로 다들 괜찮겠거니 생각했다. 몇몇은 홀의 입식 테이블에 앉았고 몇몇은 룸의 좌식 테이블에 들어가 앉았다. 사실 집합금지 때문에 흩어진 것은 아니었다. 방 안에 다 같이 상을 붙이고 앉으려고 했는데 할머니의 무릎이 성치 않아 어려웠다. 아직 할머니가 백신을 맞기 전이었다. 아직 무릎만 아팠을 때, 아직 중환자실에 누워 있기 전이었다.

신랑과 신부는 다음날 제주도로 신혼여행을 떠날 예정이었다. 내 조카—오늘 식을 올린 부부의 딸—는 아직도 인간 화환으로서 '둘째 주세요'라고 적힌 리본을 목에 걸고 있었다. 지난번에 봤을 때는 목도 못 가누는 갓난아기였는데 어느새 걸어다녔다. 식이 끝나고 뷔페를 먹을 때 몇몇 사람들을 수군거리게 했던 그 아이였다. 이모부는 축사 때 코로나로 인해 식이 미뤄졌다고 했고 그건 사실이었지만 식이 미뤄지기 전에도 아기는 태어나 있었다.

"벌써 아몬드도 먹어." 이모가 자랑했다.

"아몬드 딱딱하지 않아요?" 나는 놀라서 물었다. "아기인데.”

“먹을 수 있어. 우리 손녀 아몬드 잘 먹어.” 아기가 아몬드를 먹을 수 있다는 사실보다 이모가 할머니가 되었다는 게 더 충격적이었다.

나는 엄마와 오빠와 외할머니랑 같은 테이블에 앉았다. 오빠와 엄마는 운전 때문에, 할머니는 연로하셔서 술을 마실 수 없었다. 매운탕집이었는데 흔히 쓰키다시라고 부르는 곁들이 반찬이 많이 나왔다. 테이블이 비좁았다. 오빠가 술 마시고 싶으면 옆 테이블로 가라고 했다. 나는 수저와 앞접시를 챙겨서 이모 내외가 앉은 테이블로 갔다. 혼주석이라고 해도 좋았다. 룸에는 사촌동생과 그 애의 남편—뭐라고 불러야 하는지 알 수 없었다—과 그들이 선불리 낳은 딸이 바닥에 퍼질러 앉아 있었다. 화목해 보였다. 어쩐지 무대를 마치고 내려온 연예인을 보는 기분이었다. 아까 결혼식이라는 공적인 모습을 먼저 봐서 그런 것 같았다.

“저를 자식으로 받아주세요.” 나는 챙겨온 수저를 내려놓으며 이모와 이모부에게 말했다.

웃기려고 한 말이었는데 마스크 때문에 아무도 알아듣지 못했다. 나는 마스크를 벗으며 똑같이 말했다. 반복한 이상 농담이 되기는 어려웠다. 이모와 이모부가 진지하게 받아들여서 분위기가 어색해졌다.

“우리 큰딸.” 이모가 정신을 차리고 내게 소주를 따라주었다.

이모부가 이모의 잔에 술을 따랐고 나는 이모부의 잔에 술을 따랐다. 이모는 술고래였고 이모부는 한두 잔만 마실 수 있었다. 나는 이모부보다는 잘 마셨고 이모보다는 못 마셨다. 이모가 매운탕에서 낙지와 전복을 잘라 내 앞접시에 놓아주었다. 먹으면 놓아주고 먹으면 또 놓아줬다. 이모부는 동양화학에 다녔고 곧 정년퇴임을 앞두고 있었다. 아무리 감염병이 극심해도 퇴임 전에는 반드시 사촌동생을 결혼시켜야 했다. 축의금을 회수해야 하기 때문이었다. 요컨대 이 결혼은 사촌동생의 임신 때문이 아니라 이모부의 퇴임 때문에 이루어진 것이었다. 나는 어렸을 때부터 이모부를 좋아했다. 귤껍질을 벗기는 방법을 알려준 게 이모부였다. 벗기고 쪼개는 게 아니라 쪼개고 벗기는 방식. 나는 아직도 귤을 깔 때마다 너 제주도 사람이야?라는 소리를 듣는다. 그들은 내가 세 살 때 결혼했다. 이모부가 제주도 사람이었기 때문에 결혼식도 제주도에서 치러졌다. 사흘 동안 잔치를 벌였다고 했다. 나는 살면서 딱 한 번 제주도에 가봤는데 그게 이모의 결혼식 때였다. 세 살이었기 때문에 당연히 기억에는 없었다. 천지연 폭포 앞에서 찍힌 사진만 간직하고 있었다. 사진 속에서 나는 코에 콧물 방울을 만들며 울고 있었다. 그 아이는 커서 다시 제주도를 갈 뻔했다. 고구마의 호출로 인해 가지 못했다.

엄마가 큰삼촌한테 연락이 왔다고 발표했다. 모두의 이목이 집중되었다. 그게 어쨌다는 거지? 들어보니 큰삼촌이 벌써 내 신랑감을 구한 것이었다. 아버지는 농협 조합장, 어머니는 전업주부, 이 남자는 마흔다섯 살의 회계사였다. 엄마가 사진이 왔는데 핸드폰 배터리가 얼마 없다며 안달복달했다. 이모가 큰삼촌에게 연락해 사진을 받았다. 분홍색 지갑형 케이스를 씌운 이모의 핸드폰이 테이블을 돌았다. 광택이 도는 빨간 패딩점퍼에 등산복 바지를 입은 남자가 산 정상에서 브이를 그리고 있었다. 아저씨 같았다. 어찌 된 일인지 다들 마음에 들어 하는 눈치였다.

"귀엽게 생겼다." 엄마가 말했다. "그 나이로 안 보여."

"구자철 닮았네." 이모부가 덧붙였다.

"구자철이 누구예요?"

"축구선수."

나는 축구선수 구자철을 검색해보았다. 구자철이 더 나왔다. 엄마가 이모 핸드폰으로 큰삼촌과 통화를 했다. 이모 내외가 듣는 앞에서 내 경제 사정을 공개했다. 싫으면 관둬도 된다고 전해. 얼굴이 달아올랐다. 올가미에 걸린 것처럼 불시에 목구멍이 좁아졌다. 엄마가 뭐 어때, 했다. 엄마는 친정에 돈을 대줄 물주를 구하고 있었다. 박사 며느리 얻으려면 그 정도는 해야지. 졸업이 아니라 수료라고, 박사 아니라고 설명하는 데도 지쳤기 때문에 가만히 있었다. 이모가 내게 부자 되는 방법을 알려주었다. 일단 결혼한 다음 이혼해서 위자료를 받으라고 했다.

"나는 이 결혼 반대인데." 그때까지 침묵하고 있던 오빠가 말했다. "마흔다섯이면 곧 죽어."

"오빠…… 할머니도 계신데."

오빠가 자기 잘못을 깨닫고 마흔다섯 살 이상의 어른들—오빠와 나를 제외한 전부—에게 사과했다.

그때 룸에서 조카가 아장아장 걸어 나왔다. 정말 예뻤다. 나는 이 아이를 납치하고 싶다는 생각을 하며, 그 생각에 당황하며 조카를 안아 올렸다.

"이모 뽀뽀해줘."

아기가 뽀뽀를 해줬다. 입술이 믿을 수 없을 정도로 작고 부드러웠다. 데이지 꽃잎 같았다. 나는 또 해달라고 부탁했다. 아기가 또 해줬다. 오빠가 술 마신 입으로 뽀뽀하면 어떡하느냐며 나를 나무랐다. 나는 아기를 오빠 쪽으로 데려갔다. "삼촌 뽀뽀해줘."

아기가 오빠에게도 뽀뽀를 했다. 아기는 평소 무뚝뚝한 오빠의 뺨도 붉게 물들일 수 있었다. 신기해서 모든 사람들에게 데리고 다니며 뽀뽀를 시켰다. 예쁘고 잘 웃고 정말이지 사랑스러운 아기였다. 키우는 입장에서는 힘들 테지만 내가 키우는 건 아니었고 일단은 예뻤다. 어쩔 수 없었다. 내가 예쁘다고 칭찬하자 이모가 아빠—사촌동생의 남편—를 닮아서 예쁘다고 했다. 첫딸은 아빠를 닮는다고. 다행이라고. 사촌동생이 들으면 서운해할 것 같았다. 우리 집안사람들은, 나를 포함해, 대체로 못생긴 편이었다.

"이모, 해봐." 나는 아기에게 시켰다.

룸에서 나온 사촌동생이 아직 '이모'는 못 한다고 알려주었다. 아직 '엄마'밖에 못 한다고. 나는 사촌동생이 혀짤배기소리를 흉내 내며 이모,라고 대신 말해주지 않아서 좋았다. 사촌동생은 평범한 옷차림에 신부 화장을 하고 있었다. 머리의 핀을 다 빼고 인조 속눈썹을 다 떼려면 시간이 꽤 걸릴 것 같았다. 사촌동생의 남편—뭐라고 불러야 하는지 모르겠다—이 나와서 아기를 받아 안았다. 무거운지 몰랐는데 막상 품에 없으니까 무거웠구나, 생각하게 되었다. 이 예쁜 아기는 저들의 딸이었다.

"그럼……" 나는 조카에게 속삭였다. "엄마, 해봐."

아기가 자기 아빠 품 안에서 입술을 달싹였다. "엄마."

회계사와 맞선을 보았다. 애프터 신청을 받아 한 번 더 만났다. 두 번째 만남에서 알게 된 사실은 그가 회계사가 아니라는 것이었다. 외국계 기업에서 회계 업무를 담당하는 사람이었다. 사실을 전하자 엄마가 길길이 날뛰었다. 사정을 알아본 엄마가 다시 내게 전화해 말했다. 큰삼촌이 미안하다고 전해달래. 그 집 부모한테도 가서 따졌단다. 올해는 아닌가보다. 내년에 좋은 남자 나오니까 기다려. 그리고 그 새끼 번호 차단해. 뭐 그딴 새끼가 다 있어.

"따질 것까지는……."

"너 아직 그 새끼 만나는 거 아니지?"

"안 만나려고요." 회계사든 아니든 상관없었다. 그냥 아저씨 같아서 싫었다. 그게 다였다. 나는 적어도 키스할 수 있는 남자와 만나고 싶었다. 회계사와의 키스는 상상이 되지 않았다.

"아니 그 새끼 말이야. 네 남자친구."

나는 헤어졌다고, 이번에도, 거짓말했다. 안 만날 수는 없었다. 그러기에는 너무 오래 만났다. 이미 너무 늦었다. 언젠가 나는 애인의 집에 초대된 적이 있었다. 부모님께 인사를 시키려나 싶어서 한껏 차려입고 갔다. 무릎을 가리는 길이의 조신해 보이는 살구색 원피스도 샀다. 그가 아파트의 도어록 비밀번호를 눌렀다. 번호가 엄청나게 길었다. 그걸 어떻게 외웠느냐고 놀라자 그가 그냥 0부터 9까지 열자리 숫자 조합일 뿐이라고 알려주었다. 똑똑하구나, 그런 생각을 했던 것 같다. 나도 이런 데서 살고 싶다. 내 가족이랑만. 복잡한 비밀번호로 문을 걸어 잠그고. 화장실을 쓰겠다고 불쑥불쑥 쳐들어오는 사람이 없는 곳에서. 어쩌면 나는 그가 아니라 그의 안전한 집을 사랑한 것일 수도 있었다. 알고 보니 그의 부모님은 여행 중이었다. 그날이 우리가 실수를 저지른 날이었다. 무수한 실수들 중 하루였다. 내게는 자격이 없었다. 만약 회계사와 이혼을 위해 결혼한다 하더라도 위자료는 내가 줘야 했다. 내가 귀책사유자였다.

애프터 만남 때 회계사—정확히는 회계 업무를 하는 사람—는 밤이 늦었으니 집까지 데려다주겠다고 했다. 나는 그냥 지하철역에서 헤어지자고 했다. 역까지 제가 바래다드릴게요. 내 자취방 근처에서 만난 터였다. 둘 다 차가 없었다.

"저 그런 사람 아니에요." 회계사가 서운해했다. "주소 외우고 그러지 않아요."

"집까지 멀지 않아서요. 여기 길도 잘 모르실 텐데."

그날 소주를 한 컵 마시고 잠들어 있는데 도어록 비밀번호가 눌리는 소리가 들렸다. 꿈인가 싶었다. 아르바이트생 오빠들 중 하나일지도 모른다는 생각이 들었다. 또 화장실을 쓰러 왔구나. 담뱃불을 조심해야 할 텐데. 불이 나면 안 되는데. 그러면 우리 집 망하는데. 침입자는 뒤에서 나를 끌어안는 식으로 누웠다. 자기 성기를 내 몸 안에 밀어넣었다. 나는 약간 인사불성 상태였고 몸을 가눌 수가 없었다. 내게 100원을 받은 아이가 복수하러 온 것인지도 몰랐다. 병아리를 사야 한다고 하면 하나 더 줘야지. 그 아이가 무럭무럭 자라서 회계사가 된 것일까. 제발 회계사만은 아니기를 바랐다. 그런 아저씨와의 성교는 상상도 하고 싶지 않았다. 역에서 헤어졌는데 어떻게 알고 왔지. 비밀번호는 또 어떻게 알았지. 그 애가 시킨 대로 비밀번호를 바꿨어야 했는데. 못 외우더라도 일단 열 자리를 만들었어야 했는데.

다음날 애인이 웬 차를 타고 내 자취방 앞으로 왔다. 크림색 레이였다. 처음 보는 것이었다. 샀느냐고 물었더니 빌렸다고 했다.

"나랑 제주도 가자." 그가 비행기표를 보여주며 말했다. "그때 고구마가 불러서 못 갔잖아."

"언제? 10년 전에?"

그는 나를 붙잡고 싶어 했다. 염치없는 건 알지만 그러고 싶다고 했다. 다른 사람과 결혼해도 상관없다고, 헤어지자는 말만 하지 말아달라고 했다. 너무 통속적이어서 웃음이 나왔다. 웃다 보니까…… 기분이 좋아졌다. 진짜 울고 싶었다.

"나 어제 강간당하는 꿈을 꾸었어." 내가 말했다. "꿈이었을까?"

"꿈이었겠지?"

"그랬길 바라."

그가 내비게이션에 김포공항을 입력했다. 탑승 시간까지 얼마 남아 있지 않았다. 수속하는 시간까지 포함하면 더 촉박할 것 같았다. 당일 구입한 티켓이라 선택의 여지가 없었다고 했다. 회사에는 휴가를 냈다. 필요한 건 가서 사자고 했다. 거기도 사람 사는 곳이니까. 제주도 가는 데는 여권이 필요 없다고 했다. 레이는 공항에 주차해두면 된다고, 돌아올 때 다시 타면 된다고 했다. 그러더니 핸드폰을 차 오디오에 연결했다. 〈제주도의 푸른 밤〉을 틀었다. 대책 없이 긍정적인 사람이었다.

올림픽대로의 정체 구간에서 벗어날 때쯤이었다. 개화IC 부근에 이르렀을 때 주머니 안에서 핸드폰이 울렸다. 연구실로 다시 복귀해야 하나. 가슴이 철렁했지만 고구마의 연락일 리가, 이제는, 없었다. 사촌동생—큰삼촌 딸—에게서 문자메시지가 온 것이었다. 언니 나 이직 안 하기로 했어. 나는 잘했다고, 일 너무 많이 하지 말라고 답장을 썼다. 쓰는 도중에 메시지 하나가 더 떴다. 언니 도어록 비밀번호 바꿨어? 나는 '잘했어. 일 너무 많이 하지 마'를 지운 다음 '아니'라고 적었다. 제대로 된 집이 생기면 그때 바꿀 생각이었다. 전송을 누르기 전에 안 바꿨지?라고 메시지가 또 왔다. 그럴 줄 알았어. 나는 '아니'를 지우고 그 애가 모든 말을 마치기를 기다렸다. 속이 울렁거렸다.

언니 허수 입력 알아? 얼마 전에 친구네 집 놀러 갔다가 들었는데 그런 게 있대. 비밀번호가 네 자리면 그 앞에 아무 숫자나 많이 누르는 거야. 뒤에 숫자만 맞으면 문 열린대. 번호 바꾸기 귀찮으면 그렇게라도 해. 언니 너무 걱정돼.

"여보," 나는 앞을 바라본 채 애인을 불렀다. "나 뭐 하나 물어봐도 돼?"

"물어봐도 돼."

"여보네 집 비밀번호 뭐야?"

그는 부모님과 함께 아파트에 살고 있었다. 언젠가 내가 한 번 방문한 적 있었던 집이었다. 문이 열리기 전까지는 몰랐지만 그날 그의 부모님은 여행 중이었다. 나는 무릎을 덮는 길이의 살구색 원피스를 입고 있었다. 혹시라도 숫자를 외우게 될까 봐 고개를 돌렸었다. 그게 방문자의 예의였다. 어쩔 수 없이 소리는 들렸다.

그가 순순히 비밀번호를 알려주었다. 왜냐고 되묻지 않는 사람이었다. 이유를 궁금해하지 않는 사람이었다. 그래서 나는 그를 사랑했다. 비밀번호는 네 자리였다.

"바꾼 거야?"

"한 번도. 어렸을 때부터 그 숫자였어. 부모님 결혼기념일."

저 멀리 김포공항이 보였다. 언젠가 우리가 갔다가 되돌아온 곳이었다. 아주 먼 옛날에. 오랜 세월 중 하마터면 특별할 뻔했던 하루에. 국내선이 이륙 중이었다. 천지연 폭포에서 울음을 터뜨리게 될 어린아이를 하나쯤은 실었을 것 같았다. 하늘이 맑았다.

"여보, 나 뭐 하나 고백해도 돼?"

"고백해도 돼."

"예전에 우리 주유소 불난 적 있어."

애인이 차를 세웠다. 반복 재생되던 노래를 끄고 사이드브

레이크를 올렸다. 아무래도 서둘러야 할 것 같다고 했다. 탑승 시간이 가까워지고 있었다. 나는 그의 뒤를 따라 공항 쪽으로 달리기 시작했다. ■

정대건

2020년 한경신춘문예에 장편소설《GV 빌런 고태경》이 당선되며 작품 활동을 시작했다. 소설집《아이 틴더 유》를 출간했으며, 다큐멘터리 〈투 올드 힙합 키드〉와 극영화 〈사브라〉 〈메이트〉를 연출했다.

퍼머넌트 그린 라이트

정대건
小說家

[Web발신] [서울극장]

서울극장이 2021년 8월 31일(화)을 마지막으로 영업을 종료합니다. 그동안 아낌없이 주셨던 많은 사랑과 관심에 진심으로 감사드립니다. 보유하신 멤버십 포인트 및 쿠폰은 이후 자동 소멸되오니, 빠른 소진을 부탁드립니다.

문자 메시지를 받았을 때 나는 사무실에 앉아 엑셀 파일을 들여다보고 있었다. 문자가 온 날은 7월 6일이었으니 아직 여유가 있었다. 마지막으로 서울극장에 간 게 언제였더라. 코로나 탓에 극장에 가는 게 조심스러워 1년 넘게 극장에 가지 않고 있었다. 서울극장이 닫기 전에 가서 영화를 한 편 보고 싶다는 생각이 잠시 스쳤고 나는 다시 모니터로 시선을 돌렸다.

그렇게 미뤄놓고 8월 말이 되자 더는 미룰 수 없어 종로로 향했다. 종로3가역 14번 출구로 나와 커다란 문어 다리를 파는 노점상을 지나 극장에 들어섰다. 로비에는 사람들이 마지막으로 극장을 눈에 담으며 둘러보고 있었다. 소정아, 하고 익숙한 목소리가 내 이름을 불러 돌아봤다. 큼지막한 마스크를 쓰고 있어도 알아볼 수 있었다. 슈슈였다.

나는 처음 보는 슈슈의 검은색 머리를 보고 놀랐다.

거의 5년 만이었다. 따로 약속을 잡지 않았는데 우연히 만나니 더 반가웠다. 슈슈가 여기에 올 수도 있지 않을까 하는 기대가 없던 것은 아니었지만. 슈슈의 근황은 SNS에서 확인할 수 있었다. 슈슈는 평소에 SNS를 하지 않다가 매년 일본 여행을 다녀올 때만 다랑의 사진을 올렸다. 그러나 슈슈의 마지막 게시물은 2019년에 머물러 있었고, 서로 연락하지 않았으니 어떻게 지내는지 소식을 알 수가 없었다.

무슨 영화를 보냐는 내 물음에 슈슈는 〈꽃다발 같은 사랑을 했다〉라는 일본 영화를 보러 왔다고 했다. 인스타그램에서 활동하는 영화 리뷰어가 있는데 취향이 맞고 신뢰가 가서 팔로우 중이라고 했다.

“그 사람 정말 1년에 그 어떤 영화 기자나 평론가보다 더 많이 보고 더 많은 글을 쓸걸. 누구에게 돈을 받는 것도 아닐 텐데 대단해. 글도 잘 써. 그런데 그 사람이 5점을 줬더라고. 극장에서 안 볼 수가 없겠더라.”

슈슈는 누구라도 만나면 그 말을 하고 싶었던 것처럼 쏟아냈다. 슈슈에게 안목이 신뢰받는 사람이라니. 이름도 성별도 얼굴도 모르는 그 사람이 조금 부러워졌다. 한때 슈슈가 하는 말이 너무 중요해서 슈슈의 인정을 받기 위해 애쓰던 때가 있었다. 아주 오랜만에, 익숙한 감정이 흘러들어 마음에 초록색 물감처럼 퍼졌다. 정확히는 퍼머넌트 그린 라이트. 그건 슈슈의 색이었다. 이제 더는 눈앞에 있는 슈슈의 머리색이 아니지만.

*

슈슈와의 첫 만남은 신입생 환영회 뒤풀이로 이어진 사발식에서였다. 학교 앞 술집 테이블에는 끊임없는 술들이 세팅되어 있었다. 아예 토를 하라고 커다란 대야도 준비되어 있었다. 해마다 신입생 환영회에서 음주 사고가 뉴스에 나와 2008년에도 미개한 문화라는 인식이 어느 정도 퍼져 있었지만 사발식은 피해 갈 수 없는 전통이었다.

마셔라! 마셔라!

광란의 현장이었다. "그간의 획일화된 교육과 얽매인 생활의 묵은 때를 모두 토해 비워버리고, 자유를 만끽할 수 있는 성인이 됨을 축하하며……" 앞에 나선 선배가 계속 떠들었는데, 이 자리에서 술을 거부하는 게 진정한 자유라는 생각이 들었다. 학번 순서대로 여자고 남자고 가릴 것 없이 마셨고 몇몇은 눈물과 콧물을 흘려가며 토했다. 다들 박수를 치며 좋아했고 누군가 디카로 플래시를 터트리며 사진을 찍었다. 나는 흥분한 사람들의 얼굴을 관찰했다. 신입생들은 벌써 학교와 사랑에 빠져 있었다. 학교, 학과, 학번과 이름을 군인의 구호처럼 외치고 술을 들이켜는 게 사랑에 빠지는 방법이었다. 어찌 보면 순수한 걸까. 어쩐지 나는 그런 감흥에 취하지 않았다. 점점 내 순서가 다가왔다. 나는 정말로 토하고 내 눈물 콧물을 보이고 싶지 않았다.

결국 내 차례가 왔다. 초중고 내내 무리에서 겉돌았던 나는 대학에서만큼은 겉돌지 않고 싶었다. 나는 저항하지 못하고 어색하게 학번과 이름을 말하고 술을 마셨다. 얼굴이 뜨거워졌고 속이 울렁거렸지만 구토는 겨우 참았다. 이런 게 자유로운 성인이 되는 거라고?

테이블 끄트머리에 앉아 있던 초록색 머리 여자애의 차례가 되었다. 그 애는 150 중반의 키에 초록색으로 탈색한 초코송이 모양의 단발머리를 하고 있었다. 대학생이 된 기쁨으로 노랗게 탈색한 학생들이 꽤 있었지만 그 사이에서도 그 애는 단연 눈에 띄었다. 맑은 연두색에 가까운 청량한 느낌을 주는 초록색. 마치 원래부터 그 머리를 가지고 태어난 것처럼 잘 어울렸다. 모두가 기다리는 가운데 그 애는 학번과 이름을 외치지 않고 침묵했다. 에이, 빼지 말라며 다 같이 응원하듯 박수를 쳤다. 분위기에 휩쓸려 어색하게 박수 치는 시늉을 하던 나는 그 애와 눈이 마주쳤다. 그 자리가 도저히 유치해서 못 견디겠다는 듯한 눈빛이었다.

"저는 이만 가볼게요."

그 애는 그렇게 나직이 말하고 가방을 챙겨 나가버렸다. 뭐야? 정말 가버린 거야? 모두가 수군거리며 술집 안의 분위기가 싸해졌고, 잠시 광기가 꺼지는가 싶었다. 벌써 학과 생활을 포기한 걸까. 곧 선배 한 명이 분위기를 다잡으며 건배 제안을 하자 다들 금세 잊어버렸다. 그러나 가방을 챙겨 나간 그 애의 모습은 나의 뇌리에 자유와 저항의 화신처럼 박혀 떠나질 않았다.

신입생 환영회가 끝나고 나는 무언가에 진 듯한 기분에 사로잡힌 채 아직 익숙하지 않은 캠퍼스를 비틀거리며 걸었다. 속이 엉망으로 메슥거려서 급하게 화장실을 찾아 헤맸다. 어둑한 캠퍼스에 학생회관의 불이 등대처럼 켜져 있었다. 허겁지겁 화장실로 달려가 구역질하는데 누군가 등을 두드려줬다. 구토를 해서 눈물이 났다. 시큼한 막걸리 냄새가 진동했다. 눈물이 그렁해서는 뿌옇게 변한 시야에 한가득 초록색이 들어왔다. 이게 어떻게 된 일이지. 그 애였다. 조금 진정한 뒤 수돗물로 입을 가시는데 그 애가 "좀 괜찮아? 너 사학반이지?" 하고 물었다.

1학년 때는 아직 과가 정해져 있지 않았다. 우리는 그제야 통성명을 했다. "난 박소정이야." "김은지인데, 그냥 슈슈라고 불러." 그 애는 자기 친구들은 다 그렇게 부른다고 했다.

"무슨 동아리 있나 구경하다가 내려와서 담배 피우고 있는데 네가 화장실로 급하게 뛰어가더라."

"그래서 맘에 드는 동아리는 찾았어?"

"영화연구회가 있던데. 너 영화 좋아하니?"

그때는 영화가 유일한 내 친구였으므로 나는 격하게 고개를 끄덕였다. 그 모습이 재밌었는지 슈슈가 나를 따라서 과장되게 고개를 끄덕였고 초록색 머리가 찰랑거렸다.

"초록색 머리가 이렇게 잘 어울리는 사람 처음 봐." 술 냄새를 풍기며 내가 말했다.

"퍼머넌트 그린 라이트야."

슈슈가 그냥 초록색이 아니라고 정정해주었다. '영구적인-변하지 아니하는'이라는 뜻을 가지고 있는 그 이름이 마음에 들었다고 했다. "색의 이름은 그저 물감회사에서 지은 것일 테지만" 하고 약간 냉소적으로 덧붙였을 때, 나는 단박에 슈슈가 좋아졌다.

*

슈슈와 나는 영화를 보고 나온 사람들과 줄을 지어 에스컬레이터를 타고 내려갔다. 〈꽃다발 같은 사랑을 했다〉는 이십대 남녀의 만남부터 이별까지 4년간의 연애를 현실적으로 그려낸 로맨스 영화였다. 나보다는 확실히 슈슈의 취향이었다.

"밤에 산책하는 장면에서 우리 도쿄 갔을 때 생각나더라."

슈슈가 조금 씁쓸하게 웃으며 말했다. 별다른 맞장구를 치지 않았지만, 사실 영화를 보는 내내 나도 그때 생각이 나서 영화에 몰입하지 못했다. 슈슈와 현규와 셋이 함께 서서 마시는 술집에서 맥주를 마시고 기분 좋게 취해서 나란히 걷던 초여름 일본의 밤거리가 떠올랐다.

다시 1층 로비에 도착하니 사람들이 극장을 배경으로 사진을 찍으며 각자의 추억을 남기고 있었다. 나는 "한 장 찍어줄까?" 하고 매표소 앞에서 슈슈를 찍어줬다. 우리는 예전처럼 함께 사진을 찍지는 않았다.

대학생이던 우리가 대기업 멀티플렉스 극장이 아니라 서울극장을 애용했던 것은 소셜 커머스를 통해 저렴하게 티켓을 구매할 수 있었기 때문이었다. 게다가 한창 인기가 많아서 미리 예매하지 않으면 보기 힘든 마블 영화의 개봉일에도 매진되는 일은 거의 없었다.

"서울극장 하면 2층에 있던 그 DVD방 같은 관을 처음 갔을 때 충격을 잊을 수가 없지. 기억나?" 극장의 출입구에 거의 도착했을 때 슈슈가 물었다.

"응. 12관일 거야. 거의 강의실 스크린 크기만 했잖아. 홈시어터 느낌 나는."

"거긴 좀 돈 아까웠어."

이젠 그것도 다 추억이었다. 그곳을 마지막으로 보고 싶다는 마음이 피어올랐지만 금세 체념한 나와 달리 슈슈는 "가보자, 12관" 하며 행동으로 옮겼다.

상영관 출입구는 차단봉으로 가려져 있었다. 차단봉 앞을 지키고 있는 나이 지긋한 경비원은 인상이 꼬장꼬장해 보였다. 과연 슈슈가 어쩌려나 싶었는데 마지막으로 한 번만 눈에 담고 싶다며 경비원에게 사근사근히 부탁했다.

"저 영화 만드는 학생인데. 여기서 영화를 상영했었거든요. 딱 5분만요."

이제는 학생도 아니면서. 슈슈가 검지로 한 번만을 강조하며 조르자 경비원은 못마땅한 표정으로 볼을 씰룩거리더니 그럼 5분만이라며 문을 열어주었다. 이렇게 또 슈슈의 곁에서 뭔가를 경험하는구나. 혼자였다면 나는 그냥 지나쳤을 테지만, 슈슈는 여전히 자기가 하고 싶은 것을 망설임 없이 했다.

12관의 문을 열고 들어갔다. 경비원이 상영관 불도 켜주었다. 마지막으로 극장을 돌아봤다. 공간이 사라진다는 건, 이렇게 우연히 누군가와 반갑게 만날 일도 사라진다는 거겠지. 노년의 경비원은 여기가 닫으면 이제 어디로 가게 될까. 슈슈도 여러 상념이 스치는 듯했다. 자신이 만든 단편 영화로 이곳에서 상영도 하고 관객과의 대화도 했었으니 더 애틋하겠지. 그렇게 생각하다가 나는 그런 생각을 하는 스스로를 다그쳤다. 어느새 나는 또 슈슈를 중심으로 생각하고 있었다. 나는 속으로 되뇌었다. 슈슈만 특별한 게 아니라고. 그건 내 추억이기도 하다고.

*

"영화를 진정으로 사랑하는 사람들은 전부 외로운 사람들이야. 스크린 안에는 친구들이 있거든. 어쩌면…… 스크린 안에만 있거든."

슈슈는 현실에 그 많은 친구를 두고도 그렇게 말했다. 슈슈의 친구들은 대부분 인터넷 정모나 술집에서 만나 친해졌다고 했다. 술을 마시다 생전 안면이 없던 사람과 친구가 되는 건 영화에서나 보던 것이었고, 소극적이고 소심한 내 성격을 마음에 들어 하지 않던 나는 그런 슈슈의 자유분방함을 닮고 싶었다. 중학교 때 따돌림을 당했던 나는 영영 친구를 사귀는 데 실패할 거라는 공포가 있었다. 청소년기 따돌림의 가장 나쁜 점은 그 영향이 평생 간다는 거다. 특별한 이유도 없이 따돌린 걔네들이 나쁘다고 생각하면서도 나는 주눅이 들어서 내게 뭔가 결여된 것은 아닌지 계속 자신을 검열했다. 영화는 그 긴긴 혼자만의 시간에 친구가 되어주었다. 나는 영화 속 인물들이 나누는 우정과 사랑에 눈물지었다. 대학에서는 꼭 친구를 사귀고 싶었고, 슈슈는 나의 그러한 바람을 넘어서는 이상형이었다.

스무 살의 나는 슈슈가 이끄는 대로 서울의 구석구석을 다녔고 슈슈가 같이 하자고 하는 것은 무엇이든지 했다. 낙원상가에서 영화를 보고 유진식당에서 쿰쿰한 첫 평양냉면을 먹었고, 상상마당에서 영화를 보고 달달한 조폭떡볶이를 먹었다. 친한 바텐더가 있는 이태원 바에 데리고 가 첫 칵테일로 모스코 뮬을 알려준 것도 슈슈였다. 슈슈는 뚜렷한 주관과 다양한 취향을 가지고 있었고 그에 비해 나는 주관도 취향도 희미했다. 그때까지 기른 나의 취향이라고는 야자실에서 아이리버로 인디밴드의 음악을 듣던 게 전부였다. 슈슈가 어떻게 학창 시절에 그렇게 많은 책과 영화를 보고 언제 공부해서 비슷한 성적으로 같은 학교에 온 건지 신기할 정도였다. 나는 슈슈에게 동경과 열등감을 동시에 느꼈다.

1학년이었던 그해 슈슈는 뿜어내는 싱그러운 매력으로 눈이 부셨다. 강의실에서도 캠퍼스 광장 저 멀리서도 슈슈의 머리는 단연 눈에 띄었다. 함께 다닐 때면 사람들이 슈슈에게 시선을 주는 것이 느껴졌다. 나는 슈슈의 사진을 많이 찍어줬다. 어느 날 어쩜 그렇게 어색하지 않고 원래 머리처럼 잘 어울리게 소화하느냐는 내 물음에 슈슈는 그 비법을 말해줬다.

"제일 중요한 건 스스로 어색해하지 않는 거야. 자기가 어색하게 느끼면 보는 사람에게도 어색함이 다 전해지거든."

곱씹어보면 당연한 말이라 새로울 게 없었지만, 나는 사람들 앞에서 어색한 순간에 직면할 때마다 슈슈의 그 말을 주문처럼 되뇌었다.

어느 날 앳되어 보이는 남학생이 다소곳이 앉아 동아리 방을 살피고 있었다. 신입부원인 그는 자신을 강현규라고 소개했다. 슈슈와 내가 이름을 소개하자 현규는 "릴리 슈슈?" 하며 곧바로 되물었다. 나는 그때까지도 슈슈의 이름이 영화에서 따온 것인지 몰랐다. 슈슈와 현규는 일본 영화와 드라마 오타쿠라는 공통점으로 반색하며 수다를 떨었다. 대화에 낄 수 없던 나는 그날 도서관 멀티미디어실에서 〈릴리 슈슈의 모든 것〉을 밤늦게까지 보고 갔다.

흥미진진하리라 기대했던 대학 생활은 실망스러웠다. 문과대학 안에서 진로는 막연했고 나는 어느 과를 가야 하는지 정하지 못한 채 캠퍼스 안에서 자주 방향을 잃었다. 불안하고 지루한 시간을 견딜 수 없어지면 동아리 방으로 향했다. 동아리 방 문을 열면 늘 슈슈가 낡은 소파에 푹 잠겨 구겨지듯 앉아 책을 읽거나 영화를 보고 있었다. 불안과 지루함 같은 게 대체 무엇이냐는 듯. 와이드 TV가 흔한 시대인데도 동아리 방에는 4:3 비율의 뚱뚱한 구형 TV가 있었고 돌아가는가 싶은 VHS 비디오테이프들이 잔뜩 쌓여 있었다. 동아리방에 대한 슈슈의 애정은 각별했다. 신축 도서관의 쾌적한 멀티미디어실에서 조용하게 감상할 수도 있었고, 동아리방이 위치한 학생회관은 방음이 잘 되지 않아 위층에서 울려 퍼지는 밴드부, 관악부, 풍물패의 연습 소리로 시끄러웠는데도, 슈슈는 먼지가 굴러다니는 그곳에서 늘 책을 읽거나 잠을 자거나 영화를 봤다. 영화 동아리 부원들은 10여 명 정도였지만 어느새 슈슈와 현규와 나, 셋이 동아리 방을 점령하고 있는 주축이 되었다.

어느 날 슈슈가 집어 든 DVD에는 이렇게 적혀 있었다. '〈밀레니엄 이브〉. 연출-영화연구회 96학번 오경태.' DVD를 재생하자 시작부터 노랑머리를 올백으로 넘기고 안경을 쓴 남자의 얼굴이 부담스럽게 화면에 가득 찼다. 1999년 12월 31일 밤, 뉴 밀레니엄을 한 시간 앞두고 아파트 옥상에서 자살을 시도하려다 만난 두 남녀가 곧 세상이 망할 거라며 꿈에 대한 대화를 나누는 단편 영화였다. 누가 보더라도 연기를 안 해본 동아리 부원들끼리 역할을 맡아서 어색하게 대사를 주고받는다는 걸 알 수 있었다. 비를 맞는 꽃 인서트를 클로즈업으로 지루하리만큼 한참 보여주고 그 위로 내레이션이 흐르는 TTL 광고 같은 느낌의 연출이었다. 13분의 단편 영화가 끝나고 엔딩 크레디트에서 배역 이름이 '오렌지족-오경태, 옥상 소녀-김현주'인 것을 발견하고 우리는 킥킥거리고 웃었다.

학교 인근에 있는 감자탕집에서 소주를 마시며 슈슈는 〈밀레니엄 이브〉에 서사가 없다시피 해 영화적이지 않다고 했다. 현규는 독특한 영화적인 리듬이 있다고 했다. 과연 영화적인 게 무엇인지에 대해 밤을 새워 논쟁할 기세였다. 싸우는 것 같았지만 즐거워 보였다. 나는 어느 편도 들지 않고 둘이 싸우는 걸 시트콤을 보는 시청자처럼 웃으며 지켜봤다.

중간고사가 끝나고 동아리 주점을 열었다. 졸업한 OB 선배들이 와서 맛도 없는 두부김치를 비싸게 팔아주었다. 정장을 입은 선배들이 "오경대!" 하고 부르며 반갑게 알은체를 했다. 우리는 함께 뒤를 돌아봤다. 살집이 있고 배가 나온 평범한 회사원이 웃는 얼굴로 서 있었다. 이름을 부르지 않았다면 우리 중 누구도 그를 〈밀레니엄 이브〉의 오렌지족이라고 알아보지 못했을 거였다. 경태 선배는 "현주도 금방 올 거야"라며 자리에 앉았다. 곧이어 옥상 소녀를 연기한 현주 선배도 정장을 입고 나타났다. 우리는 입을 벌리고 선배들을 영화배우라도 본 듯 반가워했다. 선배들이 명함을 건넸다. 경태 선배는 제약회사 영업 일을 했고 현주 선배는 대기업 영화 배급사에서 일하고 있었다. 두 사람이 부부라고 다른 선배가 말했을 때 우리는 네에? 하고 놀랐다. 에너지 넘치고 보는 사람을 기분 좋게 만드는 한 쌍이었다. 선배들이 동아리에서 누가 누구를 좋아했네, 누군 사귀다 헤어진 이후로 동아리에 안 나왔네, 하며 들려주는 옛이야기를 우리는 재밌게 들었다.

주점이 끝나고 슈슈와 현규와 나는 취해서 잔디밭 광장에 대자로 뻗어 누웠다. 캠퍼스 안에 풀벌레 소리가 가득했다.

"좀 충격이다. 경태 선배 비주얼." 현규가 말했다.

"10년 뒤에 너도 어떻게 될지 몰라." 슈슈가 말했다.

"나중에 우리도 선배들처럼 여기 다 같이 올 수 있을까?" 내가 물었다.

"그럼. 와야지. 그게 뭐 어려운 거라고." 슈슈가 답했다.

우리는 잠시 각자의 10년 후 모습을 상상했다. 나는 어렴풋한 윤곽조차 그리지 못했다.

"야, 삼각관계 되면 우정이고 뭐고 끝장인 거 알지?"

항상 균형을 깨는 건 남자애들이라고, 현규만 조심하면 되겠다고 슈슈가 경고했다. 셋이서 줄기차게 어울려 다니면서도 나는 현규에게 이성적인 매력을 느끼지 않았기에 우리가 삼각관계 비슷한 무엇이 될 것이라고는 생각지 않았다. 그제야 내가 슈슈를 매력적으로 느끼는 만큼 현규도 그러리라는 생각이 들었다. 고등학교 때 삼각관계의 경험이라도 있었던 것인지 그렇게 말하는 슈슈가 참 현명하게 느껴졌다.

"우리 여름에 일본 여행 가자."

슈슈가 꺼낸 '우리'라는 제안에는 당연히 현규와 내가 포함되어 있었다. 그게 당연한 관계가 되었다는 게 흥분됐다. 친구들끼리 여행을 가는 것도 처음인데 해외여행이라니. 슈슈는 남들의 시선을 신경 쓰지 않는 듯했지만, 나는 우리 셋이 일본 여행을 가는 걸 동기들이 알면 뭐라고 수군거릴까 걱정했다. 그때만 해도 나는 과반 생활을 하지 않으면 인생에 어떤 불이익이 있을 줄 몰랐기에 슈슈처럼 아예 발길을 끊지는 않았다. 10년이 지나서, 시선을 걱정했던 그들 중 누구와도 연락하지 않고 지내게 될지 그때는 알지 못했다.

"가자. 이번에 아니면 앞으로 우리가 언제 또 같이 여행 갈 수 있을지 몰라."

2학년이 되면 군 입대를 할 예정인 현규가 좋은 생각이라며 맞장구를 쳤다. 현규는 늘 그런 식으로 먼 미래를 먼저 생각해서 우리가 애늙은이라고 불렀다. 나는 슈슈와 둘이서 여행을 간다고 집에 거짓말하고는 4박 5일 도쿄 여행을 떠났다.

일본의 초여름은 한국보다 무더웠고 가로수들은 온통 초록으로 가득했다. 슈슈와 현규는 덕질로 다져진 일본어 솜씨로 이곳저곳을 데리고 다녔다. 우리는 한낮의 무더위를 쫓으려고 매일 저녁만 되면 시원한 생맥주를 마셨다. 술집에서 "나마비루 구다사이! 하이보루 구다사이!" 하고 신나게 외치는 슈슈는 물 만난 고기 같았다. 현규는 아키하바라 전자상가에서 새로 산 캠코더를 여행 내내 들고 다니며 우리를 찍었다. 더위에도 거리에 마스크를 쓴 사람이 많이 보여 무슨 전염병이라도 있는 건지 의아해 내가 물었다. 꽃가루 알레르기나 감기 예방용이라고, 기침으로 남에게 폐를 끼치지 않고 싶어 하는 일본의 문화 때문이라고 현규가 알려주었다.

도쿄에서의 마지막 날 밤, 환전했던 여행 경비 중 남은 돈을 몽땅 털어 편의점에서 안주와 술들을 샀다. 우리는 여행 내내 비좁은 비즈니스호텔에서 머물렀는데, 그나마 넓은 트윈룸의 침대 사이 바닥에 술을 늘어놓고 마셨다. 복도는 고요했다. 나는 고등학교 때 해보지 않은 일탈을 하는 것처럼, 수련회에서 선생들 몰래 술을 마시는 것처럼 들떴다. 캔으로 된 사케를 마시고 쓴맛에 내가 표정을 찌푸리자 슈슈가 엄청 단 커스터드푸딩을 안주로 떠먹여줬다. 취기가 올라 긴장이 풀어지고 행복해서 계속 실실 웃었다. 나는 내가 그런 명랑함을 가진 사람이라는 것을 그때까지 모르고 살았다. 얼마간 슈슈의 영향을 받은 나는 초록의 행복으로 물들어 있었다.

"아 정말 너무너무 행복하다. 맛있는 거 먹는 건 정말 최고의 기쁨이야." 슈슈가 세상을 다 가진 표정으로 말했다.

"또 오자! 우리 다음엔 삿포로 가자!" 내가 신나서 말했다.

역시 취해서 무릎을 모으고 침대에 기대앉아 빙그레 웃던 현규가 입을 열었다.

"나 졸업하면 일본에서 취업할 거야. 폐 끼치기 싫어하는 문화도 그렇고, 오타쿠 존중하는 문화도 그렇고 나한테 너무 잘 맞는 것 같아."

이전에도 비슷한 말을 자주 하기는 했지만 현규가 진지하게 말해서 놀랐다.

"야, 너 우리 버리고 너만 일본 가서 살겠다고?" 서운한 내 마음을 대변하듯 슈슈가 따졌다.

"막상 살아보면 다를걸. 관공서 아직도 팩스 쓴다고 하고 일 처리도 엄청 느리다잖아." 내가 거들었고 현규는 웃었다.

"그래서 워킹 홀리데이부터 해보려고. 그리고 버리긴 뭘 버려. 나 일본에 자리 잡으면 너네가 놀러오면 되잖아."

현규는 이미 결심이 선 듯 보였다. 정말 현규가 말한 그런 모습을 상상해봤다. 슈슈와 내가 매년 일본에 여행을 가면 반겨주는 현규의 모습을. 비로소 나도 오래 우정을 나누는 친구가 생긴 기분이 들어 뭉클해졌다.

그날 나는 언제 눈을 감은 지도 모르게 까무룩 잠이 들었다. 꿈속에서 내가 동아리 방 문을 열고 들어가자 슈슈도 현규도 없이 텅 비어 있었다. 현규와 슈슈는 나만 남겨 두고 일본에 가서 함께 살고 있었다. 동아리 방에 혼자 남겨진 나는 낡은 소파에 고개를 파묻고 서럽게 울었다.

여행에서 돌아온 얼마 뒤 현규와 슈슈는 둘이 사귀게 되었다고 내게 알렸다. "그렇게 됐어"라며 슈슈가 얼굴을 붉혔을 때, 내게 가장 먼저 든 감정은 수치심이었다. 내가 눈치도 없이 여행에 따라간 것만 같았다. "언제부터였어?" 따지듯이 묻는 내 목소리가 떨렸다. 슈슈는 변명처럼 어떻게 된 일인지를 설명했다. 도쿄에서의 마지막 날, 내가 잠든 뒤에 두 사람은 밤새 깊은 이야기를 나눴다고 했다. 슈슈가 우울한 개인사에 대해 토로하고 현규에게 위로받고 하면서 마음이 깊어졌다고 했다. 무슨 우울? 왜 셋이 같이 있을 때 이야기하지 않은 걸까. 나는 듣지 못한 슈슈의 내밀한 이야기를 왜 현규에게만? 실망스러웠다. 마음이 깊어졌다니 그건 또 무슨 말인가. 어쩌면 내가 자고 있을 때 두 사람이…… 상상하고 싶지 않았다. 그 여행의 추억을 내 생에 가장 빛나는 보석처럼 여기면서 살아가리라고 생각했는데 전부 퇴색되어버린 기분이었다. 현규가 캠코더로 찍어서 만들어준 DVD도 다시는 돌려보지 않을 거였다. 이제 나는 둘을 축하해주는 관대한 친구 역할을 맡아야 할 차례였다. 그러나 축하한다는 말 대신 눈물이 터져나왔다. 나는 현규를 이성적으로 좋아하지 않았고 우리는 삼각관계도 아니었다. 다만 연애라는 게 우선순위가 되고 내가 자연스레 밀려나야 한다는 게 억울했다. 자기가 뱉은 말을 지키지 않고 제멋대로인 슈슈도 원망스러웠다. 나는 둘이 어떤 식으로 대화를 나누는지 너무 잘 알았다. 사귄다는 소식을 내게 어떻게 말해야 할까 둘이서 나눴을 대화도, 눈물 흘린 나를 두고 둘이 나눌 대화도…….

그 뒤로도 표면적으로는 동아리 활동을 꾸준히 하고 슈슈와 이전처럼 지냈으나 현규와는 멀어지고 셋이서 어울리지 않게 되었다. 나는 모든 게 헝클어졌다는 생각의 늪에 빠져 지냈다. 그 무렵 별로 좋아하지도 않던 동기 하나가 내게 고백해왔다. 나는 마치 제 살길을 찾아가야 하는 것처럼 그 애와 첫 연애를 했다. 그 애에게 애정이 없었기에 연애라고 부르기도 민망했던 그 관계는 얼마 가지 못했다. 그 애는 “너는 날 안 좋아하지?”라며 괴로워했다. 못할 짓을 한 것 같아 죄책감을 느꼈다.

동아리에서는 방학 때면 ‘제작 워크숍’이라는 이름으로 단편 영화를 찍었다. 희망자가 시나리오를 지원하고 부원들의 투표를 통해 한 작품을 선정했다. 제작비는 십시일반 모은 동아리 회비로 충당했고, 연출자가 뒤풀이를 쏘는 식이었다. 나도 시나리오를 냈고 욕심이 있긴 했지만 앞에 나서서 부원들을 이끌어야 한다는 데는 자신이 없었다. 다섯 개의 시나리오 중에 슈슈의 시나리오가 뽑혔다.

슈슈는 선정되기 전부터 자신이 뽑힐 줄 알고 있었다는 것처럼 척척 계획한 일을 진행했다. 우리가 다니는 학교는 연극영화과도 없었고 보통은 동아리 부원들끼리 연기를 하는 정도였다. 슈슈는 욕심을 내서 인근 예술대학에서 연기를 전공하는 배우를 캐스팅했다. 슈슈가 두 주연 배우를 데리고 왔을 때 과연 예쁘고 잘생겼다며 동아리 부원들이 감탄했다.

살이 에일 정도로 추운 겨울, 홍대 놀이터 인근에서 촬영에 들어갔다. 유동인구가 많아 통제가 힘든 곳인데도 슈슈는 그곳에서의 촬영을 고집했다. 야외에서 두 주인공이 마주치는 장면의 테이크를 몇 번이고 다시 가서 계속 담배를 피워야 했던 여자 배우가 콜록대며 힘들어했다. 슈슈는 화면 뒤에 다니는 차와 사람들의 타이밍 때문이라고 했다. 슈슈가 13번째 테이크를 다시 갔을 때 촬영을 담당하던 현규가 말했다.

"그건 대세에 큰 지장이 없어. 다음 신 찍어야 하니까 넘어가자."

그러자 슈슈는 씩씩거리며 현규를 노려봤다. "다시는 그렇게 말하지 마!"

슈슈의 눈빛이 사나웠다. 쌀쌀한 기온의 촬영장이 분위기마저 냉랭해졌다. 부원들이 뒤에서 거장 흉내를 내는 거냐고 구시렁거렸다. 싸울 때 싸우더라도 촬영이 끝난 뒤로 미뤄야 했다. 내가 두 사람을 진정시켰다.

따지자면 영화 동아리는 영화를 만드는 것보다 보는 것을 좋아하는 부원이 더 많았다. 워크숍에서 만든 작품으로 교내에서 상영회를 열긴 했지만 외부 영화제에서 상영되거나 할 수준은 아니었다. 예술대 학생들이 단편 영화에 한 학기, 많게는 두세 학기 등록금만큼의 제작비를 들여서 찍는다는 이야기를 들었는데 우리가 만드는 건 기껏해야 동아리 워크숍이었다.

뒤풀이 자리에서 슈슈는 스태프들에게 사과했고, 나와 현규만 있는 자리에서는 현규에게 따졌다.

"난 대세에 지장이 없다는 그 말이 정말 듣기 싫었어. 조금 디테일한 게 모여서 차이를 만드는 거지. 그럴 거면 우리 영화 왜 찍는 거야?"

나는 슈슈가 종일 추위에 떨었던 우리에게 사과할 줄 알았다. 참다못한 내가 내뱉었다.

"넌 어떻게 너 하고 싶은 걸 다 하고 살아?"

내가 처음으로 성을 내자 현규와 슈슈가 놀랐다.

"정말 너 너무한다. 여긴 동아리잖아. 그럴 거면 영화 학교에 가든가!"

슈슈는 뭔가에 머리를 얻어맞은 표정으로 우뚝 서 있었다. 마치 현관에서 열리지 않는 번호 키를 계속 신경질적으로 누르다 자신이 잘못된 곳을 찾아왔다는 걸 뒤늦게 깨달은 사람의 얼굴이었다.

그리고 다음 학기, 슈슈는 정말로 편입을 준비해 영화 학교에 가버렸다.

*

서울극장을 나와 종로를 건던 중 슈슈가 자기가 저녁을 사겠다며 홍대에 가자고 했다. 곧 퇴근 시간이 되면 막힌다고 슈슈는 얼른 택시를 잡았다. 예전에 273번 버스에서 자주 보던 풍경을 택시 안에서 바라보다가 어느덧 우리가 그때 주점에 왔던 선배들처럼 삼십대 중반이 되었고 그동안 동아리 주점에는 한 번도 가지 않았다는 사실을 깨달았다. 어쩐지 조금 부끄러운 마음이 들었다. 동아리 방은 그대로일까. 택시가 홍대 정문 앞의 익숙한 풍경을 지났다. 코로나로 인해 정문 앞 스타벅스까지 사라지고 텅 비어 있었다. 예전 같지 않고 생기 없이 쇠락한 동네의 느낌이었다.

홍대에 오면 즐겨 찾던 타코야키 집은 그대로 있었다. 사장님 사정으로 자주 문이 닫혀 있던 곳이어서 열려 있다는 사실이 반가웠다. 협소한 자리에 이용 시간은 90분으로 정해져 있었다. 나는 맥주를 먼저 마시고 타코야키를 입에 한가득 넣고는 행복한 표정을 지었다. 슈슈는 그런 내 표정을 물끄러미 바라보며 물었다.

"어때 맛이 그대로야?"

"응. 정말 그대로다." 내가 감탄했다.

내가 먹는 모습을 어미 새처럼 지켜보던 슈슈가 반색했다. 어쩐지 표정이 밝지만은 않아 왜 그러느냐고 물었다. 슈슈는 "그냥 반갑고 아쉽고 그래서"라고 했다. 나와 마찬가지로 추억에 잠겨 감상에 젖은 듯했다. 뒤이어 오코노미야키가 나왔다. 슈슈와 나는 각자 맥주 두 잔을 빠르게 마시고 취했다.

"머리…… 염색했네."

맞은편에 앉은 슈슈가 아, 이거, 하며 부끄러운 듯 머리를 만지작거렸다. 타코야키집에 와서 마스크를 벗은 슈슈를 보니 더 낯설었다. 내게 슈슈의 머리색은 첫 만남부터 이십대 내내 퍼머넌트 그린이었다. 졸업할 무렵, 슈슈는 영화 학교에 가고 현규는 일본 워킹홀리데이를 가고 나는 취업 준비를 하느라 바빴다. 현규와 슈슈의 연애는 1년도 채 가지 못했다. 그 소식을 듣고 나는 슈슈가 원망스러웠다. 고작 그럴 거면서.

졸업 후에도 슈슈와 나는 연락을 주고받았다. 슈슈가 단편영화를 찍을 때는 현장에 스태프들의 커피를 사 들고 가 응원했고 엑스트라로 출연하기도 했다. 영화인들 사이에서 정신없이 현장을 지휘하고 있는 슈슈가 이제는 다른 세계의 사람처럼 거리감이 느껴졌다. 그러는 사이 나는 노량진에서 2년을 보냈다. 모두와 마찬가지로 취업은 뽀개야 할 관문이었고 나는 절박했다. 취업 준비를 하면서는 아무도 만나지 않았다. 다시 혼자의 시간이 익숙해졌다. 외로울 때마다 좋아하는 영화의 장면을 끊어서 봤다. 페이스북에서 인스타그램으로 SNS를 옮겨가며 슈슈와 나는 친구 추가를 했지만 누구도 먼저 연락하지 않았다.

"회사에 들어간 김에 염색했어."

슈슈가 근황을 들려주었다. 슈슈가 작년부터 일하는 곳은 OTT 스트리밍 서비스를 제공하는 신생 스타트업이라고, 그나마 이쪽 산업이 활황이라 서른 넘은 자신을 경력으로 쳐주고 받아주는 곳이 있어 다행이라고 했다. 스타트업은 염색 같은 건 자유롭지 않느냐고 내가 물었다.

"그렇긴 한데. 그냥 한 거야. 이제는 너무 튀잖아."

'너무 튄다'는 슈슈의 말과 슈슈의 염색이 나는 어떠한 포기 선언처럼, 백기 투항처럼 느껴졌다. 슈슈가 검은색으로 염색한 건

14년 만이었다. 슈슈가 잘 풀리지 않는다는 것은 어렴풋이 알고 있었다. 슈슈는 10년 동안 영화 제작지원과 시나리오 공모전의 최종심에 오르거나 언급이 됐지만 한 번도 선정되지 않았다. 영화 현장에서는 여러 일들로 상처를 많이 받은 듯했다. 슈슈는 15라운드 동안 얻어맞은 복싱선수처럼 그로기 상태로 보였다. 시나리오는 더 이상 쓰지 않는다고 했다.

기억을 더듬다 우리가 마지막으로 본 게 언제였는지 떠올랐다. 서른 즈음 슈슈의 영화 학교 졸업 단편 영화가 종로구에서 주최하는 작은 영화제에 상영작으로 선정되면서 서울극장에서 상영됐다. 본인의 작품이 만족스럽지 않은지 함께 상영하는 단편 감독들 사이에서 관객과의 대화를 하는 슈슈의 표정이 머리색처럼 밝지만은 않았다. 스스로를 창피해하는 듯했고 어색해 보였다.

그럴 거면 영화 학교에 가든가! 내가 그런 말을 하지 않았더라면 슈슈는 졸업을 하고 진작 취업을 하고 그랬을까. 슈슈가 고생한 이야기를 들으니 누군가의 인생을 바꾼 선택에 큰 영향을 줬다는 생각에 무섭고 마음이 편치 않았다.

취준생 시절 나는 슈슈와 현규 생각을 많이 했다. 자존감이 떨어졌던 나는 정말 자신들이 살고 싶은 대로 밀고 나가서 사는 두 사람의 모습이 대단해 보였다. 전공과 전혀 상관없는 한 식품회사에 취업한 후 생활이 안정되어가고 슈슈와 긴 시간 떨어져 지내면서 나는 나 자신을 돌보았다. 나 자신에게서 좋아하는 모습을 찾고 기르기 위해 긴 시간을 보냈다.

"연락도 잘 안 하고 미안해." 슈슈가 사과했다.

"네가 왜 미안해?"

"너한테 응원도 많이 받았는데…… 궤도에 오르면 멋진 모습으로 연락하고 싶었는데.”

슈슈가 그런 부채감을 가지고 있었다니 가슴이 아팠다. 슈슈가 말한 궤도는 대체 뭐였을까. 슈슈에게 동경과 원망이 섞인 복잡한 마음이 있었지만 나는 결국 슈슈가 잘되길 바랐다.

슈슈가 자기 집에 가서 맥주를 한 잔 더 하자고 했다. 대화에 굶주렸던 사람 특유의 갈망이 느껴졌다. 나도 그랬기에 잘 알아볼 수 있었다. 많은 것이 변했다. 우리의 사이도 변하고, 예상치 못한 전염병으로 세상도 알 수 없이 변하고. 서울극장이 사라지고 계속 그대로 있을 줄 알았던 많은 공간들이 사라졌다. 우리는 마지막 잔으로 건배했다.

“사장님, 감사합니다.”

슈슈는 나가는 길에 꾸벅하고 크게 인사했다. “네?” 하고 영문을 모르는 사장이 대꾸했다.

“그대로 있어주셔서.”

슈슈의 원룸 현관을 열고 들어서자 거실의 커다란 벽걸이 TV와 소파가 눈에 띄었다. 슈슈가 소파에 앉아 리모컨으로 TV를 틀며 55인치 TV를 자랑했다. 나도 슈슈의 옆에 앉았다. 소파는 아주 푹신했다. 형광등을 켜지 않고 간접조명을 켜 둔 거실은 조도가 낮고 포근한 느낌이 들었다. 슈슈가 냉장고에서 에비스 맥주 두 캔을 가지고 왔다. “역시 친일파”라며 내가 웃었다. 그건 우리끼리 쓰는 애정 어린 놀림이었다. 소파에 구겨져 반쯤 기대 누워 앉아 있는 모습을 보니 머리색은 달라졌지만 동아리방에서의 슈슈가 겹쳐 보였다.

슈슈는 요즘 매일 ‘소파 여행’을 한다며 유튜브에서 비 오는 도쿄 밤거리 영상을 틀었다. 카메라는 아무 말 없이 그저 도쿄를 걸었다. 눈이 시릴 정도로 선명한 4K 화면에 나는 순수하게 감탄했다. 카메라는 시부야의 그 유명한 횡단보도, 스크램블 교차로를 건너기 시작했다. 도쿄에서 유동인구가 가장 많다는 랜드마크였다. 차가 멈추고 모든 방향에서 사람들이 쏟아졌다. 모두 마스크를 쓰고 있었고 카메라를 무심히 스쳐 지나갔다.

"4K에 도시 이름만 검색하면 이렇게 여기서 맥주 마시면서 어디든 다닐 수 있어. 시카고, 뉴욕, 홍콩, 도쿄. 상파울루."

코로나가 지속되고 답답해지면서 나도 생전 보지 않던 여행 유튜브를 보며 대리만족 하긴 했지만 이렇게 그저 걷기만 하는 걸 무슨 재미로 볼까 싶었다. 카메라는 술집들이 있는 좁은 골목을 걷기 시작했다. 술집에서 비 내리는 거리를 보며 술을 마시는 젊은이들이 보였다. "저기, 우리가 갔던 곳이야. 기억나?" 하고 슈슈가 물었고, "그럼" 하고 내가 답했다.

"난 가끔 이 카메라를 들고 있는 게 현규라고 생각해. 현규가 일본에서 취미로 유튜브를 하고 있다고." 화면에 시선을 향한 채 슈슈가 말했다.

현규는 워킹 홀리데이를 다녀온 후 일본 무역 회사에 취업해 일본에서 살고 있었다. 나는 말없이 슈슈를 바라보며 매일 슈슈가 소파에 앉아 추억 여행을 하는 모습을 떠올렸다. 슈슈는 과거에 머물러 있는 것처럼 보였다. 어떤 사람이 자발적으로 과거에 머무르기를 선택한다면 그것은 과연 빠져나오라고 꺼내줘야 할 일일까. 슈슈가 나와 그다지 다르지 않다는 생각이 들었다. 함께 많은 것을 쌓을 줄 알았던 우리는 고작 얇은 추억의 몇 페이지를 갖게 되었다.

카메라는 이제 번화가를 지나 어둑한 주택가로 들어섰다. 아무도 없는 주택단지를 걷다 텅 빈 놀이터에 들어섰을 땐 조금 으스스하고 외롭게 느껴졌다. 처음으로 카메라 뒤에 있는 촬영자의 손이 나타니 스프링 목마를 밀었다. 순간 정말로 내가 기억하고 있는 뭉툭한 현규의 손처럼 보였다. 맥주를 홀짝거리며 마시던 슈슈가 입을 열었다.

"나 사실 코로나 후유증으로 미각이 안 돌아온 지 한 달째야. 혀가 돌처럼 굳어버린 것 같아. 정말 아무 맛도 안 나."

슈슈의 말에 나는 눈이 휘둥그레져서 바라봤다. 아까 오코노미야키랑 타코야키도 같이 먹지 않았나. 그제야 맛이 기억나지 않는 것처럼 자꾸만 맛이 그대로냐고 확인하던 슈슈가 생각났다. 슈슈는 냉장고에서 레몬즙 원액 페트병을 꺼내와 혀를 쭉 내밀고 몇 방울씩 떨어뜨렸다. 나는 보기만 해도 신맛이 느껴져 침샘이 폭발하고 표정이 찡그려졌는데, 슈슈는 정말로 아무 맛도 느껴지지 않는 듯 무표정했다.

"우습지. 남들 다 한 번씩 코로나 걸려도 나는 안 걸릴 줄 알았거든. 보통 보름이면 돌아온다는데 아직도 아무 맛이 안 느껴져."

슈슈는 나 이제 어떡해, 하고 도움을 바라는 듯한 표정이었다. 코로나로 미각을 잃은 뒤로 삶의 의욕이 하나도 없다고, 미각이 영영 돌아오지 않을까 봐 두렵다고 했다. 맛있는 음식을 먹는 게 무엇보다 큰 기쁨인 사람이 미각을 잃었다니, 운 좋게도 아직 코로나를 한 번도 앓지 않은 나는 쉽게 상상이 가지 않았다. 슈슈는 얼굴을 감쌌다.

"먹는 즐거움으로 가는 건데 이제 여행은 가서 뭐 해. 우울할 때 그나마 맛있는 거 먹는 게 위안이었는데 이제 술맛도 없어. 세 캔에 만 원인 에비스를 마시나 열두 캔에 만 원인 필라이트를 마시나 차이가 하나도 없다고."

"회복될 거야. 돌아올 거야."

무슨 말을 해주어야 할까 고민했지만 달리 할 말이 없었다. 나는 슈슈에게 아무 맛도 못 느끼면서 왜 굳이 홍대에 데리고 간 것인지 물었다.

"그냥 네가 맛있게 먹는 모습이 보고 싶었어. 학교 다닐 때도 네가 먹는 모습 보면 참 기분 좋았거든. 대리만족이라도 하고 싶었나 봐."

슈슈가 내게 대리만족이라니. 오늘 극장에서 마주친 게 어쩌면 우연이 아닐 수도 있겠다는 생각이 들었다. 나와 마찬가지로 슈슈도 내가 오지는 않을까 하는 기대를 가지고 온 거였을까.

"제멋대로 살아서 벌 받는 것 같아.

슈슈는 맛도 느껴지지 않는 맥주를 들이켜며 우울해했다.

"뭐 그런 말을 하냐."

내가 슈슈에 대해 오랫동안 오해하고 있었다는 생각이 들었다. 슈슈는 탈색한 머리의 색이 빠지고 뿌리가 얼룩덜룩해지면 늘 새로 탈색을 했다. 그것이 슈슈가 퍼머넌트 그린을 유지하는 방식이었다. 슈슈 역시도 자신의 기대만큼 주변의 기대에 부응하는 사람으로 살려고 했다. 슈슈의 삶이 잘 풀리지 않는 것을 알았을 때도 나는 슈슈라면 잘 해나갈 거라고 생각했다. 슈슈의 주위에는 항상 사람이 많았고, 슈슈가 내게 연락한 적이 없었으니까. 마흔이 되어도 쉰이 되어도, 슈슈만큼은 퍼머넌트 그린으로 있기를, 변치 않기를 바랐다. 아흔이 넘어서도 빨간 가발을 쓴 화가 쿠사마 야요이처럼. 슈슈는 계속 자유롭게 살고 나는 친구로 그 옆에서 대리만족하고 싶은 욕심이었는지도 모르겠다.

퍼머넌트 그린 라이트에 대해 생각했다. 닮고 싶은 동경이었고, 사랑받고 싶었던 갈망이었고, 나의 행운이자 결핍인 슈슈의 색.

슈슈와 함께하며 덕분에 많은 것을 경험했다. 슈슈에게 고마운 것이 참 많았다. 슈슈를 만난 것은 행운이었다. 나는 서른다섯이 되어서야 뼈아픈 사실을 깨달았다. 내가 열등감과 자격지심으로 그간 슈슈에게 노력하지 않았다는 것을.

취기가 오른 나는 허심탄회하게 그간의 감정을 털어놓았다. 제멋대로인 네 모습을 동경하면서도 그 제멋대로인 모습을 조금은 원망하기도 했다고. 너희들끼리 일부러 나를 배제한 것도 아니었지만 나는 밀려나는 심정이었고, 박탈감을 느꼈다고.

"뭐, 우리도 남들처럼 소원해진 거겠지."

그렇게 말하면서 나는 내 노력으로 우리의 사이가 소원해진 채로 두지 않을 수도 있다고 생각했다. 우울해하는 슈슈를 제대로 위로해주고 싶었다. 그건 나보다 현규가 훨씬 잘하던 것이었다.

"현규 소식 궁금해?"

"응. 막 아저씨에 애 아빠 되어 있는 거 아니야?"

"현규한테 정말 유튜브 하는 거 아니냐고 물어볼까?"

"응?"

"서울하고 도쿄는 시차도 없잖아. 현규한테 연락해보자."

슈슈는 놀란 표정이었다. 시계는 10시를 조금 넘기고 있었다. 우리 사이에서 이런 즉흥적이고 제멋대로인 모습은 늘 슈슈의 몫이었는데. 내가 슈슈의 역할을 하는 기분이었다. 나는 어쩐지 신이 났다.

"갑자기 전화해서 무슨 얘기를 해."

"코로나 안부로 시작하면 되지. 거기도 마찬가지잖아."

슈슈가 침을 삼켰다. 슈슈가 핸드폰 메신저에서 현규를 찾아봤다. 거실의 조도가 낮아서 핸드폰 화면 빛에 슈슈의 얼굴이 퍼렇게 물들었다. "그런데 너는 번호 그대로야?" 슈슈가 물었다. "응. 그럴걸." 연락한 지가 너무 아득해 나도 확신을 갖지 못하고 대답했다. 슈슈는 확인이라도 하듯 연락처에 있는 내 번호로 전화를 걸었다. 3~4년마다 핸드폰을 바꾸면서도 핸드폰의 번호와 정보는 그대로였다. 연락처에 프로필로 지정해둔 슈슈의 사진 또한 마찬가지였다. 곧 벨이 울렸고 내 핸드폰 화면에 슈슈의 사진이 뜨면서 내 얼굴이 퍼머넌트 그린 라이트로 물들었다.

Poem

박진경

고양이를 사랑한 두루미. 시도 쓰고,
동시도 쓰고, 또 있는데, 아직은 비밀!

낙원에서 폭풍이 불어와*

박진경
詩 人

눈을 뜨자

칼이

들어왔다

* 벤야민이 파울 클레가 그린 <새로운 천사>를 두고 쓴 구절.

모래가 너무 많구나.
누가 그랬는데

이목구비도 없는 물고기들
이해하지 않기 위해 한 방향으로
직 진 직 진

형, 이건 좀 아니잖아!
엉거주춤 벌어진 손가락들 사이로

쏜살같이 파고드는
쓸개 포도즙

내내 물고 있던
엄지손톱에서 타오른

새?

처음 보는

나예요

꼬리가 아주 길고요

색깔은 앙칼진 핑크
몸통은 시퍼런

여덟을 낳았구나.
잇몸에 알알이 박힌 게 이빨이라니!
누가 그랬는데

쉿 쉿 쉿 쉿
파묻힐 우리들을 위해
신음하는 땅

쓰다듬으면 샘솟는 뜀박질
손바닥에 우거지는 이목구비를 따라
폭풍이 불어와

어금니를 깨물면
목구멍부터 똥구멍까지
출렁이는 태몽

대기 중인 트럭
룸미러에 매달린
십자가

태어나면 죽음이니까
죽어버리고 태어나지 말자

다
비우고
후진하는 트럭

철
철
천년만년
뜸북뜸북 샘솟음
으로
안부를 전하는
땅

추수감사절에는 푹 꺼진 식탁에
감람나무 세 그루를 심을 것이다.

순례

금목서 둘
계화향 다섯
마을 회관 백구 하나
쌀뜨물로 손을 씻는 사람들을 두고
골목을 나오니

마을버스 정류장에서 8자로 껴안은 사람들
내게 개소주를 건넨다. 찰랑이는 잔과
앙다문 손을 두고

엎질러진 나를 추수할 수 없으므로
할망물*에 몸을 닦으면 올챙이들이 배를 뒤집고
온통 희부연

4월의 눈송이들

아직 추우니
터틀넥에 목을 넣는 사람들은
한 번도 젖었던 적이 없어서
젖은 내게서
뚝
뚝

* 제주도 강정마을 구럼비 바위에서 솟아나는 용천수로 할망물에 몸을 닦으면 아이를 가질 수 있다는 전설이 있다.

떨어지는 숨이
숲이 되려고 스며듦
을 모른다하고
계세요?

문을 두드릴 때마다
옆구리에서 돌멩이가 쏟아지고
파헤칠수록 파묻힌
발등을 두고

숲을 나오니

손발이 검푸른 엄마가
항아리를 통째로 태우며
나를 돌아본다

나오지 말고
조금 더 자려무나.

문이
벽이 되는 순간
등 뒤에서 나를 부르는

누군가의 손을 두고

안방을 나오니

할망물에 돌을 담그고 치성드리는 할머니와 묵념하는 누군가의 가랑이에 얼굴을 욱여넣고 주먹으로 땅을 두드리는 아빠와 민둥산 잇몸으로 숨을 깨문 내가
나란히 걸린 거실이

나왔다

독

거기가 어딘 줄 알고, 할머니는 토란을 건져내고
가보면 알지. 나는 소고기를 건져내고

이마를 적시며 숨을 데운다는 게
슬프지 않니? 할머니는 소금을 내밀고
나는 밀어내고

들깻가루를 휘 —
탁해질수록 고소한 게
슬픈 것 같아.

가서 얼굴만 보고 오너라, 할머니는 우산을 건네고
걷기 시작한 나는

모퉁이에서 젖을 물리는 고양이와 눈을 맞추고
발품을 팔면 팔수록 땅은 푹 익은 양지머리*처럼 물컹해지고
새끼 고양이의 콧등이 끈적해질 무렵
도착한 그곳에서

백부에게 인숄린 주사를 놓는 여자를 등지고
독 위에 제 몸만 한 돌을 얹고 향하는 뒤통수를 따라
오르막길을 오르면

* 젓가락으로 찔러서 핏물이 나오지 않으면 다 익은 것이고,
뜨거울 때 돌로 눌러 놓아야 모양이 반듯하다.

발등이 젖는구나. 어깨로 슬픔을 켜던 너는 한결같고
커브를 돌 때마다 뒤통수는 떠오르고 나는 건져내고
겨드랑이를 파고드는 너는 쏜살같고

저만치 가는 뒤통수는 열쇠 꾸러미를 수갑처럼 돌리고

푹 꺼진 땅, 흙으로 메워드립니다. 현수막 아래서
여기가 묘혈인가요? 여기서부터 시작입니더.
발품 파는 사람들을 배경으로

녹용에 당귀 뿌리 좀 넣었어요. 기가 돌고 뼈가 굳을 겁니다.
우리 할머니 닮은 할머니한테 한의사가 검은 보자기를 건네고

손등 위에 손을 얹는 온기만으로
기를 돌리고 뼈를 굳힌 우리를 생각하며
문고리를 돌리면

발등은 떠오르고 발바닥은 가라앉고
계단은 흥청망청 벌어지고

온갖 것들이 입착당할 내 집이 시린다는 게
아름답지 않니? 건강원 앞에서 눈을 감던 너는

이마 위에 제 얼굴만 한 돌을 얹고
얼굴만 보고 가시게요? 찰칵,
열쇠 꾸러미 거는 소리에

눈은 구멍으로
밤으로 들어가 먹히듯
독이 된 내게

똥인지 된장인지 꼭 먹어봐야 아는 애들이 있어!

남자는 토란을 씹고
남자의 아내는 양지머리 편육 찐
무명천을 식초물에
첨벙

챙그랑! 부서지기 위해
응고된 우리라서 나는 무릎을 안고
너는 나를 안고
첨벙

챙그랑! 발목을 할퀴기 위해
남자의 아내는 국자를 내려놓고

독이 스미거든

독 위에 돌을 얹습니다.

유가족

사진 찍는 가족으로부터 발등이 젖은 나는
흘러서 가닿지 않으려고

멀어지고

가족끼리 왜 그러세요?
좀 붙으세요. 손짓하는 사람 뒤로 바다가

넓어지고

세 다리로 없는 하나를 끌면서
모래에 길을 내는 고양이가 나를

돌아보고

여기 보시고 웃으세요!
펑!

터지는 소리

양손으로 감싼 엄마 얼굴이 보고 싶어
우는 건지, 웃는 건지

손을 뻗으면 수평선이

휘어지고

먼저 가시게요? 가족 중 홀로 눈감은 내게
물었던 사람은

본 것도 같았다.

모래사장에 휘날린 스카프가 한 줄으로 들려질 때의 표정
세 그루와 나를

금천교를 건너야
인정전에 들어갈 수 있다[◇]

그래,
그랬구나.
힘들었겠다.
참 슬펐겠어.
아무렴 그렇지.
난 이해해.
당연히
진심이지.

아참!
너 오늘이
무슨 날인지 아니?
Happy Easter![◇◇]

너는 너 있는 곳에
있고
나는 나 있는 곳에
있다

강 하나를
사이에 두고

◇ 금천교를 지나야, 창덕궁의 정전인 인정전이 나온다.
◇◇ 부활절에 하는 인사말.

있다.

圓

큰외삼촌은 동네 사람들을 데려와 옹기종기 앉히고
컹컹 웃는 사람들 어깨 너머로

찬은 없지만 좀 드세요, 허리를 받치며 일어선
큰외숙모가 배를 어루만지며 원을 그릴 때

백구의 새끼들은 검붉은 감나무를 타고 흐르는 방울을
지어미 것인지 아닌지도 모르면서 서로 핥으려 맴돌고

감나무는 하나인데 백구는 주렁주렁 3대째 열리면서도
한 번도 무너진 적 없는 산을 등지고

옷 속에 그릇이 들었으니 조심하거라
외할머니의 쪽지가 든 상자를 열어버린 나는
안방에 그릇을 탯줄처럼 둘러놓고

마당에 두 발로 서니 백구가 발등을 핥고
부푸는 이마를 손등으로 지그시 누르면
산이 숨을 들이키고

모두가 돌아간 밤

그릇 깨지는 소리에
태몽이 감나무를 한 바퀴
휘 — 감고

산으로 돌아가 다시는
집으로 오지 않았다. 다시는

물구나무가 자란다

죽은 각목이 살아 있는 나무를 지지해주는 풍경 앞에서
숫구멍◆이 팔딱인 나는 엄마의 엄마가 첫 번째로 낳은 아들이
엄마에게 건넨 덩어리와 그걸 먹고 첫 번째로 태어난 나와
아직 태어나지 않은 개들을 생각하며

정수리를 지그시 눌렀다.

◆ 갓난아이의 정수리가 굳지 않아
숨 쉴 때마다 발딱발딱 뛰는 곳.

성가신 여름

시인 같아요, 누가 그랬다
시인 같다니, 같을 뿐이라
한참을

시인처럼 걷다가

우뚝
솟아난
피!

반짝
찔리고서야
판을 뒤집으니
온통 걸어갈 길이다

비명을 지르기엔 너무 한낮이라
활활 타오르는 피를 식히려
선짓국을 먹는다

하 하 후 후 식힌다고
나오는 것이 전부 시는 아니다

시는 아니고
시 같은 것이라서
선풍기가 목을 틀어 짖으면
짖도록 둔다

아주머니는 고무장갑을 끼고 앉아
콘크리트 바닥에 생강을 비벼빨고 있다
파란 호수가 몸을 꺾을 때, 까드득
어금니에서 튕구는 진돗개 발바닥 냄새

오돌토돌한 물이 물컵에게
아 에 이 오 우 목젖으로 하는 말
받아적는다고

시는 아니다

시는 아니고
시 같은 것이라서
아 에 이 …… 아! 혀뿌리에서
씹혀도 뱉지 않고
삼킨다

사방이 불인데
뛰어들 불이 없어
가로지르는 구급차를 보며
목구멍이 파래지고

토마토를 써는 기분으로
개새끼를 입으로 낳듯이 하품을
입으로 잡아먹듯이 하는 내가 먹은덩어리가
나를 먹고 나를먹은덩어리가 나를 모른다 하고

아 아 오 오 더운 피를 식힐 때마다
성가시게 흐르는 것이 한바탕
범람할 때까지 하품을 하는 나는
시인이 아니다시인이
아니니 시인처럼
세상을 삼키듯
하품을

00:00 - 00:01

눈뜬

나의 적은
눈뜨는

나!

효수[◆]

승소한 여자들은 명예의 전당에 올라
머리카락 한 올마다 소문이 심어지고

마침내 온몸이 소문으로 칭칭 감긴 여자는
누에처럼 매달려 잠을 자고

살았어요? 죽었어요? 돌 던지는 아이들을 지켜보던 효수는
치대면 치댈수록 찰진 게 버르장머리라며
쫀득해질 때까지 치대다가

마침내 진액이 나무를 타고 흐르자 마을 사람들을 불러와
이것 좀 보세요, 로 시작해서

누에가 지 주제를 모르고 독기를 품으면 온 마을이 흉흉해짐
으로 끝나는 돌림노래를 나무에 두르고

쏟아지는 우박에 사람들은 짖기 시작하고
나무를 둘러싸고 출렁이면서 효수를 대신해 도끼를 들고

웅덩이에 얼굴을 포갠 사람들은 팔꿈치를 포개며
우리에게 일용할 온기가 필요하다 하고

◆ 죄인의 목을 베어 높은 곳에 매달아
그 죄를 경계시킨 형벌.

이것이 서로를 위하고 마을을 지키기 위한 일이니
사이좋게 번갈아 내리침에 번쩍!

명예의 전당에서 거의 유일하게 깨어난 여자는
아직 죽지 않은 효수를 생각했다.

Poem

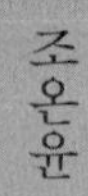

2019년 문화일보 신춘문예로
작품 발표를 시작했다.
시집 《햇볕 쬐기》가 있다.
문학동인 공통점으로
활동 중이다.

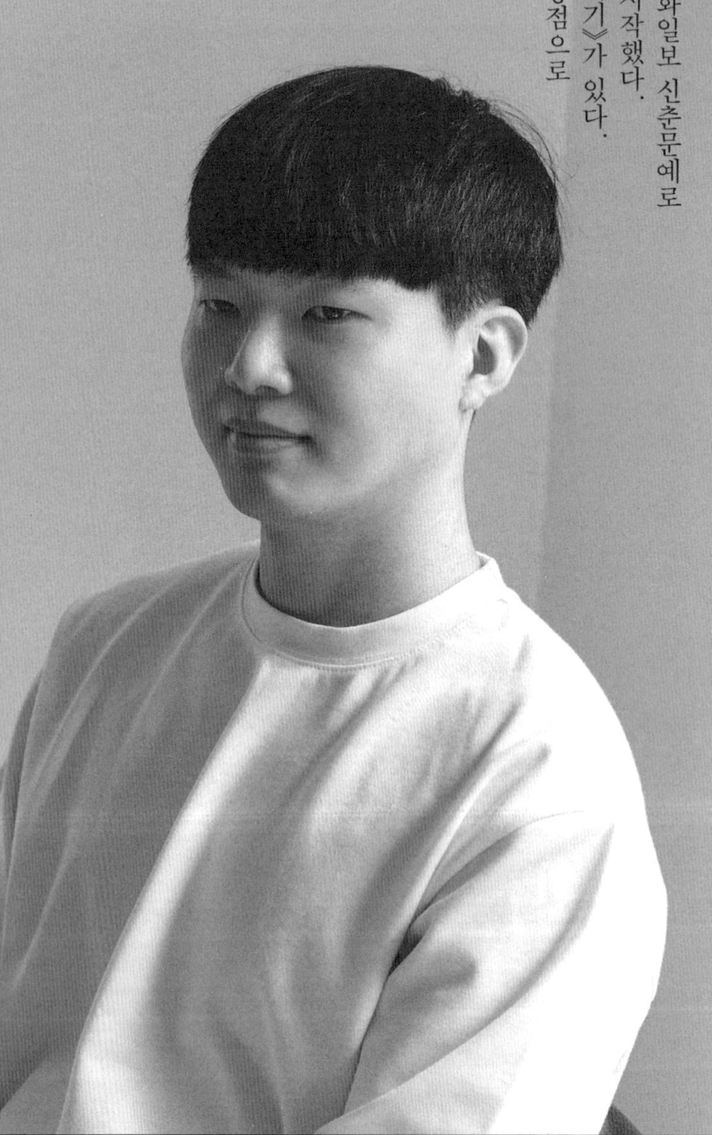

꿈 아카이브

조온윤
詩人

네 꿈을 살게
나는 꿈을 모으는 사람이거든

등장인물이 많은 꿈이라면 좋겠어
객실의 끝이 안 보이는 기나긴 열차 같은 꿈
경유지는 목마른 이들을 위해 물켜는 새벽
한낮에 흘린 선명한 피땀을 토큰처럼 들고 온다면
누구든 들락날락할 수 있는 헤픈 꿈

중고로 내놓은 꿈이라면 더 좋겠어
너무 오래 품고 지내 포장지가 닳고 바랜 꿈
천 원 오천 원쯤 싼값에 구할 수 있겠지
옆구리에 꿈을 베개처럼 끼고 약속한 장소에서 만나요
어느 날 세상에는 없는 수상한 발신지로부터
너는 기기한 연락을 수신받겠지

꿈이 꿈 아닌 것처럼 선명했으면 좋겠어
이토록 밝은 해상도의 자연이 꿈인지 꿈 아닌지
당신들의 부드러운 호의가 꿈인지 꿈 아닌지
순진한 구매자는 죽었다 깨도 모르도록
손에 잡힐 듯한 총천연색으로 만든 꿈

내 무의식의 새하얀 스크린에 줄곧 영사되는 꿈
먼 미래의 상영관에서
해맑은 영화광처럼 한 손에는 튀긴 과자를
두 눈에는 볼록한 입체 안경을 씌우고서
디지털로 복원된 꿈에 입장할 수 있다면 좋겠어

이제 꿈에서 깨어나요
빗자루와 쓰레받기를 든 목소리가
가지런히 놓인 현실 감각을 가볍게 건드리며
내 잠을 밝힐 때까지

유령의 집

유령 집사에 대해 들어본 적 있어?
사람들이 저마다 따뜻한 계절의 꿈속으로
짧은 휴가를 떠나면
유령 집사가 검은 턱시도를 차려입고 나타나
빈 저택의 은식기처럼 고요한 도시 위로
커다랗고 하얀 천을 덮어주지

아침이면 다시 흰 눈을 걷어내고
거리의 반짝이는 민낯을 훤히 드러내는
유령 집사의 차고 투명한 손길

그가 누구를 위해 봉사하느냐고?
그 누구를 위해서도 봉사하지 않아
키 큰 사람의 어깨에도
키 작은 사람의 어깨에도
눈은 공평하게 쌓이듯이
몸과 마음을 얼리고 녹이는 데는 복종이 없지

그가 오는 이유는 하나야
걸어 잠글 수 없는 세상을 도둑맞지 않도록
누군가는 밤새 맨정신으로 지켜야 하거든
꿈에서 떠난 이들을 만나는 너의 보석 같은 동공에

먼지가 앉지 않도록 덮어주어야 하거든

유령 집사를 만나보고 싶니?
눈을 뭉쳐 형상을 만들어주면 돼
몸 없는 꼬마 유령에게 흰 천을 씌워
존재를 드러내주듯이
간혹, 밤중의 무뢰한이 공원을 배회하다
네가 만든 눈사람을 걷어차고 부순다면
너는 분명 슬프고 화가 날 테지만

그건 네가 집사의 존재를 느끼기 때문이야
집사의 존재를 인정하기 때문이야

휴가지에서 돌아온 날 아침에 너는
깨끗하게 닦여 있는 거울로 네 얼굴을 보겠지
간밤의 피로함과 어지럼은 모두 잊은 채
차가운 거울에 이마를 가만히 대었다 떼어보는
순간에 나타나는 희미한 형체

그 표식이 유령 집사의 초상이야
네가 잠든 사이 너의 심연을 꺼내어 씻어두는
유령 집사의 목적 없는 헌신이야

여름 비행

가로수의 그늘을 훔치던 한여름을 지나
도난방지기를 무사히 통과한 기분으로 살지
가난 장마 해변 연민
아름다운 돌인 줄 알고 몰래 쥐고 있던 것들을
여전히 품 안에 감추어두면서
빛의 색출이 뜨거운 날에는 마음을 숨죽이지

그 많던 여름 중에 하나,
주머니에 손을 넣고 비밀을 공깃돌처럼 놀리다가
주변을 서성이던 친구에게 내밀어본 적 있지
처음 보는 장난감처럼 신기했던 걸지도 몰라
친구가 대답 대신 한 움큼을 챙겨 달아난 뒤로
친구가 학교에 소문을 들고 온 뒤로
더는 누구도 얼쩡거리지 않게 되었지만

돌려주지 않아도 되었다
비밀을 주워온 곳은 슬픔이 자갈밭처럼 무수했으니

외로운 동급생의 책가방에
개구리를 넣어둔 범인을 찾기 위해
돌아가며 엉덩이와 발바닥을 맞은 적 있지
누군가 범인을 토해낼 때까지

여름을 밟는 감각이 얼얼해질 때까지

그날은 유독 세상이 눈부시게 보였던 거 같아
학교가 파한 거리에서
어깨를 부딪치며 지나가는 아이들을 본다
모퉁이를 돌며 희미하게 번지는 아이들의 소음
횡단하는 도로에 낙오한 새끼 오리처럼
뒤떨어져 걷는 한 아이의 위태로운 침묵

왜 반짝이는 걸 보면 훔치고 싶은 걸까?
한낮이 자루째 쏟아내는 백금색 빛을
손에도 쥐어보고 두 눈에도 한껏 담아보았지만

똑같은 여름은 돌아오지 않더라
그래서 우리는
우리가 훔치고 빼앗긴 여름만을 기억하겠지

그때의 아이들이 떼거리로 몽돌 해안을 뛰노는 걸
거기 없는 아이가 홀로 납작한 자갈을 주워
남겨진 시간을 물수제비 뜨는 걸
숨죽여 바라보며

임시 교사

아이들에게
문을 뒤집으면 곰이 나타난다는
실없는 농담을 하는 어른이 되어버렸다

집을 뒤집으면요? 사람을 뒤집으면요?
울음을 거꾸로 하면 몽롱이 되는 것 같아요
그럼 몽롱은 기쁜 거예요?

아이들의 존재는 왜 이다지도
물구나무 같을까?
질문을 뒤집어주면 대답이 될까
반문이 될까?

아이를 어른스럽게 대하지 못하는
아이 같은 어른이 되어버렸다
너희를 돌볼 때면
뒤집힌 교실에 홀로 남아
오래전에 잊어버린 공식을 풀어내야 하는 것 같아

아무리 깨쳐도 졸업이 없는 삶의 교정에서
내가 무얼 알려줄 수 있을까?
또렷한 목적 없이 갈지자로 살아감을 뜻하는 몽롱이란 기분을?

어른의 문을 열고 뒤집어 흔든다 해도
아무것도 튀어나오지 않는다는 심심한 진실을?

벽은 뒤집어도 벽, 컵을 뒤집으면 반드시
빈 컵이 될 테지만

철봉 아래에서 친구를 괴롭히는
장난꾸러기 아이를 붙들고 말해줄 수 있겠지
얘야, 우는 사람을 거꾸로 뒤집어도
웃는 사람이 되지 않는다고

장서각의 나날

개가식으로 운영되는 수 세기 후의 도서관에서
당신의 실록을 보았지

사관들은 저희의 왕을 너무나 사랑해서
당신의 일거수를 기록하는 책을 썼다네

머리 몸통 꼬리로 삼등분된 해부학 삽화처럼
과거 소과거 대과거로 편철된 세 권의 시간

당신의 낮과 밤과 꿈을 죄 가두었던 금서가
이제는 완전한 해적판이 되어 자유롭게 떠돌아

광장에서는 열렬한 목회자들이 사후를 예시하고
관광객들은 손을 잡고 왕릉을 거닐며 생후를 예찬하고

세상엔 당신을 묘사하는 가냘픈 술어가
호위도 방부도 없이 쌓이고 있어

어린 왕의 몰락을 지키던 한 문사는 이렇게 적었어
초엿샛날부터 이날까지 안개가 심하게 끼었다◆

◆ 단종실록 14권, 단종 3년 윤6월 10일 갑인 첫 줄.

그건 단순한 편년체였지만
동시에 기록자만의 은밀한 비유이기도 했지

언젠가 눈 밝은 자들에 의해 의미가 걷히길 바라는
먼지 속의 상형문자처럼

혹은 상형할 수 없는 문자처럼
인간의 마음을 해부하면 세 겹의 염원이 나타나지

더없이 사랑하는 이가 근미래와 미래를 지나
머나먼 노래가 되어 자유롭길 바라지

공간과 자간

전자식 인쇄기술의 출현으로 해고된
늙은 식자공이 결국으로 다다른 곳
공간과 자간

케케묵은 책 속으로 낙향한 그가
견습생 시절 활자를 잘못 끼워 찍어낸
깊고 외로운 두 마디를 떠올린다
우울과 우물

검은 잉크로부터 추억을 길어 올리며
지리멸렬했던 인생을 요약해볼 때
무심결에 띄어 쓰게 되는 쌍둥이의 마음
전전과 긍긍

아무도 찾으려 하지 않는 외딴 열대의
두 그루 종려나무처럼
두 쌍의 묘한 글자들이 쉼을 두고 서 있는
고요한 공간

인간의 시간을 표의하고 싶은
음각의 활자들이 걸터앉은 난산

원서의 지독한 고독이 무서워
의도된 오역을 낳는 역자의 농간

독서가가 잠시 묵독을 멈추고
적막한 세간을 살피게 하는 행간

도서관 불안◆

그곳의 사서는 묘지기처럼 어둡고 조용했습니다
찾고 싶은 책이 있었지만 말을 걸 수 없었죠

괄호로 싸인 정숙한 실내에 마침표처럼 앉아
죽은 책들을 지키고 있으니 그럴밖에요

나는 문학과 역사의 서가 사이 어디쯤에서
도서관 미아가 되어 우두커니 서 있었어요

내가 찾는 이야기는 역사로 불리기엔 허구가 많았고
소설이라기엔 지나치게 사실적인 묘사였거든요

두 분류를 넘나들며 책등을 일일이 톺아보기에는
머지않아 독서에 대한 갈증으로 탈진할 것 같았기에

결국에 나는 내가 찾는 이야기를 모조리 써 내어
스스로 한 권의 별책이 되기로 마음먹었습니다

그렇담 내 삶은 어디로 분류될까 두근거리며
관내 분실인 양 시치미를 떼며 있었더니

또 말 많은 책이 늘었군,

◆ 도서관 이용에 미숙한 사람이 책을 찾을 때 느끼는
혼란, 근심, 좌절 등의 감정.

뼈 맞추는 소리를 내며 묘지기 사서가 다가옵니다

연극이 끝난 뒤

그 배우는 지금 무얼 할까?
비정한 당신을 연기하던, 사랑하는 나의 배우는

간밤엔 예보도 없이 비가 쏟아졌네
아침에 일어날 내게 비 젖은 무대를 선물하기 위하여
연극을 위하여

은행원이 창구에 앉아 하품을 한다
지루해, 웃는 연기를 언제까지 해야 할까?
정오에 우산을 접으며 다가오는 나를 만나기 위하여
단 몇 분의 장면을 위하여
은행원은 십수 년의 매일을 은행으로 향하네

집으로 돌아가는 길에는 예정된 불행을 겪을 것이다
우산함에 꽂아놓은 우산이 사라지거나
아무에게도 전화 걸 수 없다는 사실을 불현듯 깨달으면서
비를 맞으며 걸어가는 쓸쓸함을 연출할 테지

전환된 장면에서는 아역배우가 불안한 표정으로 자전거를 타고 있다
연기에도, 자전거에도 서툰 아이를 보며 웃는 원로들이 있다
나의 연극에 자그마한 환기를 주기 위하여

시퀀스의 완성을 위하여
굴러가는 자전거 풍경

그때 음악도 없이, 자막도 없이
아무도 몰래 새로운 막이 시작되며 당신은 독백하네
배우로서의 삶을 사는 건 어려운 일이 아니라고
세상의 위선에 모르는 척 속아주기만 하면 될 뿐이라고

악역을 맡은 배우가 죽이고 싶을 만큼 미워서
칼을 찾아 헤맸는데
끝내 찾지 못한 적 있지
연극을 위하여
나의 연극이 계속되기를 위하여
연출가는 칼을 숨기고 각본을 새로 고치네

작위에 대한 의심이 클라이맥스에 다다랐을 때
사랑하는 이들은 모두 무대 뒤편으로 유유히 퇴장했지
오래전부터 정해져 있던 일처럼
누군가 그들에게 건넨 귀띔이 있었을 테지

하지만 이것은 비극이 아니길
계속 희망하길

희망하며 괴로워하길

언젠가 연극이 끝난 뒤
엔딩 크레디트 같은 장막을 걷으면 나타날
너무 일찍 잊혀버린 옛 친구들
은행원들, 공원의 산책자들
잠깐 돌아본 사이 자꾸만 사라지던
무수한 우산들, 사람들

그리고 분장실에 앉아 하얀 화장을 지우는 당신을
얼굴이 반쯤 지워진, 거울에 비친 당신을

나를 발견하곤 화들짝 놀라
뒤, 돌아보는

균형 감각

영원한 계절을 고르라면
여름과 겨울 중 어떤 게 좋을까
돌아오지 않을 휴양지로 산과 바다는?
삶의 굴레에서 인간의 다음 차례로
개 혹은 고양이로 태어난다면

갈림길의 저편에서
미심쩍은 행색의 행려자가
한 손에는 자칫 공평해 보이는 저울을
한 손에는 겁주기용 칼을 들고 다가와
반드시 어느 한쪽을 고르시오
공갈을 놓는다면

나는 삐뚤빼뚤한 삶 쪽을 가리킬까
인간으로 살 바에는 차라리
다른 무엇이 되겠다고 말할까

이번에는 당신의 고용주가 저울판 위에
지폐뭉치와 회중시계를 올려두고
그것이 삶의 완벽한 균형이라는 듯
열띤 손동작을 곁들여 설교한다면

관자놀이를 타고 턱 끝에 땀이 맺히도록
매일매일이 평형대 위에 선 기분이라면

삶을 소진한 대가로 얻은 휴가에서
당신이 뜨거운 계절에 머물겠다 대답한대도
눈 내리는 바다를 싫어하는 게 아니라면

개의 반대말이 고양이가 아니듯
왼편과 오른편이 완벽하게 달라서
기울일 수 없다면

생각하는 문진

찬 바람이 책장을 넘기네
열린 창으로 네가 바깥을 보고 있었어
나보다 몇 배는 키가 커서 난간에 팔을 걸친 채로
무의미하게 영혼을 한 모금씩 소모하듯
날숨을 허공으로 흘려보내고 있었어

네가 무얼 보는지 궁금해서 너의 다리 사이로
창살 사이로 머리를 집어넣었어
맞은편 아파트 동의 불 꺼진 복도들만 보였지
읽을 수 없게끔 검정으로 죽죽 그어버린 줄글처럼
실은 네 눈이 아무것도 담고 있지 않다는 걸 알았어

그때 너는 네 몸에 비해 지나치게 가벼워 보였어
너덜거리는 너의 영혼이 허공으로 날아갈까 봐
나는 목 놓아 울었어
이봐, 나를 보라고
치렁치렁한 외투와 모자를 벗어 조그만 못에 걸어놓듯
필요하다면 이 작은 내게로 시선을 걸쳐두라고

슬픔의 냄새가 밴 품이 썩 편안하지만은 않지만
아무렴 어때?
네가 몸을 돌려 이윽고 나를 내려다보았을 때

겨드랑이에 손을 넣어 눈높이까지 나를 들어 올렸을 때
내가 너의 누름돌이라는 걸 알았어

너는 홀연 날아가지 않기 위해 나를 데려왔구나
매일 밥을 먹으며 튼튼하고 무거운 몸을 가지자

그리고 언젠가 눈높이만큼 자란 내가 창가에 다가가
네 어깨를 지그시 누른다면
나눠줄 수 있겠니?
네가 읽는 책에 어떤 절망이 쓰여 있는지
네가 있는 세상에 어떤 절망이 휘날리고 있는지

우리는 우리가 끝나지 않는 장면을 펼쳐두자
귀퉁이에 가만히 손가락을 얹고
같은 쪽을 오래도록 바라보자

photocopies

writer's routine

Gwon Hye Yeong

도피를 도피하는 도피

권혜영

플레이리스트

소설을 쓰려면 노트북을 켜고 한글 파일을 열어야 한다. 욕실 청소하고 싶다는 마음에 사로잡히지 않고 노트북을 켜기까지, 저녁 메뉴로 생각해둔 가지 된장 구이 만드는 법에 대해 인터넷 검색하지 않고 한글 파일을 열어보기까지……. 이런저런 마음의 준비가 필요하다.

콘셉트에 지독하게 지배된 DJ병 말기 인간인 나는 우선 오늘 들을 노래부터 설정한다. 설정 방식은 여러 가지다. 지금 쓰고 있는 소설의 분위기에 어울리는 음악을 고르기도 하고, 날씨와 계절감에 따라 달리 선곡하는가 하면, 특정 뮤지션의 디스코그래피를 시간순으로 훑기도 한다.

〈띠부띠부 랜덤 슬라이드〉를 쓸 무렵에는 Architecture in Helsinki의 〈Do The Whirlwind〉, Junior Boys의 〈Dull To Pause〉, Wave Machines의 〈I Go I Go I Go〉, Electric Guest의 〈Waves〉 같은 뽕뽕거리는 노래 주로 들었다. 그러다 문득 Electric Guest에 꽂혀서 그들이 낸 앨범 전곡을 들어보기도 했다.

소설을 전부 뜯어고쳐야 해서 기분이 별로인 날에는 일부러 빠른 비트의 음악을 듣는다. 신스팝/개러지 록/펑크 록/케이팝 등등. 머리는 지끈거리고 마음은 지옥이지만 어쨌든 어깨를 흔들게 된다. 콧노래를 흥얼거린다. 발꿈치를 까닥거리며 손가락을 놀린다.

때로는 선곡조차 버거울 정도로 불안한 날도 존재하지만 그런 날에도 음악을 듣긴 들어야 한다. BGM이 없으면 견디기가 더 힘들기 때문인데 그럴 때도 선택지는 다양하다. 1. 과거에 들었던 플레이리스트 안에서 셔플 재생한다.

2. 스포티파이 추천곡 알고리즘에 의지한다. 3. 유튜브의 David Dean Burkhart Playlist. 이 글을 쓰는 지금은 2번 스포티파이 추천곡 알고리즘에 의지하는 중이다. 이 문장 쓰는데 Swimming Tapes의 〈Cameos〉가 흐르고 있다.

연필 깎고 냄새 맡기

노래가 준비되면 연필을 깎는다. 개시한 지 얼마 안 된 연필은 기차 모양의 하이 샤파 연필깎이로 깎고 몽당연필은 휴대용 미니 수동 연필깎이로 깎는다. 어느 정도 깎은 연필심 끝을 손가락으로 톡톡 두드린다. 뾰족한 날카로움이 느껴지면 합격이다. 그런 다음 연필에 코를 박고 킁킁거린다. 갓 깎은 연필에서 나는 흑연과 나무와 고무의 조화로운 냄새. 그것은 나한테 용기의 냄새다. 오늘도 이 연필로 끝내주는 문장과 웅숭깊은 질문 던지기보다는 조만간 지워질 문장만 내리 쓰고 엉터리 인식에 다다를 확률이 높다. 그것마저 쓰기야 쓴다면 더할 나위 없겠지만……. 그럼에도 연필 냄새는 다시 실패할 용기를 주는, 빈 페이지의 두려움에 맞서도록 해주는 그런 냄새다.

연필에 의미를 부여하지만 연필로 소설을 쓰진 않는다. 소설은 누구나 그러하듯 키보드로 쓴다. 한글 파일 열고 텅 빈 문서를 직면하기. 왼쪽에서 오른쪽으로, 위쪽에서 아래쪽을 향해 검은 글자 성실히 타이핑하기. 현대사회에서 소설을 쓰는 실질적인 행위다. 그럼에도 나는 으레 연필을 깎고 냄새를 맡는다. 키보드 곁에 공책을 두고 항시 끄적거린다. 장면을 이렇게 배치하면 어떨까, 이 단어와 저 단어 중에 뭐가 더 적합할까, 오래 고민한다. 연필을 내려놓은 후에야 자판 위에 손이 올라간다.

연필 메모를 선호하는 이유는 날카로웠던 심의 마모를 실시간으로 목격할 수 있어서다. 가령 오늘 한글 문서에 세 문단을 썼다 치자. 그런데 쓰다 보니 어제 쓴 분량까지 도합 네 문단을 삭제했다. 그럼 나는 오늘 -1문단을 쓴 것이다. 아니? 결과적으로 보면 쓰지 않은 것이나 마찬가지다. 한글 파일만 두고 판단하면 그렇다.

-1문단이 되어버린 날, 뭉툭해진 연필심 끝을 손가락으로 더듬다 보면 -1의 기분이 조금은 누그러진다. 연필만큼은 나한테 헛짓하지 않았다고 위로해주는 것 같다. 뾰족함에서 뭉툭함으로. 15cm에서 14.7cm의 길이로. 내 마음을 어루만져준다.

행복한 책읽기

글쓰기는 전율을 느낄 정도로 잘되는 날도 있고, 이렇게 못 쓰면서 왜 글 쓴다고 나대지? 전력이랑 종이 낭비해서 자연과 지구에게 사죄하고 싶은 날도 있다. 후자의 나날들이 압도적으로 많다. 전자는 수없이 많은 후자의 나날을 반복한 끝에야 아주 드물게 찾아온다. 저 두 가지 경우에도 이르지 못하고 마음 준비만 하다 끝나는 날도 더러 있다.

척척 쓰는 날에도, 꾸역꾸역 쓰는 날에도, 쓰기

싫어서 안 쓰는 날에도. 읽기만큼은 놓지 않으려고 한다. 독서는 노래를 고르고, 연필로 위안을 사는 것보다 내게 훨씬 중요한 의미를 가지며 글쓰기 근본을 건드리는 행동 양식이다. 나는 글이 안 써질 때보다 책을 못 읽을 때의 조바심이 더 크다. 우울함의 밀도가 달라진다.

잊지 말자. 나는 쓰기보다 읽기를 좋아하는 사람이다. 100억 받고 평생 책 안 읽기 vs 한 달에 100만 원씩 받고 평생 책 읽기. 나는 닥치고 후자다.

올해 초 '자기만의 독서'라는 오픈 채팅방에 알음알음 초대 받았다. 이 방은 사담은 금지되어 있다. 오직 사진으로만 독서를 인증하는 방식으로 운영된다. 그날 읽은 책의 시작 페이지부터 끝 페이지까지 사진을 찍어 올린다. 그 뒤에 작가 이름과 책 제목과 페이지 분량을 함께 표기한다. 채팅방 멤버들은 서로 다른 책을 읽는다. 장르도 매체도 상관없다. 그저 읽고 싶은 책을 읽을 만큼 읽은 뒤 독서방 멤버들에게 알리면 된다. 이 방의 가장 신기하고 마음에 드는 점을 한 가지 꼽자면 이렇다. 내가 《문학의 기쁨》을 읽고 싶다는 마음을 가지고 있는데 누군가가 먼저 그 책을 읽고 인증한다. 그러면 나는 다음 달이나 다다음 달에 《문학의 기쁨》을 반드시 읽게 된다.

함께 글 쓰는 동료들을 만날 때면 묻는다. 요즘 무슨 책 재밌게 읽었어? 소설가 성해나는 앤 헬렌 피터슨의 《요즘 애들》을, 소설가 이선진은 비비언 고닉의 《사나운 애착》은 추천했다. 편집자 정기현은 토머스 드 퀸시의 《예술 분과로서의 살인》을, 소설가 임선우는 사이바라 리에코의 《여자 이야기》를 추천했다. 소설가 정선임은 애거사 크리스티의 《봄에 나는 없었다》를 추천했다. 나는 그것들을 장바구니에 담아두고 한 권씩, 또는 두 권씩 야금야금 사들인다. 나도 친구들에게 질문받는다. 요즘 무슨 책 재밌게 읽었어?

따로 또 같이 읽는 즐거움을 누리며 생각한다. 글 좀 못 쓰고 안 쓰면 어떠냐. 남이 쓴 재밌는 책이 이렇게나 많은데. 글이 안 써지면 그 책들을 읽으면 된다. 그리고 친구들이 재밌다고 한 책도 다 읽을 것이다. 그거면 됐다. 그 책들 전부 읽는 데에도 시간은 빠듯하다.

충분히 읽다 보면 언젠가 다시 쓰고 싶은 기분이 든다. 분명히 온다. 그럼 그때 얼마든지 쓰면 된다. 그러니 쓰기가 안 돼도 조급해하지 말자. 읽기로 도피해버리자. 사실 큰 방향성에서 보면 그렇게까지 도피도 아니다. 읽기는 쓰기 속에 천천히 녹아들 것이다. 체득될 것이다.

노래 듣기, 연필 소모하기, 읽기. 한숨과 체념과 글쓰기를 유예시키는 이 모든 도피성 행동들은 나의 하루하루 글쓰기를 구성하는 루틴이자 여태껏 살아온 삶의 궤적이기도 하다.

photocopies

writer's routine

Park Jin Kyung

그들이 사는 도서관

박진경

"알~!"

당신이 문을 열기도 전에, 당신이 오리란 것을 알겠다고 알,이라고 인사하는 사서가 있다. 고양이 나이로 9살이니, 사람으로 치면 쉰 살 어르신임에도 계단을 오르는 당신의 인기척만으로 귀를 쫑긋, 몽실몽실한 몸을 오뚜기처럼 갸우뚱, 흰 양말 신은 두 발 모아 당신을 맞을 준비를 하는 사서 알식이, 그곳엔 있다. 아, 물론 그 또한 살아 있는 생명이라서 날씨를 감각하고 기분을 달리하며 컨디션의 저조가 있기에, 당신이 먼저 알~,이라고 불러야 할 수도 있다. 언제 어디서든 누구라도 알~, 이라 부르면 알식은 자다가도 심드렁하게 당신에게 눈인사로 답할 것이다. 혹은 당신 모르게 어딘가를 앞발로 터치하고는 책장 뒤에 숨어 숨바꼭질을 제안할 수도 있다. 당신이 알아채지 못하고 책상으로 자리하면 책장 틈 사이로 고개를 빼꼼 내밀곤 숨죽여 당신을 염탐할 수 있다. 당신이 끝끝내 알아채지 못하면 민망함을 감추려 자신의 털을 가다듬거나 아무 일도 없었다는 듯 책상 위에 올라 당신 앞에서 성냥개비 눈을 하고 식빵을 구울 수도 있다. 당신이 뒤늦게 알아채고 쓰다듬으면 기다렸다는 듯, 온전히 손길을 느끼는, 알식이 있는 그곳은? 국회도서관도 국립중앙도서관도 아니다. 카라(KARA)[◆]에서 운영하는 생명공감 킁킁도서관이다.

그곳에 가면 알식과 무쇠가 있다. 그들이 사는 도서관에 나는 토요일 격주(도서 대출 기한이 2주다)마다 방문한다. 갈 때마다 시시각각 달라지는 알식의 반응에 그가 살아 있는 생명이

◆ 카라KARA(Korea Animal Rights Advocates) : 동물이 존엄한 생명으로서 그들 본연의 삶을 영위하고, 모든 생명이 균형과 조화 속에 공존하는 세상을 지향하는 동물권 단체.

란 사실을 시시각각 새삼스럽게 느낀다. 걸음걸이부터 구르기, 뒹굴기, 등 돌리기 등 몸짓마다 묻어나는 감정과 눈동자와 수염으로 만드는 표정과 꼬리 언어로 말해주는 알식은 인사도 대답도 요구도 "알~!"이라고 하기에, "알식"이라 이름 지었다고 한다. 또 다른 사서 무쇠는 더욱더 건강해지라는 의미로 무쇠라 하였다는데, 무쇠처럼 잘 움직이지 않는 편이다. 창가에서 햇볕을 쬐며 무심한 듯 세심하게 "왔니? 가니?" 정도의 눈인사가 전부지만 밤갈색 고등어 무늬에 청록색 눈동자를 지닌 무쇠의 눈인사는 한없이 따뜻하다.

알식과 무쇠, 둘은 센터에서 구조되었을 때 건강상의 이유로 입양이 불가했다고 한다. 도서관 운영자께서는 알식과 무쇠가 입양 대기 중인 동물들과 함께 지내며 다른 동물들이 입양되는 과정을 지켜보기만 하는 것이 안쓰러웠던 찰나, 입양이 아닌 다른 방법으로 고양이 두 마리가 고정적으로 지낼 명분과 공간이 있었으면 좋겠다는 생각에 도서관 사서로 들였다고 한다. 그렇다. 지구의 주인은 인간이 아니기에 도서관이든 지구 어디든 동물이 없어야만 하는 공간은 없다. 코로나로 인해 텅 빈 초등학교 운동장이 동네 고양이들의 쉼터가 된 것을 보았다. 축구 골대에 다가가 몸을 비비곤 한동안 아무도 골을 넣지 않은 망을 뒤집어쓰고 놀다가 휙, 돌아 사뿐사뿐 아무도 없는 운동장에 발도장을 찍는 고양이와 그 뒤를 유유히 따르는 또 한 마리의 고양이. 함께 잘 걷다가 불현듯 발라당 누워 뒹구는 모습을 보며 인간이 지구를 장악하기 전 그들만이 사는 세상을 엿본 듯했고, 인간이 썰물로 빠져나가도 지구는 망하지 않고 아름답겠구나, 싶었다. 유한한 지구에게 무한한 욕망을 품은 인간이야말로 지구에게 가장 유해한 존재니까.

카라의 "인권을 넘어 생명권으로!" 취지 아래 설립된 생명공감 킁킁도서관은 "아는 만큼 보이는" 동물 이야기가 가득한 곳이다. 나는 이곳에서 인권과 동물권의 구분짓기를 넘어선 생명권의 관점을 터득했고, 동물이 살 수 없는 환경은 인간 또한 살 수 없음을, 곧 닥쳐올 지구적 위기를, 책을 통해 접했다. 그 과정을 알식과 무쇠와 함께 한 셈이다. 책을 읽다가 햇볕을 쬐며 잠이 든 무쇠의 오르락내리락하는 배를 가만가만 눈으로 쓸다가 책으로 돌아와 활자를 훑을 때, 내 목덜미로 볕이 스미는 순간. 도서관 이름처럼 "생명 공감"을 체감한다. 이곳에 생명(들)이 있다. 살아서 (함께) 숨 쉬고 있다.

photocopies

writer's routine

Sung Hae Na

- 단순한 위안

성해나

라파엘 나달

유튜브를 틀어 라파엘 나달의 테니스 경기를 관람한다. 나달은 루틴에 예민한 선수다. 그는 시합에 나서기 전, 45분간 찬물 샤워를 하고 양말을 같은 높이로 맞추어 신는다. 항상 오른발 먼저 코트에 진입하며 경기 중이 아닐 때는 오른발로만 라인을 넘는다. 서브를 넣기 전에는 왼쪽과 오른쪽 어깨를 번갈아 만진 뒤, 코 이어서 왼쪽 귀, 다시 코, 마지막으로 오른쪽 귀를 만진다. 가장 유명한 루틴은 물병을 일렬로, 상표가 잘 보이도록 세워두는 것이다. 그것을 매 경기마다 잊지 않고 행한다.

나는 스포츠를 즐기지 않지만, 나달의 경기는 틈틈이 챙겨 본다. 특히 2012년 호주 오픈 남자 단식 결승전은 결과를 이미 알고 있음에도 늘 숨죽이며 관전하곤 한다. 경기 중 틈틈이 루틴을 지키는 나달을 지켜보는 것도 하나의 묘미다.

집필기

나달만큼은 아니지만, 내게도 루틴이라는 것이 존재하긴 한다.

눈을 뜨면 침대를 정리하고, 거실에 요가 매트를 깐다. 8분 타이머를 맞춘 뒤, 매트 위에서 타바타 트레이닝을 한다. 플랭크 2분, 4카운트 버피 2분, 다시 플랭크, 버피 순으로 총 8분. 대부분의 시간을 앉거나 누워서 보내는 내게 타파타는 몸에게 알리는 일종의 생존 보고다. 달리기를 시도해본 적도 있지만, 얼마 지나지 않아 포기했다. 내겐 이 정도 강도의 운동이 적합하다.

몸을 적당히 데운 뒤에는 샤워를 하고, 책상에

앉는다.

음악을 틀어둔 채 글을 쓰는 게 습관으로 굳어져 집필 전에는 늘 고심해 플레이리스트를 만든다. 여러 곡을 번갈아 듣기도 하지만, 대체로 한 곡을 반복 재생한다. 〈소돔의 친밀한 혈육들〉을 쓸 때는 David Fray가 연주한 슈베르트의 〈악흥의 순간 4번〉을 줄곧 들었고, 〈언두〉를 썼을 때는 Lambert의 〈Nantas〉를 질릴 때까지 들었다. 여러 악기가 섞이면 몰입이 금세 깨져 피아노곡 위주로 선곡하지만, 그렇지 않을 때도 있다. 〈인비인人非人〉이라는 소설을 집필할 당시에는 〈만조상해원경〉을 생활 음악으로 삼았다. 산책을 할 때도, 운전을 할 때도 그것을 들었다. 귀신을 쫓고 조상의 넋을 달래기 위한 무경巫經을 줄곧. 돌이켜 생각하면 조금 으스스하기도 하다.

선호하는 서체도 정해져 있다. 나는 '문체부 바탕체'를 주로 사용한다. 글씨체에 대한 취향이나 기호도 작가마다 다르려나, 글을 쓰다 혼자 생각해본 적이 있다-오이체나 엽서체를 선호하는 작가도 있을까-'함초롱 바탕'과 '맑은 고딕'을 써보기도 했지만, 문체부 바탕체로 글을 쓸 때 가장 마음이 놓인다. 고유의 정갈함과 단정함에 안정된달까. 왜인지 가독성도 더 좋은 것 같고.

문체부 바탕체로 서체를 설정해두고, 깨끗한 화면에 첫 문장을 적는다. 하루에 한 시간은 책상에 앉아 있어보자는 게 나의 오랜 지론이다. 한 줄도 쓰지 못하고 시무룩하게 앉아 있을 때도, 공연히 책상을 정리하거나, 자잘한 의문에 사로잡혀 갈피를 잃을 때도 있지만, 그래도 대개는 한 시간을 채우고 일어선다. 나의 노동을 환산해줄 사람이 없으니, 스스로 그날의 분량을 톺아보며 오늘은 이정도면 돼, 오늘은 좀 모자라지만 괜찮아, 자답한다.

단순한 위안

라파엘 나달은 한 인터뷰에서 자신의 곡진한 루틴에 대해 이렇게 설명했다.

"어떤 이들은 내가 하는 행동을 미신이라 여기지만, 그렇지 않다. 미신이라면 이길 때나 질 때나 왜 이런 행동을 똑같이 반복하겠는가. 이것은 승패와 관계없이 내가 지켜야만 하는 것들이다. 그것을 통해 나는 단련된다."

물론 글쓰기는 4포인트를 먼저 가져가면 이기는 테니스 경기와 다르다. 승패도 없고, 경쟁도 없다. 그러나 가끔은, 그것이 테니스와 닮아 있다고 느끼기도 한다. 다음 문장으로 나아가는 게 버겁고, 내 문장에 주눅이 들 때. 그럴 때는 끝이 안 나는 랠리를 이어가는 것처럼 쓰는 게 지루하고, 매치포인트를 앞둔 선수처럼 초조해진다.

그럼에도 불구하고 문장을 이어간다. 좋고, 나쁘고는 나중에 생각하기로 하고. 이제 내게 글쓰기는 하나의 습관이자 관성이 된 것 같다.

오늘도 8분 타이머를 맞추어둔 채 의식적으로 운동을 하고, 샤워를 하고, 책상에 앉아 문체부 바탕체로 쓰인 글을 천천히 읽고, 고친다. 이정도면 돼, 괜찮아, 되뇌며.

단순하지만, 위안이 된다.

photocopies

writer's routine

Song Jae Yeong

나무의 시간

송재영

새벽 4시 반에서 6시 반 사이. 내가 눈을 뜨는 시간이다. 눈을 뜨고 짧게는 5분, 길게는 30분 정도 침대 위에서 말똥말똥하게 눈을 뜨고 있다. 더 자고 싶어서가 아니다. 잠을 자고 있는 동안 무슨 일이 있었는지 생각하기 위해서다. 꿈을 꾸었나. 꿈을 많이 꾸었나. 무슨 꿈을 꾸었나. 어젯밤에 해결되지 않은 이야기는 어느 정도까지 진전되었나. 잠은 충분한가. 오늘은 얼마나 쓸 수 있을까. 몸 컨디션은 어떤가. 그렇게 생각을 정리하다보면 정신이 점점 또렷해진다. 알람 없이 새벽에 일어나기 시작한 것은 1년 정도 된 것 같다. 새벽 기상을 시작한 것은 2년 정도 되었고. 나무의 시간에는 글을 써야 하기 때문이다.

나는 절대 아침형 인간이 아니었다. 내 삶을 올빼미형 인간으로 이끈 것은 라디오였다. 초등학교 시절부터 밤에 라디오 듣는 걸 좋아했다. 당연히 아침기상은 힘들었다. 학창시절 내내 학교가 적성에 맞지 않는다고 생각했는데, 생각해보면 라디오를 좋아하면서부터였던 것 같다. 그때부터 내 인생이 시작되었던 것 같기도 하고.

중학교에 올라가고부터는 새벽까지 독서실에서 공부를 하고 돌아왔기 때문에 더 많은 새벽의 자유가 허락되었다. 나는 본격적으로 더 늦게 자기 시작했다. 사춘기 시절 가장 즐겨듣던 라디오는 새벽 2시부터 3시까지 하던 〈배유정의 영화음악〉이라는 프로그램이었다. 따뜻하고 느릿한 말투의 여성 디제이가 몇 번이나 내 이름을 불러주곤 했다. 그렇게 이불을 끌어안고 잠이 들면, 언제나 아침은 취약이었다. 엄마의 불호령을 듣고서야 잠에서 깨곤 했다.

성인이 되고부터는 불면증에 시달렸다. 대학생 시절에는 아르바이트 때문에 불규칙하게 잠을 자야 했고, 취업을 하고부터는 스트레스 때문에 오히려 잠을 자지 못했다. 새벽 4시 반까지 말똥말똥하게 깨어 있다가 몇 시간 자지 못하고 출근을 해야 하는 경우가 많았다. 본격적으로 학원 강사 일을 하면서 아침 시간을 자유롭게 쓸 수 있게 되었지만, 그 시간을 제대로 활용해본 적은 없던 것 같다. 그만큼 나는 아침보다 밤을 사랑했고, 밤에는 아침보다 많은 것을 할 수 있다는 자신감을 가지고 있었다. 밤에는 잠이 오지 않아서 일을 했고, 또는 일을 하기 위해서 커피를 마시면서 버텼던 것 같다. 어쨌든 쓰러져서 잠을 잘 수밖에 없는 상황을 만들어야 했다. 약은 먹고 싶지 않았다. 약국에서 판매하는 수면유도제를 먹어봤지만, 잘 맞지 않았다. 다음날 잠에서 깨어도 몽롱한 상태가 반나절 지속되었기 때문에, 적절한 해결방식이 아니라고 생각했다.

인생의 어느 순간에 닿으면, 자신이 어떤 인생을 살아왔고 앞으로 어떤 인생을 살아갈지 알게 된다. 내게도 그 시기가 찾아왔다. 작년 4월 말, 2021년 봄이었다. 지원했던 모든 사업이 떨어졌고, 어떻게 살아야 할지 묘연했다. 세상은 나를 원하지 않았다. 아무도 나를 고용하지 않았다. 그래서 다른 인생을 살아보고 싶어졌다. 밤마다 잠들지 못하는 고통에서 벗어나고 싶었고, 근면하게 글을 쓰는 노동자의 하루를 살아보고 싶었다. 적어도 하루는, 일주일은 그렇게 살아보고 싶었다. 나는 정보를 찾기 시작했다. 인테리어 풍수지리에 따라 침대의 방향을 바꾸고, 읽지 않는 책을 처분하고, 사용하지 않는 물건을 비워냈다. 침구를 바꾸고, 조명의 위치를 바꾸고, 작업실로 쓰고 있는 큰 방에는 해바라기 그림도 걸어두었다.

마지막으로 명리학에 관한 영상을 찾아보았다. 이 어둠의 시기를 지혜롭게 보내고 싶었다. 우선 잠을 자고 싶었으므로 내가 가진 음양오행의 기운에 따라 생활패턴을 짜보면 어떨까 하는 생각이 들었다. 그리고 내게는 목(木)의 기운이 없다는 것을 알게 되었다. 아니, 내가 평소에 나무를 얼마나 좋아하는데 내 사주에 나무가 없다는 말인가! 나는 나무의 기운이 부족하면 생길 수 있는 일들을 살펴보았다. 믿거나 말거나, 내게는 나무의 기운이 절실하게 필요했다.

그래서 찾게 된 것이 '나무의 시간'이다. 처음에는 정확한 정보가 없어서 나무의 기운을 강하게 한다는 어느 명리학자의 말을 듣고 무조건 일찍 일어나기 시작했다. 새벽 6시에 일어나자마자 커피를 내리고 글을 쓰기 시작했다. 나중에 알고 보니 오행은 시간과 방위로도 치환할 수 있는데, 절기로 따지면 봄이고, 달은 1월~2월, 시간은 새벽 3시~7시 사이로 볼 수 있다고 한다. 이후, 기상시간을 조금 더 당기기 시작했고, 중요한 원고들은 대부분 정오 전에 끝내려고 노력하기 시작했다.

'나무의 시간'에 알람 없이 기상을 하고부터 내 삶의 많은 부분들이 바뀌었다. 베개를 바꾸고,

인센스에 불을 붙이고, 안대를 착용하는 등 다양한 시도를 하면서 그렇게 소원했던 밤에 잠을 자고 아침에 글을 쓰는 노동자의 삶을 살게 되었다. 정말 나무의 기운이 영향을 미쳤는지는 알 수 없다. 하지만 분명한 것은, 빤할 것 같은 인생에 변화가 찾아왔고, 그 변화가 꽤 마음에 든다는 것이다. 어쩌면 내게 '나무의 시간'은 인생을 개선해 나가고 있다는 자기효용감의 상징인지도 모른다. 이 글을 읽고 있는 당신에게도 그 시간이 찾아왔으면 좋겠다. 그렇게 각자의 시간으로 온 우주를 따뜻하게 만들었으면 한다.

photocopies

writer's routine

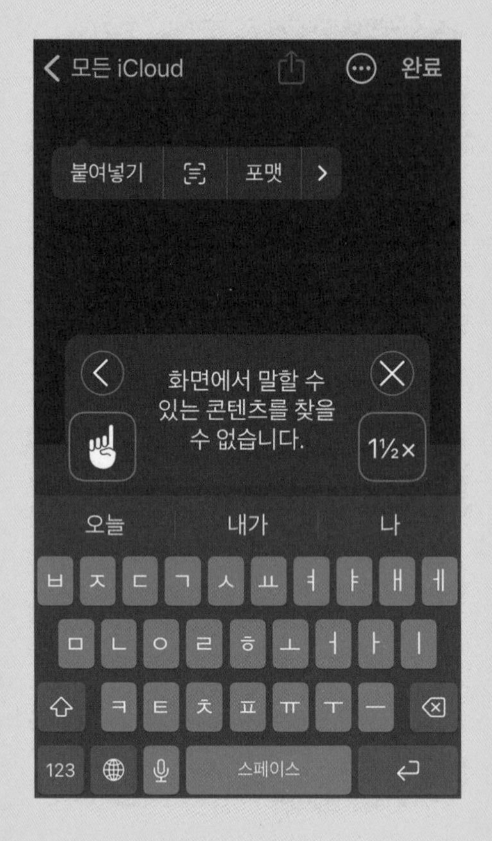

Jung Dae Gun

화면에서 말할 수 있는 콘텐츠를 찾을 수 없습니다

정대건

나는 방법론을 신봉하는 사람이다. 학부 때 창작을 전공하지 않았다는 사실 때문에 결핍을 느꼈기 때문일까. 작법서도 참 많이 읽었고 내가 좋아하는 글을 쓴 작가들의 루틴과 작업 방법도 많이 찾아봤다. 그중 작업의 방법론은 고액의 과외라도 받고 싶은 심정이었다. 특강 같은 자리에서 작가들이 에세이나 인터뷰에서 했던 말을 반복한다는 것을 알면서도 일부러 시간 내서 찾아가기도 했다. 어느 작가들은 정말 솔직하게 이야기하기도 하지만 나는 알고 있다. 정말로 자신의 핵심 비급은 얼마를 준대도 공유하지 않는다는 것을. 그것은 정말 엉덩이로 체득한 그들의 영업비밀, 가문의 비급이기에.

그렇게 방법론을 탐구하던 중 내가 찾게 된 한 가지를 공유하고자 한다.

아이폰에서 두 손가락을 화면 위에서 아래로 쓸어내리면 시리가 화면의 텍스트를 읽어준다. (아이폰 기준으로 쓰는 것을 양해 바란다. 아이폰이 아닌 안드로이드 폰에서도 화면 텍스트 읽어주기 TTS 기능은 대부분 제공한다.) 메모 애플리케이션에 쓴 글을 옮겨넣고 화면 읽어주기 기능으로 듣는 것이 내 퇴고의 루틴이다. 작법서를 읽어보면, 작가 스스로가 좋은 편집자가 되어야 한다고 하던데 중이 제 머리 못 깎는다고 자기 글은 어떤 부분이 이상한지 잘 안 보인다. 컴퓨터 화면으로 아무리 봐도 보이지 않는 것이 귀로 들으면 들리는 것들이 많다. 특히 나의 강박일 수도 있는데 비슷한 발음으로 반복되는 단어들이 거슬린다. AI의 발전 탓일까? 구어체와 문어체를 나름 목소리가 어색하지 않게 대사 연기도 한다.

설정-말하기-음성에 가서 읽어주는 목소리도 바꿀 수 있다. 음성1, 음성2, 소라와 유나도 있다. 소라는 성숙한 아나운서 톤이고 유나는 좀 더 명랑하고 쾌활한 톤이다. 남성 화자일 때 남성이 읽고 여성 화자일 때 여성이 읽도록 해보기도 한다.(이전에는 시리 음성-성별 남성, 여성으로 분류되었던 게 이제 음성1, 음성2로 바뀌었다. 남성형 목소리 여성형 목소리라는 것도 나의 선입견일 수 있다.)

장편소설의 경우 초고를 쓰고 나면 (김연수 작가의 표현을 빌리자면 토고를 쓰고 나면) 정말 토가 나올 것 같은 기분이 든다. 내가 겪은 과정은 늘 비슷했던 것 같다. 초고가 나오기 전 처음 백지에서 구상을 할 때는 더듬더듬 거리며 어두운 터널을 걷는 느낌이다. 매일 졸음이 쏟아진다. 분명 정신과 신체에 문제가 있다 싶을 정도로 종일 졸음이 쏟아진다. 다른 작가들의 작업기나 인터뷰를 즐겨 읽는 편인데 이런 증상을 고백하는 작가는 별로 찾지 못했다. 하루 종일 몇 자 쓰지도 못하고 졸다가 하루가 가면 세상에서 가장 쓸모없는 인간이 된 것 같은 기분에 우울한 시기다. 게다가 이번에 쓴 장편소설이 밝지만은 않은 이야기라 몸이 아팠다. 이 시기는 정말이지 견디는 수밖에 아직 방법을 못 찾고 있다. (이 시기를 겪지 않거나 단축시키는 방법이 있다면 뭐든지 하고 싶다.) 그렇게 얼마간 기면증이 의심되는 시간을 보낸 후에야 터널을 통과한 느낌이 든다. 퍼즐처럼 맞춰지는 플롯의 인과를 연결할 좋은 실마리를 찾을 때, 괜찮은 장면을 썼을 때 이때 느끼는 희열을 맛보려고 1년 넘게 괴롭고 잠시간 기쁜 것 같다. 퇴고 기간은 그래도 살 것 같은 기분이 든다. 읽을 때마다 괴로운 기분이 들지만 매일매일 할 일이 있고 고치면 조금이라도 나아질 일만 남았기 때문이다.

그때에 TTS가 큰 도움이 된다. 몇 달간은 아무도 만나지 않고 오직 이놈하고만 대화한다. 지하철에서도 듣고 러닝을 할 때도 듣고 자기 전에도 듣는다. 어느 부분이 물리적으로 긴지, 어느 부분이 지루해서 끄고 싶은지 파악하기에 좋다. 좋은 부분은 귀로 들어도 좋게 느껴진다. 도서관에 가면서 듣고, 들으면서 고칠 부분을 메모하고, 종일 앉아 있다가 퇴근할 때 듣고, 이게 루틴이라면 루틴이다. 영화 시나리오와 편집 작업을 하던 때에 습관 때문인지도 모르겠다. 두 시간짜리 영화에서 몇 커트만 바꾸어도 그 신이 아니라 두 시간을 다시 처음부터 봐야 한다고 배웠다.

그러던 어느 날이었다. ios가 업데이트 되면서 시리의 목소리가 바뀌었다. 나는 스파이크 존즈 감독의 영화 〈그녀〉 속 테오도르라도 된 기분이었다. 매일 같이 읽어주고 함께 하던 익숙한 목소리가 다른 목소리로 대체된 것이었다. 상실감을 느꼈다. 돌이킬 수도 없어졌다. 목소리가 사라졌다. ios16으로 업데이트 되면서 목소리가 더 추가됐다. 민수, 수현, 지안이 추가되었다.

그레타 거윅 감독이 연출한 영화 〈작은 아씨들〉

의 후반부에 손으로 쓴 수백 장의 원고를 방바닥에 발 디딜 틈 없이 펼쳐 놓고 촛불에 의지해 만년필로 글을 쓰고 편집 작업을 하는 장면을 보면서 노트북과 워드프로세서의 시대에 살고 있는 게 천만다행이라고 느꼈다. 그렇다고 전기도 컴퓨터도 스마트폰도 없던 그 옛 시대에 작가들이 더 창의성을 발휘하지 못했던가? 많은 사상가들과 작가들이 워드프로세서도 없던 시기에 그 위대한 작품들을 탄생시킨 것을 보면 겸허하고 경탄스러운 마음이 든다. 어쩌면 그 시대의 작가들은 쏟아지는 콘텐츠의 홍수와 번잡한 세상의 뉴스와 욕망과 유혹들에 마음을 빼앗기는 일이 없어 더욱 집중할 수 있었던 것은 아닐까 생각한다. 현대 문명의 혜택을 누리면서 이것밖에 못 쓰는가 괴롭기도 하다. 옛날에는 현혹될 많은 신변잡기들이 덜 했기에 집중할 수 있었으리라는 핑계를 대본다. SNS와 유튜브와 넷플릭스와 기타 등등이 없던 시기였으니까.

화면 말하기 기능과 관련해 두려운 건 정말 듣기 괴로운 글을 쓰는 것이 아니다. 텍스트가 없는 상태에서 화면을 쓸어내리면 기계음이 이렇게 말한다. '화면에서 말할 수 있는 콘텐츠를 찾을 수 없습니다.' 이 두려운 기계음을 피하기 위해서라도 오늘도 즐거운 마음으로 키보드를 두드리려 한다.

photocopies

writer's town

Lee Sun Jin

흑심(黑心)이라는 빛

이선진

내겐 연필이 몇 자루 있는데, 그중 하나는 연남동 흑심에서 친구가 선물해준 하트 모양 연필이다. 손에 쥘 때 약간 불편하지만 그것이 하트답다고 생각한다. 너무 잘 깎인 연필심에 문장이 찔릴까 봐 나는 언제나 뭉툭함을 유지한다. 내 문장이 아프지 않았으면 좋겠고 무엇보다 내가 아프지 않았으면 좋겠다. 아픔에서 벗어나기 위해 끈질기게 아픔에 대해 쓴다. 이상하지, 연필 끝은 내 믿는 구석이 아니지만 그것은 언제나 나를 좋고 외진 구석으로 데려다준다. 이제는 까맣게 지워져버린 동네로 나를 바래다준다.

나는 인천 백석동에서 나고 자랐다. 백석은 흰 돌이라는 뜻이지만 동네에서 흰 돌멩이를 봤던 기억은 없다. 오히려 검거나 탁한 회색빛을 띠는 돌멩이가 대부분이라 소꿉놀이를 할 때 진달래나 철쭉 꽃잎을 무참히 짓이겨도 돌 가장자리가 그다지 물들지 않았던 기억은 있다. 대신 나는 다른 것에 깊이 물들었다. 슬픔이라는 감정에, 고독이라는 병에, 나 자신이 비어 있음으로 가득 찼다는 공상에 물들었다. 때로는 죽음을 생각하기도 했다. 죽고 싶다는 생각을 했다기보다 죽음 그 자체를 생각했다. 놓치지 않을 정도의 악력으로 죽음을 손에 쥐고서 쓰다듬고 주무르고 남몰래 그 속살을 들여다보고 싶었다. 실은 죽음도 똑같이 나를 쓰다듬고 주무르고 들여다봐주기를 바랐다. 평생 누나들과 먹고 자고 부대끼느라 나만의 방을 가져본 적 없는데도 살면서 나는 내가 빛 한 줌 없는 독방에 갇혀 있다는 생각을 떨쳐낼 수 없었다. 그건 아마 내가 슬픔과 고독과 텅 비어 있음을 일종의 장소로서 감각했기 때문일 테다. 그리하여 나는 검은 돌멩이가 뒹구는 동네에서 나고 자란 동시에 슬픔과 고독에서, 나라는 독방에서 나고 자랐다. 깎은 지 얼마 안 돼 부러져버린 연필심처럼 그 좁고 외진 구석을 고요히 쏘다녔다.

다녀오겠습니다.

군데군데 칠이 벗겨진 초록 대문을 나서면 비포장 길 너머로 토마토나 배추가 심어진 밭이 있고, 밭을 끼고 왼편으로 돌면 옆집 할머니가 기르던 식용 개들이 날림으로 지어진 벽돌 사육장 안에서 고개를 빼꼼 내민 채 나를 향해 짖거나 짖지 않았다. 백구야. 나는 종(種)만 같을 뿐 주기적으로 교체되는 흰 개들에게 언제나 똑같은 이름을 붙여주었다. 백구들의 울음소리를 뒤로한 채 논 사이로 난 폭이 좁은 뱀길을 따라 걸었다. 뱀처럼 구불구불한 길 끝자락에는 오래전 옆집 할머니의 딸이 빠져 죽은 뒤로 폐쇄된 우물 하나가 방치되어 있었는데, 철판 뚜껑이 덮인데다가 쇠사슬까지 동여매져 있어 함부로 접근했다가는 무언가 큰일이 벌어질 것 같았다. 그 비밀스럽고 음습한 기운 때문인지 그곳을 지날 때마다 나는 무언가에 뒷덜미를 물린 듯 저릿하게 멈춰서곤 했다. 불 꺼진 우물 앞에 옴짝달싹 못한 채 오래전 동그랗게 죽어간 누군가를, 내 키보다 크고 깊은 죽음을 생각했다. 죽음에 형태를 부여한다면 완벽한 구에 가깝지 않을까 생각했다. 뼈보다는 물렁하고 살보다는 단단한 고무공처럼 시간이 지나도 썩지 않은 채 보존되어 있을 거라 생각했다. 마음만 먹으면 당장 뚜껑을 열어 내부를 확인할 수 있었겠지만, 수백 수천 번 그 길을 지나는 동안 나는 한 번도 그것을 실행에 옮기지 않았다. 대신 그 안쪽을 들여다보는 내 모습을 상상하기를 즐겼다. 밑바닥에 무엇이 있나 살피다 그만 중심을 잃어 우물에 빠지고, 그 안에 어둡고 잠잠하게 웅크려 있다가, 너무 늦지 않은 때 너무 늦지 않은 시간에 나를 발견한 누군가 안녕, 인사를 건네고, 머리 위로 동그란 빛이 두레박처럼 떨어지는 상상을 하곤 했다. 그렇게나마 나를 나로부터 길어올리고 싶었다.

다녀왔습니다.

마당 왼편에는 두 평 조금 안 되는 크기의 광이 있었다. 누렇게 색이 바랜 구식 냉장고와 낫이나 키 같은 농기와 읽을 수도 연주할 수도 없는 악보들이 계통 없이 쌓여 있던 그곳에 왜일까 나는 무척 마음을 썼다. 언제 버려져도 이상하지 않은 사물들에 애착을 느꼈다기보다는 이름 자체에 매료되었다. 광(光). 그 어두컴컴하고 습하고 곰팡내 풍기는 공간이 견딜 수 없을 정도로 눈부시다고 생각했다. 왜 사람들은 고작 잡동사니를 보관해두는 공간에 이렇게 반짝이는 이름을 붙여주었을까. 쓸모를 잃은 사물들에게 희미한 온기나마 건네고 싶었던 걸까. 한밤중에 줄넘기를 하다 말고 광에 쭈그려앉아 숨을 고르다 보면 불을 켜지 않았음에도 몸속 깊은 곳이 서서히 환해지는 느낌이었다. 혈관 구석구석 피와 빛이 돌고, 뼈가 자라고, 살이 오르고 트며 남몰래 성장을 도모하는 느낌이었다. 그때의 기억 때문일까, 살면서 너는 언제부터 그렇게 키가 컸느냐는 질문을 받을 때마다 나는 속으로 대답하곤 한다. 그건 내가 아주 오래도록 그곳에 웅크리고 있었기 때문이라고.

여전히 내겐 연필이 몇 자루 있는데, 그중 하나는 연남동 흑심에서 친구가 선물해준 하트 모양 연필이다. 손에 쥘 때 약간 불편하지만 살았던 동네를 그려보라 한다면 나는 일말의 망설임 없이 그것을 손에 쥘 것이다. 늘 고개를 수그리고 다니던 아이의 동그란 머리통이나 동그란 우물이나 수명이 다 해가는 동그란 백열전구를 그리는 것도 좋겠지만, 그보다는 종이를 남김없이 까맣게 칠해볼 것이다. 심이 닳아 뭉툭해지면 몽당연필이 될 때까지 깎고 또 깎을 것이다. 그리고 몽당연필마저 다 써버려 손안에 아무것도 남지 않았을 때, 이 눈부신 어둠이 이제껏 내가 나고 자란 곳이라 쓸 것이다.

photocopies

writer's town

Jang Jin Yeong

생태계의 당당한 일원

장진영

나도 거기 살았는데.

사는 곳을 말하면 십중팔구 이런 대답이 돌아온다. 아무래도 이곳은 지방에서 상경하면 반드시 거쳐야 하는 동네인가보다. 혼자(만) 살기에 적당한 집, 납득 가능한 월세, 동남아 수준의 물가, 많은 집, 아주 많은 집, 집과 집과 집 그리고 집들. 가난하고 혼자인 이들의 임시 거처. 나는 이 동네를 몹시 아끼고 좋아하는데 그건 이곳이 다른 곳들보다 허름하기 때문이다. 위축되거나 주눅 들지 않을 수 있기 때문이다. 불행히도 그렇게 생각하는 사람이 많지는 않은 것 같다. 태어난 곳을 저버리고 올라온 이들은 대개 이곳에 머물렀다. 떠났다. 보다 나은 곳으로, 어떤 방식으로든, 떠났다.

사랑하는 벗, 나의 하나뿐인 동네 친구 김해주와 나는 어느 날 지하철역으로 향하고 있었다. 추석 전날이었고 김해주는 본가에 내려가야 했다. 오전에 김해주는 내가 외로울까 봐 같이 커피를 마셔주었다. 시외버스 터미널로 가려면 지하철에 타야 했기 때문에 오후에 나는 김해주를 바래다주었다. 이런 식으로 우리는 서로를 돕곤 했다. 나는 이 동네에 4년 가까이 살았고 김해주는 "나도 거기 살았는데"가 아니라 "나도 거기 사는데"라고 말한 유일한 사람이었다. 우리는 십자수 동호회였나 다육이 키우기 동호회였나 아무튼 사는 데 전혀 쓸모없는 모임에서 만났다. 동네 친구를 넘어 서로의 엄마가 되어주었다. 대개는 내가 딸이었다.

추석 전날, 터미널까지 바래다줄까 역까지만 바래다줄까 생각하며 지하철역으로 향하고 있는데 김해주가 어딘가를 힐끔 보더니 걸음을 몇 발짝 되돌렸다. 담벼락에 붙은 현수막을 가리켰다. 비둘기에게 밥을 주지 말라는 내용이었다. 너무 지당해서 현수막의 의의를 흐릿하게 했다. 요즘 세상에 누가 비둘기한테 밥을 준다고. 비둘기는 도시인에게 반가운 존재가 아니다. 더럽고 게으르고 걸핏하면 길이나 막는 번거로운 존재인 것이다. 비둘기는 그 자체로 문제라기보다는 이 세상에 너무 많아서 문제였다.

"생태계의 당-당한 일원!" 김해주가 현수막에 적힌 문구를 읽었다.

분홍색 저고리를 즐겨 입는 북한의 유명한 아나운서와 비슷한 어조였다. 생태계의! 다앙당한! 일원! 나는 웃겨서 웃었다. 김해주는 웃지 않았지만 만족한 듯 몸을 돌려 가던 길을 계속 갔다. 나는 현수막을 15초쯤 더 보다가 김해주를 따라잡았다. 지하철역으로 향하며 우리는 비둘기를 비롯한 새 이야기를 했다. 최근 죽은 새가 길에서 자주 발견되었던 것이다. 비둘기는 물론이거니와 참새와 까치 시체가 도처에 널려 있었다. 다행히 까마귀는 없었다. 까마귀는 까치와의 세력 다툼으로 이 동네에서 쫓겨났기 때문이었다. 까마귀를 제외한 다른 새들의 시체가 길에 자주 보였다. 아마 새들은 차에 치이거나 고양이한테 공격당해 죽었을 것이다. 고양이에게 밥을 주는 사람은 많지만 아무래도 비둘기에게 밥을 주는 사람은 없을 거라는 생각이 들었다. 김해주와 나는 이와 관련하여 심도 있는 토론을 했다. 어느덧 지하철역에 다다랐고 나는 시외버스터미널까지 같이 갈지 말지 고민했다. 터미널에 간 김에 나도 표를 끊고 집에 내려갈 수 있지 않을까. 고민하고 있는데 김해주가 순식간에 교통카드를 태그한 뒤 개찰구 너머로 사라졌다.

추석이 지나고 우리는 몇 번 더 그 담벼락 앞을 지났다. 북한 아나운서 흉내를 완벽하게 내기 위해 연습했다. 김해주가 내게 이런 저런 귀중한 가르침을 주었다. 담벼락을 지나지 않을 때도 연습하게 되었다. 어떻게 하면 '당당한'을 당당하게 발음할 수 있는지가 주된 내용이었고 내 실력은 점점 세련되어 갔다. 우리는 때와 장소를 가리지 않고 연습에 몰두했다. 그러다 이내 시들해졌다. 누가 먼저 흥미를 잃었는지는 기억나지 않는다. 연습을 그만두니 그간의 열정이 바보 같고 터무니없이 느껴졌다.

몇 달 뒤 나는 지하철역에서 나와 혼자 집으로 향하고 있었다. 시외버스터미널에서 오는 길이었다. 김해주의 본가에 다녀오는 길이었다. 김해주는 항상 이렇게 올라왔구나 알게 되었다. 3시간 40분이 걸렸다. 김해주의 어머니가 내게 고마워하며 쥐여준 차비를 주머니 속에서 만지며 나는 골똘히 걸었고 담벼락을 맞닥뜨렸다. 바람이 불어 빛바랜 현수막이 나풀거렸다. 생태계의 당당, 까

지 따라 읽다가 나는 입을 다물었다. 현수막을 5초쯤 바라본 뒤 다시 걸음을 뗐다. ■

photocopies

writer's town

Jo On Yun

용아와 나

조온윤

내가 다녔던 고등학교 근처에는 한 세기 전 이곳에서 나고 자란 시인의 생가가 있다. 온통 슬레이트 지붕과 지붕 없는 옥상 가운데 유일하게 머리에 볏짚을 얹고 있는 초가집으로, 집주인은 용아라는 아호로도 익숙한 박용철 시인이다. 생가와 멀지 않은 언덕배기 공원에 가면 오르막길에 그의 흉상과 함께 대표작인 〈떠나가는 배〉가 새겨진 시비도 볼 수 있다. 매일 출퇴근길로 드나드는 지하철역에는 그의 문학사적 업적을 기념하는 작은 문학관이 조성되어 있어서 동네 주민이라면 그의 이름을 낯익게 기억할 게 분명하다.

이처럼 동네가 온통 시인의 흔적들로 싸여 있었는데도 불구하고 그에 대해 깊이 알게 된 것은 한찬 나중의 일이다. 그의 생가 주변으로 등하교를 하던 때에도 박용철이라는 이름을 외고는 있었지만 정확히 어떤 시인인지는 모른 채였다. 교과서 바깥으로 한눈을 팔기에는 당장 눈앞에 놓인 학업만으로 피곤할 따름이었고, 대학에 들어가 문학을 배우기 시작한 후에도 박용철은 한동안 시문학파로 활동하다 요절한 일제강점기의 시인 정도로만 남아 있었다.

내가 박용철 시인에게 진지하게 관심을 두기 시작한 건 그와 나 사이에서 몇 가지 공통점을 발견했던 때부터다. 몇 해 전에 그의 생가에 들렀다가 마침 상주 중이던 해설사로부터 시인의 생애사를 듣게 된 적이 있는데, 해설사는 활동사진을 좋아했다는 유년 시절과 일본 유학 중에 김영랑을 만나 문학의 길로 들어섰다는 일화, 심지어는 실패한 첫 번째 결혼과 평탄했던 두 번째 결혼 생활까지 시인의 삶을 가까운 친구처럼 꿰고 있었다. 그리고 그때 그와 나 사이에 우연한 공통점들이 가교처럼 놓여 있는 것도 알게 되었다. 이를테면 이런 것들이었다.

하나, 그는 현재의 광산구가 되는 전라남도 광산에서 태어나 자랐다. 나는 부모님이 갓난아기였던 나를 업고 광산구에 와 정착한 뒤로 평생을 이곳에서 거주하고 있다. 우리 집은 지금 그의 생가와 약 2킬로미터 거리에 있다.

둘, 그는 1929년에 김영랑, 정지용 등의 동료 시인들과 시문학파 동인을 결성했다. 이듬해에 사재를 털어 출판사로 시문학사를 설립하고 동명의 문예지인 《시문학》을 창간했고, 그다음 해에 통권 3호를 끝으로 종간했다. 나는 2016년부터 시 창작 수업을 함께 듣던 친구들과 공통점이라는 이름의 동인으로 활동하기 시작했다. 마찬가지로 이듬해에 문우들과 독립문예지 《공통점》을 만들었다. 나름대로 정성을 들였지만 다들 생활전선에 뛰어들면서 지지난해에 5호를 마지막으로 휴간에 들어갔다.

셋, 그는 러일전쟁이 일어난 1904년에 태어났다. 1904년은 금요일로 시작하는 윤년이다. 나는 문민정부가 들어선 해인 1993년에 태어났다. 1993년은 금요일로 시작하는 평년이다. 이건 조금 억지를 부리는 것 같기도 하다.

마지막으로, 그는 안경을 썼고 당시에 유행하던 모던보이 스타일을 즐겨 입었다. 나는 라섹 수술을 받기 전까지 안경을 썼는데, 요즘 유행하는 스타일을 잘 따르는지는 모르겠다. 다만 가까운 친구들 말로는 나와 그의 외모가 닮았다고 한다. 어디까지나 그들의 의견이다.

물론 이런 것들은 약간의 흥미를 끄는 우연에 지나지 않을지도 모른다. 결정적으로 내가 박용철의 삶에 감명받았던 이유는 이런 공통점보다도 그가 자신의 문학만큼이나 동료 시인들의 문학을 소중히 여겼다는 데 있다. 박용철이 자신의 사재로 시문학사를 설립하고 문예지를 발간했다는 일화는 그가 유복한 집안의 자제였기에 크게 놀라운 일이 아니지만, 시문학사를 통해 자신보다 먼저 동료 문인 — 정지용과 김영랑의 시집을 세상에 나오게끔 했다는 이야기에서는 그들에 대한 박용철의 인정과 애정을 짐작해볼 수 있다. 누구든 타인의 출세보다 자신의 출세를 앞에 두고 싶어 하는 세상에서 그는 기꺼이 문우들의 문학을 자신의 문학 앞에 세웠던 셈이니까.

광주에서도 변두리로 불리는 이곳 우리 동네에서 자랑할 만한 게 있다면, 아무래도 나는 그에 대해 이야기할 수밖에 없겠다. 그리고 나는 앞으로도 나와 그의 생애에 몇 개의 공통점을 가교로 더 놓고 싶은 것 같다. 백여 년 전 이곳에 살던 시인이 생전에 그랬듯, 가까운 데서 오래 문학을 해온 이들을 놓지 않고 함께 가는 식으로. 같은 동네에서 니고 자란 시인과 몇 개의 공통점이 더 생기는 것도 분명 기분 좋은 우연일 테니, 지금 이 마음이 어디까지 갈 수 있을는지는 두고 볼 일이다. ■

coverstory

Answer & Answer

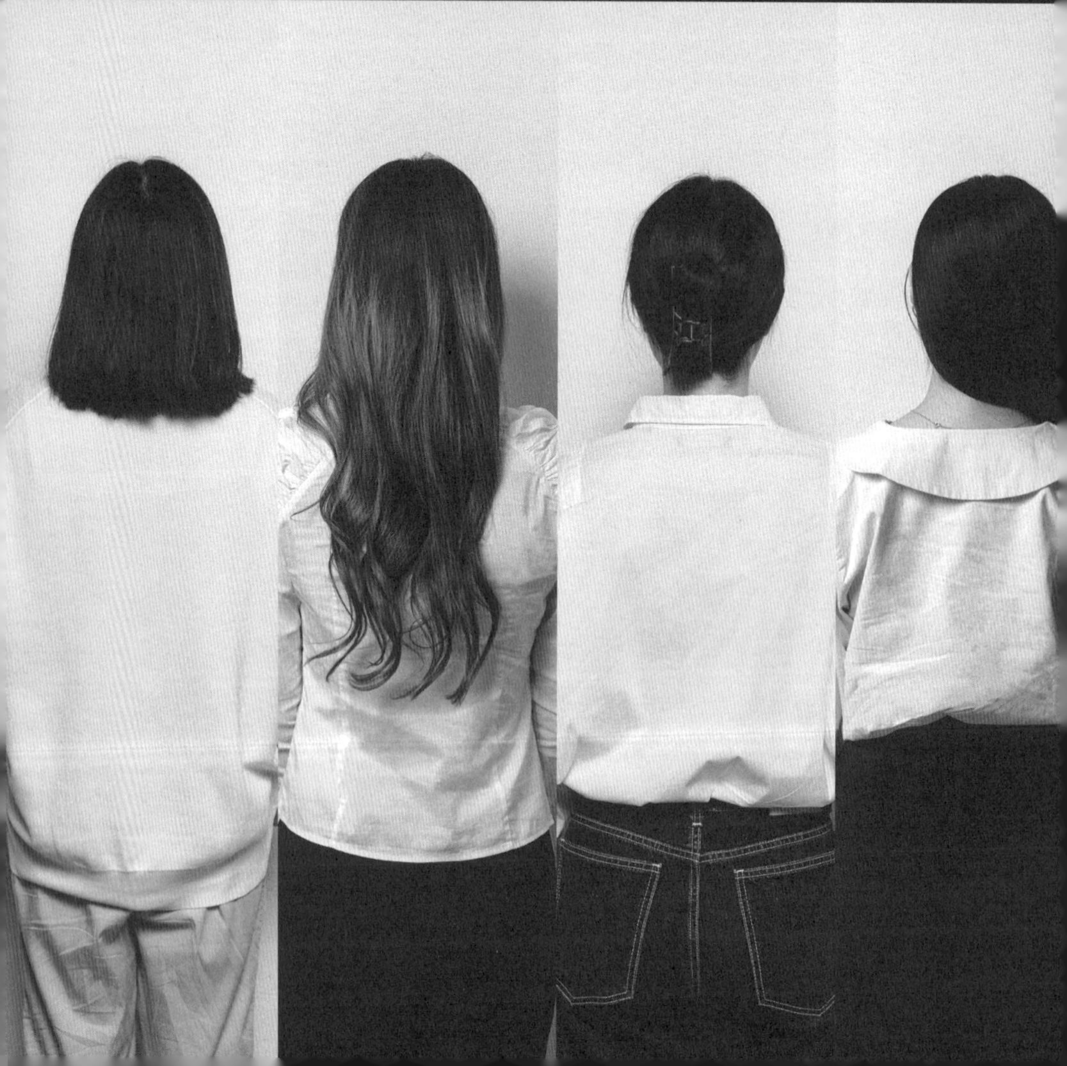

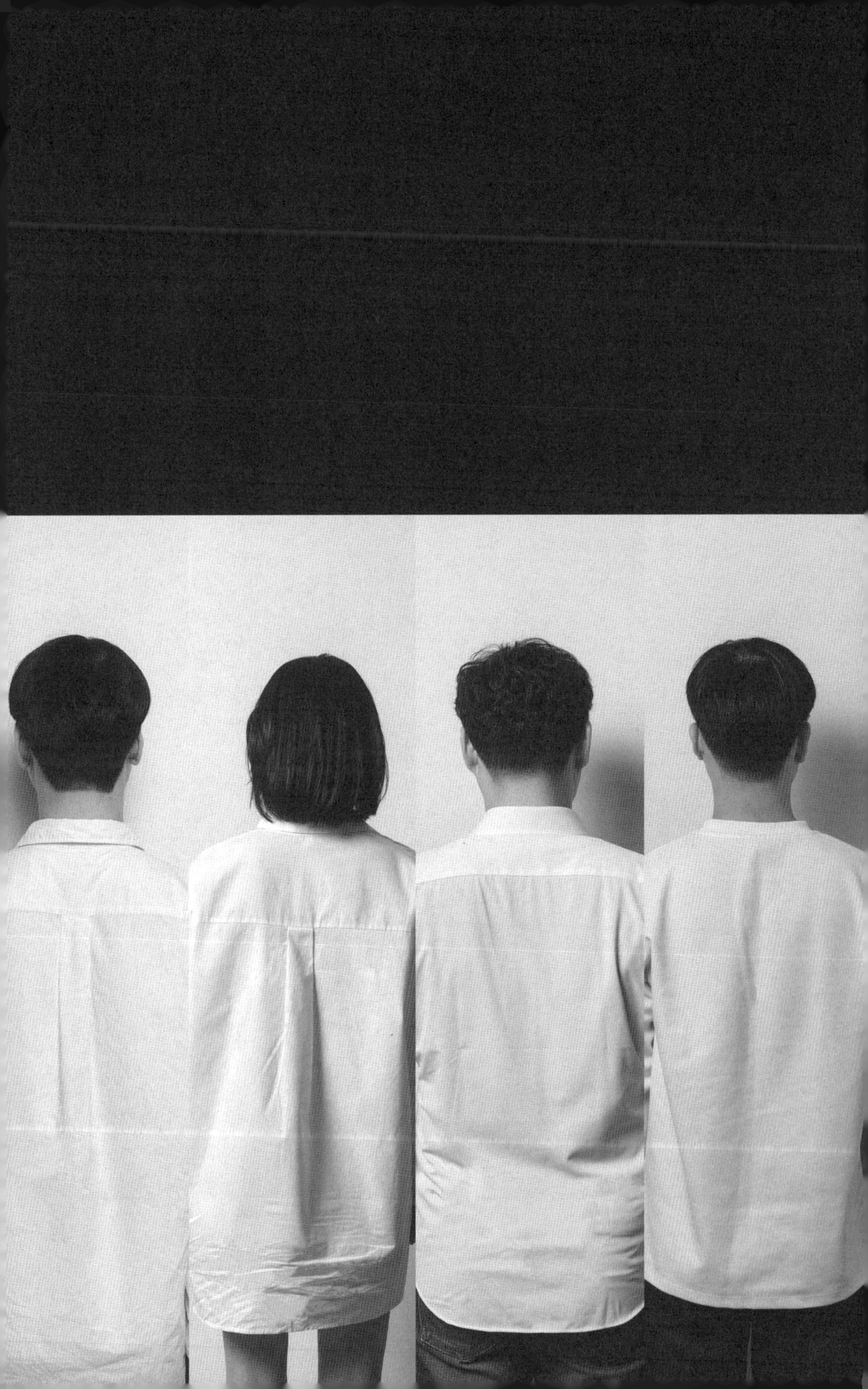

박진경

×

조온윤

조온윤/ 박진경 시인님, 안녕하세요. 오랜만에 뵈어요. 이렇게 한국예술창작아카데미 인터뷰로 시인님과 이야기할 수 있어 기쁩니다. 요즘 어떻게 지내시나요?

박진경/ 한국예술창작아카데미 네트워킹을 통해 만난 시각예술과 음악 작곡 분야 연구생분과 작품 구상을 논의 중입니다. 시는 예술의 한 분야로 매력적인 매체라 생각하지만 텍스트만을 작업하고, 결과물 또한 출판물인 점이 항상 충분치 못하다고 생각했어요! 그렇기에 타 분야 연구생분들과의 논의가 흥미롭고 기대되는 요즘입니다.

조온윤/ 그렇군요. 시각예술과 음악이 합쳐진다니, 저도 멋진 결과물 기대하겠습니다. 그럼 이제 시인님 시 얘기로 들어가볼게요. 방금 말씀해주신 것처럼, 시에서도 시각적 요소를 결합하는 시도가 눈에 띄어요. 첫 번째 시인 〈낙원에서 폭풍이 불어와〉라는 시에서 "눈을 뜨자 칼이 들어왔다"라는 구절과 함께 선분이 삽입된 것이 인상적이었거든요. 언어적인 감각 외에도 시각적인 미감을 가지고 계시기에 가능한 작업인 것 같아요. 시와 이미지를 결합하는 데에는 구체적으로 어떤 효과가 있을까요?

박진경/ 타이포그래피에서는 문자의 생김새도 하나의 언어가 되어 생김새, 배열, 여백을 다루는 것만으로도 그래픽디자인이 되기도 합니다. 〈낙원에서 폭풍이 불어와〉 시의 1페이지 자체를 포스터와 같은 하나의 그래픽 작품으로 만들고 싶었어요. 시 제목과 상단 왼쪽의 시구, 하단 오른쪽의 시구, 광활한 여백, 그 아래 작은 포인트로 배치되는 각주까지의 레이아웃(layout)을 고려했고요. 텍스트, 이미지, 여백을 효과적으로 배치하고자 했어요. 급격한 행갈이로 의도적 여백을 형성하고, 검고 얇은 선(line)을 대각선으로 넣은 의도는 시 내부에 커터 칼로 지면을 그은 것과 같은 효과를 줌과 동시에 해당 페이지에 "눈을 뜨자/칼이/들어왔다"라는 시의 텍스트 구절이 함께 배치됨에 따라 텍스트와 선으로 표현된 이미지를 가미하여 이 시가 품고 있는 심상을 보다 효과적으로 형상화하고 싶었습니다.

조온윤/ 첫 시부터 이미지가 강렬해서 저도 인상적으로 읽었어요. 다음으로 〈금천교를 건너야 인정전에 들어갈 수 있다〉를 보면 누군가 저한테 하소연하는 것을 들어주고 있는 것 같은데, 대화 도중에 "Happy Easter!"라는 부활절 인사가 나와요.

박진경ˊ 네, 금천교를 건너지 않으면, 상대에게 가닿으려는 마음가짐이 없다면, 상대의 어떠한 말도 하소연에 불가하다는 것을 극적으로 전달하고자 뜬금없이 "Happy"라는 단어가 들어간 부활절 인사를 넣었어요.

조온윤ˊ 맞아요. 소통을 이어주는 금천교 같은 매개체가 두 사람 사이에 없다는 생각이 들었고, 타인에 대한 진정한 이해가 불가하다는 진실과 분절된 모습을 냉정하게 보여주고 있는 것 같습니다. 시의 제목처럼 금천교를 건너야만 인정전에 들어갈 수 있을 테고요.

박진경ˊ 건너지 않은 채, 너와 나 사이에 강을 두고 교차점 없이 서 있는 것이죠. 요즘의 시대적 관계성 또한 피해자, 가해자와 같이 이분법적 분별밖에 없는 것 같습니다. 내가 잘못하지 않았더라도, 조정을 위해 먼저 사과를 하고 들어서면 사과가 받아들여지고 대화로 이어지는 것이 아니라, 사과했기 때문에 가해자임을 스스로 인정한 것이라는 판단 아닌 판결을 상대가 내려버리는 거죠. 이러한 관계성 안에서 교집합은 존재 불가하다고 생각합니다. 영원한 평행선이죠.

조온윤ˊ 그렇군요. 다른 시들에서는 인간과 동물의 관계성이 보이기도 했는데요. 〈순례〉〈圓〉〈물구나무가 자란다〉에서는 전원을 배경으로 개가 등장해요. "감나무는 하나인데 백구는 주렁주렁 3대째 열"린다는 구절에서는 인간과 자연, 개가 함께 어울려 사는 전통사회의 모습이 떠올랐어요. 그런데 전통적인 사회에서는 지금처럼 개가 반려가 아니라 재산이나 식량으로 취급되기도 했었잖아요.

박진경ˊ 살생 후에도 평화로운 마을의 모습을 그린 것입니다. 감나무에 개를 매달아 죽였으니, 감나무는 살생을 목격한 증인이자 3대째 개고기 장사를 이어갈 수 있게 해준 버팀목이기도 하죠. 마을 사람들과 함께 늙어가는 생명이기도 하고요.

조온윤/ 아! 저는 감나무와 백구의 이미지가 개를 나무에 매달아놓은 것이라곤 생각지 못했어요.

박진경/ 영화감독 임순례 인터뷰나, 김숨의 소설 〈투견〉에서도 감나무에 개를 매달아 죽이는 장면이 나와요. 그게 거름이 돼서 감나무는 양분을 빨아먹고 잘 익은 감을 주렁주렁 열리게도 하죠. 누군가의 고통과 죽음을 기반으로 한 성장, 아름다움, 평화의 아이러니를 담고 싶었습니다.

조온윤/ 동물권에 대한 문제의식을 시로 보여주고자 하셨던 걸까요?

박진경/ 동물권이 동물에 관한 것으로 한정될 수 없음을 역으로 보여주면서 그 문제의식을 타파하고 싶었어요. 그래서 시를 통해 동물과 인간의 "얽힘"을 보여주고 싶었습니다. 동물권으로 통칭되는 동물보호, 동물복지 담론의 역사적 맥락을 살펴보면, 사회적, 정치적, 윤리적 질문을 던질 수밖에 없거든요? '인간-동물' 관계가 '인간-인간' 관계이기도 하다는 점을 부각시키고자 했습니다.

조온윤/ 여러 시편에서 전통적인 시공간을 배경으로 채택하신 것과 〈圓〉에서 사람들이 그냥 웃는 게 아니라 개처럼 "컹컹 웃는 사람들"이라고 표현하신 것도 그런 연유에서일까요?

박진경/ 마을 사람들을 마당에 초대해서 개고기를 먹는 장면을 통해서 전통사회 공동체의 공고함과 그 안에서 용인된 살생, 문제 제기의 불가를, 〈순례〉에서 개소주를 건네는 마을 사람 앞에서 앙다문 손으로 서 있는 시적 화자로 보여주고 싶었어요. 전통사회에서 형성된 공고한 공동체가 아름답기만 하진 않죠. 오히려 그 공고함이 금기를 형성하기도 하잖아요? 극단적인 예로 영화 〈김복남 살인사건의 전말〉이 있죠. 둘러앉은 사람들이 개처럼 컹컹 웃으면서 개를 먹는 이미지는 개들이 둥그렇게 모여 있는 것과 유사성을 갖기에 인간과 동물이 지닌 비슷한 습성과 이미지가 겹쳐 보이길 바랐습니다.

조온윤/ 시 제목을 '둥글 원(圓)'으로 하신 의미가 있을까요?

박진경/ 산모가 배를 어루만지며 원을 그리는 것처럼 어미 개도 자기가 새끼를 가

졌음을 인식하고 그걸 보듬고자 하는 마음이 있다는 건, 이미 검증된 사실이잖아요? 〈물구나무가 자란다〉에서는 "아직 태어나지 않은 개들"이 나오죠. 임신한 채로 도살당한 개들도 실제 있으니까요. 〈圓〉이라는 시에서는 그 마을에서 키우던 개를, 그 마을에서 죽인다, 마을 사람들이 보는 앞에서 도살하고, 그것을 그 마을 사람들이 둘러앉아 먹는다, 라는 살생을 기반한 순환(circulation) 또한 "원"의 이미지로 그리고자 했어요. 이러한 복합적 '얽힘'을 태몽이 감나무를 한 바퀴 휘감으며 원을 그리는 장면으로 시를 끝맺으며 인간과 동물의 관계성에서 빚어진 고통이 돌고 돈다는 것을 말해보고 싶었어요. 임신한 채로 죽임당한 백구에 대한 인과응보로 태몽이 다시는 돌아오지 않음으로써 영원히 아이를 가질 수 없는 벌을 받게 된 것이죠.

조온윤/ 제목에 그런 의미가 있었네요. 전체적으로 시인님의 작품이 강렬한 느낌이었는데, 시 안에서 의성어도 자주 등장해서 생동감이 더 크게 느껴졌던 것 같아요.

박진경/ 시도 쓰고, 동시도 써서 그런 것 같아요.

조온윤/ 생동감과 그로테스크한 이미지도 인상적이었는데, 짧고 강렬한 시도 한 편 있었어요. 정각이 넘어가는 순간을 열 글자로 표현해주신 작품이었는데요.

박진경/ 저는 세어본 적은 없어 몰랐던 사실인데, 열 글자라고 하니 상징적이네요!

조온윤/ 거기서 나오는 "눈 뜬 나의 적"이란 완전히 눈을 떠서 깨닫기 이전 상태의 나라고 생각했어요. 시에서 말하는, 우리가 경계하고 주의해야 하는 적은 구체적으로 무엇일까요?

박진경/ '눈 뜬'이라는 건 눈을 뜬 상태인 거고, '눈 뜨는'은 눈을 뜰까 말까 혹은 눈을 뜨기 직전의 모습, 뜨려는 중이잖아요. 무지에서 앎으로 나가는 건 고통스러운 과정이라고 생각해요. 앎이라는 게 해피엔딩만 있을 수는 없는 거니까. 그걸 알아버렸을 때 차라리 무지의 상태로 돌아가고 싶은 순간이 있죠. 그러나 눈을 떠버린 이상, 눈뜨기 이전의 나로 돌아갈 수 없다는 겁니다. 이전 세계로 회귀하려는 것이 "적"이라는 것이죠.

조온윤⁄ 시 제목을 숫자와 기호로만 해서, 〈00:00-00:01〉이라고 하셨는데, 의도한 바가 있으신가요?

박진경⁄ 네, 정각이라는 '00:00'에서 '0'이라는 것도 눈동자 같은 느낌도 들고, '1'이라는 것은 감고 있던 눈에서 한쪽 눈만 치켜뜬 걸 형상화한 것도 같았습니다. 숫자도 이미지로서의 언어로 기능하기에 시에서 텍스트만큼이나 언어로서의 역할을 충분히 해낸다고 생각합니다. 이 시구를 등단 소감에 적었던 것인데, 현재까지도 제게 유효한 것이라 행갈이 수정만 봤는데도 예전보다 훨씬 나아진 것 같습니다. 덧붙여 각주를 달거나 시어를 덧대는 것은 오히려 퀄리티를 떨구는 것 같아 그대로 두었습니다. 시 〈00:00-00:01〉는 지금 이대로가 가장 순도가 높은 것 같습니다.

조온윤⁄ 그렇군요. 하나 작품에서 벗어난 질문도 여쭙고 싶은데, 저는 요즘 일과 창작을 건강하게 병행하는 방법을 고민하고 있거든요. 시인님께서는 평소에 시인으로서 살아가는 시간을 어떻게 유지하시나요?

박진경⁄ 저는 시인이 되고 싶었던 것이 아니라 시를 쓰고 싶었던 것이기에 시인이라는 자각을 의도적으로 지우고 살아요. 본 사업 진행하면서 "시인님!"이라는 호칭도 어색했어요. 시는 목적이고 시인은 수단이니까 스스로 시인이라는 틀에 갇히지 않는 것이 중요하다고 생각합니다. 시인이라는 직업이 목적이 되면 시를 쓰는 사람은 도구가 되니까요. 일과 창작의 병행 같은 고질적인 고민에 대한 답변도 이로써 대신할 수 있을 것 같습니다. 능란함의 요령을 덧붙이자면 내 선에서 감추고 드러내고를 조절할 줄 알아야 한다고 생각합니다. 일상을 살아가는 나와 예술가로 살아가는 나를 혼동하지 말고 분리할 것! 혼동하는 순간 주변에 민폐니까요.

조온윤⁄ 요즘 저에게도 도움이 되는 얘기인 것 같아요. 좋은 말씀 감사합니다.

박진경⁄ 별말씀을요. 이제 조온윤 시인님의 시 얘기가 하고 싶네요! 대담 준비를 하면서 문득 시 쓰기에 대해 생각했어요. 저는 빗방울이 땅에 떨어지기 직전의 상태에서 빗방울들을 A4용지에 올려놓고 그 A4용지를 손바닥으로 팍!

쳤을 때, 저마다의 높이로 허공에 떠오른 물의 포즈와 표정을 낚아채는 사람이 시인이고, 그것을 언어로 엮는 것이 시 쓰기라고 생각합니다. 땅에 닿으면 어떤 식으로든 의미로 읽혀야 하고, 정보 전달의 기능을 수행해야만 하지만 시는 그런 면에서 자유롭죠. 온윤 시인에게 시 쓰기는 어떤가요?

조온윤/ 물의 표정을 낚아챈 것이라니 멋진 표현이네요. 첫 질문부터 약간 어려운 것 같은데요. 저한테 시 쓰기는 사람들의 눈에 잘 띄지 않는 소외된 것들을 보려고 노력하는 일인 것 같고, 목소리를 내지 못하는 것들의 목소리를 대변해주는 일 같아요. 우리가 어떤 사물을 가리킬 때면 그 사물만을 보게 되고 그 사물 뒤에 있는 그림자는 잘 보지 못하잖아요. 시는 물론 예술에 속하기도 하고 언어학적으로 미적인 형식이 중요하기도 하겠지만, 저는 거기에 어떤 의미가 담겼는지를 좀 더 중요하게 여기는 것 같아요.

박진경/ 한국예술창작아카데미 사업에 참여하면서 광주와 서울을 오갔던 경험도 남다를 것 같아요. 어떠셨나요?

조온윤/ 예전에는 서울을 1년에 한두 번 올까 말까 했는데, 올해는 아카데미 때문에도 그렇고 첫 책이 나온 이후에 여러 일정으로 자주 오게 됐어요. 아마 올 한 해 동안 서울을 오간 횟수가 그전까지 서울을 오간 걸 합친 것보다 많은 것 같아요. 아무래도 광주랑 거리가 있다 보니 자주 올 생각을 못 했는데, 아카데미 덕분에 오며 가며 서울에만 있는 전시도 보고 공연도 보고 있습니다.

박진경/ 그렇군요. 처음에 설정하셨던 창작 주제가 '꿈과 현실에 대한 기록보관소로서의 시'였어요. 꿈, 현실, 그리고 기록이 아닌 기록보관소인 점이 인상적이었어요. 주제를 이렇게 선정하신 이유가 있을까요? 사업을 마무리하는 시점에서 처음 설정했던 주제에서 방향성이나 의도 등 달라진 점이 있을지, 과정 중에 발견한 뜻밖의 지점이 있었다면 그것도 듣고 싶네요.

조온윤/ 처음에는 꿈이라는 이상과 현실을 넘나들면서 거기서 수집한 사유나 이미지를 시로써 기록해보자는 게 계획이었는데, 막상 제 경험을 시에 그대로 기록한다는 게 어려웠어요. 그래도 그런 주제를 염두에 두고 시를 쓰다 보니까 저와 가까운 것들이 시에 자연스럽게 등장하더라고요. 이번 시들에 도서관과 책에 대한 이미지가 많은데, 학생일 때 도서관에서 오랫동안 일했던 적도 있고 대학원에서도 문헌정보학을 배워서 그런 경험과 관련된 시간성이나 공간성이 시에도 반영된 것 같아요.

박진경/ 첫 번째 시가 〈꿈 아카이브〉예요. 다음 시 〈유령의 집〉은 꿈에서 빈 저택을 방문해 유령 집사를 만난 것 같은 느낌인데, 의도하신 연결일까요?

조온윤/ 의도해서 배치한 건 아니에요. 그래도 두 시가 연결되는 느낌이 든다고 하니까 적절히 배치한 것 같아서 다행입니다.

박진경/ 그리고 〈여름 비행〉에서 "돌아가며 엉덩이와 발바닥을 맞은 적도 있지/ 누군가 범인을 토해낼 때까지/ 여름을 밟는 감각이 얼얼해질 때까지"라는 구절에서는 교실 내 체벌 현장이 눈에 그려졌어요. 혹시 경험이 있으신가요? 경험이 없더라도 이러한 폭력성에 대해 감각하게 된 계기가 있으신지요?

조온윤/ 저희 세대까지는 아마 초중고를 다니면서 체벌을 경험했을 거 같아요. 잘못을 하면 어른에게 체벌을 받는 게 당연했고요. 그런 폭력성이 익숙한 세대였던 거 같아요. 몇 편의 시에 공통적으로 아이들이 등장하는데, 어른들 사이에 있는 복잡한 이해관계를 걷어낸 공동체의 모습이 곧 아이들의 세계라고 생각하기 때문에 자주 아이들을 들여다보게 되는 거 같아요. 아이들이라고 마냥 귀여운 게 아니라 따돌림이나 학교 폭력을 일으키기도 하잖아요. 어렸을 때 그런 환경에 잘 적응하지 못했던 게 계기가 아닐까 싶습니다.

박진경/ 〈장서각의 나날〉에서는 "초엿샛날부터 이날까지 안개가 심하게 끼었다"라는 구절이 있어요. 그 문장만으로도 생경하면서도 아름답게 느껴지는데, 시 전체 내용과 어우러지면서 향기가 난달까요? 각주를 보면 "단종실록 14권"이라고 기재되었는데, 어떻게 발췌하게 된 건가요? 위 시를 염두에 두고 찾아내신 것인지, 아님 우연한 계기로 저장해놓은 문장이신지요?

조온윤/ 조선왕조실록이 왕의 일상과 국무를 기록한 보기 드문 기록유산이잖아요. 그중에서도 가장 비극적인 왕의 기록은 어땠을까 궁금해서 찾아보게 되었어요. 할아버지인 세종을 떠올리며 슬피 울었다는 기록도 있었고, 수양대군이 반대 세력을 숙청한 기록도 있었는데, 가장 눈에 띈 문장은 방금 말씀하신 부분이었어요. 단순히 날씨를 기록한 것일 수도 있겠지만, 실은 어린 왕을 추앙했던 사관이 왕의 몰락을 지켜보는 비통한 심정을 은유적으로 감추어둔 게 아닐까 하는 상상을 하게 하더라고요. 시인이 보고 듣고 느낀 바를 비유로써 기록한 게 곧 시라면, 기록자가 무미건조하게 써 내려간 기록물 자체도 시가 될 수 있을 것 같았어요.

박진경/ 네, 날씨도 감각하는 것이니까요. 수치가 아닌 문장이라면 객관적인 기록물의 형태라도 충분히 시가 될 수 있다고 생각합니다. 이어서 〈생각하는 문진〉에 있는 마지막 문단이 아름다웠어요. "우리가 끝나지 않는 장면을 펼쳐두자/ 귀퉁이에 가만히 손가락을 얹고/ 같은 쪽을 오래도록 바라보자"였죠? 손을 얹고,라고 해도 됐을 텐데 왜 손가락으로 했을까? 싶었는데 방향을 가리키기 위한 것일까요?

조온윤/ 좋게 읽어주셔서 감사합니다. "같은 쪽"이 두 사람이 함께 바라는 어떤 방향을 가리키는 동시에 두 사람의 이야기가 쓰여 있는 페이지로 읽히길 원했거든요.

박진경/ 전체적으로 10편의 시를 읽은 후에, 관통하여 흐르는 정서가 있었어요. 세계의 폭력성을 알아버린 할아버지가 자기 손주한테 그럼에도 불구하고 세상은 아름답다는 말도 해주고 싶지만, 또 그럼에도 불구하고 세상은 폭력적이란다 말해주고 싶은 마음도 느껴졌어요. 그래서 양손에 하나는 자기가 보아버린 폭력적인 세계, 또 다른 하나는 아름다운 곳에서 내가 사랑하는 존재는 거기 머물렀으면 하는 따뜻한 마음을 둔 할아버지의 마음이 그려졌어요. 그런 마음을 품고 시를 쓰셨던 걸까요?

조온윤/ 손주를 위하는 할아버지는 아니지만, 사랑하는 존재를 위하는 마음이라는 점에서는 말씀해주신 것과 비슷했던 것 같아요. 좀 더 나이가 들면 그런 할아버지의 마음이 될 수도 있겠어요.

박진경/ 그렇군요. 〈균형감각〉이라는 시 제목도 그렇고, "눈은 공평하게 쌓이듯" 이런 구절도 그렇고 뒤에 보면 "우물과 우울", "진진과 공공", "억지의 농간" 이런 문장도 그렇고 유사하거나 반대되는 이미지들을 양손에 동시에 올려놓고 있는 느낌이 들었는데, 양쪽을 제대로 알기 위해 균형을 잃지 않으려는 강박 같은 게 있으신지요?

조온윤/ 무언가를 바라보고 이해할 때 어느 한쪽으로 치우치지 않는 게 중요하다고 생각하긴 해요. 사람들한테는 다들 본인만의 주관이 있기 마련인데, 그 주관들의 총합을 나눈 평균값이 결국에는 객관이 된다고 생각하거든요. 다시 말해 어떤 특정한 개인이나 권력 집단의 사람들만을 위하는 게 아니라 모든 사람을 헤아리는 게 객관성이라고 생각해요. 하나의 시각에만 의존해 세상을 판단하지 않는 거예요. 균형에 관한 감각은 말씀하신 것처럼 세상이 마냥 아름답다거나 반대로 어두운 한 면만 가진 게 아니라는 걸 잊지 않으려 하는 데서 나오는 것 같아요. 그런 마음이 시에서도 자주 등장하는 것 같고요.

박진경/ 그래서 항상 희망하며 괴로워하시는군요.

조온윤/ 그런 것 같네요. 시에서 세상의 긍정적인 면을 알려주려 한다고 말씀해주셨는데, 그건 제가 긍정적인 사람이라서 그런 건 아니에요. 우울하게 보내는 시간도 많고 내면으로 침잠하는 어두운 면이 많으니까 반대로 밝은 면을 보고 싶어 하는 듯해요. 그러다 보니 두 면에 대한 균형도 생기는 것 같고요. 그런 부분을 잘 읽어주신 것 같아서 감사합니다.

박진경/ 그만큼 애정이 있어야만 가능하다고 생각해요. 아까 말씀하신 객관적으로 보려는 태도나 양쪽을 모두 보는 행위도 애정이 없으면 왜 그래야 하는지조차 생각하지 않고 무의미하다고 치부하고 마니까요.

조온윤/ 네, 아무리 비관적인 사람이라 하더라도, 어떤 세상에서 살고 싶으냐고 물으면 결국에는 선한 세상을 가리키지 않을까 싶어요. 그런 면에서 저도 마찬가지로 세상이 너무 폭력적이고 고통스럽다고 해도 애정을 잃지 않고 세상엔 선한 사람들도 있음을 잊지 않으려고 하는 것 같고요.

박진경/ 그렇다면, 이번에 쓰신 10편의 시 중에서 가장 애정하는 시가 있다면 무엇이고, 그 이유가 있다면요?

조온윤/ 저는 아까 말씀해주신 〈생각하는 문진〉에 조금 더 머물게 되더라고요. 누군가를 계속 살게 하고 싶다는 마음으로 썼던 게, 곧 저에게도 돌아오는 말들인 것 같아서요.

박진경/ 마지막으로 앞으로의 창작 계획은 어떻게 되시나요?

조온윤/ 두 번째 시집을 염두에 두고 한 편씩 써 나가볼 계획이에요. 어떻게 하면 첫 시집과 차별되는 작품을 쓸 수 있을지 고민이 많았는데, 이번 아카데미 멘토로 참여해주신 선생님께서 그런 고민을 안고 있는 것만으로도 새로운 걸 쓸 수 있을 거라고 말씀해주셨던 게 큰 힘이 되더라고요. 아마 이번 앤솔러지에 발표하는 작품들이 두 번째 시집의 중심 역할을 해줄 것 같아요. 오늘 이렇게 제 이야기를 마음껏 해볼 수 있는 질문들 건네주셔서 시인님께도 감사드려요. 저도 마지막 질문을 드리고 싶은데, 시인님은 앞으로의 계획이 어떻게 되시나요?

박진경/ 시인보다는 예술/기획자로서의 행보라고 해야 맞을 것 같아요! 시는 매력적인 예술의 한 분야라고 생각하지만, 시만 쓰지는 않을 것이란 것만은 확실한 것 같습니다. 현재 제가 기획한 안으로 시각예술과 음악 분야 예술가분과 네트워킹을 진행 중인데 구상 중인 작품, 작업 방향 등 구체적 내용은 비밀입니다. 예술가에게 다음이란, 예술가조차 모르니까요!

조온윤/ 비밀이라니 더 궁금해지네요. 이번에 준비 중이신 협업 프로젝트도, 앞으로 시인님께서 보여주실 시들도 모두 애정으로 지켜보며 응원하도록 하겠습니다. 고생하셨습니다!

권혜영
×
성해나
×
이선진

권혜영/ 우리 이번에 평어로 대담을 진행하기로 했잖아. 서로 작품을 어떻게 읽었는지 얘기해볼까?

이선진/ 나는 혜영이 소설에 환상적인 설정을 많이 가져오는 것 같다는 생각을 했어. 〈당신이 기대하는 건 여기에 없다〉에는 계단의 구렁텅이에 빠진 인물이 나왔고, 〈여분의 해마〉에는 포토카드의 흠집에서 사람이 튀어나왔고, 이번 소설에서는 랜덤 슬라이드라는 사물이 등장하잖아. 현실의 중력을 조금씩 벗어나는 설정을 자주 쓰는 이유가 있을까?

권혜영/ 나는 소설을 통해서 현실을 있는 그대로 재현하기보다 독특한 사물이나 뒤틀린 공간, 낯선 상황에 처한 인물에 빗대어 표현하는 것에 더 재미를 느껴. 예를 들어 어떤 사회 현상이나 현실의 괴로운 문제들. 내가 관심 가지거나 쓰고 싶은 주제에 대해 머릿속에서 늘 생각을 굴리거든. 어떤 건 너무나 현실적인 생각들이어서 머리 아프고 괴로울 때가 많아. 그렇기 때문에 책 읽고, 영화 보고, 노래 듣고, 사람 만나고, 길거리 걸으면서 환기를 시키지. 그러다 앞서 말한 현실적인 생각들과 연결지어 쓸 만한 부분들을 텍스트나 이미지, 사물의 속성 안에서 발견하면 그 지점에서 쾌감을 느끼는 것 같아. 에둘러 표현하는 것에 재미를 느낀다고 해야 하나. 이 주제와 저 소재를 같이 쓰면 어찌저찌 소설 한 편이 나오겠다, 하고. 하지만 막상 써보고 나면 별것 아니었음을 느끼는 과정의 반복이긴 한데……. 일단 지금의 나는 그런 방식으로 쓰고 있어.

이선진/ 전혀 별거 아니지 않은데? 나는 소설 속에서 주인공이 세상을 대하는 태도 역시 흥미로웠던 것 같아. 보통 실업한 인물이 등장하면 우울이라는 정동에 찌들어 있기 마련인데, 이 인물은 굉장히 적극적으로 그 상태를 유지하고 싶어 하잖아. 나는 이게 사회에서 너무나 많은 부침을 겪으며 얻어진 이 인물만의 처세술이 아닐까 싶더라고. 그런데 만사에 무심해 보이는 이 인물의 마음을 깊이 들여다보면 거기엔 어떤 소란과 역동이 자리하고 있는 것 같기도 해. 그 예로 구이징과 함께 댐댐비 위에서 빌었던 소원이 결말에 이르러서야 밝혀지는데, "지치지 좀 않게 해주세요"잖아. 혜영은 이 인물을 그토록 지치게 만든 게 무엇이라고 생각해?

권혜영/ 사람은 태어나서부터 계속 그 나이에 맞는 미션을 수행하잖아. 아기 때는 말해야 하고, 배변훈련 해야 하고. 유아기 때는 산수랑 한글 배우고. 학교에 입학하면 특출 난 재능을 발견하지 않는 한 쭉 공부해야 하고. 친구들이랑도 잘 지내야 하고. 학교 졸업하면 사회에 나가야 하잖아. 사회에서 인정받으려면 경쟁하고, 자기증명 해야 하지. 그 증명이 한 번으로 끝나는 게 아니라 일을 계속하는 한 자기증명의 연속이잖아. 나의 존재 가치를 남들에게 증명해야 하는. 거기서 조금이라도 삐끗하면 주변에서 큰일 난 것처럼 굴고. 다른 사람들과 자꾸만 비교하고. 단일한 욕망으로 사람을 재단하고. 사람 구실을 하며 살아가려면 끊임없이 뭔가를 해야 한다는 주변의 압박들로부터 한 번도 자유로워본 적 없는 그 자체가 소설 속 인물을 지치게 하지 않았을까?

성해나/ 그럼 이제 내가 질문할게. 나는 〈띠부띠부 랜덤 슬라이드〉가 〈당신이 기대하는 건 여기에 없다〉와 맞닿아 있는 소설이라고 생각했거든. 그 소설을 읽으면 물건을 던져서 생사를 확인하는 사람들이 나오고, 맥락은 다르지만 끊임없이 이어지는 굴레에 서 있는 사람들이 등장하잖아. 그런 면면들이 두 소설의 유사성이라고 생각했어. 이러한 장면들은 상상에서 비롯된 장면인지, 경험에서 비롯된 장면인지 궁금하네.

권혜영/ 경험 20 상상 80. 말하자면 경험을 엄청 부풀린 뻥. 나만 그랬는지 모르겠는데 어렸을 때 미끄럼틀이나 관처럼 생긴 구멍이 있으면 그 안에 별의별 물건을 다 집어넣으면서 놀았던 것 같아. 이건 경험이야.

이선진/ 뭘 넣었어?

권혜영/ 손에 잡히는 물건 뭐든. 이게 들어갈까? 싶은 물건들. 미끄럼틀 외에 건축자재의 파이프 같은 구멍은 크기가 크면 나도 들어가보고 그랬어. 아동기에 동네 친구들이랑 자주 그러고 놀았던 것 같아. 미끄럼틀에다가는 소꿉놀이 장난감도 굴리고, 주변에서 채집한 나뭇가지랑 모래랑 돌 같은 것도 모아서 굴렸는데.

다시 해나의 질문으로 돌아가보자면, 계단도 마찬가지인 것 같아. 나는 높은 계단을 오르다보면 공포스러운 느낌이 들거든. 이 소설에서 주이정과 화자가 개악산 계단을 오르며 공포를 느끼잖아. 나도 옛날에 설악산 철제 계단을 오르다가 공포의 임계치를 경험한 적이 있었어. 그걸 한번 경험하고 난 뒤에는 스트레스 받는 시기에 그때 장면이 매번 변형된 형태로 꿈에 등장해. 10년도 훨씬 지난 일인데 아직도 계단 악몽을 꾸는 셈이지. 아주 높은 곳을 향해 힘겹게 계단 올라가는 꿈은 사실 며칠 전에도 꿨어.

성해나/ 나도 동감해. 그럼 다시 질문으로 돌아가서, 혜영은 청년 세대의 문제를 청년의 눈으로 그려낸 소설을 주로 쓰는 것 같아. 이 소설에서도 그것이 깊이 있게 드러난다고 생각하고. 혜영이 평소 관심 가지는 청년 문제나 사회 이슈는 뭐야?

권혜영/ 얼마 전에 동생이랑 나랑 신세 한탄하는 대화를 나누는 중에 동생이 나한테 이런 말을 한 적이 있어. *뭐든 적당히 하면 망하는 것 같아.* 이 말이 마음속에 내내 무겁게 머물더라고. 적당히 해도 아무도 망하지 않았으면 좋겠다. 그게 요즘 내가 관심이 가는 문제랄까 희망 사항이랄까? 나도 그렇고 내 동생도 그렇고 요즘 말로 '갓생', '인싸'와는 좀 거리가 먼 삶이거든. 요즘 미디어에서는 갓생 브이로그라든가 인싸 문화를 많이 보여주잖아. 그런 삶을 동경하는 사람들도 많고. 그런데 갓생 또는 인싸가 친구들이랑 잘 지내고 모든 일에 최선을 다하며 부지런 떨며 사는 삶인 건지, 자본주의 사회 안에서 화려한 삶을 누리는 건지 그 진짜 의미도 사실 나는 잘 모르겠고 헷갈려. 무엇보다 일단 나로만 한정 지어서 이야기하자면 미디어에서 정의하여 보여주는 갓생 또는 인싸처럼 그렇게 살다간 평균 수명에 못 미쳐서 일찍 죽게 될 것 같아……. 뭐가 됐든 적당히 하면서 살고 싶어. 그래서 그런지 '갓생' 말고 그냥 인생 사는 청년들에게 나는 더 눈길이 가고 마음이 애틋해져.

성해나/ 혜영만의 관점인 것 같아 좋네. 이건 정말 궁금했던 건데, 〈유해하는 밤〉도 그렇고, 이 소설에도 아이돌 문화나 하위문화와 관련된 문장이 유독 눈에 띄어. 난 혜영이 인디나 락에도 큰 관심을 가지고 있는 것 같거든. 즐겨 듣는 플레이리스트가 무언지 궁금해.

권혜영ˊ 나 진짜 장르 불문 이것저것 다 들어. 10년 이상 꾸준히 주기적으로 들은 앨범으로는 Blur의 〈The best of〉(2000), New order의 〈Substance〉(1987), The Cure의 〈Greatest Hits〉(2001), Pulp의 〈Different Class〉(1995), Daft Punk의 〈Discovery〉(2001), M83의 〈Hurry Up, We're Dreaming〉(2011), MGMT의 〈Oracular Spectacular〉(2008). 당장 생각나는 건 이 정도인데 훨씬 더 많지. 그리고 요즘 좋아하는 외국 인디밴드는 Dehd야. CASTLEBEAT, Jaguar Sun, Dansu의 음악들도 주의 깊게 듣고 있어. Kasabian과 Gorillaz는 2007년 무렵에 한창 들었던 밴드들인데 최근 다시 꽂혀서 듣고 있어. 케이팝은 더보이즈, 엔하이픈, 크래비티, 트레저, 피원하모니. 내 최애 멤버는 저 그룹 중에 있어.(웃음)

성해나ˊ 혜영 소설을 읽으면서 서사에 생동감이 있다고 느꼈어. 그런 서사가 먼 곳이 아닌 일상에서 나온 것 같기도 했고. 소소한 질문이긴 한데, 혹시 당근마켓 거래 해본 적 있어? 띠부띠부씰 거래와 관련된 이야기가 서두에 등장해서 궁금했어.

권혜영ˊ 당근거래 경험이 있긴 한데 아이돌 공식 굿즈나 포토카드만 거래했어. 가방이라든지, 옷이라든지, 전자 기기라든지, 그런 물건들은 중고 안 사거든. 근데 포토카드는 중고거래 많이 했어. 구하기가 어렵거든.

이선진ˊ 포토카드도 새것 아니면 안 사잖아.

성해나ˊ 소설에도 나오잖아. 하자 있으면 안 된다고.

권혜영ˊ 나는 상대적으로 하자에 민감한 사람은 아니야.

이선진ˊ 지난번에 혜영이 출연한 문장의 소리 들으니까 조금만 지문이 묻어도 엄청 닦는다 하더라고.

권혜영ˊ 지문은 못 참지.

이선진ˊ 그럼 직접 사거나 팔아보지는 않은 거야?

권혜영ˊ 띠부씰은 아니고 포토카드를 그렇게 사고팔고 했지. 거래 장소도 소설에 나오는 것처럼 놀이터나 공원보다는 교통요금 태그하기 전에 지하철 플랫폼 안에서의 직거래를 선호했지. 근데 또 직거래보다는 우체국 준등기랑 편의점 반값 택배를 더 많이 애용했어.

성해나⁄ 그럼 마지막으로 공통질문 할게. 다수의 작가들이 그러하겠지만, 선진도 혜영도 인물의 네이밍에 신경을 쓰고 있다고 느꼈어. 〈띠부띠부 랜덤 슬라이드〉의 주이정이나 〈생사람들〉의 하우, 오수처럼 두 사람의 작품에도 고심해 지은 듯한 인물 이름이 등장하잖아. 작품을 쓰기 전에 인물의 이름을 오래 염두에 두는 편이야?

권혜영⁄ 인물 이름 짓는 걸 되게 재밌어하는 편이야. 나는 소설을 쓸 때 분위기에 어울리는 노래를 듣듯이 인물의 이름 역시 소설 분위기랑 어울리는 이름이 있는 것 같다고 생각해. 한 이름을 정해놓고 쓰다가도 이게 소설 안에서 착 안 감긴다고 생각하면 쓰는 중간에도 계속 바꿔가며 써. 퇴고 과정에서도 소설의 분위기가 좀 달라지면 이름도 같이 바꿔. 이름이랑 제목은 항상 자주 바뀌는 것 같아.

이선진⁄ 나는 작명에 시간을 많이 쏟지는 않는 편인데, 소설을 쓰다 보면 이거다! 싶은 이름이 자연스레 떠오르는 것 같아. 소설의 톤과 맞는 이름을 지으려고 애를 쓰기도 하고. 이건 나만 알고 있는 건데, 〈생사람들〉에서 하우는 노 씨거든. 노하우. 삶을 살아가는 비결이 전혀 없을 것 같은 인물이라 역으로 그렇게 지었고, 오수는 정말 사수 오수 할 때의 그 오수라…….(웃음) 그러고 보니 〈소돔의 친밀한 혈육들〉에도 오수가 나오잖아. 해나는 작명을 할 때 고민을 많이 하는 편이야?

성해나⁄ 나는 고민 많이 하지. 이름에 다 뜻이 있어. 이목은 '이목을 집중하다'라는 뜻도 있고, 단단한 사람이라는 것을 염두에 두고 목(木)자를 넣기도 했고. 나는 뜻을 오래 생각하면서 쓰는 것 같아.

이선진⁄ 이번에는 알렉스 같은 외국 이름을 썼잖아.

성해나⁄ 그것도 다 뜻을 새겨뒀어. 맥스는 최고치의 업무량이나 실적을 요구하는 사람 같아서 맥스(Max)라고 붙였고, 수잔은 유능한 여성 중에 수잔이란 이름을 가진 사람이 많은 것 같아서 그렇게 지었고. 수잔 헤이워드도 있고, 수잔 워치스키도 있고. 알렉스라는 이름엔 중의적인 뜻을 담고 싶었어. 독자가 해석하는 대로 남자일 수도 있고, 여자일 수도 있게.

이선진 ⁄ 그럼 해나 소설로 넘어가볼까? 〈우호적 감정〉은 이해의 과정에서 발생한 오해가 종래에는 이들의 관계를 와해시킨다는 점에서 해나의 전작들이 담고 있던 주제 의식을 얼마간 이어가고 있는 것 같아. 화자인 알렉스가 몸담고 있는, 스타트업 회사라는 이익집단과 소서리라는 가족적인 마을이 처음에는 대비되었다가 점차 포개지잖아. 〈당춘〉이 기성세대와 청년세대가 화합하고 다음 계절을 도모하는 과정에서 시골을 낭만적인 공간으로 그려냈다면, 이번 소설에서는 그 시선이 보다 서늘하고 날카로워졌다고 느꼈어. 어떤 변화를 주고 싶었던 거야?

성해나 ⁄ 나는 농촌에 오래 살았거든. 농촌에 정주하다 보면 그곳이 낭만적이고 따뜻한 공간만은 아니라는 생각이 들어. 〈당춘〉 같은 전작에서 농촌이나 그곳의 사람들을 따스한 시선으로 바라보았다면, 이번 작품을 집필하면서 농촌의 씁쓸한 현실을 날카롭게 들추고 싶다는 생각을 했어. 농촌-자본의 문제도 면밀히 이어져 있는데 내가 그런 점을 놓치고 있었다고 여겼거든.

이선진 ⁄ 그런 의도가 잘 반영된 것 같아. 나는 인상 깊었던 게, 해나의 소설 속에 등장하는 수평을 자세히 들여다보면 수직적인 위계질서가 도사리고 있잖아. 진이 직급을 운운하며 미약하게나마 연결되어 있던 이들의 우호적 관계를 깨뜨릴 때 그것이 적나라하게 폭로되는데, 그 상황에서 '갑분싸'라는 신조어를 꺼내는 인물이 다른 누구도 아닌 진이라는 사실이 의미심장하더라고. 또 알렉스는 수평과 수직 사이에 걸쳐 있는 인물일 텐데, 앞으로 그가 어떻게 변화할지 궁금하기도 했어.

성해나 ⁄ 독자의 영역이라고 생각해. 내 작품은 대개 열린 결말로 끝내는데, 독자에게 상상의 여지를 주고 싶어서 그렇게 끝내는 측면도 있거든. 이번 소설의 결말도 독자의 영역으로 남겨두고 싶지만 굳이 내 생각을 보태자면, 나는 알렉스가 한 3개월 정도만 일하고 퇴사할 것 같아.

이선진/ 〈소돔의 친밀한 혈육들〉의 화자처럼 될 수도 있을 것 같아.

성해나/ 무감하게 현실을 받아들인다는 거지? 그런 결말도 생각했어. 자신의 고민이나 불만을 토로하지 못하면서 무덤덤하게 근속할 것 같다는 생각. 뱉지도 삼키지도 못하고.

권혜영/ 해나의 소설에 나오는 인물들은 세대 간 대비되는 지점이 뚜렷하지만 그럼에도 불구하고 서로를 들여다보려는 시도가 인상적이었어. 시도의 끝은 실패에 그칠 때도 있고 화해 무드를 조성할 때도 있지만 관계의 결말이야 어찌 됐든 인물들이 서로를 이해해보려고 시도하는 과정 자체가 의미 있다는 생각이 들더라고. 어떻게 생각해?

성해나/ 이해란 늘 실패하는 것 같아. 순도 높은 이해도 없고 그게 오해로 이어져서 어긋날 때도 많은 것 같고. 그래도 계속 시도는 해봐야 한다고 생각해. 그런 시도들이 한데 뭉쳐서 결국 더 나은 세계, 더 나은 결말을 만들어내는 것 같아. 그래서 소통이나 이해와 관련된 소설을 줄곧 쓰는 것 같고.

권혜영/ 그런 모습들이 소설에서 보여서 좋았어.

성해나/ 고마워.

권혜영/ 그러한 이해의 과정에서 생각의 간극이 결코 좁혀지지 않을 것 같은 사람들은 들여다보는 것조차 괴로울 때가 있잖아. 나는 이번 소설 〈우호적 감정〉 속 맥스가 특히 그랬어. 90년대생 스타트업 회사 대표로 나오는데 바라보기 힘든 지점이 있었던 것 같아. 개방적인 척하지만 누구보다 사용자 마인드를 가진 문제적인 인물. 맥스라는 인물은 어떻게 만들어진 인물이야?

성해나/ 혜영 말처럼 맥스는 모순 가득한 인물 같아. 환경오염이나 기후변화에 관심은 많은데, 종이 빨대는 꺼려하는 사람, 하지만 타인이 플라스틱 컵을 쓰는 걸 보면 점잖게 질책하고 분노할 것 같은 사람. 공정함에 질식되어 있는 사람일 것 같다는 생각을 했어. 젊은 세대들이 가장 중요하게 여기는 가치 중 하나가 공정함이라고 생각해. 한데 우리 사회가 그다지 공정하지는 않잖아. 차별도, 능력주의도 만연하고. 치밀한 공정함을 내세우다 보면 함정에 빠지게 된다고 생각하거든. 그 수렁에 깊이 빠져 있는 인물을 그리고 싶었어. 젊은 세대가 중요시하는 가치를 공고히 지니고 있는데, 자기 객관화는 안 되는 인물.

권혜영ˊ 소설을 읽으면서 문득 든 생각인데 일하러 간 곳에서는 딱 일만 했으면 좋겠다는 생각이 들지 않아? 사내 소통 프로그램을 하면 그런 프로그램은 누가 짤 거야. 방탈출 게임은 친구들과 하는 건 좋지만…… 회사에서 하면 좀……. 예약도 직원들이 해야 하고. 생맥주 디스펜서와 와인 셀러가 사무실에 있는 것도 그래. 그건 누가 청소하고 누가 관리하는데. 결국 자유로운 분위기를 추구한다고 하지만 그 자유조차 누군가가 도맡을 성가신 일들일 텐데. 나는 〈우호적 감정〉을 읽고 모름지기 회사는 경직되고 사무적인 분위기가 차라리 다니기 편하다, 이런 생각이 들었어. 어때?

성해나ˊ 이 질문에 대해 유심히 생각해봤는데 직장인이면 아무래도 경직되고 사무적인 분위기가 편할 것 같긴 해. 소설에도 수잔이라는 인물이 등장하잖아. 그런 사내 분위기를 질색하고 갑갑해하는 사람. 안 그래도 혜영 질문 받고 스타트업 다니는 친구한테 물어봤어. 거기서는 누가 이런 일을 도맡느냐고. 규모가 큰 회사에서는 청소노동자 분들이 하시고, 작은 회사에서는 직원들이 돌아가면서 청소를 한대. 프로그램 기획이나 예약은 업무의 일종이고.

권혜영ˊ 피곤한 일이야.

이선진ˊ 회사는 이익집단인데, 화합을 도모하려는 시도가 과해질 때 부담이 생기는 것 같아.

권혜영ˊ 소서리의 공동체 사업도 비슷한 연장선상에 있다는 생각이 들었어. 들뢰즈 가타리 읽기나 양조장 사업, 지역 신문사. 이렇게까지 부지런해야 할 일인가 싶고.

성해나ˊ 고등학생 때 공동체 마을에서 지냈어. 공동체 마을 사람들은 대개 주경야독의 자세나 방식을 지향하면서 살아가더라. 낮에는 농사 짓고 읍내에 비

료나 농약 뗴러 가고, 밤에는 삼삼오오 모여서 철학 공부하고. 혁신적인 마을 공동체는 거의 그렇게 돌아가더라고. 그게 안 맞아서 등진 사람도 많아. 공동체 마을의 실루엣은 내 경험에서 따왔어. 조사도 조금 하고.

이선진´ 이런 디테일이 살아 있어서 소설적으로도 더 재미있고, 작가에 대한 신뢰도 생기는 것 같아.

권혜영´ 이 소설을 쓰면서 스타트업 회사와 농촌 마을 공동체를 취재했다고 들었는데 그 과정 이야기 조금 들려줄 수 있어? 알아보면서 힘들었던 점이나 기억에 남는 일들.

성해나´ 《90년생이 온다》라는 책 있잖아. 그 책도 그렇고 MZ세대에 관한 일부 서적들을 읽어보면 MZ세대는 복지부동의 자세로 일하려는 나약한 세대라는 논지를 전반에 깔고 가거든. 우리 세대가 근무에 그다지 능동적이지 않다는 거지. 그런데 스타트업에 대해 조사하고 파고들다 보니 실태는 많이 다르더라고. "이 회사에 다니고 싶다, 뽑아달라." 적극적으로 피력하는 젊은 인재들이 많대. 애사심 가득한 직원들도 많고. 알렉스는 그런 정보들을 기반으로 나온 인물이야. 취재하기 전까지는 반대로 생각했던 것 같아. 그런 점들을 새롭게 알아가면서 신기했던 것 같고, 반성도 좀 하고.

권혜영´ 선진의 소설에는 유독 절기상 겨울에 벌어지는 이야기가 많은 것 같아. 〈무관한 겨울〉과 〈부나, 나〉 〈망종〉 등등. 이번에 발표한 〈생사람들〉도 겨울이 배경이야. 겨울이 자주 등장하는 이유가 궁금해.

이선진´ 인상 깊게 남아 있는 유년의 장면들을 떠올려보면 다 새하얀 겨울이었던 것 같아. 무엇보다 내가 사람들과 신체적으로 무관해지지 않을 수 있는 계절이 겨울이야. 내가 다한증이 심하거든. 손발에 땀이 많아서 손잡는 걸 안 좋아해. 안 좋아한다기보다 어릴 때부터 친구들이 손이 닿으면 축축해, 더러워 이러니까 안 좋아하게 된 거지. 그런데 겨울에는 기온이 낮으니까 미약하게나마 다른 사람들과 온기를 나눌 수 있잖아. 사람이라면 누구나 다른 사람과 맞닿고 부대끼고 감정을 나누고 싶은 욕구가 있는데, 현실의 내 삶에서 그게 가능했던 계절이 겨울뿐이라 소설에도 자연스레 반영된 것 같아.

권혜영⁄ 쌍둥이들도 자주 나오는 것 같아. 〈무관한 겨울〉에도 미소랑 소미라는 쌍둥이가 등장하고 이번에는 박세윤과 박세영이 등장하지. 박세윤은 사수를 하고 있고, 박세영은 미혼모라는 설정 아래 이야기가 진행되는 것도 흥미롭지만 나는 쌍둥이라는 설정 자체가 매력적인 것 같아. 인물들이 쌍둥이라는 설정은 어떻게 하게 된 건지 궁금해.

이선진⁄ 내가 나라는 자명한 사실에서 벗어날 수 있는 가장 손쉬운 방법이 자기 자신을 버리고 포기하는 거잖아. 그게 불가능할 때 나는 '척'을 하는 것 같아. 내가 내가 아닌 척. 다른 사람인 척. 이를테면 '-되기'의 기술을 쓰는 거지. 소설 속에서 세윤도 그렇게 '척'을 하지만, 타자 되기의 대상이 자신과 같은 외모를 가진 쌍둥이 언니라는 설정이 재미있다고 생각했어. 벗어났지만 사실 그렇게 많이 벗어나지 않은.

권혜영⁄ 〈생사람들〉 속 세윤에게는 늘 모순된 감정이 공존하는 것 같아. 호빵을 도둑질하면서 들키고 싶기도 하고, 안 들키고 싶기도 하고. 매일 죽고 싶다는 생각을 하지만 마땅히 실행할 행동력은 없는. 살아 있음에서 살아 없음의 상태로 천천히 향하고 싶은 마음을 명확히 설명할 수 없지만 무슨 마음인지 알 것 같아서 읽으면서 고개를 끄덕였거든.

이선진⁄ 이제껏 써온 소설들도 그렇고, 나는 한 사람이 지닌 양가적인 감정을 다루는 데 유독 관심이 가는 것 같아. 이번 소설에서도 죽음과 삶, 어느 한쪽으로도 기울어지지 않은 채 시소처럼 중심을 잡는 인물의 마음속 풍경을 그려내고 싶었고. 사실 나 역시 소설을 쓰는 내내 세윤의 마음을 깊이 이해하고 싶었는데, 혜영이 무슨 마음인지 알 것 같았다니 다행이야.

권혜영⁄ 선진의 소설은 문장에 독특한 활기와 리듬이 느껴져서 좋았어. 글을 쓸 때 선진만의 문장을 쓰는 방식이 있는지 궁금해.

이선진⁄ 소설을 쓸 때 문장에 굉장히 공을 들이는 것 같아. 이야기 자체도 물론 중요하지만 그걸 운반하는 게 문장이잖아. 작가가 어떤 단어, 어떤 리듬, 어떤 호흡을 구사하느냐에 따라 마음이 가기도, 마음이 뜨기도 하더라고. 이번 소설에서는 리듬은 물론이고, 어떤 의성어나 의태어를 쓸지도 고민을 많이 했어. 마지막 장면에서 할머니랑 옆집 여자애가 눈덩이를 굴리는 모습을 '어우렁더우렁'이라고 묘사했는데, 한 단어에 이응이 다섯 개나 들어가서 그런지 소리 내어 읽었을 때 정말 눈덩이를 굴리는 것 같은 느낌이 드는 거야. 적합한 단어를 찾으려고 국어사전을 오래 뒤졌어.

권혜영╱ 선진의 문장은 전반적으로는 슬픔의 정서가 깔려 있는 것 같아. 작가가 쓰면서 마음이 덩달아 슬퍼지겠다는 생각을 했는데 어때?

이선진╱ 늘 덩달아 슬퍼지지. 내 소설 속 인물들은 슬픔을 직접적으로 티 내지 않고 항상 농담으로 슬픔을 에둘러 표현하는 것 같아. 나라는 사람 자체가 슬프고 외로울 때 슬프고 외롭다고 직접 말하는 사람이 아니거든. 속 이야기를 잘 하지 않고 시답잖은 이야기로 삶을 꾸려 나가는 식이야. 그럼에도 누군가 내 소설을 읽을 때, 범람하는 말들 속에서 내가 감춰둔 슬픔을 발견해줬으면 하는 바람이 있는 것 같아. 〈생사람들〉에도 "말하지 않아도 알아요" 라는 초코파이 CM송이 나오잖아. 그런데 나는 오히려 내가 말하지 않아도 알아주는 것보다, 내가 말을 너무 많이 해도 거기에서 내 슬픔을 잘 좀 길어올려줬으면 좋겠어. 생각해보면 내가 삶을 살아가는 태도를 소설 속 인물들에게 많이 담아내는 것 같아. 그래서 나는 내 소설 읽으면서 종종 울어.(웃음)

성해나╱ 펑펑 울어?

이선진╱ 그냥 울컥하는 게 있어. 내가 나를 이토록 많이 내걸었구나, 이만큼이나 진심이었구나. 나 자신을 향한 짠하고 찡한 마음이 있달까.

성해나╱ 혜영 소설도 선진의 소설도 그렇고, 장난스럽고 재치 있는 문장들이 눈에 띄어. 그런 점에서 두 사람의 결이 비슷하다고 느꼈어. 조금 다른 건 선진의 소설엔 삶과 죽음의 문제가 깊게 얽혀 있다고 느꼈어. 예를 들어, 사수생인 나는 늘 죽음에 대해 생각하고 주인공보다 49일 늦게 태어난 하우는 49재를 떠올리게 하잖아. 그런데 한편으로 〈생사람들〉이라는 제목을 곱씹다 보면 살아 숨 쉬는 사람, 삶을 꿈꾸는 사람이 연상되기도 해. 이 소설을 통해

선진이 전하고 싶은 주제는 뭐야?

이선진/ 소설에 삶과 죽음의 문제가 많이 등장한다는 걸 최근 인지하게 되었고, 이번 소설은 그러한 문제의식을 정면으로 응시하면서 쓴 소설이기도 해. 매일 하루도 빠짐없이 유서를 쓴다는 설정이 등장하기도 하고. 그런데 그런 소재를 통과하면서 내가 결과적으로 손에 쥐고 싶었던 건 삶을 마냥 부정하고 끝장내고 싶은 태도나 내일 없음 그 자체라기보다는 미지근한 온기 같은 거였어. 어는점으로도 끓는점으로도 함부로 나아가지 않는. 앤드류 솔로몬의《한낮의 우울》을 보면 우울증의 반대말이 행복이 아니라 활력이라고 하잖아. 나는 죽음 충동의 반대도 삶에 대한 희망이라기보다는 작고 소소한 몸짓과 마음짓 같은 거라고 생각했거든. 어쩌면 소설에 담긴 수많은 인물들의 웅성거림 자체가 이들이 삶을 살아내고, 숨 쉬고, 꿈꾸고 있음을 증명해주는 것 같아. 사실 초고 제목은 '고백할 수 없는'이었는데, 다 쓰고 보니 '생사람들'이 더 어울릴 것 같더라고.

성해나/ 나도 '생사람들'이 더 잘 붙는 것 같아. 그럼 마지막 질문. 이 소설도 그렇고, 선진이의 전작을 읽으면서 화자가 여자인 것 같다고 짐작했거든. 화자를 여성으로 둔 특별한 이유가 있을까?

이선진/ 황정은의〈상류엔 맹금류〉를 보면, 화자가 헤어진 애인인 제희를 묘사할 때 "누나들의 성장을 지켜보면서 간접적으로 경험한 여성성을 내면화한 듯했다"라는 표현을 사용하거든. 처음 그 부분을 읽을 때 나는 "이거 완전히 내 얘기잖아?" 싶더라고. 나도 어릴 때부터 엄마, 아빠, 할머니, 고모, 누나 둘. 이렇게 일곱 식구끼리 부대끼며 살았으니까. 누나들이랑은 아예 성인이 될 때까지 한방을 썼고. 어쨌든 한 10년 전에 대학에 입학하고 생애 첫 단편소설을 써서 수업에 가져갔는데, 그때도 화자가 여성이었어. 근데 선생님이 보통 처음 소설을 쓰면 자기랑 똑같은 성별의 화자를 택하기 마련인데 굉장히 특이하다고 말씀하시는 거야. 그때 나는 내가 특이하다는 걸 처음 인지하게 됐어. 정말 별생각 없이 내 속내를 가장 편하게 발화할 수 있는 인물을 택한 거였는데 말이지. 그런데 지금 생각해보면, 주인공의 성별을 바꾸면서 나와 얼마간 거리를 둬야지만 역설적으로 나를 가장 많이 드러낼 수 있었기에 1인칭 여성 화자를 선택한 것 같아. 꽁꽁 싸맨 내 마음을 세상에 내보이고 싶어서 소설을 쓰기 시작했지만, 동시에 나를 숨기지 못해 안달인 양가적인 욕구랄까. 아무튼 살면서 나는 왜 그렇게 남자답지 못하냐는 말을 수도 없이 들어왔는데, 덜컥 등단하고 나서는 너는 왜 남성 화자로 글을 쓰지 않느냐는 요구를 들으니까…… 이렇게 쓰면 안 되는 건가? 내가 지금 소설로 거짓말을 치는 건가? 하는 생각에 힘들어지더라고. 요즘에는 누가 뭐라든 내가 가장 잘 쓸 수 있고 나와 가장 맞닿아 있는 인물에 대해 써야지! 다짐하는데, 그럼에도 나도 모르게 위축될 때가 있는 것 같아. 이런 고민을 털어놓으면 남들은 신경 쓰지 말라고 하지만 신경을 안 쓸 수 없달까.

권혜영/ 고민이 많겠다.

성해나/ 그럼, 각자 최근에 흥미롭게 읽은 책과 앞으로의 계획 이야기하고 마무리할까.

권혜영/ 나는 에르베 르 텔리에의《아노말리》재미있게 읽었어.

이선진/ 나는 상반기엔 비비언 고닉의《사나운 애착》, 하반기엔 크리스티앙 보뱅의《가벼운 마음》.

성해나/ 진짜 좋았나보네. 저번에도 추천했잖아. 나는 루시아 벌린의《청소부 매뉴얼》. 너무 좋아서 아껴 읽었어. 마지막으로는 앞으로의 계획 이야기하자.

권혜영/ 나는 이제 장편소설을 쓰려고 구상 중에 있어. 내용은 지구상의 예술가가 사라진 근미래 디스토피아를 배경으로 할 거고 예술과 노동의 관계를 되짚어보는 이야기가 될 것 같아.

성해나/ 나도 장편 써야지.

이선진/ 해나도 뭐 쓰고 있다고 하지 않았어?

성해나/ 일제강점기 사할린에서 일하던 여자에 대한 이야기 쓰고 있어. 부지런히 써야지.

이선진/ 나는 〈생사람들〉을 장편으로 써보면 어떨까 해서 구상 중이야. 분량상 못 담아낸 설정이 꽤 많거든.

권혜영/ 할 수 있어.

성해나/ 다양한 인물이 등장해서 거뜬히 쓸 수 있을 것 같아.

송재영
×
장진영
×
정대건

송재영⁄ 정대건 작가님부터 시작하겠습니다. 〈퍼머넌트 그린 라이트〉라는 소설을 어떻게 쓰게 되셨는지 궁금하더라고요.

정대건⁄ 코로나 시기를 겪으면서 많은 작가님들이 코로나 관련해서 작품을 쓰셨는데, 8월에 제가 코로나 후유증으로 실제로 미각을 잃고서 저도 뭔가 코로나 시대를 반영한 작품, 잃어가는 것에 대해서 남기고 싶다는 생각을 했어요. 그게 메인 주제가 되지는 않았지만. 거기에 동아리와 추억과 친구 관련 이야기를 곁들여야겠다고 생각했어요.

송재영⁄ '슈슈'라는 인물은 상상에 의해 만들어진 인물인지, 아니면 주변 인물이 모티프가 되었는지 궁금했어요.

정대건⁄ 그렇게 염색을 하고 다니는 친구는 없었지만 저는 외향적이지 않은데 엄청 외향적이고 친구가 많은 아이가 있었어요. 화자가 느끼는 것처럼 그 친구를 좋아하면서도 부러워하는 마음을 저도 좀 가지고 있었던 것 같아요. 그런데 반성하며 돌아보니 지난날 제가 관계에 대해서 별로 노력한 게 없더라고요. 그게 저의 중요한 주제여서 쓰고 싶었던 것 같아요.

장진영⁄ 제목에 'Permanent'가 들어가긴 하지만 성격이나 관계가 영구적이지는 않다고 느껴졌어요. '슈슈의 색'은 여전히 그린 라이트인가요?

정대건⁄ 슈슈는 어떻게 보면 이상화된 캐릭터죠. 청춘의 아이콘처럼. 그처럼 되기를 바라지만 화자는 될 수 없는 인물인데 그런 슈슈도 결국 세상의 풍파에 깎이고 만다는 게 저의 입장인 것 같아요. 그 사람만이라도 영원했으면 좋겠는데 그러기는 힘들지 않나. 그런데 마지막에 그 색으로 가득 차는 장면에서 느끼는 감정은 독자들마다 다를 것 같다는 생각을 했어요. 어차피 변하는 게 당연하다고 생각하는 사람이 있을 것이고, 다르게 생각하는 사람도 있을 것 같아요.

송재영⁄ 저는 슈슈가 나이가 들어 까만 머리를 갖게 되는 게 당연한 수순이라고 생각했어요. 사회생활을 하려면 초록색 머리는 너무 튀니까요. 일종의 사회화죠. 사회화는 강요나 타협이 아닌 필요에 의해서 변화되는 과정이라고 봐요. 슈슈는 자기만의 세계에서 살 수 없다는 걸 알게 된 거죠. 세상에서 살아가기 위해서는 사람들과 적당한 선을 지키고, 괜한 오해를 사지 않도록 노력하고, 생계를 유지하기 위한 방어적 태도가 필요했을 테니까요. 물론 이건 저의 생각이고, 거기에 작가님만의 다른 의미가 있는지 궁금해요.

정대건/ 예를 들어 요즘 디자이너 같은 분들은 타투도 염색도 비교적 자유롭게 하고 지낼 수 있잖아요. 정장 입는 회사원이 아니면. 슈슈도 스타트업에 취직해서 굳이 염색을 검은색으로 안 해도 되지 않나 했는데 슈슈 본인이 사회화된 것일 수 있고, 화자 입장에서는 뭔가 꺾인 거라고 느끼는 거죠. 튄다고 생각하는 것 자체가. 화자 입장에서는 좀 안타까운 거죠.

송재영/ 그렇군요. 저는 성장이라고 생각했어요. 다른 방향의 성장이라고.

정대건/ 제가 성장 서사를 좋아해서 어디서 성장에 대한 굉장히 훌륭한 정의를 들었는데 다크해지든, 회의적이 되든 그 사람의 외연이 넓어지면 성장이라고 하더라고요. 그런 면에서 슈슈도 성장을 한 거죠.

송재영/ 소설의 배경도 무척 좋았어요. 작가님과 연령대가 비슷하다 보니까 대학 시절 문화도 생생하게 그려졌고요. 그 시절에는 동아리방이 아지트였잖아요. 날씨가 좋지 않으면 다함께 모여 술을 마시고, 영화도 보고. 지금은 어떤지 모르지만, 그 시절의 향수가 느껴져서 좋았어요.

정대건/ 무슨 동아리 하셨어요?

송재영/ 우슈동아리요.

정대건/ 우슈? 중국 무술이요? 오.

송재영/ 당시에는 우슈보다 우슈를 잘하는 멋진 남자 선배들에게 관심이 더 많았죠.(웃음) 소설 속에 등장하는 서울극장 풍경이 반가웠어요. 서울극장 앞에 오징어, 번데기, 밤 같은 것을 파는 노점상들이 있었죠. 기억 속에 있는 장면들에게 잘 가라고 굿바이 인사를 하는 느낌이라 소설을 읽는 내내 설레면서도 먹먹했습니다.

장진영/ 종로라는 배경을 잘 그리신 것 같아요. 저도 유진냉면이 첫 평양냉면이었고, 273버스를 자주 타고 다녀서 공감되고 좋았어요.

정대건/ 평양냉면 부심 있는 사람들은 거기를 좀 인정 안 하고 그렇더라고요.

송재영/ 저 거기 안 가봤는데!

장진영/ 너무 미지근해서 이상했던 기억이 나요.

정대건/ 저는 평양냉면 맛 살 모르셨어요.

송재영/ 그래도 가봐야겠어요!

장진영/ 〈아이 틴더 유〉에서도 굳이 택시 타고 종로 가는 장면이 나오잖아요. 종로에 특별히 애정하는 면이 있나요?

송재영/ 저는 어렸을 때는 강남보다 종로에 자주 나갔어요. 종로에 가면 종로서적, 교보문고, 영풍문고를 들렀고요. 가까운 곳에 인사동 거리도 자주 갔죠. 그 정서가 지금은 많이 사라졌지만, 그래도 강남보다 느리게 변화하는 곳이라 여전히 종로를 좋아해요.

정대건/ 자신이 사는 동네와 가까운 게 반영된 것 같아요. 저는 고양시에 쭉 살아서 최대 많이 나가는 게 종로고 강남까지 절대 안 나가거든요. 제가 평소에 택시를 안 타서 택시를 타는 일이 이벤트니까 뭔가 소설에 쓰게 되는 것 같아요. 몰랐어요. 질문 듣고 알았어요.

장진영/ 누가 그랬는데. 택시는 기업 총수나 타는 거라고. 아무튼 저도 서울극장 자주 갔었는데, 영업 종료한다고 했을 때 그냥 그런가보다 하고 말았거든요.

정대건/ 그럼 극장 닫는다는 문자 받으셨어요?

장진영/ 아니요.

송재영/ 극장에서 문자를 보냈다고요?

정대건/ 멤버십에 가입되어 있으니까요.

장진영/ 극장이 문을 닫는다는 게 작가님에게 어떤 의미인지 궁금해요. 〈바람이 불기 전에〉에서도 D극장이 폐관된 걸로 나오잖아요.

정대건/ 요즘 저도 사실 극장 안 간 지 너무 오래됐는데 공간이 사라지니까 정말로 이 소설에서 벌어지는 일이 일어날 장소가 없는 거예요. 우연히 누구를 만난다든지 하는 장면의 스테이지가 없는 거예요.

송재영/ 극장이라는 공간은 한마디로 해프닝의 장소네요.

정대건/ 장진영 작가님 소설 〈허수 입력〉에서 '시간은 장소의 색인일 뿐'이라는 표현이 되게 좋았는데요. 장소도 기억의 색인이 되는 것 같아요. 제가 약간 메멘토처럼 기억이 별로 없거든요. 2년 정도 단위로. 십대 때는 기억이 잘 안 나요. 왜 그런가 생각해보니 유지되는 친구가 없어서 그런 것 같아요. 그 추억에 대해 공유하며 끄집어내서 상기할 일이 없어서요. 그래서 암기력은 좋은 편인데 기억이 안 나요. 이처럼 장소가 없어진다면…….

송재영/ 장소가 마치 사람처럼 기억을 해주는 느낌이군요.

정대건/ 네 그랬습니다. 이번에는 영화학도의 느낌이 아니라 좀 동아리를 추억하는 톤으로 써보고 싶었어요. 그리고 그런 추억 여행에는 시네필들의 성지인 아트시네마나 시네마테크가 등장하는 게 아니라 서울극장이 어울린다고 느꼈어요.

송재영/ 이제 넘어가야 될 것 같아요. 이번에는 제 소설에 관해 이야기를 해볼까요? 저에게는 이번 소설이 굉장히 다양한 의미가 있어요. 서울에서 나고 자랐지만 광주에 온 지 딱 10년째거든요. 이정도 되니까 광주가 제2의 고향이 되었고, 광주의 이야기들을 세상에 알리고 싶은 마음이 굉장히 커졌어요. 광주가 저에게 준 게 굉장히 많거든요. 힘들었던 시기에 저를 안아준 도시랄까. 그래서 보답하고 싶은 마음이 커요. 광주는 사람들의 마음속에 아픔도 많고, 역사적으로 의미 있는 장소도 많아요. 이 이야기는 1924년도에 일본 사회인 야구팀과 광주고등보통학교 학생들이 야구시합을 한 이야기에서 모티프를 가져왔어요. 역사적으로 보면 친선 야구시합이 벌어졌고, 광주고보 야구단이 우여곡절 끝에 시합에서 이겼다는 게 팩트예요. 하지만 이 팩트를 가지고 어떻게 소설을 쓸 것인지 굉장히 고민이 많았어요. 과거의 이야기를 되풀이하는 방식으로 소설을 쓰고 싶지 않았거든요. 역사적인 이야기를 소설적인 상상력으로 현재 우리가 고민하고 있는 지점과 관련 있게 풀어보고 싶었어요. 그렇게 접근하고 쓴 작업이기에 의미가 컸던 것 같습니다.

정대건/ 실제 이야기를 알게 되고 뭔가를 써보겠다고 마음먹은 다음에 이 정도 분량이 되리라는 것을 애초에 예상하셨나요? 〈붉은 공〉은 기승전결의 꼴을 다 갖춘 이야기잖아요.

송재영ˊ 저는 작업을 할 때 시놉시스를 쓰고 시작하기 때문에 스토리에 대한 구조는 있었어요. 분량이 이렇게 길어질지는 몰랐고요. 처음에는 딱 A4 10장만 쓰고 싶었거든요. 그런데 쓰면서 이야기가 안 끝나는 거예요. 어? 왜 안 끝나지? 하면서 결국 A4 24장까지 쓰게 되어버렸어요. 저도 장편 위주로 글을 쓰다 보니까 단편이 오히려 어렵더라고요. 이 이야기는 영상 스토리텔링이 더 적합하다는 생각이 들었어요. 좀 더 문장을 경제적으로 쓸 수 있으면 짧아졌을 텐데.(웃음)

장진영ˊ 길어서 좋았어요. 읽을 게 많으면 많을수록 좋기 때문에.

송재영ˊ 진짜요?

장진영ˊ 네.

송재영ˊ 고맙습니다. 저는 글을 쓰고 나면 주변 친구나 지인에게 피드백을 받거든요. 이번에는 시간이 밭아서 단 한 분께만 최종 퇴고를 앞두고 소설을 보여드렸어요. 그런데 주인공의 설정에 대해 좋은 의견을 주셨어요. 승부조작으로 퇴물선수가 된 경우에는 스포츠토토에 빠지고 불법 도박으로 이어지는 경우가 많다고. 결국 이혼을 하고 인생이 완전히 망가지는데, 그런 부분을 넣으면 좋겠다고 조언해주셨어요. 그래서 앞부분에서 수정이 살짝 이루어졌습니다.

장진영ˊ 어쨌든 이것도 성장소설인데 대비가 돼서 좋았던 것 같아요.

정대건ˊ 붉은 공.

송재영ˊ 원래 생각했던 제목이 '1924, 붉은 공'이었는데 '1924'가 빠졌어요. 그냥 '붉은 공'으로 하기로 했습니다. 그게 더 좋을 것 같아서요. 그런데 연도를 표시하는 게 더 좋았을까요?

장진영ˊ 그것도 괜찮았어요.

정대건ˊ 그 정도는 다시 넣어도 될 것 같은데.

송재영ˊ (웃음) 저는 '붉은 공'이 좋아요.

정대건/ 야구는 좋아하는 분들이 엄청 좋아하잖아요. 저는 야구를 잘 몰라서.

장진영/ 저도.

송재영/ 저도.

장진영/ 잘 아는 사람이 쓴 것 같았는데요.

송재영/ 이 소설을 위해 야구를 공부해야 했어요. 야구장에도 갔다 왔어요. 저는 소설을 쓸 때 새로운 경험을 하는 걸 굉장히 좋아하거든요. 야구 소설을 쓰기 때문에 야구장에 가고, 그것 때문에 광주제일고등학교도 가보고. 저만 아는 루트대로 여행하는 걸 좋아해요. 이 소설은 저한테 선물을 많이 준 소설이라고 생각합니다. 광주에 오신다면 언제든 연락주세요. 광주에는 제가 있습니다.

정대건/ 언제까지 계실 거예요?

송재영/ 계속 있을 겁니다. (웃음) 소설을 재미있게 읽어주셨다면 감사합니다.

정대건/ 어쨌든 더 살을 붙여서 장편화를 하실 생각이 있으신 거죠?

송재영/ 지난번에 조해진 소설가님께서 시나리오로 한번 써보면 좋겠다고 하셨기 때문에 단막극으로 한번 써보고 싶은 생각이 있어요.

정대건/ 단막극이라고 생각하니까 더 확 좋아지는데요?

송재영/ 갑자기?

정대건/ 그냥 단막극이라고 하니까. 기승전결이 뚜렷하고 포맷이 어울리는 것 같아요.

송재영/ 이 소설은 '헛된 것은 없다. 자신의 삶을 구원한 선택'에 관한 이야기예요. 우리는 대부분 하고 싶은 것을 선택하잖아요. 그런데 옳은 것을 선택하고 나면 하고 싶은 선택을 할 수 있는 순간이 온다고 하더라고요. 맨처음에 이 주인공은 옳은 길을 택하지 않았지만 나중에 옳은 길을 택하는 사람이 되죠. 그 옳은 선택이 주인공을 새로 태어나게 만들고요.

장진영/ 지난번에 작가님께서 본인 작품이 모두 고아의 서사라는 걸 깨달았다고 하셨는데요. 혹시 이 소설을 쓰고 느끼신 건가요?

송재영/ 쓰고 느낀 거예요. 제가 쓴 인물들은 대부분 세상에 던져진 존재거든요. 자기 스스로 버티고 삶을 만들어나가지 않으면 상황에서 벗어날 수 없는 그런 사람이더라고요. 결국 알고 보니 이 소설의 주인공도 내면은 고아였어요. 연좌제 때문에 무능력할 수밖에 없었던 아버지와 다시 연결되고 만나는 이야기죠.

정대건/ 작가님의 세계관에 그게 계속 있다는 말씀이시죠?

송재영/ 네. 저의 주요 테마가 '고아 서사'라는 걸 안 지 한 달도 안 됐어요.

정대건/ 지난 뒤풀이에서 그런 이야기가 나왔나요?

송재영/ 네.

장진영/ 술과 함께요.

송재영/ 아마 저의 다음 작품도 고아 이야기가 될 것 같아요.(웃음) 그러면 이제 장진영 작가님 작품에 대해 이야기해도 될까요?

장진영/ '허수 입력'은 도어록의 기능 중 하나인데요, 비밀번호 누를 때 앞에 임의의 숫자, 즉 허수를 입력해 비밀번호의 자릿수가 소리로 노출되지 않게 하는 보안 강화 기능이에요. 이를 소재로 소설을 써보았습니다.

송재영/ 저는 이 소설이 현재 여성이 느끼는 공포를 관통해서 보여준다고 생각했어요. 최근에 한 여성이 근무하던 역에서 살해당한 일이 있었죠. 인하대에서도 여성 살해사건이 있었고요. 최근의 범죄들과도 연결이 되어 있다는 생각이 들었어요. 여성이라는 이유로 느끼는 두려움. 이런 것들이 현재 이슈와 연결되어 있다는 생각이 들었어요.

장진영/ 언젠가 집에 등기우편이 온 적이 있어요. 수원의 모 구청에서 보낸 것이었는데, 한 공무원이 제 개인정보랑 주소를 흥신소에 팔아넘겼다더라고요.

정대건/ 알림이 온 거예요?

장진영/ 등기우편이 왔어요.

송재영/ 노출이 됐다는 이야기인거죠?

장진영/ 네. 해당 공무원은 파면되었다, 현재 재판을 받고 있다, 재발하지 않도록 노력하겠다, 당분간 신변을 유의해달라, 이런 내용이었어요.

송재영/ 그 뉴스를 본 것 같아요. 공무원이 개인정보 파일을 흥신소에 넘겼다는 뉴스요.

장진영/ 그러셨군요.

정대건/ 저는 정말로 올해의 대사라고 생각하는 게 있는데요. 제가 진짜 읽다가 한참 웃었어요. "마흔다섯이면 곧 죽어."

송재영/ 발견된 거예요, 창작해서 쓰신 거예요?

정대건/ 발견됐다는 게 무슨 뜻이에요?

송재영/ 일상에서 그 문장을 발견해서 쓰신 건지 아니면 온전히 생각하셔서 쓰신 건지.

장진영/ 화자가 발견한 걸 제가 생각해서 썼나 봐요.

송재영/ 그게 왜 웃겼어요, 그런데?

정대건/ 제가 삼십대 후반이고 결혼에 대해 생각하는 게 있는데 그런 대사가 나오니까 공감한 것 같아요. 이어지는 사람들의 반응들. 그 모든 상황들이 너무 웃겼어요.

송재영/ 정색하는 상황이요!

정대건/ 그래서 너무 재미있었고, 〈허수 입력〉의 초반부터 뭔가 좀 불온하다고 해야 하나 불안하다고 해야 하나 그런 분위기가 흐르는데 그런 대사들의 유머가 너무 좋았어요.

송재영/ 유쾌한 톤이었죠.

정대건/ 망한 애인과의 이야기도 어떤 필터를 씌우느냐에 따라서 굉장히 칙칙하게 보일 수도 있고, 암울하게 보일 수도 있고 한데 유머 있는 장면을 통해서 만들어진 이 톤이 너무 제 취향에 맞았던 것 같아요.

송재영/ 여기 몇 가지 장면이 나오는데 귤을 까는 장면과, 아기가 아몬드를 먹는 장면, 데이지 꽃잎처럼 보드라운 아이의 입술 묘사 장면이 나오는데, 이게 전체 주제랑은 어떤 관련이 있는지 궁금했어요. 어떻게 그런 장면이 자연스럽게 이 이야기와 맞게 떠올랐는지 궁금하더라고요.

장진영/ 글쎄요. 모든 장면을 주제에 복무시켜야 한다는 강박은 없는 것 같아요.

정대건/ 감각들을 정말 잘 쓰시는 것 같아요. 남의 집에 가서 발 씻는 장면도 그렇고, 수건도 그렇고.

송재영/ 되게 용감하다는 느낌도 들었어요. 이 이야기를 어떻게 가져다 여기에서 이렇게 쓰지? 이런 느낌? 아기가 아몬드 먹는 걸 생각해서 쓰신 거예요, 발견해서 쓰신 거예요? 아기가 치아가 없는데 아몬드를 먹는다는 걸 어떻게 쓰셨을까요?

장진영/ 걸을 줄 아니까 이도 나지 않았을까요?

정대건/ 저는 한 가지 여쭤보고 싶은 게 있었어요. 장진영 작가님이 이전에 쓰신 단편소설들도 그렇고 대사와 줄바꾸기에 대해서 작가님만의 독특한 규칙이 있는 것 같아요. 그게 어떻게 탄생한 것인지 너무 궁금해요. 그 대사를 어떤 뉘앙스로 하는지도 더 묘사할 수 있고 그게 좋아 보이더라고요. 그런데 수많은 한국소설이 그렇게 안 하고 있고, 독자들에게도 낯설까 싶어서 용기가 안 나는 것 같아요. 작가님 안의 규칙이 궁금해요.

송재영/ 저도 이게 궁금했어요.

장진영/ 영화는 누가 말하는지 바로 보이지만 소설은 글자로만 되어 있으니까 누구의 대사인지 헷갈릴 때가 많잖아요. 그래서 한 문단 안에 대사와 발화자를 같이 밝히는 편이에요. 가독성을 높이기 위해서.

정대건/ 누가 무슨 대사를 하는지 알아보기 위해 문장을 만드는 게 너무 귀찮게 느껴지더라고요.

송재영/ 저도 그 고민 많이 했어요. 여기 계신 젊은 작가분들 보니까 되게 자유롭게 쓰시는 거예요. 작은따옴표도 안 붙이고 큰따옴표도 줄 바꿈 없이 붙여 쓰시고. 신선했어요.

장진영/ 이번 단편에서는 그렇게 쓰지 않으셨어요? 한 문단 안에.

정대건/ 맞아요. 그렇게 썼어요. 그리고 발화자를 표현하는 문장도 줄 바꿔서 하면 누가 말했다, 이렇게 단순하게 처리하지 않고 더 공들여야 할 것 같은데 같은 줄에 하면 누가 말했다고 써도 별로 안 이상하게 보여요.

송재영/ 뭔지 알아요.

정대건/ 저도 앞으로 그렇게 하고 싶은데 많은 작가님들이 그렇게 안 하시잖아요. 그런데 장 작가님이 그렇게 하시니까 용감해져야겠다.

송재영/ 가독성이 좋아서 자연스럽게 읽혔어요. 오히려 따옴표가 계속 있는 게 부자연스럽게 느껴지더라고요.

정대건/ 발화자의 행동이나 지문이 대사 중간에 들어가요. 한 사람의 대사 안에.

장진영/ 중간에 끊으면 뒤에 오는 대사가 강조되는 느낌이더라고요. 그런 목적으로 쓰기도 해요.

정대건/ 지금 우리 장 작가님에게 배우고 있어. 작법교실이 열리고 있어.

송재영/ 무슨 말인지 알 것 같아요. 제 이야기에서도 뒤에 대사가 더 붙어야 하는데 '광주학생운동기념관'이라고 하면 '무슨 관?' 하고 줄글처럼 붙이고 싶은 부분이 있었거든요. 뒤로 미뤄가지고 하나의 문단으로 완성한다는 말, 무슨 말인지 알겠어요. 대건 작가님, 우리 앞으로 그렇게 쓸까요?

정대건/ 한국소설 바뀌었으면 좋겠어요. 지문 읽기 너무 힘들어요.

장진영/ 가끔 그래요.

정대건/ 우리가 주도합시다. 아까 말씀 하신 것처럼 보기에 정돈된 느낌이 있어요. 작가님의 글도 맨처음에 봤을 때 대사와 지문이 한 줄에 있는 게 뭔가 어지럽게 느껴지지만 독서에 들어가면 더 명확하게 잘 읽히던데요. 친숙한 건 모양으로 봤을 때 대사 대사 대사, 여백이 있고 그런 게 있잖아요. 그런 의미에서 낯설 수 있다는 느낌이 들어요.

송재영/ 이제 마무리 할 시간인데요. 앞으로 어떤 이야기를 쓰게 될지에 관한 이야기로 마무리 할까요?

장진영/ 저는 계획이 하나도 없어요. 당장 오늘 뭐 해야 할지도 모르겠어요.

정대건/ 대사를 지문과 한 줄에 쓰기 운동을 펼친다.

송재영/ 그건 저도 꼭 해야겠어요. 다들 다음 작품 계획은요?

장진영/ 아직은 없습니다.

정대건/ 되게 행복한 상태인 거예요.

송재영/ 매일 작업실 가서 고민하고 쓰신다는 게 저는 좋았어요. 매일 출근해서 고민하고 쓰신다고.

[illegible]/ 맨날 놀긴 하지만 그래도 앉아 있어야 하니까. 척추에 굳은살 생겼어요.

정대건/ 제가 이번 원고에 작업 환경과 아이템에 대한 정보를 썼거든요. 한번 읽어보시면 좋을 것 같아요.

송재영/ 너무 좋아요.

정대건/ 저는 11월 말에 장편소설을 출간하는 게 목표예요. 올해 안에 마무리하고 싶어요. 내년으로 넘기고 싶지 않아요. 제목은 아직 안 정해졌어요.

송재영/ 저는 이상하게도 뭘 쓰라고 세상이 자꾸 이야기를 던져줘요. 거부할 수 없는 이야기들이 있어서 그걸 쓸 예정이에요. 〈붉은 공〉과 비슷한 맥락의 5·18에 대한 이야기를 쓸 것 같아요. 소설이 아닌 영상화를 위한 시놉시스나 트리트먼트를 쓸 것 같고, 올해 말까지는 그동안 계획했던 백일 사격장에 관련한 이야기가 있어요. 그걸 가지고 판타지 이야기를 구상하게 될 것 같습니다. 그리고 척추 건강. 지금 철분이 부족해서 뇌에 산소가 안 가는데 그걸 고쳐보겠다는 다짐을 했습니다. 여러분 모두 건필하세요!